中国古典文学名著

好逑传 定情人

[清] 名教中人等 著

华夏出版社
HUAXIA PUBLISHING HOUSE

图书在版编目（CIP）数据

好逑传 定情人／（清）名教中人等著. —北京：华夏
出版社，2013.01（2024.09重印）
（中国古典文学名著丛书）
ISBN 978 – 7 – 5080 – 6447 – 5

Ⅰ. ①好… Ⅱ. ①名… Ⅲ. ①章回小说 – 中国 – 清
代 Ⅳ. ①I242.4

中国版本图书馆 CIP 数据核字（2011）第 065373 号

出版发行：华夏出版社
　　　　　（北京市东直门外香河园北里 4 号　邮编 100028）
经　　销：新华书店
印　　制：永清县晔盛亚胶印有限公司
版　　次：2013 年 01 月北京第 1 版
　　　　　2024 年 09 月北京第 2 次印刷
开　　本：670 × 970　1/16 开
印　　张：17.5
字　　数：261.4 千字
定　　价：40.00 元

本版图书凡印制、装订错误，可及时向我社发行部调换

前　言

　　《好逑传》是一部清代长篇小说，又名《侠义风月传》，坊本亦名《第二才子好逑传》。该书成书于康熙初年，全书四卷十八回，作者不详，署名为"名教中人"。据《野叟曝言》中载：《好逑传》在康乾年间刊行时，"版清纸白，前首绣像十分工致"，可见此时当时的印刷发行都极为精致，只可惜，这一版本久已失传，今天我们能看到的几种古版《好逑传》，由于历史上曾多遭禁毁的缘故，已模样全非。

　　《好逑传》的书名，取自《诗经》中的《国风·关雎》的诗句："窈窕淑女，君子好逑"。全书讲的是御史铁英之子铁中玉与兵部侍部郎水居一之女水冰心的爱情故事。才子铁中玉"美而又侠"，急功好勇，为援救他人妻女曾只身打入官宦豪门府内。美女水冰心性格泼辣，智慧过人，为抗拒恶霸逼婚，与铁中玉路遇邂逅，铁中玉为救水冰心而被害致病。心存感恩的水冰心，不避嫌疑迎至到家中护理。二人彼此心生爱意，互吐衷肠。在经过几番磨难之后，铁中玉最终高中翰林，与意中人水冰心结成婚配，终成神仙眷属。

　　《好逑传》是一部优美动人、带有喜剧色彩的爱情小说，在清初时期才子佳人类小说中属于上乘之作。小说以侠义风月的"好逑"为引，以纲常教化、传播道义为实，旨在宣扬"守经从权"之说，把教化风俗与男女爱情结合起来，借一段传奇的风月故事，传播宗教道义，因此书中夹有大段说教。然而，到了清中期，不知何故，朝廷竟将《好逑传》列入淫书的行列，使该书遭到了禁毁的命运。到了十八世纪，《好逑传》被不经意间传至欧洲，有幸被展示在外国人眼前，译为多国文字，成为了西方人了解中国社会与东方文化的经典著作，受到包括歌德在内的许多西方名流的赏识和高度评价。《好逑传》成了十八世纪和十九世纪欧洲学者最为称道、最为熟悉的中国优秀小说。

　　以当代的视角来欣赏，《好逑传》具有如下几个方面的特色：一是突破了传统的才子佳人小说的人物形象；二是宣传和讴歌了合乎道德、合乎人们理想的爱情婚姻观念；三是从书中可以看到下层人民勇敢正义、相互救助的优良品质；四是书中赞扬自由恋爱、反对多妻制等封建礼教的伦理观念。鲁迅曾这样评价《好逑传》：比之其他才子佳人小说，该书"文辞较佳，人物之性格亦稍异"。虽然该书的人物塑造有过于完美之嫌，但人物鲜明的性格，情节曲折的故事，较好地烘托了全书的主题，这是《好逑传》在中国文化史的价值所在，也是我们今天研究与欣赏这部清代小说的意义所在。

《定情人》，书名全称为《新镌批评锈像秘本定情人》，是清代一部著名的爱情小说。全书共十六回，作者真实姓名与生平不详，署名为荻岸山人。

《定情人》讲的是，四川府宦家子弟双星，自幼好学，聪慧俊朗，少年便高中登科，一时间名声大作，引来京城各城官宦之家争相求之为婿。但都被双星回绝。双星为找到自己的真心所爱，外出游学，四处访察，必欲得"可以定情之人方结鸳鸯"。在一次偶遇中结识女子江蕊珠，结为义兄义妹。由于二人才貌相当，心心相印，渐渐产生爱情。众求婚者闻知后纷纷中伤与阻挠。在经历一系列磨难之后，二人终于喜结良缘，欢喜大团圆。

《定情人》全书故事紧凑，文笔流畅，主旨鲜明，把男女之情放在了婚姻的第一要位，堪称明末清初才子佳人类小说中的上乘佳作。以当代的视角来欣赏，《定情人》这部小说的特色非常鲜明和突出：一是突破了传统的才子佳人小说的人物形象；二是宣传和讴歌了合乎道德、合乎理想的爱情婚姻观念；三是真实反映了当时的社会生活和普遍大众勇敢正义、相互扶助的优良品质；四是抨击了封建礼教的论理观念，赞扬了自由恋爱的新风时尚。

此次再版，我们对原书中的笔误、缺漏和难解字词进行了更正、校勘和释义，对原书原来缺字的地方用□表示了出来，以方便读者阅读。由于时间仓促，水平有限，其中难免有所疏失，望专家和读者予以指正。

编　者

2011 年 3 月

篇 目 目 录

好逑传

叙

　　自生人以来,凡偕伉俪①,莫非匹偶。乃《诗》独于寤寐②之君子,窈窕之淑女,称艳之曰"好逑"。斯何谓哉?谓以富贵誉之耶?武牝③画天子之蛾眉,绿珠耀金谷之蠄首④,非不富贵也,未闻有此称也。谓以佳丽羡之耶?西子倚白玉之床,阿娇贮黄金之屋,非不佳丽也,未闻有此称也。谓以贤才尊之耶?姜后脱簪⑤,闻其贤矣;无盐⑥隐语,闻其才矣:谓君王之好逑,则未闻也。

　　他如明妃⑦远嫁,悲马上之琵琶;班女⑧自修,赋秋风纨扇⑨:时耶命

---

① 伉俪(kàng lì)——夫妻。
② 寤寐(wù mèi)——犹言日夜。《诗·周南·关雎》:"窈窕淑女,寤寐求之。"
③ 武牝(pìn)——指武则天,牝,雌性的。
④ 蠄(qín)首——形容女子面容之美。
⑤ 姜后脱簪——汉刘向《烈女传·周宣姜后》:"周宣姜后者,齐侯之女也。贤而有德,事非礼不言,行非礼不动。宣王常早卧晏起,后夫人不出房,姜后脱簪珥,待罪于永巷,使其傅母通言于王曰:'妾之不才,妾之淫心见矣,至使君王失礼而晏朝,以见君王乐色而忘德也……敢请婢子之罪。'王曰:'寡人不德,算自有过,非夫人之罪也。'遂复姜后,而勤于政事。"后用作为妃辅主以礼的典故。
⑥ 无盐——人名。姓钟离,名春。因系齐国无盐邑人而得名。相貌丑陋,但关心政事。曾自谒齐宣王,面责其奢淫腐败,宣王感动,立为王后。后世用以称颂和比拟貌丑而有德行的妇女。
⑦ 明妃——即西汉王昭君,晋避司马昭讳,改称为明君或明妃。
⑧ 班女——即班昭,东汉史学家。班固之妹。曾续撰《汉书》,担任皇后和妃嫔的教师,著有《东征赋》、《女诫》等。
⑨ 秋风纨(wán)扇——指汉成帝妃班婕妤的《团扇歌》。

也,且非婚篝①,何况好逑?至于识英雄之红拂女②,感琴心之卓文君③,侠肠明眼,亦自过人;然律以好逑,则又不足数也。若夫张郎画眉④,止可眠闺阃⑤之私情;苟情中庭,不过笃夫妻之溺爱:其去好逑愈远。唯举案之梁孟⑥,其庶几乎?然钟鼓琴瑟,未免稍逊一筹。因知此好逑者,其必和谐有道,备极夫妇之欢,于足法随,唱非淫曲,尽人伦之乐而无愧者也。

每仪图之,何妨富贵也,但不可以富贵强非礼之欢,自安佳丽也,尤不可以佳丽贾若淫之罪。不德何贤,不才何淑?然才德反好逑之一班,而恩情之美满,爱敬之绸缪,更似有进焉者。必也花香沩礤⑦,播袗衣鼓琴之美;春满河洲,扬端庄正静之风。再不然而星户照偕老之天,再不然而凫雁快同心之弋。始觉人伦不苟,玉性无他,而名教中自有乐地。奈何人不及知,知不能恃,而慕非所慕,悦非所悦。是以楚梦妖云,唐流祸水,犯名于义,逐逐如逝波。遂令色荒有戒,为视明眸皓齿,为蛊为灾,而好逑一脉,几乎斩矣,不亦矫枉之过哉?

因思二《南》⑧仍在人间,《桃夭》未尝乏种。第未竖懿形,无从求淑影,因谱兹《好逑》一案,使世知天才佳丽,原有安排,人每自轻,不知消受。唯德流荇菜,方享人生之福;礼正斧柯⑨,始成名教之荣。舍此而登徒⑩窥共柏之情墙,非然而嫫姆⑪掷潘安之果,吾见其不知量,而只自取辱耳。故于归之径,周行是正,直御为安。稍涉逶迤,而侠者则避之,义者则辞之,非以之子为不美而不动心,非以家室为不愿而不属意。所以然

① 篝(gòu)——篝,偶也。
② 红拂女——隋司空杨素材女中歌妓。
③ 卓文君——汉代才女,四川临邛人,嫁与著名文人司马相如。
④ 张郎画眉——汉时张敞替妻子画眉毛,比喻夫妻感情好。
⑤ 闺阃(kǔn)——特指妇女居住的地方。
⑥ 梁孟——指汉代恩爱夫妻梁鸿孟光,他们有举案齐眉典故。
⑦ 妫礤(guī ruì)——借指舜的配偶娥皇与女英。
⑧ 二《南》——指《诗经》中的《周南》《召南》。
⑨ 斧柯——比喻做媒之事。
⑩ 登徒——即登徒子,登徒是姓,子是男子的通称。宋玉有《登徒子好色赋》。后用来称好色之人。
⑪ 嫫姆——传说为黄帝第四妃,貌甚丑。

者,爱伦常甚于爱美色,重廉耻过于重婚姻。是以恩有为恩,不敢媚恩而辱体;情有为情,何忍恣情以愧心? 未尝不爱,爱之至而敬生焉;未尝不亲,亲之极而私绝焉。其至恭勤饮食如大宾,告诫衾裯①为良友,伉俪至此,风斯美矣。此其所以为"好逑"而《诗》独咏之哉。

嗟嗟! 人心本自天心,既知好色,夫岂不好名义? 特汩没深而无由醒悟,沉沦久而不知兴起,诚于此而寓目焉,必骇然惊喜曰:名义之乐乃尔,何禽兽为? 则兹一编当与《关雎》同读已。

宣化里维风老人敬题于好德堂。

---

①　衾(qīn)裯——泛指被褥等卧具。

目　录

第一回　省凤城侠怜鸳侣苦

诗曰：

　　偌大河山偌大天，万千年又万千年。

　　前人过去后人续，几个男儿是圣贤？

又曰：

　　寤寐相求反侧思，有情谁不爱蛾眉？

　　但须不作钻窥想，便是人间好唱随。

　　话说前朝北直隶①大名府，有一个秀才，姓铁，双名中玉，表字挺生。甚生得风姿俊秀，就像一个美人，因此里中起个诨名，叫做"铁美人"。若论他人品秀美，性格就该温存；不料他人虽生得秀美，一个性子就似生铁一般，十分执拗。又有几分膂力②，有不如意，动不动就要使气动粗。等闲也不轻易见他言笑。倘或交接富贵朋友，满面上霜也刮得下来，一味冷淡。却又作怪，苦是遇着贫交知己，煮酒论文，便终日欢然，不知厌倦。更有一段好处，人若缓急求他，便不论贤愚贵贱，慨然周济；若是谀言谄媚，指望邀惠，他却只当不曾听见。所以人多感激他，又都不敢无故亲近他。

　　父亲叫做铁英，是个进士出身，为人忠直，官居御史，赫赫有敢谏之名。母亲石氏，随父在任。因铁公子为人落落寡合，见事又敢作敢为，恐怕招怨，所以留在家下。他天资既高，学问又出人头地，因此看人不在眼上。每日只闭户读书；至读书有兴，便独酌陶情。虽不叫做沉酣曲糵③，却也朝夕少它不得。再有兴时，便是寻花问柳，看山玩水而已。十五六岁时，父母便要与他结亲，他因而说道："孩儿素性不喜偶俗，若是朋友，合则留，不合则去，可也。夫妇乃五伦之一，一谐伉俪，便是白头相守；倘造次成婚，苟非淑女，勉强周旋则伤性，去之掷之又伤伦，安可轻议？万望二

---

①　北直隶——明永乐十九年定都北京，北京附近的河北大部天津和河南、山东小部分地区称北直隶。

②　膂力——体力。

③　曲糵（niè）——酒母，这里指酒。

大人少宽其期，以图选择。"父母见他说得有理，便因循下来，故至今年将二十，尚未有配，他也不在心上。

一日，在家饮酒读书，忽读到比干谏而死，因想道："为臣尽忠，虽是正道，然也须有些权术，上可以悟主，下可以全身，方见才干。若一味耿直，不知忌讳，不但事不能济，每每触主之怒，成君之过，至于杀身，虽忠何益？"又饮了数杯，因又想道："我父亲官居言路，赋性骨鲠①，不知机变，多分要受此累。"一时忧上心来，便恨不得插翅飞到父亲面前，苦劝一番，遂无情无绪，彷徨了一夜。

到次日，天才微明，就起来吩咐一个托得的老家人，管了家事。又叫人收拾了行李，备了马匹。只叫一个贴身服侍的童子，叫做小丹的跟随，毕竟自进京去定省②父母。正是：

> 死君自是忠臣志，忧父方成孝子心。
>
> 任是人情百般厚，算来还是五伦深。

铁公子忙步进京，走了两日，心焦起来，贪着行路，不觉错过宿头。天色渐昏，没个歇店，只得沿着一带土路，转入一个乡村来借住。到了村中来看，只见村中虽有许多人家，却东一家，西一家，散散住开，不甚相连。此时铁公子心慌，也不暇去拣择大户人家，只就近便在村口一家门前下了马，叫小丹牵着；自走进去，叫一声："有人么？"只见里面走出一个老婆子来，看见铁公子秀才打扮，忙问道："相公莫非是京中出来，去看韦相公，不认得他家，要问我么？"铁公子道："我不是看什么韦相公；我是要进京，贪走路，错过了宿头，要借住的。"老婆子道："若要借住，不打紧；但是穷人家没好床铺供给，莫要见怪。"铁公子道："这都不消，只要过得一夜便足矣，我自重谢。"遂叫小丹将行李取了进来。那老婆子叫他将马牵到后面菜园破屋里去喂，又请铁公子到旁边一间草屋里去坐，又一面烧了一壶茶出来，请铁公子吃。

铁公子吃着茶，因问道："你方才猜我是京里出来看韦相公的，这韦相公却是何人？又有何事，人来看他？"老婆子道："相公，你不知道，我这地方原不叫做韦村，只因昔年出过一个韦尚书，他家人丁最盛，村中十停

---

① 骨鲠(gěng)——正直。

② 省(xǐng)——探望，问候。

人家，倒有六七停姓韦，故此才叫做韦村。不期兴衰不一，过了数十年，这韦姓一旦败落，不但人家穷了，连人丁也少了。就有几家，不是种田，就是挑粪，从没个读书之子。不料近日风水又转了，忽生出一个韦相公来，才十六七岁，就考中了一个秀才。京中又遇了一个同学秀才的人家，爱他年纪小，有才学，又许了一头亲事；只因他家一贫彻骨，到今三四年，尚不曾娶得。数日前，忽有一个富豪大官府，看见他妻子生得美貌，定要娶她。她父母不肯，那官府恼了，因倚着官势，用强叫许多人将女子抬了回去。前日有人来报知韦相公，韦相公慌了，急急进京去访问。不期访了一日，不但他妻子没有踪影，连他丈父、丈母也没个影儿。欲要告状，又没个指实见证；况他对头又是个大官府，如何理论得他过？今日气苦不过，走回来对他母亲大哭了一场，竟去长溪里投水。他母亲急了，四下央邻人去赶，连我家老官儿也央去了，不知可赶得着否，故此相公方才来，我只道是他的好朋友，知他着恼，来看他的。”

正说不了，只听得门外嚷嚷人声。二人忙走出来看，只见许多乡人，围护着一个青衣少年，掩着面哭了过去。老婆子见他老官儿也同着走，因叫说道：“家里有客人，你回来吧，不要去了。”内中一个老儿听见叫，忙走了回来道：“我家有甚客人？”忽抬头看见铁公子，因问道：“莫非就是这位相公？”老婆子道：“正是这位相公，错了路，要借宿。”老官儿道：“既是相公要借宿，怎不快去收拾夜饭，还站在这里看些什么？”老婆子道：“不是我要看，也是这位相公问起韦相公的事来，故此同看看。我且问你，韦相公的妻子，既是青天白日许多人抢了去，难道就没一个人看见，为何韦相公访来访去，竟不见一些影响？”老官儿道：“怎的没影响，怎的没人看见？只是他的对头厉害，谁敢多嘴，管这闲事，去招灾揽祸？”老婆子道：“果是不敢说？”老儿道：“莫道不敢说，就是说明了，这样所在，也救不出来。”婆子道：“若是这等说，韦相公这条性命，活不成了？可怜，可怜！”说着，就进去收拾夜饭。

铁公子听了，在旁冷笑道：“你们乡下人，怎这样胆小没义气？只怕还是没人知道消息，说这宽皮话儿。”老儿道：“怎的没人知道消息？莫说别人，就是我也知道。”铁公子道：“你知道在哪里？”老儿道：“相公是远方过路人，料不管这闲事，就在面前说不妨。相公，你道他将这女子藏在哪里？”铁公子道：“无非是公侯的深闺秘院。”老儿道：“若是公侯的深闺秘

院，有人出入，也还容易缉访。说起来这个对头，是世代公侯，祖上曾有汗
马功劳，朝廷特赐他一所"养闲堂"，叫他安享，闲人不许擅入。前日我侄
儿在城中卖草，亲眼看见他将这女子藏了进去。"铁公子道："既有人看
见，何不报知韦相公，叫他去寻？"老儿道："报他有何用？就是我热心肠
与韦相公说了，韦相公也没本事去问他一声，看他一眼。"铁公子道："这
养闲堂在何处，你可认得？"老儿道："养闲堂在齐化门外，只有一二里路，
想是人人认得的，只是谁敢进去？"说完，老婆子已收拾了夜饭，请铁公子
进草屋去吃。铁公子吃完，就叫小丹铺开行李，草草睡了一夜。

　　到次日起来，老儿、婆子又收拾早饭，请他吃了。铁公子叫小丹称了
五钱银子，谢别主人，然后牵马出门。临上马，老儿又叮嘱道："相公，昨
晚说的话，到京中切不可吹风，恐惹出祸来。"铁公子道："关我甚事，我去
露风？老丈只管放心。"说罢遂别，出大路而行。正是：

　　　　奸狡休夸用智深，谁知败露出无心。

　　　　劝君不必遮人目，上有苍苍自鉴临。

　　铁公子上马，望大路才走不到二三里，只见昨晚看见的那个青衣少
年，在前面走一步顿一步足，大哭一声道："苍天，苍天！何令我受害至
此！"铁公子看明了，忙将缰绳一提，赶到前面，跳下马来，将他肩头一拍
道："韦兄，不必过伤。这事易处，都在我小弟身上，管取玉人归赵。"那少
年猛然抬头，看见铁公子是个贵介行藏，却又不认得，心下惊疑，答道：
"长兄自是贵人，小弟贫贱，素不识荆，今又正在患难之中，怎知贱姓，过
蒙宽慰，自是长兄云天高谊。但小弟的冤苦，已随天神坑累，屈长兄纵有
荆、豫侠肠，昆仑妙手，恐亦救援小弟不得。"铁公子笑道："蜂虿①小难，若
不能为兄排解，则是古有豪杰，今无英雄矣，岂不令郭解②齿冷？"

　　那少年听了，愈加惊讶道："长兄乃高贤大侠，小弟在困顿中，神情昏
聩，一时失敬。且请问贵姓尊表，以志不朽。"铁公子道："小弟的贱名，此
时仁兄且不必问。倒是仁兄的尊讳，与今日将欲何往，倒要见教了，我自
有说。"那少年道："小弟韦佩，贱字柔敷。今不幸遭此强暴劫夺之祸，欲

---

①　蜂虿(chài)——虿指蝎类毒虫，这里指不好的小事。

②　郭解——西汉时游侠，字伯翁。

要寻个自尽,又奈寡母在堂;欲待隐忍了,又忽当此圣明之朝,况在辇毂①之下,岂容纨袴奸侯,强占人家受聘妻女,以败坏朝廷之纲常伦理,情实不甘。昨晚踌躇了一夜,因做了一张揭帖,今欲进京,拼这一条穷性命,到六部六科十三道各衙门去告他。虽知贵贱相悬,贫富不敌,然事到头来,也说不得了。"因在袖中取出了一张揭帖,递与铁公子道:"长兄请一看,便知小弟的冤苦了。"说罢,又大声痛哭起来。

铁公子接了揭帖,细细一看,方知他丈人也是个秀才,叫做韩愿,抢他妻子的是大夬侯②。因说道:"此揭帖做得尽情耸听,然事关勋爵,必须进呈御鉴,方有用处。若只递在各衙门,他们官官相护,谁肯出头作恶? 吾兄自递,未免空费一番气力,终归无用;若是付与小弟带去,或别有妙用,也未可知。"韦佩听了,连忙深深一揖道:"得长兄垂怜,不啻③枯木逢春。但长兄任劳,小弟安坐,恐无此理。莫若追随长兄马足入城,以便使令。"铁公子道:"仁兄若同入城,未免招摇耳目,使人防嫌。兄但请回,不出十日,当有佳音相报。"韦佩道:"长兄卵翼高情,真是天高地厚;但恐书生命薄,徒费盛意。"说到伤心处,又将坠下泪来。铁公子道:"仁兄青年男子,天下何事不可为,莫只管作些儿女态,令英雄短气!"韦佩听了,忙欢喜致谢道:"受教多矣!"铁公子说罢,将揭帖拢入袖中,把手一拱,竟上马带着小丹,匆匆去了。

韦佩立在道旁目送,心下又惊又疑,又喜又感,就像做了个春梦一般,不敢认真,又不敢猜假。恍恍惚惚,只立到望不见铁公子的马影,方才懒懒地走了回去。正是:

　　　　心到乱时无是处,情当苦际只思悲。

　　　　漫言哭泣为儿女,豪杰伤心也泪垂。

原来这韦村到京,只有四五十里。铁公子一路趱行④,日才过午,就到了京城。心下正打算将这揭帖与父亲商量,要他先动个疏奏明,然后奉旨拿人。不期到了私衙门前,静悄悄一个衙役也不见,心下暗着惊道:

---

① 辇毂(niǎn gǔ)——皇帝坐的车。

② 夬(guài)侯——这里指官名。

③ 不啻(chì)——不但;不只;不仅。

④ 趱(zǎn)行——赶路,快行。

“这是为何?”慌忙下马到堂上,也不见有吏人守候,愈加着忙。再走入内宅,见内宅门却是关的。忙叫几声,内里家人听见,认得声音,忙取钥匙开了门,迎着叫道:“大相公,不好了!老爷前日上本,伤触了朝廷,今已拿下狱去了,几乎急杀。大相公来得好,快到内房去商量。”铁公子听了,大惊道:“老爷上的是什么本,就至于下狱?”一头问,一头走,也等不得家人回答,早已走到内房。母亲石夫人忽看见,忙扯着衫袖,大哭道:“我儿,你来得正好!你父亲今日也说要做个忠臣,明日也说要做个忠臣,早也上一本,晚也上一本,今日却弄出一场大祸来了,不知是死是生?”铁公子自先已着急,又见母亲哭作一团,只得跪下,勉强安慰道:“母亲,不必着急。任是天大事情,也少不得有个商量。母亲且说父亲上的是什么本,为甚言语触犯了朝廷?”

石夫人方扶起铁公子,叫他坐下,因细细说道:“数日前你父亲朝罢回家,半路上忽撞见两个老夫妻,被人打得蓬头赤脚,衣裳粉碎,拦着马头叫屈。你父亲问他是甚人,有何屈事?他说是个生员,叫做韩愿。因他有个女儿,已经许嫁与人,尚未曾娶去。忽被大夬侯访知有几分颜色,劈头叫人来说,要讨她作妾。这生员道是已经受聘,抵死不从,又挺触了他几句。那大夬侯就动了恶心,使出官势,叫了许多鹰犬,不由分说,竟打入他家,将女儿抢去。这韩愿情急,追赶拦截,又被他打得狼狈不堪。你父亲听了,一时怒起,立刻就上了一疏,参劾①这大夬侯。你父亲若是细心,既要上本,就该将韩愿夫妻拘禁,做个证据,叫他无辞便好。你父亲在恼怒中,竟不提防。及圣旨下来,着刑部审问。这贼侯奸恶异常,有财有势,竟将韩愿夫妻捉了去,并这女子藏得无影无踪。到刑部审问时,没了对头。大夬侯转办一本,说你父亲毁谤功臣,欺诳君上。刑部官又受他的嘱托,也上本参论。圣上恼了,竟将你父亲拿下狱来定罪。十三道同衙门官,欲代上疏辨救,苦无原告,没处下手,这事怎了?只怕将来有不测之祸。”

铁公子听完了,方定了心,喜说道:“母亲请宽怀,孩儿只道父亲论了宫闱秘密不可知之事,便难分辩。韩愿这件事,不过是民间抢夺,贵豪窝藏,有司的小事,有甚难处?”石夫人道:“我儿莫要轻看,事虽小,但没处拿人,便犯了欺君之罪。”铁公子道:“若是父亲造捏假名,果属乌有,故入

---

①　参劾(hé)——揭发罪状。

人罪，便是欺君。若韩愿系生员，并他妻女，明明有人。一时抢劫，万姓共见。台臣官居言路，目击入告，正其尽职，怎么叫做欺君？"石夫人道："我儿说的都是太平话，难道你父亲不会说？只是一时间没处拿这三个人，便塞住了嘴，做声不得。"铁公子道："怎拿不着？就是盗贼奸细，改头换面，逃走天涯海角，也要拿来；况守韩愿三人，皆含屈负冤之人，啼啼哭哭，一步也远去不得的。不过窝藏辇毂之下，捉他何难？况此三人，孩儿已知踪迹，包管手到擒来。母亲但请放心。"石夫人道："这话果是真么？"铁公子道："母亲面前，怎敢说谎？"

石夫人方欢喜说道："若果有些消息，你吃了饭，可快到狱中通知父亲，免他愁烦。"一面就叫仆妇收拾午饭，与铁公子吃了；又替他换了青衣小帽，就要叫家人跟他到狱中去。铁公子想一想道："且慢！"又走到书房中，写了一道本；又叫母亲取出御史的关防夹带了；又将韦佩的揭帖，也包在一处袖了，方带着家人，到刑部狱中来看父亲。正是：

> 任事不宜凭胆大，临机全靠有深心。
>
> 若将血气雄为勇，豪杰千秋成嗣音。

铁公子到了狱中，狱官知是铁御史公子，慌忙接见，就引入内重一个小轩子里来道："尊公老爷在内，可入去相见；恐有密言，下官不敢奉陪。"铁公子谢了一声，就走入轩内。只见父亲没有拘系，端然正襟危坐，便忙进前，拜了四拜，道："不肖子中玉，定省久疏，负罪不浅！"

铁御史突然看见，忙站起来，惊问道："这是我为臣报国之地，你在家不修学业，却到这里来做什么？"铁公子道："大人为臣既思报国，孩儿闻父有事在身，安敢不来？"铁御史听了，沉吟道："来固汝之孝思，但国家事故多端，我为谏官，尽言是我的职分；听与不听，死之生之，在于朝廷，你来也无益。"铁公子道："谏臣言事，固其职分，亦当料可言则言，不可言则不言，以期于事之有济。若不管事之济否，只以敢言为尽心以塞责，则不谙大体与不知变通之人，捕风捉影，哓哓①于君父之前，以博高名者，皆忠臣矣，岂朝廷设立言官之本意耶？"铁御史叹道："然谏臣言事，自望事成，谁知奸人诡计百出。就如我今日之事，明明遇韩愿夫妻叫伸冤屈，我方上疏，何期圣旨着刑部拿人，而韩愿夫妻二人已为奸侯藏过，并无踪影，转坐

---

① 哓哓——乱嚷乱叫。

罪于我。然我之本心，岂辅风捉影、欺诳君父哉！事出意外，谁能预知？"

铁公子道："事虽不能预知，然凡事亦不可不预防。前之失，既已往不可追矣，今日祸已临身，急急料理，犹恐迟误，复生他变，大人奈何安坐图圄①，任听奸人诬罔陷害？"铁御史道："我岂安坐图圄？也是出于无奈。若说急急料理，原告已被藏匿，无踪无影，叫我料理何事？"铁公子道："怎无踪影？但刑部党护奸侯，自不用力。大人宜急请旨自捕，方能完事。"铁御史道："请旨何难，但恐请了旨，无处捕人，岂不又添一罪？"铁公子道："韩愿妻女三人踪迹，孩儿已访的在此，但干涉禁地，必须请旨去拿，有个把柄，方可下手。"铁御史道："刑部拿人，两可于中，固悠悠泛泛。然我也曾托相好同官，着精细捕人，四路缉访，并无一点风声。你才到京，忽能就访得的确，莫非少年孟浪之谈？"铁公子道："此事关系身家性命，孩儿怎敢孟浪？"因看看四下无人，遂悄悄将遇见韦佩并老儿传言之事，细细说了一遍，又取出韦佩的揭帖与铁御史看。

铁御史看了，方欢喜道："有此一揭帖，韩愿妻女三人纵捉获不着，不为乌有名；也可减我妄言之罪。但所说窝藏之处，我尚有疑。"铁公子道："此系禁地，人不敢入，定藏于此，大人更有何疑？"铁御史道："我只虑奸侯事急，将三人谋死以绝迹。"铁公子道："大夬侯虽说奸恶，不过酒色之徒，恃着爵位欺人，未必有杀人辣手。况贪女子颜色，心恋恋不舍，又有此禁地藏身，又有刑官党护，又见大人下狱，事不紧急，何至杀人？大人请放心勿疑。"铁御史又想了想道："我儿所论，殊觉有理。事到头来，也说不得了，只得依你。待我亲写一本，汝回去快取关防来用，以便好上。"铁公子道："不须大人费心，本章孩儿已写在此，关防已带在此；只消大人看过，若不改，就可上了。"因取出递与铁御史。铁御史展开一看，只见上写着：

河南道监察御史，现系狱罪臣铁英谨奏，为孤忠莫辨，恳恩降敕自捕，以明心迹事：

窃闻耳目下求，人主之圣德；刍荛②上献，臣子之荩心③。故言

---

① 图圄——监狱。
② 刍荛(chúráo)——谦辞。在向别人提供意见时把自己比作草野鄙陋之人。
③ 荩(jìn)心——忠心。

官言事，尚许风闻，未有据实入陈，反加罪戾者也。臣前劾大夹侯沙利，白昼抢掳生员韩愿已聘女子为妾，实名教所不容，礼法所必诛。邀旨敕刑部审问，意谓名教必正，礼法必申矣。

不料奸侯如鬼如蜮①，暗藏原告以瞒天。又不料刑臣不法不公，明纵犯人以为恶，反坐罪臣缧绁②。臣素丝自信，料难宛转。窃臣赤胆天知，只得哀求圣主，伏望洪恩，怜臣朴直遭诬，乞降一敕，敕臣自捕：若朝奉敕而夕无人，则臣万死无辞矣；若获其人，则是非曲直，不辩自明矣。

倘蒙天恩怜准，须秘密其事，庶免奸侯又移巢穴。再敕不论禁地，则臣得以展布腹心。临表不胜激切待命之至！外韦佩揭帖一纸，开呈御览，以明实据。

铁御史看完，大喜道："此表剀切③详明，深合我意，不消改了。"一面封好，一面就请狱官烦他代上。狱官不敢推辞，只得领命到通政司去达上。只因这本一上，有分教：

打碎玉笼，顿开金锁。

铁御史上了此本，不知上意如何，且听下回分解。

---

① 如鬼如蜮(yù)——阴险害人。
② 缧绁(léi xiè)——捆绑犯人的绳索。这里指被囚禁。
③ 剀(kǎi)切——跟事理完全相合。

第二回　探虎穴巧取蚌珠还

诗曰：

治世咸夸礼法先，谁知礼法有时愆。

李膺①破柱方称智，张俭②投门不算贤。

木附草依须着鬼，鹰拿雀捉岂非仙？

始知为国经常外，御变观通别有权。

话说铁御史依了铁公子，上疏请旨自捕。在狱中候不得两日，早颁下一道密旨到狱中来。铁御史接着，暗暗开看，见是准了他的本，即命他自捕，满心欢喜。因排起香案来，谢过了圣旨，仍旧将圣旨封好，不许人见。因自想道："圣旨虽准，只愁捉不出人来，却将奈何？"就与铁公子商量，要出狱往捕。铁公子道："大人且慢。大人一出狱，便招摇耳目，要惊动了大夬侯，使他提防。莫若大人再少坐片时，待孩儿悄悄出去，打开了养闲堂，捉出了韩愿妻女，报知大人，然后大人飞马来宣旨拿人，方万全也。"铁御史点头道："是。"因将密旨藏好，又嘱狱官勿言。暗暗吩咐铁公子道："此行务要小心！"

铁公子领命，因悄悄走回私衙，与母亲说知，又叫母亲取出小时用的铜锤来。原来铁公子十一二岁之时，即有膂力，好使器械，曾将熟铜打就一柄铜锤，重二十余斤，时时舞弄玩耍。铁御史进京做官，恐他在家耍锤惹出事来，故此石夫人收了他的，带到京中。铁公子不敢违亲命，只得罢了。今日石夫人忽听见讨取，因惊问道："前日你父亲一向不许你用，今日为何又要？"铁公子道："此去深入虎穴，不带去无以防身。"石夫人见说得有理，便不拗他，因叫人取了出来付与他，并嘱咐道："但好防身，不可惹事。"铁公子应诺。又叫人暗暗传呼了一二十个能事的衙役，远远跟随，以备使唤。又呼人取酒来，饮到半酣，却换了一身武服，暗带铜锤，装

---

① 李膺——（110—169）字元礼，爷李益，赵国相。李膺性高傲，只和国郡荀淑，陈宴等师友往来。

② 张俭——字元节，汉代名士，曾任山阳郡督邮，因劾侯览而名垂一时。

束得天神相似,外面仍罩儒衣,骑了一匹白马,只叫一人跟随,竟慢慢演出齐化门来,并不使一人知觉。

出了城门,放开辔头①,霎时间就望见了一所大宅院,横行道左,高瓦飞甍②,十分富丽。铁公子心知是了,遂远远下了马,叫小丹牵着,自却慢慢踱到跟前,细细一看,只见两边是两座牌坊,那牌坊上皆有四字,一边乃是"功高北阙";一边是"威镇南天"。牌坊中间,却是三个虎座门楼,门楼上面,中间直立一匾,匾上写"钦赐养闲"四个大金字。门楼下三座门俱紧紧闭着。

铁公子看了一回,见没有人出入,心下想道:"此正门不开,侧首定有旁门出入。"因沿着一带高墙,转过一条横街,半腰中果有一座小小门楼,两扇金钉朱门,却也闭着,门上锁着一把大锁,又十字交贴着大冇侯的两张封皮。那铁公子细细一看,封皮虽是封的,却是时常启开拆断了的;门虽闭着,却露条亮缝,内里不曾上拴。门旁粉壁上又贴着一张告示,字有碗大,上写着:

　　大冇侯示:此系朝廷钦赐禁地,官民人等,俱不得至此窥探,取罪不小。特示!

门楼两旁,有两间门房,许多家人在内看守。

铁公子看在眼里,知道有些诧异,便不轻易惊动他,及回身走到小丹牵马的所在,将儒衣脱去,露出一身武装,手提铜锤,翻身上马,因吩咐小丹道:"你可招呼众捕役,即便赶来,紧紧伺候。倘促了人,可即飞马报知老爷,请他快来。"小丹答应了。然后一辔头跑到门楼前,跳下马来,手执铜锤,大声叫道:"奉圣旨要见大冇侯,快去通报!"门房中忙走出四五个头顶大帽、身穿绢衣的家人来,一时摸不着头路,慌慌张张答应道:"老爷在府中,不在此处。"铁公子大喝一声道:"胡说!府中人明明供称在此,你这班该死的奴才,怎敢隐瞒,违背圣旨,都要拿去砍头!"吓得众家人面面相觑③,仓促中答应不来。铁公子又大声叫道:"还不快快开门,只管挨死怎么!"内中一个老家人见嚷得慌,只得大着胆子回说道:"公侯人家,

————————————

　①　辔(pèi)头——驾驶牲口用的口爵子和缰绳。

　②　甍(chéng)——屋脊。

　③　面面相觑(qù)——你看我,我看你,不知如何是好。

老爷不在此,谁敢开门? 就是开了门,此系朝廷钦赐的禁地,爷也不敢进去。"铁公子听了,大怒道:"奉圣旨拿人,怎么不敢进去? 你不开,等我自开。"因走近前,举起铜锤,照着大锁上只一锤,"豁啷"一声响,早已将大锁并铜环打折,落在地下,那两扇门便豁喇喇自开了。铁公子见门开,大踏步径往里走。众家人看见铁公子势头勇猛,谁敢拦阻? 只乱嚷道:"不好了!"飞一般跑进去报信。

原来这大夬侯因一时高兴,将韩愿女儿抢了来家,也只看是穷秀才家没处伸冤,不期撞见铁御史作对头,上疏参论,又不料圣旨准了,着刑部审问:一时急了,没摆布,只得将韩愿夫妻一并抢来,藏在养闲堂内,以绝其迹,却上疏胡赖。初时还恐怕有人知觉,要调移窠穴,后见刑部用情,不出力追,反转将铁英拿下了狱,便十分安心,不复他虑。只怕这韩氏女子寻死觅活,性烈难犯,韩愿夫妻又论长论短,不肯顺从。每日备酒醴①相求,韩愿一味执拗。这日急了,正坐在养闲堂,叫人将韩愿洗剥了,捆起来用刑拷打,要他依允。因说道:"你虽是个秀才,今既被我捉了来,要你死,只当死一鸡一狗,哪里去伸冤?"韩愿道:"士虽可杀,只怕天理难欺,王法不漏,那时悔之晚矣,老大人还须三思!"大夬侯道:"你既要我三思,你何不自忖? 你一个穷秀才,女儿与我公侯为妾,也不为玷辱于你。你若顺从了,明日锦衣玉食,受用不尽,岂不胜似你的淡饭黄齑②?"韩愿道:"生员虽贫士也,语云:'宁为鸡口,勿为牛后。'岂有圣门弟子,贪纨袴之膏粱,而乱朝廷之名教者乎!"

大夬侯听了,勃然大怒,正吩咐家人着实加刑。忽管门的四五个人一齐乱跑进来,乱嚷说道:"老爷,不好了! 外面一个少年武将,手执一柄铜锤,口称奉圣旨拿人。小的们不肯放他进来,他竟一锤将门锁打落,闯了进来,不知是什么人,如今将到堂了,老爷急须准备。"大夬侯听见,惊得呆了,正东西顾盼,打算走入后厅,铁公子早已大踏步赶到堂前,看见大夬侯立在上面,因举一举手道:"贤侯请了! 奉旨有事商量,为何抗旨不容相见?"大夬侯见躲避不及,只得下堂迎着道:"既有圣旨,何不先使人通知,以便排香案迎接,怎来得这等鲁莽?"铁公子道:"圣旨秘密紧急,岂容

---

① 酒醴(lǐ)——甜酒。

② 淡饭黄齑(jī)——齑;切碎的腌菜或酱菜;这里指粗劣的饭食。

漏泄迟缓？"因迎上一步,右手持锤,左手将大夹侯一把紧紧提住道:"请问贤侯,此乃朝廷钦赐养闲禁地,又不是有司衙门,这阶下洗剥受刑的,却是甚人!"大夹侯因藏匿韩愿,心先着忙,及听见来人口口圣旨,愈惊得呆了。要脱身走,又被来人捉住,只得硬着胆答应道:"此乃自治家人,何关朝廷礼法？既有旨议事……"因叫家人带过。

铁公子拦住,正要再问,韩愿早在阶下喊叫道:"生员韩愿,不是家人,被陷于此,求将军救命!"铁公子听见说是韩愿,心先安了,佯惊问道:"你既是生员韩愿,朝廷着刑部四处拿你,为何却躲在这里？背旨藏匿,罪不容于死矣!"此时小丹已赶到,铁公子将嘴一努。小丹会意,忙跑出门外:一面招集众衙役拥入,一面即飞马去报铁御史。

铁公子见众衙役已到,因用铜锤指着韩愿道:"此是朝廷钦犯,可好好带起。"因问韩愿道:"你既称含冤负屈,就该挺身到刑部去对理,为何却躲避在此,私自认亲？"韩愿听了,大哭道:"生员自小女被恶侯抢劫,叩天无路,逢人哭诉,尚恐不听,既刑部拘审,安肯躲避？无奈贫儒柔弱,孤立无援,忽被豪奴数十人,如虎驱羊,竟将生员夫妻捉到此处。沉冤海底,日遭棰楚,勒逼成亲,已是死在旦夕。何幸得遇将军,从天而下,救援残生,重见天日。此系身遭坑陷,谁与他结亲!"铁公子道:"据你说来,你的妻女亦俱在此了。"韩愿道:"怎么不在？老妻屈氏,现拘禁在后厅厢房中。小女湘弦,闻知秘藏在内楼阁上,朝夕寻死,如今不知是人是鬼!"铁公子听了大怒,因指挥众捕役,押韩愿入内拿人。

大夹侯见事已败露,自料不能脱身,又见众捕役往内要走,万分着急,只得拼性命指着铁公子大声嚷说道:"这里乃是朝廷钦赐的宅第,我又忝为公侯,就有甚不公不法,也要请旨定夺。你是什么人,怎敢手执铜锤,擅自打落门锁,闯入禁堂,凌辱公侯？你自己的罪名,也当不起,怎么还要管他人的闲事!"因反过手来,也要将铁公子扯住。却又扯不住,因叫家人道:"快与我拿下!"

此时众家人闻知主人被捉,都纷纷赶来救护,挤了一堂。只因见铁公子手执铜锤,捉住主人,十分勇猛,不敢上前,今见主人吩咐拿人,有几个大胆的,就走上前要拿铁公子。铁公子急骂道:"该死的奴才,你拿哪个!"因换一换手,将大夹侯拦腰一把提将起来,照众家人只一扫,手势来得重,众家人被扫着的都跌跌倒倒。这大夹侯年已近四十之人,身子又被酒色淘虚,况从来娇养,哪里禁得这一提一扫?及至放下,已头晕眼花,喘做一团,只摇手叫:"莫动手,莫动手!"

原来大夫侯有一班相厚的侯伯,有人报知此信,都赶了来探问。及见铁公子扯的大夫侯狼狼狈狈,因上前解劝道:"老先生,请息怒。有事还求商量,莫要动粗,伤了勋爵的体面。"铁公子道:"他乃欺君的贼子,名教的罪人,死且尚有余辜,什么勋爵!什么体面!"众侯伯道:"沙老先生就有甚簠簋不饬①处,也须明正其罪,朝廷从无此拳足相加之法受。"铁公子道:"诸公论经亦当达权,虎穴除凶,又当别论,孤身犯难,不可常言。"众侯伯道:"老先生英雄作用,固不可测。且请问今日之举,还是大侠报仇耶,还是代削不平耶?必有所为,请见教了,也可商量。"铁公子道:"俱非也,但奉圣上密旨拿人耳!"众侯伯道:"既奉密旨,何不请出来宣读,免人疑惑。"铁公子道:"要宣读也不难,可快排下香案。"众侯伯就吩咐打点。

大夫侯喘定了,又见众侯伯人多胆壮,因又说道:"列位老先生,勿要听他胡讲。他又不是有司捕役,他又不是朝廷校尉,如何得奉圣旨?他不过是韩愿私党,假称圣旨,虚装虎势,要骗出人去。但他来便来了,若无圣旨,擅闯禁地,殴打勋位,其罪不小,实是放他不得,全仗诸公助我一臂。"又吩咐家人:"快报府县,说强人白昼劫杀,若不救护,明日罪有所归。"众侯伯见大夫侯如此说,也就信了。因对着铁公子道:"大凡豪强劫夺之事,多在乡僻之地、昏黑之时,加于村富之家,便可侥幸;他乃公侯之家,又在辇毂之下,况当白昼之时,如何侥幸得来?兄此来也觉太强横了些。若果有圣旨,不妨开读;倘系谎词,定获重罪。莫若说出真情,报出真名,快快低首阶前,待我等与你消释,或者还可苟全性命。若恃强力,全凭唬吓,希图逃走,只怕你身入重地,插翅也飞不去!"铁公子微笑一笑道:"我要去,亦有何难?但此时尚早,且待宣读了圣旨,拿全了人犯,再去也不迟。"众侯伯道:"既有圣旨,何不早宣?"铁公子道:"但我只身,他党羽如此之众,倘宣了旨意,他恃强作变,岂不费力?他既报府县,且待府县来时宣读,便无意外之虞矣。"众侯伯道:"这倒说得有理。"一面又着家人去催府县。

不一时,大兴知县早来了,看见这般光景,也决断不出。又不多时,顺

---

① 簠簋(fǔ ɡ uǐ)不饬(chì)——对做官不廉正的一种婉转的说法。

天府推官也来了，众侯伯迎着诉说其事。推官道："真假一时也难辨，只看有圣旨没圣旨，便可立决矣。"因吩咐快排香案。不一时，堂中间焚起一炉好香，点起一对明烛。推官因对铁公子说道："尊兄既奉圣旨拿人，宜对众宣读，以便就缚，若只这般扭结，殊非法纪。"铁公子正要对答，左右来报："铁御史老爷门前下马了。"大夬侯突然听见，吃了一惊道："他系在狱中，几时出来的？"说还未完，只见铁御史两手捧着一个黄包袱，昂昂然走上堂来。恰好香案端正，就在香案上将黄包袱展开，取出圣旨，执在手中。铁公子看见，忙将大夬侯提到香案前跪下，又叫众捕役将韩愿带在阶下俯伏，对众说道："犯侯沙利，抗旨不出，请宣过圣旨，入内搜捉！"铁御史看见众侯伯并推官、知县都在这里，因看着推官说道："贤节推来得正好，请上堂来，圣上有一道严旨，烦为一宣。"推官不敢推辞，忙走到堂上接了。铁御史随走到香案前，与大夬侯一同跪下。推官因朗宣圣旨道：

据御史铁英所奏，大夬侯沙利，抢劫被害韩愿，并韩愿妻女，既系实有其人，刑臣何缉获不到？即着铁英自捉，不论禁地，听其搜缉。如若捉获，着刑部严审回奏。限三日无获，即系欺君，从重论罪。钦此！

推官读完了圣旨，铁御史谢过恩，忙立起身，欲与众侯伯相见。不期众侯伯听见宣的圣旨，知道大夬侯事已败露，竟走一个干净。许多家人也都渐渐躲了。唯推官、知县过来参见。大夬侯到此田地，无可奈何，只得走起身，向铁御史深深作揖道："学生有罪，万望老先生周旋！"铁御史道："我学生原不深求，只要辨明不是欺君便了。今韩愿既已在此，又供出他妻女在内，料难再匿，莫若叫出来，免得人搜。"大夬侯道："韩愿系其自来，妻女实不在此。"铁御史道："老先生既说不在此，我学生怎敢执言在此？只得尊旨一搜，便见明白。"就吩咐铁公子带众捕役，押韩愿入内去搜。大夬侯要拦阻，哪里拦阻得住？

原来此厅系是宅房，并无家眷在内。众人走到内厅，早闻得隐隐哭声。韩愿因大声叫道："我儿不消哭了，如今已有圣旨拿人，得见明白了，快快出来！"只见厅旁厢房内韩愿的妻子屈氏听见了，早接应道："我在此，快先来救我！"众人赶到门前，门都是锁的。铁公子又是一锤，将门打开。屈氏方蓬着头走出来，竟往里走，口里哭着道："只怕我儿威逼死了！"韩愿道："不曾死，方才还哭哩。"屈氏奔到内楼阁上，只见女儿听得父亲在外吆喝,急要下楼出来,却被三四个丫环仆妇拦住不放。屈氏忙叫道:"奉圣旨拿人,谁敢拦阻!"丫环仆妇方才放松。屈氏看见房中锦绣珠玉堆满,都推开半边,单拿了一个素包头,替女儿包在头上,遮了散发与半面,扶了下来。恰好韩愿接着,同铁公子并众捕役一同领了出来。到了前堂,韩愿就带妻女跪在铁御史面前拜谢不已道:"生员并妻女三条性命,皆赖大宗师老爷保全,真是万代阴功。"铁御史道:"你不消谢我,这是朝廷的圣恩,然事在刑部勋臣,本院尚不知如何。"因看着大兴知县道:"他三人系特旨钦犯,今虽有捕役解送,但恐犹有疏虞;烦贤大尹押到刑部,交付明白,庶无他变。"知县领命,随领众捕役将韩愿并妻女三人带去。铁御史然后指着大夬侯对推官说道:"沙老先生乃勋爵贵臣,不敢轻亵,敢烦贤节推相陪,送至法司。本院原系缧①臣,自当还狱待罪。"说罢,即起身带着铁公子,出门上马而去。正是:

　　　　敢探虎穴英雄勇,巧识狐踪智士谋。

　　　　迎得蚌珠还合浦,千秋又一许虞侯。

　　铁御史去后,大夬侯款待推官,急托权贵亲友,私行贿赂,到刑部与内阁去打点,希图脱罪,不提。

　　却说铁御史归到狱中,即将在大夬侯养闲堂搜出韩愿妻女三人,押送法司审究之事,细细写了一本,顿时奏上。到次早,批下旨来道:

　　　铁英既于养闲堂禁地搜出韩愿并其妻女,则不独心迹无欺,且参劾有实。着出狱暂供旧职,候刑部审究案定,再加升赏。钦此!

铁御史得了旨,方谢恩出狱。回到私衙,铁公子迎着,夫妻父子,欢然不提。

　　却说刑部虽受了大夬侯的嘱托,却因本院捉人不出,涉于用情,不敢再行庇护,又被韩愿妻女三人口口咬定抢劫情真,无处出脱,只得据实定罪,上疏奏闻。但于疏末回护数语道:

　　　但念沙利年登不惑,麟趾念切,故淑女情深;且劫归之后,但以礼求,并未苟犯,倘念功臣之后,或有一线可原。然恩威出自上裁,非臣下所敢专主。谨具疏奏请定夺,不胜待命之至。

过两日,圣旨下了,批说道:

_____

①　缧(léi)臣——缧,古时拘系犯人的大索;指犯人。

大央侯沙利，身享高爵重位，不思修身御下，乃逞豪横，劫夺生员韩愿已受生员韦佩聘定之女为妾，已非礼法，及为御史铁英弹劾，又不悔过首罪，反捉韩愿夫妻，藏匿钦赐禁堂，转诬铁英为妄奏，其欺诳奸诈，罪莫大焉。据刑部断案，本当夺爵赐死，姑念先臣勋烈，不忍加刑，着幽闭养闲堂三年，以代流戍。其俸米拨一年给韩愿，以偿抢劫散亡。韩女湘弦，既守贞未经苟合，当着韦佩择吉成亲。韩愿敦守名教，至死不屈，为儒无愧，着准贡教授，庶不负所学。铁英据实奏劾，不避权贵，骨鲠可嘉，又能穷奸虎穴，大有气节，着升都察院掌堂。刑臣督捕徇情，罚俸三月。钦此！

自圣旨下后，满京城皆相传颂铁公子打入养闲堂，救出韩湘弦之事，以为奇人，以为大侠，争欲识其面，拜访请交者，朝夕不绝。韩愿蒙恩选职，韦佩奉旨成婚，皆铁公子之力，感之不啻父母，敬之不啻神明。

唯铁御史反以为忧，每对铁公子道："天道最忌满盈，祸福每相倚伏。我前日遭诬下狱，祸已不测，后邀圣恩，反加迁转，可谓侥幸矣。然奸侯由此幽闭，岂能忘情？况你捉臂把胸，凌辱已甚，未免虎视眈眈，思为报复。我为臣子，此身已付朝廷，生死祸福，无可辞矣。你东西南北，得以自由，何必履此危地？况声名渐高，交结渐广，皆招惹是非之端。莫若借游学之名，远远避去，如神龙之见其首不见其尾，使人莫测，此知机所以为神也。"

铁公子道："孩儿懒于酬应，正有此意。但虑大人职尽言路，动与人仇，孤立于此，不能放心。"铁御史道："我清廉自饬①，直道而行，今幸又为圣天子所嘉，擢此高位，即有小谗，料无大祸，汝不须在念。汝若此去，还须勤修儒业，以圣贤为宗，切不可恃肝胆血气，流入游侠。"铁公子再拜于地道："谨受大人家教！"自此又过了两三日，见来访者愈多，因收拾行李，拜辞父母，带了小丹，径回大名府家中而去。正是：

　　　来若为思亲，去疑因避祸。

　　　倘问去来缘，老天未说破。

铁公子到了家中，不期大名府也尽知铁公子打入养闲堂，救出韩湘弦之事，又见铁御史升了都察院，不独亲友殷勤，连府县也十分尊仰。铁公

————————

　　① 自饬(chì)——谨慎。

子因想道："若终日如此,又不若在京中得居父母膝下。还是遵父命,借游学之名,远远避去为是。"在家暂住了月余,将家务交付与家人;遂收拾行李资斧①,只带小丹一人去出门游学。只因这一去,有分教:

　　　　风流义气冤难解,名教相思害煞人。

铁公子出门游学,不知后事如何,且听下回分解。

----

① 资斧——旅费、盘缠。

第三回　水小姐俏胆移花

诗曰：

> 柔弱咸知是女儿，女儿才慧有谁知？
>
> 片言隐祸轻轻解，一转飞灾悄悄移。
>
> 妙处不须声与色，灵时都是窍和机。
>
> 饶他奸狡争先用，及到临期悔又迟。

话说铁公子遵父命，避是非，出门游学，茫茫道路，不知何处去好。因想道："山东乃人物之地、礼仪之邦，多生异人，莫若往彼一游，或有所遇。"主意定了，因叫小丹雇了一匹蹇①驴，径往山东而来。正是：

> 读书须闭户，访道不辞远。
>
> 遍览大山川，方能豁心眼。

铁公子往山东来游学，且按下不提。

却说山东济南府历城县，有一位乡宦，姓水名居一，表字天生，历官兵部侍郎，为人任气敢为，倒也赫赫有名。只恨年将望六，夫人亡过，不曾生得子嗣，止遗下一个女儿，名唤冰心。生得双眉春柳，一貌秋花，柔弱轻盈，闲处闺中，就像连罗绮也无力能胜，及至临事作为，却又有才有胆，赛过须眉男子。这水居一爱之如宝。因自在京中做官，就将冰心当做儿子一般，一应家事，都付她料理。所以延至一十七岁，尚未嫁人。

只恨水居一有个同胞兄弟，叫做水运，别号浸之，虽也顶着读书之名，却是一字不识，单单依着祖上是大官，自有门第之尊，便日日在不公不法处觅饮食。谁料生来命穷，诈了些来，到手便消，只如没有一般。却喜生下三个儿子，皆能继父之志，也是一字不识，又生了一个女儿，更是粗陋，叫做香姑，与冰心小姐同年，只大得两个月。因见哥哥没有儿子，宦资又厚，便垂涎要白白消受。只奈冰心小姐未曾出嫁，一手把持，不能到手。因此日日挽出媒人、亲戚来，兜揽冰心嫁人。也有说张家豪富的，也有说李家官高的，也有说王家儿郎年少才高、人物俊秀的，谁知冰心小姐胸中

---

① 蹇（jiǎn）——跛。

别有主张,这些浮言,一毫不入。

水运无法可施。忽有同县过学士一个儿子要寻亲,他便着人去兜揽,要将侄女儿冰心小姐嫁他。那过公子少年人,也是个色中饿鬼,因说道:"不知你侄女儿生得如何?"他就细细夸说如何娇美,如何才能。过公子终有些疑心,不肯应承。水运急了,就约他暗暗相看。原来水运与水居一虽然分居已久,然祖上的住屋,却是一宅分为两院,内中楼阁连接处,尚有穴隙可窥。水运因引过公子悄悄偷看,因看见冰心小姐美丽非常,便眠思梦想,要娶为妻。几番央媒来说,冰心小姐全然不睬。过公子情急,只得用厚礼求府尊为主。初时府尊知冰心小姐是兵部侍郎之女,怎敢妄为?虽撇不得过公子面皮,也只得去说两遍,因见水小姐不允,也就罢了。

不期过了些时,府尊忽闻得水侍郎误用一员大将,叫做侯孝,失机败事,朝廷震怒,将水侍郎削了职,遣戍边庭,立刻去了。又闻报过学士新推入阁。又见过公子再三来求,便掉转面皮,认起真来,着人请水运来吩咐道:"男女婚配,皆当及时,君子好逑,不宜错过。女子在家从父,固是经常之道,若时难久待,势不再缓,则又当从权。令侄女年已及笄①,既失萱堂②之靠,又无棠棣③之依,孤处闺中,而僮仆如林,甚不相宜。若是令兄在京为官,或为择婚,听命可也,今不幸又远戍边庭,死虽未必,而生还无日,岂可不知通变,苦苦自误?在令侄女,闺中淑秀,似无自言之理,兄为亲叔,岂不念骨肉,而为之主张?况过学士已有旨推升入阁,过公子又擅科甲之才,展转相求,自是美事。万万不可听儿女一日之私,误了百年大事。故本府请兄来谆谆言之,若执迷不悟,不但失此好姻,恐于家门也有不利。"水运听了府尊这话,正中其怀,满口应承道:"此事治晚生久已在家苦劝,只因舍侄女为家兄娇养惯了,任情任性,不知礼法,故凡求婚者,只是一味峻拒。今蒙太公祖老大人婉示曲谕,虽愚蒙亦醒。治晚生归去,即当传训舍侄女。舍侄女所执者,无父命也;今闻有太公祖之命,岂不又过于父命?万无不从之理。"说完辞出。

回到家中,便走至隔壁,来寻见冰心小姐,就大言恐吓道:"前日府尊

---

① 及笄(jī)——笄:簪子,古代女子满十五岁用簪子插住挽起的头发,叫及笄。

② 萱(xuān)堂——尊称人的母亲。

③ 棠棣(dì)——这里指兄弟姐妹。

来说过府这头亲事，我何等苦口劝你，你只是不理。常言说'破家的县令'，一个知县恼了，便要破人之家，何况府尊？他前日因见侍郎人家，还看些体面。今见你父亲得罪朝廷，问了充军，到边上去，他就变了脸，发出许多话来。若是再不从他，倘或作起恶来，你又是个孤女，我又没有前程，怎生当得他起？过家这头亲事，他父亲又拜了相，过公子又年少才高，科甲有分，要算做十分全美的了。你除非今生不打算嫁人，便误过了这头婚姻也由你。倘或再捱两三年，终不免要嫁人，那时要思大府官人家，恐怕不能得够。你须细细斟酌①。"冰心小姐道："非是我执拗②，但是儿女婚姻大事，当遵父命。今父亲既远戍，母亲又早丧，叫我遵谁人之命？"水运道："这话方才府尊也曾说过。他说：'事若处变，便当从权。父命既远不可遵，则我公祖之命，即父命也。既无我公祖之命，你亲叔叔之命，亦即父命也，安可执一？'"冰心小姐低着头想了想道："公祖虽尊，终属外姓，若是叔父可以当得亲父，便可商量。"水运道："叔父、亲父，同是一脉，怎么当不得？"冰心小姐道："我一向只以父命为重，既是叔父当得亲父，则凡事皆听凭叔父当亲父为之，不必更问侄女矣。"

水运听了，满心大喜道："你今日心下才明白哩！若是我叔父当不得亲父，我又何苦来管你这闲事？我儿，你听我说：过家这头亲事，实是万分全美的，你明日嫁过去才得知。若是夫妻和合，你公公又是拜相，求他上一本，你父亲就可放得回来。"冰心小姐道："若得如此便好。"水运道："你既依允，府尊还等我回话，你可亲笔写个庚帖来，待我送了去，使他们放心。"冰心小姐道："写不打紧，叔父须制个庚帖来，我女儿家去制不便。"水运道："你既认我做亲父，这些事务都在我身上。谁要你制，只要你写个八字与我。"冰心小姐就当面取笔砚，用红纸写出四柱八个字，递与水运。

水运接了，欢欢喜喜走到自家屋里，说与三个儿子道："过家这头亲事，今日才做妥了。"大儿子道："隔壁妹子昨日还言三语四，不肯顺从，今日为何就一口应承？"水运道："她一心只道遵父命，因我说叔父就与亲父一般，她才依了。"大儿子道："她一时依了，只怕想回来还要变更。"水运道："再没变更，连八字都被我逼她写来了。"因在袖中取与三个儿子看。

---

① 斟酌——考虑。

② 执拗(niù)——固执任性，不听别人意见。

三个儿子看了，俱欢喜道："好，好！这再动不得了。"水运道："好是好了，只是还有一件。"大儿子道："还有哪一件？"水运道："她说认我为亲父，这些庚帖小礼物，便该我去料理才妙。"大儿子道："小钱不去，大钱不来。这些小事，我们不去料理，明日怎好受她的财礼与家私？"水运道："说便是这等说，只是如今哪里有？"大儿子道："这说不得。"

　　父子商量，因将些衣服、首饰，当了几两银子来，先买了两尺大红缎子，又打了八个金字，钉在上面，精精致致，做成一个庚帖，亲送与府尊看道："蒙太公祖吩咐，不敢抗违，谨送上庚帖。"府尊看了甚喜，因吩咐转送到县里，叫县尊为媒。县尊知是府尊之命，不敢推辞，遂择了一个好吉日，用鼓乐亲送到过府来。过公子接着，如获珍宝，忙忙受了，盛治酒筵，款待县尊。过了数日，齐齐整整，备了千金聘礼。又择了一个吉日，也央县尊做大媒，吹吹打打，送到水家来。

　　水运先一日就与冰心小姐说知，叫她打点。冰心小姐道："我这边因父亲不在家，门庭冷落久矣。既叔叔认做亲父，为我出庚帖；今日聘礼，也只消行在叔父那边，方才合宜。何况同一祖居，这边那边，总是一般。"水运道："受聘在我那边，倒也罢了；只怕回帖出名，还要写你父亲。"冰心小姐道："若定要写父亲名字，则是叔父终当不得亲父了！况父亲被朝廷遣谪，是个有罪之人，写了过去，恐怕不吉，惹过家憎厌。且受聘之后，往来礼文甚多，皆要叔父去亲身酬应，终不成又写父亲名字？还是径由叔父出名，不知不觉为妙。"水运道："这也说得是。"因去买了几个绣金帖子回来，叫冰心小姐先写下伺候。冰心小姐道："写便我写，向外人只好说是哥哥写的，恐被人耻笑。"水运道："这个自然。"冰心小姐既写了水运名字，又写着"为小女答聘"。写完，念与水运听。水运听了道："怎么写'小女'？"冰心小姐道："既认做亲父，怎么不写'小女'？"水运道："这也说得是。"因拿了帖子回来，说与儿子道："礼帖又是我出名，又写着'为小女答聘'，莫说礼物是我们的，连这家私的名分已定了。"父子暗暗欢喜。

　　到了次日，过家行过聘来，水运父子都僭①穿着行衣、方巾，大开了中门，让礼物进去。满堂上结彩铺毡，鼓乐喧天，迎接县尊，进去款待。热热闹闹吵了一日，冰心小姐全然不管。

---

　　①　僭（jiàn）——超越本分，冒用。

　　到了客散，水运开了小门，接冰心小姐过去看盘，因问道："这聘金礼物，还该谁收？"冰心小姐道："叔父既认做亲父，如此费心、费力、费财，这聘金礼物，自然是叔父收了，何须问我？莫说这些礼物，就是所有产业，父亲又不曾生得兄弟，也终是叔父与哥哥之物。但父亲远戍，生死未知，侄女只得暂为保守，不敢擅自与人。"水运听了，鼓掌大喜道："侄女真是贤淑，怎看得这等分明！说得这等痛快！"遂叫三个儿子，一个女儿，将行来聘礼，照原单一项一项都点明收了进去。正是：

　　　　事拙全因利，人昏皆为贪。

　　　　慢言香饵妙，端只是鱼馋。

　　过了月余，过公子打点停当，又拣了个上吉之日，笙箫鼓乐，百辆来迎，十分热闹。水运慌作一团，忙开了小门，走过来催冰心小姐，快快收拾。冰心小姐佯为不知，懒懒的答应道："我收拾做什么？"水运听了，着急道："你说得好笑！过家今日来娶，鼓乐喜轿，都已到门了，你难道不知，怎说'收拾做什么'？"冰心小姐道："过家来娶，是娶姐姐，与我何干？"水运听了，愈加着急道："过家费了多少情分，央人特为娶你，怎说娶你姐姐？你姐姐好个嘴脸，那过公子肯费这千金之聘来娶她！"冰心小姐道："我父亲远戍边庭，他一生家业，皆我主持，我又不嫁，怎说娶我？"水运听了，心下急杀，转笑笑道："据你说话，甚是乖巧；只是你做的事却拙了。"冰心小姐道："既不嫁，谁能强我，我有甚事，却做拙了？"水运道："你既不嫁，就不该写庚帖与我。既写庚帖与我，已送与过家，只怕'不嫁'二字要说，嘴也不响了。"冰心小姐道："叔叔不要做梦不醒！我既不愿嫁，怎肯写庚帖与叔叔？"水运又笑道："贤侄女这个不消赖的！你只道我前日打金八字时，将你亲笔写的弄落了，便好不认账？谁知我比你又细心，紧紧收藏，以为证据，你就满口排牙，也赖不去了。"冰心小姐："我若亲笔写了庚帖与叔叔，我自无辞；若是不曾写，叔叔却也冤我不得。你可取来，大家当面一看。"水运道："这个说得有理。"因忙走了回去，取了前日写的庚帖，又将三个儿子都叫了过来，当面对质。因远远拿着庚帖一照道："这难道不是你亲笔写的，还有何说？"

　　冰心小姐道："我且问叔叔，你知我是几月生的？"水运道："你是八月十五日亥时生的，生你那一夜，你父亲正同我赏月吃酒。我是你亲叔叔，难道不知？"冰心小姐道："再请问香姑姐姐是几月生的？"水运道："她是六月初六日午时生的,大热大暑,累她娘坐月子,好不苦恼。"冰心小姐道:"叔叔可曾看看这庚帖上写的是几月生的?"水运道:"庚帖上但写八个字,却不曾写出月日,叫我怎么看?"冰心小姐道:"这八个字,叔叔念得出么?"水运道:"念是念不出,只因前日打金八字时,要称分两,也说'甲'字是多重,'子'字是多重,故记得是'甲子'、'辛未'、'壬午'、'戊午'八个字,共重一两三钱四分。"冰心小姐道:"既是这八个字,却是姐姐的庚帖了,与我何干? 怎来向我大惊小怪?"水运听了,忽吃一惊道:"分明是你的,就是你自写的,怎赖是她的?"冰心小姐道:"叔叔不须争闹,只要叫一个推命先生来算一算,这八字是八月十五,还是六月初六,便明白了。"

水运听说,呆了半晌,忽跌跌脚道:"我女儿乖,便被你卖了,也便被你耍了,只怕真的到底假不得。莫说过家并府尊、县尊俱知我是为你结亲,就是合邑人也知是过公子娶你。虽是庚帖被你作弄了,然大媒主婚,众口一词,你如何推得干净?"冰心小姐道:"不是我推。既是过家娶我,过家行聘就该行到我这边来了,为何行到叔叔家里? 叔叔竟受了,又出回帖,称说是'为小女答聘',并无一字及于侄女,怎说为我?"水运道:"我称你为'小女',是你要认做亲父,与你商量过的。"冰心小姐道:"若是叔叔没有女儿,便认侄女为小女,也还可讲,况叔叔自有亲女,就是要认侄女做亲女,又该分别个大小女、二小女,怎但说'小女'? 若讲到哪里,就是叔叔自做官,也觉理上不通!"

水运听了这许多议论,急得捶胸跌脚,大哭起来道:"罢了,罢了! 我被你害的苦了! 这过公子奸恶异常,他父亲又将拜相。他为你费了许多钱财,才讲成了。今日吉期,请了许多显亲贵戚,在家设宴,守候结亲,鼓乐喜轿,早晨便来,伺候到晚,少不得自骑马到来亲迎。若是你不肯嫁,没个人还他,他怎肯甘休? 你叔叔这条性命,白白的要断送在你手里。你既害我,我也顾不得骨肉亲情,也要将你告到县尊、府尊处,诉出前情,见得是你骗我,不是我骗过家,听凭官府做主。只怕到那其间,你就伶牙俐齿,会讲会说,也要抛头露面,出乖弄丑!"一头说,一头只是哭。

冰心小姐道:"叔叔若要告我,我也不用深辩,只消说叔叔乘父宦被谪,结党谋陷孤女嫁人,要占夺家私。只怕叔叔的罪名更大了。"水运听了,愈加着慌道:"不是我定要告你,只是我不告你,我的干系怎脱?"冰心小姐道:"叔叔若不牵连侄女,但要脱干系,却甚容易。"水运听见说脱干系容易,便住了哭问道:"这个冤结,就是神仙也解不开,怎说容易?"冰心小姐道:"叔叔若肯听侄女主张,包管大忧变成大喜。"水运见冰心小姐说话有些古怪,便钉紧说道:"此时此际,死在头上,哪里还望大喜?只要你有甚主张,救得我不被过公子凌辱便好了!"冰心小姐道:"我想香姑姐姐今年已是十七岁,也该出阁了,何不乘此机会,名正言顺,就将姐姐嫁去,便一件事完了,何必别讨愁烦?"

水运听了,低着头,再思沉吟,忽又惊又喜说道:"也倒是一策,只恐你姐姐与你好丑大不相同,嫁过去过公子看不上,定然要说闲话。"冰心小姐道:"叔叔送去的庚帖,明明是姐姐的;他行聘又明明行到叔叔家里来;叔叔的回帖,又明明说是'小女',今日他又明明到叔叔家里来娶姐姐,理合将姐姐嫁去,有甚闲话说得?就说闲话,叔叔却无得罪处,怕他怎的;况姐姐嫁过去,叔叔已有泰山之尊,就是从前有甚不到处,也可消释,岂不是大忧变成大喜?"水运听到此处,不觉笑将起来道:"我儿!你一个小小女子,怎胸中有这许多妙用?将一个活活的叔子骗死了,又有本事救活转来!"冰心小姐道:"不是侄女欺骗叔叔,只因叔叔要寻事,侄女不得不自求解免耳。"水运道:"这都不消说了。只是你姐姐粗手粗脚,平素又不会收拾,今日忽然要嫁,却怎么处?你须过去替她装束装束。"

冰心小姐巴不得送了出门,只得带了两个丫环走过去,替她梳头剃面,擦齿修眉,从午后收拾到晚;又将珠翠铺了满头,锦绣穿了满身,又替他里里外外,将异香熏得扑鼻。又吩咐她:"到房中时,只说害羞,定要他吹灭了灯烛,然后与他见面就寝,,倘饮合卺酒,须叫侍妾们将新郎灌醉。"又吩咐她:"新郎若见面有些嫌你的话,你便须寻死觅活惊吓他。"香姑虽说痴蠢,说到她痛痒处,便一一领略。

刚刚装束完,外面已三星在天。过公子骑着高头骏马,许多家人簇拥前来亲迎了。水运无法摆布,只得捏着一把汗,将女儿撮上轿,听众人吹吹打打,娶将去了。正是:

　　　　奸计虽然狡,无如慧智高。
　　　　慢言鸠善夺,已被鹊移巢。

过公子满心以为冰心小姐被他娶了来家,十分欢喜。迎到大门前下了轿,许多媒婆、侍女挽扶到厅中。锦帕盖着头,红红绿绿,打扮的神仙相似,人人都认做冰心小姐,无一个不啧啧赞好。拜过堂,一齐拥入洞房,就排上合卺酒来,要他与新人对饮。香姑因有先嘱之言,除去盖头,遂进入帐幔之中,死也不肯出来。过公子认做害羞,便不十分强她,竟出到外厅,陪众亲戚饮酒。一来心下欢喜,二来亲戚劝贺,左一杯,右一盏,直饮得酩酊大醉,方走入房中。看一看,只见灯烛远远停着,新人犹隐隐坐在帐中。

过公子便乘着醉兴,也走到帐中来,低低说道:"夜深了,何不先睡?"香姑看见,忙背过脸去,悄悄叫侍妾吹灯。侍妾尚看着过公子,未敢就吹。过公子转凑趣道:"既是新夫人叫吹灯,你们便吹息了去吧!"众侍妾听得,忙忙将灯烛吹息,一哄散去。过公子急用手去摸时,新人早已脱去衣裳,钻入被里去了。过公子哪里还忍得住,连忙也脱去衣裳,钻到被里,一心只说是偷相的那一位冰心小姐,快活不过,便千般摩弄,百种温存。香姑也是及时女子,到此田地,岂能自持? 一霎时帐摆流苏,被翻红浪,早已成其夫妇。正是:

> 帐底为云皆淑女,被中龙战尽良人。
>
> 如何晓起看颜面,便有相亲方不亲。

过公子夫妻恣意为欢,直睡到次早红日三竿,方才醒转。过公子睁开眼,忙将新人一看,只见广额方面,蠢蠢然哪里是偷相的那位小姐! 忙坐起来,穿上衣服,急急问道:"你又不是水小姐,为何充做水小姐嫁了来?"香姑道:"哪个说我不是水小姐,你且再细认认看!"过公子只得又看了一眼,连连摇头道:"不是,不是! 我认得水小姐的俊俏庞儿,如芙蓉出水,杨柳含烟,哪里是这等模样! 多是被水运之这老狗骗了!"

香姑听了,着恼道:"你既娶我来,我就是与你敌体的夫妻了。你怎这样无礼,竟对着我骂我的父亲?"过公子听了,愈加着急道:"罢了,罢了! 他原领我偷相的是侄女儿冰心小姐。你叫他做父亲,莫非你是他的亲女儿,另是一个?"香姑听了,也坐将起来,穿上衣服,说道:"你这人怎这样糊涂! 冰心小姐乃是我做官大伯父的女儿,你既要娶她,就该到她那边去求了,怎来求我父亲? 况我父亲出的庚帖,又是我的,回帖上又明明写着'为小女答聘',难道不看见,怎说是侄女儿? 你聘礼又行到我家来,你娶又到我家来娶,怎么说不是我亲女儿? 我一个官家女儿,明媒正娶到你家来,又亲朋满座,花烛结亲,今日已成了夫妇之好,却说出钻穴偷相这等败伦伤化的言语来,叫我明日怎与你操持井臼,生育子嗣? 看将起来,倒不如死了吧!"因跳下床来,哭天哭地的寻了一条大红汗巾,要去自缢。

　　过公子见不是冰心小姐,已气得发昏;及见香姑要寻死,又惊个魂出。只因这一惊,有分教:

　　　　才被柳迷,又遭花骗。

不知毕竟怎生结果,且听下回分解。

第四回　过公子痴心捉月

诗曰：

> 人生可笑是蚩蚩①，眼竖眉横总不知。
>
> 春梦做完犹想续，秋云散尽尚思移。
>
> 天机有碍尖还钝，野马无缰快已迟。
>
> 任是泼天称大胆，争如闺阁小心儿。

话说过公子与香姑既做了亲，看破不是冰心小姐，已十分气苦，又被香姑前三后四，说出一团道理来，只要寻死觅活，又惊得没摆布，只得叫众侍妾看守劝解。自己却梳洗了，瞒着亲友，悄悄来见府尊，哭诉被水运骗了，道："前面引我偷相的，却是冰心小姐；后面发庚帖受财礼及今天嫁过来的，却是自家女儿，叫做香姑。银钱费去，还是小事；只是被他做小儿愚弄，情实不甘心。恳求公祖大人，推家父薄面，为治晚生惩治他一番，方能释恨。"府尊听了，想一想道："这事虽是水运设骗，然亦贤契做事不老到，既受庚帖，又该查一查他的生时月日，此事连本府也被他朦胧了，还说是出其不意。贤契行聘，怎么不到水侍郎家，却到水运家去？水运与冰心系叔父与侄女，回帖称'小女'，就该动疑了，怎么迎娶这一日，又到水运家去？岂不是明明娶水运之女？今娶又娶了，亲又结了，若告他抵换，谁人肯信？至于偷相一节，又是私事，公堂上怎讲得出口？要惩治他，却也无词。贤契莫若且请回，好好安慰家里，莫要急出事来，待本府为你悄悄唤水运来，问他个详细，再作区处。"过公子无奈，只得拜谢了回家，倒转将言语安慰香姑不提。

却说水运自夜里嫁了女儿过去，捏着一把汗，睡也睡不着。天才亮，便悄悄叫人到过府门前去打听，却并不见一毫动静，心下暗想道："这过公子又不是一个好人，难道就肯将错就错罢了？"满肚皮怀着鬼胎。到了日中，忽前番府里那个差人，又来说太爷请过去说话。水运虽然心下鹘

---

① 蚩蚩(chī)——无知；傻。

突①，却不敢不去，只得大着胆，来见府尊。府尊叫到后堂，便与他坐了，将衙役喝开，悄悄细问："本府前日原为过宅讲的是你令侄女，你怎么逞弄奸狡，移花接木，将你女儿骗充过去，这不独是欺骗过公子，竟是欺骗本府了。今日过公子动了一张呈子，哭诉于本府，说你许多奸狡，要我依法征治。本府因你也是官家，又怕内中别有隐情，故唤你前来问明。你须实言，我好详察定罪。"

　　水运听了，慌忙跪下道："罪民既在太公祖治下，生死俱望太公祖培植，怎敢说个欺骗？昨夜之事，实出万不得已，内中有万千委曲，容罪民细述，求太公祖宽宥开恩。"府尊道："既有委曲，可起来坐下细讲。"水运便爬起来坐下，说道："罪民与过公子议亲初意，并太公祖后来吩咐，俱实实是为舍侄女起见。不料舍侄女赋性坚贞，苦苦不从。罪民因她不从，就传示太公祖之命，未免说了些势利的言语。又不料舍侄女心灵性巧，恐勾出祸来，就转过口来，要我认做亲父，方肯相从。罪民只要事成，便认做亲父。罪民恐她有变，就叫她亲笔写了庚帖为定。又不料舍侄女机变百出，略不推辞，提起笔来就写。罪民见写了庚帖，万万无疑。谁知她写的却是小女的八字。罪民一时不察，竟送到太公祖案下；又蒙太公祖发到县间送与过宅，一天喜事，可谓幸矣，哪晓得俱堕在舍侄女术中。后来回帖称'小女'，与罪民自受聘，俱是被她叫我认为亲父惑了。直到昨日临娶，催她收拾，她方变了脸，说出前情，一毫不认账。及见罪民事急，无可解救，哭着要寻死，却又为我画出这条计来免祸。罪民到了此时，万无生路，只得冒险将小女嫁去，实不是罪民之本心也。窃思小女虽然丑陋，但今既已亲荐枕席，或者转是天缘，统望太公祖开恩。"

　　府尊一一听了，转欢喜起来道："怎令侄女小小年纪，有如许聪慧，真可敬也，真可爱也！据老丈这等说起来，虽是情有可原，只是过公子受了许多播弄，怎肯甘心？"水运道："就是过公子不甘心，也只为不曾娶得舍侄女。若是舍侄女今日嫁了别人，便难处了。昨日之事，舍侄女虽然躲过，却喜得仍静守闺中。过公子若是毕竟不忘情，容罪民缓缓骗她，以赎前愆，未尝不可。"府尊听了，欢喜道："若是令侄女终能归于过公子，这便自然无说了。只是你侄女儿如此有才智，如何骗得她动？"水运道："前日

---

　　①　鹘(hú)突——糊涂。

小女未曾嫁时,她留心防范,故被她骗了。如今小女已嫁过去,她心已安,哪里防备得许多?只求太公祖请了过公子来,容罪民设一妙计,包管完成其事。"府尊道:"既是这等说,本府且不深究;若又是诳言,则断不轻恕。"因又差人立刻请过公子来相见,水运又将前情说了一遍与过公子听。

过公子听完,因回嗔作喜道:"若果有妙计,仍将令侄女嫁过来,则令爱我也不敢轻待。只是令侄女如此灵慧,且请问计将安在?"水运道:"也不须别用妙计,只求贤婿回去,与小女欢欢喜喜,不动声色,到了三六九作朝的日期,大排筵宴,广请亲朋,外面是男亲,内里是女眷,男亲须求太公祖与县尊在座,女眷中舍侄女是小姨娘,理该来赴席,待她来时,可先将前日的庚帖,改了她的八字,到其间贤婿执此,求太公祖与县父母理论,我学生再从旁撺掇,便不怕她飞上天去,安有不成之理?"过公子听了,满心欢喜道:"此计大妙。"府尊道:"此计虽妙,只怕你侄女乖巧,有心不肯来。"水运道:"她见三朝六朝没话说,小女的名分已定,她自然不疑。到了九朝十二朝,事愈沉了,既系至亲,请她怎好不来?"商量停当,过公子与水运遂辞谢了府尊出来,又各各叮嘱,算计停当别去。正是:

　　大道分明直,奸人曲曲行。

　　若无贞与节,名教岂能成?

过公子回家打点不提。

却说水运到家,将见府尊的事情瞒起不说;却欢欢喜喜,走过间壁来见冰心道:"我儿,昨日之事,真真亏了你!若不是这个法儿,今日天也乱下来了。"冰心小姐道:"理该如此,也不是什么法儿。"水运道:"我今早还担忧,这时候不见动静,想是大家相安于无事了。"冰心小姐道:"相安也未必,只是说也无用,故隐忍作后图耳。"水运道:"有甚后图?"遂走了过来,心下暗想道:"这丫头怎看事这等明白?过家请作十二朝,只怕还不肯去哩!"

到了十二朝先三日,过家就下了五个请帖来:一个请水运,三个请三个儿子,俱是过公子出名;又一个是请冰心小姐的,因过公子父母俱在京,就将香姑出名。水运接了,就都拿过来与冰心小姐看,因笑说道:"这事果都应了你的口,大忧变成大喜。他既请我们合家去做十二朝,则断断乎没闲话说了,须都去走走,方见亲情密厚。"冰心小姐道:"这个自然都该去。"水运道:"既是都该去,再无空去之理,须备些礼物,先一日送去,使他知道我们都去，也好备酒。"冰心小姐道："正该先送礼去。"水运因取了个大红帖子来，要冰心小姐先写定，好去备办。冰心小姐全不推辞，就举起笔，定了许多礼物与水运去打点。

水运拿了礼帖，满心欢喜，以为中计，遂暗暗传信与过公子，又叫算命先生，将她八字推出，暗暗送与过公子，叫他另打金字换过，以为凭据。又时时探听冰心小姐背后说什么，恐怕她临期有变。冰心小姐却毫不露相，不说去，也不说不去。水运心下拿不稳，只得又暗暗传信去，叫女儿头一日先着两个婢女来请，说道："小夫人多多拜上小姐，说凡事多亏小姐扶持，明日千万要请小姐早些过去面谢。"冰心小姐道："明日乃你小夫人的吉期，自然要来奉贺。"就叫人取茶与她二人吃，一面吃茶，一面闲话问她："你小夫人在家做什么？"一个回道："不做什么。"一个道："今早钉的红缎子，不知叫做什么？"冰心小姐道："钉在上面的，可是几个金字？"婢女道："正是几个金字。"冰心小姐听了，就推开说别话，再不问了。婢女吃完茶辞去，冰心小姐亲口许她必来。水运闻知，满心欢喜。

到了次日清晨，过家又打发两个婢女来请，取出一个小金盒，内中盛着十粒黄豆大滚圆的珠子，送与冰心小姐道："这十颗珠子，是小夫人叫暗暗送与小姐的。小姐请收了，我们好回话。"冰心小姐看一看，因说道："明珠重宝，不知是卖，不知是送？若是卖，我买不起，若是小夫人送我，你且暂带回，待我少停面见小夫人收吧。"婢女不知就里，便依旧拿了回去。婢女才去，水运就过来问轿子与伞要用几个人。冰心小姐道："父亲今已被谪，不宜用大轿、黄伞，只用小轿为宜。昨南庄有庄户来交租米，我已留下两人伺候了，不劳叔叔费心。"水运道："今日过家贵戚满堂，我们新亲，必须齐整些才妙。若是两人轿，又不用伞，冷冷落落，岂不惹人耻笑？"冰心小姐道："笑自由她，名却不敢犯。"水运强她不过，因说道："轿子既有了，我们男客先去，你随后也就来吧！"竟带了三个儿子先去。正是：

　　　拙计似推磨，慧心如定盘。
　　　收来还放去，偏有许多般！

却说过公子打听得冰心小姐许了准来，不胜之喜。又再三拜恳府尊与县尊，为他做主。又请出三四个学霸相公，要他作傧相赞成。十颗珠子，要赖作他受的聘定；金字庚帖，要做证见。又选下七八个有力气的侍妾,叫她们只等她下轿进门,便上前搀扶定了,防备她事急寻死。又收拾下一间精致的内房,房内铺的锦绣珠翠,十分富丽,使她动心从情。

清晨使婢妾相请,络绎不绝,直请到午后,方有人来报道:"冰心小姐已上轿出门了。"不一时,又有人来报道:"冰心小姐的轿子,已到半路了。"过公子听了,喜得心花俱开,忙叫乐人伏于大门左右,只候轿一到门,就要吹打迎接。过公子心里急,又自走出门去望,只见远远有一乘小轿,四个丫环列在前面,后面几个家人跟随,飘飘而来,就像仙子临凡一般。将及到门,过公子不好意思,转走了进去。府尊与县尊坐在大厅上,听说到了,心下暗想道:"这女子前面多少能干,今日到底还落在他们圈套里,可怜又可惜!"

不期水小姐的轿,直抬到门前,刚刚登门歇下,四个丫环卷起轿帘,冰心小姐露出半身,正打算出轿,门里的七八个侍妾,正打算要来搀扶,忽门旁鼓乐吹打起来,冰心小姐听了,便登时变了颜色道:"这鼓乐声一团杀气,定有奸人设计害我,进去便落陷坑!"因复转身坐下,叫快抬回去。那两个抬轿的庄户,是早先吩咐下的,不等冰心小姐说完,早抬上肩,飞一般奔回去了。四个丫环与跟随的家人,也忙忙赶去。正是:

> 珠戏不离龙项下,须撩偏到虎腮边。
>
> 始知俏胆如金玉,看得痴愚不值钱!

过公子听得鼓乐响,只认做进来了,忙躲在小厅旁要偷看。不期鼓乐响不得一两声就住了,忽七八个侍妾,乱跑进来寻公子。公子忙走出来问道:"怎么水小姐不进来?"众侍妾道:"水小姐轿已下了,因听见乐人吹打,忽吃惊道:'这鼓乐声一团杀气,定有奸人害我,进去便落陷坑,快回去!'遂复上轿,抬回去了。"过公子跌脚道:"你们怎不扯住她?"众侍妾道:"去的好不快,哪里容你扯?"过公子急叫人快赶时,轿已去远,赶不及了。过公子气得呆了,忙到大厅来,向府尊、县尊诉说其事。府尊与县尊听了,又惊又喜。府尊因说道:"这女子真奇了,怎么听见鼓乐声,就知要害她?"因又对着水运道:"令侄女平素果然晓得些术数么?"水运道:"她自小跟着父亲读些异书,常在家断祸断福,我们也不信她。不期今日倒被她猜着了。"府尊、县尊并满座宾朋听了,众皆惊讶。

过公子心不死,又吩咐两个婢女去请,说道:"今日十二朝,是亲者皆来,故请小姐去会一会,家公子并无他意,为何小姐到门就转?"婢女去了,回来复道:"水小姐说:'我只道是亲情好意,请去会会,故一请便来。谁知你公子不怀好心,已将庚帖改了,又要将珍珠作聘,叫府县官逼勒我。若不是乐鼓声告我,几乎落你们圈套。你可多多拜上公子,可好好与小夫人受用,我与他不是姻缘,莫要生奸妄想。'"府尊与满堂亲友听见,俱啧啧赞羡道:"这水小姐真不是凡人!"大家乱了半晌,只得排上酒来,吃了散去。

　　过公子心不甘,因又留下水运,说道:"我细想令侄女纵然聪慧,哪里就是神仙,说得如此活现?定是你通谋骗我!"水运听说急了,就跪在地下,对天发誓道:"我水运若系与侄女儿通谋哄骗公子,就全家遭瘟!"过公子忙搀起来说道:"你若果不与她通谋,老实对你说,这样聪慧女子,越越放她不下。"水运道:"贤婿既放她不下,不必冤我,我还有一急计,只得要用了。"过公子道:"更有甚急计?"水运道:"这九月二十日,乃她母亲的忌辰。年年到这日,必要到南庄母亲坟上去祭扫,兼带着催租,看菊花,已做了常规,是年年去的。公子到这日,必须骑匹快马,领着众家丁,躲在南庄前后,等她去祭扫完了,转回家时,竟打开轿夫,抬着便走。抬到家中,便是公子的人了,听凭公子如何调停,成与不成,却冤我不着。"过公子听了,连声道:"妙,妙。此计甚捷径省力,定要如此行了,但恐怕到了那日,或遇风雨她不去。"水运道:"舍侄女为人最孝,任是大风大雨,也要去的。"过公子听了,满心欢喜,两下约定,方才别了。正是:

　　　　凡人莫妄想天仙,要识麻姑有铁鞭。
　　　　毕竟此中寻受用,嘴边三尺是垂涎。
按下过公子打点九月二十日抢亲不提。

　　且说水运回家,因走过来对侄女道:"过家一团好意,你因甚疑心?到了门却又抬了回去,叫我们扫兴,连我也带累的没趣!"冰心小姐道:"不消我说,他做的事,他心下自然明白。"水运忙合掌道:"阿弥陀佛,不要冤屈他。今日实是会亲,并无他意,我可以代他发的誓出!"冰心小姐道:"我才听得鼓声甚暴,突然三挝①,他这造谋不浅。今日虽被我识破了,决不住手,必然还有两番来寻我。到明日验过,叔叔方知不是我冤他。"数语说得水运毛骨悚然,不敢开口,只得淡淡的走了过去。

-----

　　① 三挝(zhuā)——敲了三下。

　　到了九月二十，冰心小姐果然叫人打点祭礼，到南庄去拜扫。先一日，就请水运与三个兄弟同去。水运暗想道："明日过公子抢人，少不得有一番吵闹。我若同去，未免要打在浑水里，招惹是非。"因回说道："我明日有些要紧的事务要出门，恐怕不能去了。"冰心小姐道："叔叔既不去，哥哥与兄弟，难道也不去？"水运道："你两个哥哥要管家，只好叫你兄弟同去，拜奠伯母坟茔①吧。"说定了，就暗暗通信与过公子，说自去不便，只叫小儿一同去，作个耳目。

　　原来这南庄离城有十二三里，冰心小姐晓得路远，大清晨就起来收拾。临出门，偏坐一乘大暖轿，轿幔四面遮得严严的，又用一柄黄伞在前引道，后面四个丫环，是四乘小轿。小兄弟与家人俱骑马在后面随行。竟从从容容，出城往南庄去祭扫。正是：

　　　　镜里花枝偏弄影，水中月影惯撩人。

　　　　谁知费尽扳捞力，总是明河不可亲。

　　冰心小姐轿到了南庄，庄户将庄门大开，让轿子直抬到大厅上方下来。冰心小姐既进了庄，庄门便依旧关上，几匹马就在庄外下了。冰心小姐才坐下，庄妇就摆出茶来，冰心小姐就叫小兄弟同吃。吃完茶，冰心小姐就问庄妇道："后面坟上祭礼，可曾打点端正么？"庄妇答道："俱已齐备，只候小姐行礼。"

　　冰心小姐随起身，同小兄弟直走到后面母亲的坟上，哭祭了一番。直等化了纸钱，方回身到庄西一间阁上去看菊花。原来这南庄有东西两层高阁：东边阁下，栽的都是桃花，以备春祭赏玩；西边阁下，栽的是菊花，以备秋祭赏玩。今日是秋祭，冰心小姐上了西阁，往下一看，只见阁下满地铺金，菊花开得正盛。有《踏莎行》词为证：

　　　　瘦影满篱，香疏三径，深深浅浅黄相映。露下繁英饥可餐，风前雅致谁堪并？　　谈到可怜，懒如新病，恹恹开出秋情性。漫言尽日只闲闲，须知诗酒陶家兴。

　　冰心小姐在西阁上看罢菊花，又四郊一望，正是秋成之时：收的收，割的割，乡人奔来奔去，手脚不停。忽看见两个闲汉，立在一间草屋边看揽稻，有些诧异，因再向西边一看，又看见三个闲汉，坐在一堆乱草上，忽眠

---

　　① 坟茔（yíng）——坟地。

忽起，再看看，又见小兄弟与一个青衣小厮，掩在照墙后说话。冰心小姐心下明白，并无言语。

不多时，庄妇摆饭在后厅，请冰心小姐去吃。冰心小姐下了阁，叫人寻了小兄弟来同吃。吃完饭，小兄弟就催冰心小姐道："路远，没甚事早些回去吧！"冰心小姐道："你且再玩耍片时，我还要吩咐庄户，催讨租米。"小兄弟又去了。冰心小姐因叫众庄户将庄田事务，一一吩咐明白，发放去了，然后坐在后厅旁边小房里，叫丫环将大皮箱出空了，衣服用包袱包起，又悄悄叫一个家人取了许多碎石块，放在空箱里，抬到大轿柜底下放了，又叫家人寻一块大石，用包袱包了，放在轿柜上面，然后将轿门关上，用锁锁了，放下轿幔遮了。又叫众家人进来，吩咐如此如此，众家人领命。然后自家换了一件青衣，坐在四乘小轿内，却留下一个丫环，叫庄户另寻轿送来。收拾停当，却叫家人大开了庄门，喝道："轿夫快来，小姐已上轿了！"轿夫正在外面伺候，听见叫，便一齐拥入，各认原轿，照旧抬了出来。打伞的原打起黄伞，在前引路。家人又寻了小兄弟来，同骑上马跟随。

才抬离了庄门，不上一箭路，早有东边两个、西边三个，一霎时跳出一二十脚夫来。有几个将大轿撮住不放，有几个将抬轿的乱打道："这地方是我们的生意，你怎么来这里抬？"打得这四个轿夫披头散发，各各放手。早有四个轿夫，接上肩头，抬着飞跑去了。后面骑马的家人看见，忙忙加鞭赶上前来吆喝道："作死的奴才，这是城中水侍郎老爷的小姐，怎敢抢抬？"那抬轿的听见说是水小姐，一发跑的快了。

后面家人的马，将近赶上，只见路旁松树下，过公子带着一簇人马，从林中出来，拦住大叫道："你家小姐，已是我过大爷娶了，你们还赶些什么？"众家人看见，慌忙勒住马道："原来是过姑爷抬回去，小人怎敢？但不赶上，恐怕小姐明日责罚。"过公子将手一挥道："快回去，小姐若责罚你，都在我身上。"说罢，将马加上一鞭，带着众人去赶前边轿子。众家人借此缩住，等后面小姐的小轿上来，悄悄的抬了回家不提。

却说过公子赶上大轿，欢欢喜喜，拥进城来。只因这一抢，有分教：

　　欢颜变恼，喜脸成羞。

不知更作何状，且听下回分解。

第五回　激义气闹公堂救祸得祸

词曰：

才想鲸吞，又思鸠夺，奸人偏有多般恶。谁知不是好姻缘，认得真真还又错。　　恰恰迎来，刚刚遇着，冤家有路原非阔。不因野蔓与闲藤，焉能引作桃夭合？

《踏莎行》

话说过公子自与水运定下抢水小姐之计，恐怕抢到来不能服帖，依旧求计于府尊与县尊，在家坐等，要他们执庚帖判断，方没话说。仍又请了许多亲戚在家，要显他有手段，终娶了水小姐来家。

这日带着许多人，既抢到手，便意气扬扬，蜂拥回家。到了大门前，脚夫便要住轿，过公子连连挥手道："抬进去！"到了小厅，过公子还叫抬进去。脚夫直抬到大厅月台下，方才歇下。府尊与众亲友看见，都起身迎下厅来作贺道："淑女原不易求，今日方真真恭喜了。"过公子到了此际，十分得意，摇摇摆摆，走上厅来，对着府尊，县尊浅浅一躬道："今日之事，不是治晚生越礼，但前日所聘定者实系冰心小姐，现有庚帖可证；不料后来背约负盟，移花接木，治晚生心实不甘，故今日行权娶来，求太公祖与老父母做主。"府尊、县尊同说道："这婚姻始末，皆本府、本县所知，不消细说；今既垂来归正，可谓变而合礼。前面之失，俱可不究，可快快拥入洞房，成其嘉礼。"过公子道："这使不得。若单单结缡，恐涉私不服，必经明断，方彼此相安。"府尊道："既是这等说，可开轿请新夫人出来面讲。"

过公子因叫出几个侍妾来去开轿门。众侍妾掀起轿幔，看见轿门有小锁锁着，忙说与过公子。过公子道："这不打紧！"因自走上前，将小锁一把扭去。众侍妾见锁扭开，便转入轿杠中间，将两扇轿门轻轻扯开。不开犹可，开了看时，却惊得面面相觑，做声不得。过公子看见众侍妾呆立不动，因骂道："蠢奴才！快些扶新夫人出来，呆立着做什么？"众侍妾忙回道："轿里没有什么新夫人，却扶哪个？"过公子说听没有新夫人，吃这一惊不小，忙走到轿前一看，只见轿柜上放着一个黄包袱，哪里有个人影儿？急得忙连连跌脚道："明明看见她在阁上，怎么上轿时，又被这丫头弄了手脚,殊令人可恨!"

府尊、县尊与众亲友听见,都到月台上去,看见轿里无人,尽赞叹道:"这水小姐真是个神人了!"因对过公子道:"我劝贤契息了念头吧!这女子行事神鬼莫测,断不是个等闲人。"过公子气得软瘫做一堆,羞得半句话说不出,只是垂着头叹气。府尊又叫取出黄包袱并皮箱,打开来看,却都是大小石块,又笑个不了。大家乱了半晌,见没兴头,便都陆续散去。

独有一个在门下常走动相好的朋友叫做成奇,却坐着不动身。过公子因与他说道:"今日的机会,亦可谓凑巧,怎又脱空?想是命里无缘。"成奇道:"事不成便无缘,事若成包管你又有缘了。凡是求婚,斯斯文文,要她心肯,便难了;若有势有力,可以抢夺,不怕人事,便容易。公子何须嗟叹?"过公子道:"兄不要将抢夺看轻了,就是抢夺,也要凑巧。她是个深闺女子,等闲不出来,就纵有泼天本事,也没处下手。"成奇道:"我闻得他父亲水居一,下手妙处在此。"过公子道:"请教有甚妙处,可以下手?"成奇道:"我闻得他父亲水居一,被谪边庭,久无消息;又闻得水小姐是个孝顺女儿,岂不思量望赦?公子只消假写起一张红纸报条来,说是都察院上本论赦,蒙恩赦还,复还原职。叫一二十人,假充报子,出其不意,跑进门去报喜,叫她出来讨赏。她若不出来,再说又有恩赦诏旨,要她亲接。她在欢喜头上,自然忘情;况闻有旨,敢不出来?等她出来,看明白了。暗暗的藏下轿子,撮上就走。她一个柔弱女子,纵说伶俐,如何拗得众人?"过公子听说得心花都开,连声说道:"此计甚妙!"成奇道:"此计虽妙,只怕做将来要犯斑驳。"过公子道:"犯甚斑驳?"成奇道:"她一个官宦人家小姐,领了许多人私自抢去,倘或抢到家,她性子烈,有这长这短,祸便当不起。公子虽与府县是一个人,莫若还先动一张呈子,与府县说明了,先抬到县,后抬到府,要府县做主批一笔:'既前经聘定,准抬回结亲。'那时便万分安稳了。"过公子听了,越加欢喜道:"如此尤妙!"二人算计定了,便暗暗打点行事不提。正是:

一奸未了一奸生,人世如何得太平?

莫道红颜多跌剥,须眉男子也难行!

却说冰心小姐自用计脱了南庄之祸,便闭门静处,就是妇女,也不容出入。水运又因苦争过公子无恶处,后面做出事来,不好意思,便也不甚走过来,冰心小姐倒也安然,只是父亲被谪,久无消息,未免愁烦。

一日，梳妆才罢，忽听得门前一阵喧嚷，许多人拥进门来，拿了一张大红条子，贴在正厅屏门上，口里乱嚷道："老爷奉旨复任，特来报喜讨赏！"又有几个口称："还有恩赦诏书，请小姐开读！"人多语乱，嘈嘈杂杂，说不分明。小姐只得自走到堂后来观看。只见那张红条子，贴在上面，堂后又看不见。众报人又乱嚷着："快接诏开读！"冰心小姐恐接旨迟了，只得带着两个丫环，走出堂来细问。脚还未曾站稳，报人围做一个圈盘，将冰心小姐围在中间道："圣旨在府堂上，请小姐去听开读。"话未说完，外面早抬进一乘轿子来，要小姐上轿。

冰心小姐看见光景，情知中计，便端端正正，立在堂中，面不改色，从从容容道："你众人不得啰唣，听我一说：你众人不过是过公子遣来迎请我的。也要晓得过公子迎请我去，不是与我有仇，是要与我结亲。恐我不从，故用计来强我。此去若肯依从成亲，过公子是你主人，我便是你主母了。你们众人，若是无礼啰唣，我明日到了过家，便一一都要惩治。到那时，莫说我今日不与你们先讲明！"原来成奇也混在众人中，忙答应道："小姐已明见万里，但求就行，谁敢啰唣？"冰心小姐道："既是如此，可退开一步，好好伺候。待我换过衣服，吩咐家人看守，方可出门。"众人果远开一步。

冰心小姐因吩咐丫环去取衣服，就悄悄呼她带了一把有鞘的解手刀来，暗藏在袖里。一面更换衣服，又说道："你们若要我与你过公子成全好事，须要听我吩咐。"成奇道："小姐吩咐，谁敢不听？"冰心小姐道："过公子这段姻缘，虽非我所愿，然他三次相求，礼虽不尽出于正，而意实殷勤，我也却他不得。但今日你们设谋诡诈，若竟突然抬我到过家，我若从之，便是草草苟合，虽死亦不可从，盖无可从之道也。莫若先抬我到府县，与府县讲明。若府县有撮合之言，便不为苟合矣。那里再抬到过家，或者还好商量。不知你们众人可知这些道理么？"成奇听了，正合他的意思，因答应道："众人虽不知道理，但小姐吩咐要见府县，便先抬去见了县里太爷、府里太爷，然后再到过家，也不差什么！"就叫抬过轿来，请小姐上轿。冰心小姐又吩咐家人看门，只带两个丫环、两个小童跟随。又悄悄吩咐家人，暗暗揭了那张大红条子，带到县前来，使欣然上轿去了。正是：

> 眼看鬼怪何曾怪，耳听雷惊却不惊。
> 漫道落入圈套死，却从鬼里去求生！

　　众人将冰心小姐抬上肩头,满心欢喜,以为成了大功,便二三十人围成一阵,鸦飞雀乱的往县前飞奔。又倚着过家有些势力,乱冲来不怕人不让。

　　不期将到县前,忽撞见铁公子到济南来游学,正游到此处,雇了一匹蹇驴儿骑着,后跟小丹,踽踽凉凉①,劈面走来。恰好在转弯处,不曾防备,突被众人蜂拥撞来,几乎撞倒跌下驴来。铁公子大怒,就乘势跳下驴来,将前面抬轿的当胸一把扯住,大骂道:"该死的奴才,你们又不遭丧失火,怎青天白日像强盗抢夺一般这等乱撞,几乎将我铁相公撞跌下驴来,是何道理!"众人乱降降拥拥,跑到有兴头上,忽被铁公子拦住,便七嘴八舌的乱嚷。有几个说道:"你这人好大胆,这是过学士老爷家娶亲,你是甚人,敢出来邀接!"又有几个说道:"莫道你是铁酱蓬,你就是金酱蓬、玉酱蓬,拿到县中,也要打得粉碎!"铁公子听了,愈加大怒道:"既是过学士娶亲,他诗书人家,为何没有鼓乐,为何没有灯火? 定然有抢劫之情,须带到县里去问个明白!"

　　此时成奇也杂在众人中,看见铁公子青年儒雅,像个有来历之人,便上前劝道:"偶然相撞,出于无心,事情甚小。我听老兄说话,又是别府人,管这闲事做什么? 请放手去吧!"铁公子听了,倒也有个放手的意思。忽听得轿中哭着道:"冤屈,冤屈! 望英雄救命!"铁公子听见,因复将抬轿的扯紧道:"原来果有冤屈,这是断放不得的,快抬到县里去讲!"众人看见铁公子不肯放手,便一齐拥上来,逞蛮动粗,要推开铁公子。铁公子按捺不下,便放开手,东一拳,西一脚,将众人打得落花流水。成奇忙拦住道:"老兄,不必动手,这事弄大了,私下决开不得交,莫说老兄到县里,若不到县中,恐过府也不肯罢了。快放手让他们抬到县里去。"铁公子哪肯放手,却喜得离县衙不远,又人多,便抬的抬,撮的撮,你扭我结,一齐开到县前。

　　铁公子见已到县前,料走不去,方放开手,走到鼓架边,取出马鞭子,将鼓乱敲,敲得扑咚咚响亮,已惊动县前众衙役,都一齐跑来,将铁公子围住道:"你是什么人,敢来击鼓? 快进去见老爷!"原来县尊已有过家人来报知抢得水小姐来,要他断归过公子,故特特坐在堂上等候。不期水小姐

―――――――――

　　①　踽(jǔ)踽凉凉——孤独貌。

不见来,忽闻鼓响,众衙役拥进一个书生来禀道:"擅击鼓人,带见老爷!"

那书生走到堂上,也不拜,也不跪,但将手一举道:"老先生请了!"县尊看见,因问道:"你是什么人?因何事击鼓?"铁公子道:"我学生是甚人,老先生不必问,我学生也不必说。但我学生方才路见一件抢劫冤屈之事,私心窃为不平,敢击鼓求老先生判断,看此事冤也不冤?并仰观老先生公也不公?"县尊看见铁公子人物俊爽,语言凌厉,不敢轻易动声色,只问道:"你且说有甚抢劫冤屈之事?"铁公子道:"现在外面,少不得进来。"才说未完,只见过家的一伙人,早已将冰心小姐围拥着进来了。冰心小姐还未走到,成奇早充做过家家人,上前禀道:"这水小姐,是家公子久聘定下的,因要悔赖婚姻,故家公子命众人迎请来,先见过太爷,求太爷断明,好迎请回去结亲。"县尊道:"既经久聘,礼宜迎归结亲,何必又断?不必进来,竟迎去吧!"成奇听了,就折回身拦住众人道:"不必进去了,太爷已断明,亲自吩咐叫迎回去结亲了。"

冰心小姐刚走到甬道中间,见有人拦阻,便大声叫起冤屈来,因急走两步,要奔上堂来分诉。旁边皂快早用板子拦住道:"老爷已吩咐出去,又进来做什么?"冰心小姐见有人拦阻,不容上堂,又见众人推她出去,便盘膝坐在地下,放声大哭道:"为民父母,职当伸冤理屈,怎么不听一言!"县尊还指手叫去,早急得铁公子暴跳如雷,忙赶上堂来,指着县尊乱嚷道:"好糊涂官府!怎公堂之上,只听一面之词,全不容人分诉?就是天下之官,贪贿慕势,也不至此。要是这等作为,除非天下只一个知县方好,只怕还有府道、抚台在上!"县尊听见铁公子嚷得不成体面,便也拍案大怒道:"这是朝廷设立的公堂,你是什么人,敢如此放肆!"铁公子复大笑道:"这县好个大公堂!便是公侯人家,钦赐的禁地,我学生也曾打进去,救出人来,没人敢说我放肆!"

原来这个知县新选山东不久,在京时,铁公子打入大央侯养闲堂这些事都是知道的。今见铁公子说话相近,因大惊问道:"如此说来,老长兄莫非就是铁都院长公子铁挺生么?"铁公子道:"老先生既知道我学生贱名,要做这些不公不法之事,也该收敛些!"县尊见果是铁公子,忙走出公位,深深施礼道:"小弟鲍梓,在长安时,闻长兄高名,如雷轰耳,但恨无缘一面。今辱下临,却又坐此委曲,得罪长兄,统容荆请。"一面看坐,请铁公子分宾主坐下,一面门子就送茶。

　　茶罢，县尊因说道："此事始末，长兄必然尽知，非小弟敢于妄为；只缘撇不过过公子情面耳。"铁公子道："此事我学生俱是方才偶然撞见，其中始末，倒实实不知，转求见教。"县尊道："这又奇了！小弟只道长兄此来，意有所图，不知竟是道旁之冷眼热心，一发可敬。"因将水小姐是水侍郎之女，有个过公子，闻其美，怎生要娶她；她叔叔水运，又怎生撺掇要嫁她；她又怎生换八字，移在水运女儿名下；后治酒骗她，她又怎生到门脱去；前在南庄抢劫她，她又怎生用石块抵去之事，细细说了一遍。喜得个铁公子心窝里都跳将起来，因说道："据老先生如此说来，这水小姐竟是个千古的奇女子了，难得，难得！莫要错过！"也顾不得县尊看着，竟抽起身来，走到甬道上，将冰心小姐一看，果然生得十分美丽。怎见得？但见：

　　娇媚如花，而肌肤光艳。羞灼灼之浮华轻盈似燕，而举止安详；笑翩翩之失措眉画春山，而淡淡多态。觉春山之有愧，眼横秋水而流转生情；怪秋水之无神，腰纤欲折立亭亭不怕风吹。俊影难描，鹤瘫瘫最宜月照。发光可鉴，不假涂膏。秀色堪餐，何须腻粉。慧心悄悄，越掩越灵，望而知其为仙子中人；侠骨冷冷，愈柔愈烈，察而识其非闺阁之秀。蕙性兰心，初只疑美人颜色；珠圆玉润，久方知君子风流。

　　铁公子看了，暗暗惊讶，因上前一步，望着冰心小姐深深一揖道："小姐原来是蓬莱仙子，谪降尘凡，我学生肉眼凡胎，一时不识，多有得罪。但闻小姐，前面具如许才慧智巧，怎今日忽为鼠辈所卖？是所不解，窃敢请教。"冰心小姐见了，忙立起身来还礼道："自严君被谪，日夜忧心。今忽闻有恩赦之旨下颁，窃谓诏旨，谁敢假传？故出堂拜接，不意遂为人栽辱至此。"因取出解手刀来，拿在手中，又说道："久知覆盆难照，已拼毙命于此，幸遇高贤大侠，倘蒙怜而垂手，则死之日，犹生之年矣。"铁公子道："什么恩旨？"冰心小姐因叫丫环问家人取了大红报条，递与铁公子看。

　　铁公子看了，因拿上堂来，与县尊看道："这报条是真是假？"县尊看了道："本县不曾见有，此报是哪里来的？"铁公子见县尊不认账，便将条子袖了，勃然大怒道："罢了，罢了！勒娶宦女，已无礼法，怎么又假传圣旨？我学生明日就去见抚台，这些假传圣旨之人，却都要在老先生身上，不可走了一个！"说罢，就起身要走。县尊慌忙留住道："老先生不须性急，且待本县问个明白，再作区处。"因叫过成奇众人来，骂道："你们这伙不知死活的奴才,这报条是哪里来的?"众人你看我,我看你,哪里答应得来?县尊见众人不言语,就叫:"取夹棍来!"众人听见叫取夹棍,都慌了,乱叫道:"老爷,这不干小人们事,皆是过公子写的,叫小人们去贴的!"县尊道:"这是真了。有尊客在此,且不打你们这些奴才。"一面差人押去铺了,一面就差人另取一乘暖轿,好好送水小姐回府,一面就吩咐备酒,留铁公子小饮。

铁公子见送了水小姐回去,心下欢喜,便不推辞。饮至半酣,县尊乃说道:"报条之事,虽实过公子所为,然他尊翁过老先生,未必知也。今长兄若鸣之上台,不独过公子不美,连他过老先生也未免有罪,还望长兄周旋一二。"铁公子道:"我学生原无成心,不过偶然为水小姐起见耳。过兄若能忘情于水小姐,我学生与过兄面也不识,又何故苛求?"县尊听了大喜道:"长兄真快士也,不平则削,平则舍之。"又饮了半响,铁公子告辞。县尊闻知他尚无居停,就差人送在长寿院作寓,谆谆约定明日再会。这边铁公子去了,不提。

那边过公子早有人报知此事,慌忙去见府尊说:"水小姐已抬到县中,忽遇一个少年,不知是县尊的什么亲友,请了进去,竟叫轿将水小姐送了回去,转将治晚生的家人,要打要夹,动下了铺,不知是何缘故?"府尊听了道:"这又奇了,待本府唤他来问。"正说未了,忽报知县要见,连忙命进相见过,府尊就问道:"贵县来的那个少年是什么人? 贵县这等优礼?"县尊道:"贵大人原来不知,那个少年乃是铁都宪之子,叫做铁中玉,年才二十,智勇滔天。前日知县在京候选时,闻知大央侯强娶了一个女子,窝藏在钦赐的养闲堂禁地内,谁敢去惹他? 他竟不怕,手持一柄三十斤重的铜锤,竟独自打开禁门,直入内阁,将那女子救了出来。朝廷知道,转欢喜赞羡,竟将大央侯发在养闲堂,幽闭三年,以代遣戍。长安城中,谁不知他的名字! 今早水小姐抬到县时,谁知凑巧,恰恰遇着他,问起根由,意将过兄写的大红报条袖了,说是假传圣旨,要到抚院处去讲。这一讲准了,不独牵连过老先生,就是老大人与本县,也有许多不便。故本县款住他徐图之,不是实心优礼。"府尊道:"原来有许多委曲。"

过公子道:"他纵然英雄,不过只是个都宪之子。治晚生虽不才,家父也忝居学士,与他也不相上下。他为何管我的闲事? 老父母也该为治晚生主持一二。"县尊道:"非不为兄主持,只因他拿了兄写的报条,有这干碍。唐突他不得，故不得已和他周旋也。"过公子说道："依老父母这等周旋，则治晚生这段姻缘，付之流水矣。"县尊道："姻缘在天，谋事在人。贤契为何如此说？"过公子道："谋至此而不成，更有何谋？"县尊道："谋岂有尽？彼孤身耳，本县已送在长寿院作寓矣，兄回去与智略之士细细商量，或有妙处。"

　　过公子无奈，只得辞了府尊、县尊回来，寻见成奇，将县尊之言说与他知，要他算计。成奇道："方才县尊铺我们，也是掩饰那姓铁的耳目。今既说他是孤身，又说已送在长寿院住，这是明明指一条路与公子，要公子用计害他了。"过公子听了，满心欢喜道："是了，是了。但不知如何害他？还是明明叫人打他，还是暗暗叫人去杀他？"成奇道："打他杀他，俱有踪迹，不妙。"因对着过公子耳朵，说道："只需如此如此，这般这般足矣。"过公子听了，愈加欢喜道："好妙算！但事不宜迟，莫要放他去了。"因与成奇打点行事。只因这一打点，有分教：

　　　　恩爱反成义侠，风流化出纲常。

不知毕竟怎生谋他，且听下回分解。

第六回　冒嫌疑移下榻知恩报恩

词曰：

仇既难忘，恩须急报，招嫌只为如花貌。谁知白璧不生瑕，任他染涅难成皂。　　至性无他，慧心有窍，孤行决不将人靠。漫言明烛大纲常，坐怀也是真名教。

——《踏莎行》

话说过公子自与成奇算出妙计，便暗暗去叫人施为，不提。

却说铁公子既为差人送到长寿院作寓，便认做县官一团好意，坦然不疑。但因见水小姐美貌异常，又听见说她许多妙用，便暗想道："天下怎有这样女子，父母为我求亲，若求得这般一个，便是人伦之福了。"又想道："有美如此，这过公子苦苦相求，却也怪他不得。但只是人伦风化所关，岂可抢夺妄为？今日我无心中救出她回去，使她不遭欺侮，也是一桩快心之事。"这夜虽然睡了，然"水小姐"三字，魂梦中地未尝能忘。

到次日天明，就叫小丹收拾行李要动身。只见住持僧独修和尚忙出来留住道："县里太爷既送铁相公在此，定然还要请酒，或是用情，铁相公为何就忙忙要去了？"铁公子道："我与县尊原非相识，又不是来打秋风①，不过偶因不平，暂为一鸣耳。事过则已，于理既无情可用，于礼也不消请得，我为何不去？"独修和尚道："在铁相公无所干求，去留原无不可。只是小僧禀明，其实不敢放行。"正说不了，只见县尊已差人来下请帖，请午后吃酒。独修和尚道："如何？幸是不曾放去！"铁公子见县尊来意殷勤，只得复住下。不多时，独修和尚备早饭来用。

刚吃完饭，只见一个青衣家人寻将来，说："是水小姐差来，访问铁相公寓处，好送礼来谢。"铁公子闻知，忙出来相见，因回说道："你回去可多多拜上小姐，昨日之事，是偶因路见不平，实实无心偏护小姐，故敢任性使气，唐突县公。若小姐送礼来，使县公闻知，便是为私了，这断乎不可。"家人道："小姐在家说，昨日防范偶疏，误落虎口，幸遇恩人，未遭凌辱。

---

①　打秋风——指假借名义、利用关系向人索取财物或赠与。

若不少致一芹,于心不安。"铁公子道:"你小姐乃是闺阁中须眉君子,我铁挺生也是个血性男儿。道义中别有相知,岂在此仪文琐琐? 她若送礼来,不是感我,倒是污我,我也断然不受。今日县尊请酒,明日就要行了,只嘱咐小姐,虎视眈眈,千万留心保重!"

家人应诺回家,因对冰心小姐细细说了一遍。冰心小姐听了,不胜感激,暗想道:"天地间怎有这样侠烈之人,真令人可敬! 只可恨我水冰心是个女子,不便与他交结,又可恨父亲不在家中,无人接待,致使他一片热肠,有如冰雪而去,岂不辜负?"心下欲要央叔叔水运去拜拜,以道殷勤,又恐他心术不端,于中生衅;欲要备礼相送,又见他豪杰自居,议论侃侃,恐怕他说小视;欲要做些诗文相感,又恐怕堕入私情。真是千思百想,无计可施,只是时时叫家人去探听,看铁公子有甚行事来报,再作区处。

到午后,有人来报:"铁相公县里太爷请去吃酒去了。"到夜,又有人来报:"铁相公被太爷请去,吃得烂醉回来了。"到次早,又叫家人去打探:"铁相公可曾起身回去?"家人打探了,来回复道:"铁相公因昨夜多饮了几杯,今日起身不得,此时还睡着哩。"冰心小姐听了沉吟,放心不下,又叫家人去打听。家人去了半晌,又来回复道:"铁相公还未去哩。"冰心小姐道:"他昨日说今日就行,为何又不去?"家人道:"我问独修和尚,他说府里太爷知道他是铁都堂的公子,吩咐留下,也要备酒请哩,故此未去。"冰心小姐听了,还只认做势利常情,也不放在心上。

又过了两日,忽家人来报道:"昨夜本寺独修和尚,请铁相公吃了些素菜,今日铁相公肚里疼,有些破腹,倦恹恹地坐在那里,茶也不吃。"冰心小姐听了,便有些疑心,暗想道:"吃素菜为何便至破腹,此中定有缘故。"因吩咐家人:"快再去打听,看可曾请医人调治否?"家人去看了,又来回复道:"已请县前的太医看过,说是脾胃偶被饮食伤了,故致泄泻,不打紧,只消清脾理胃,一两服就好的。"冰心小姐听了,心略安些。

到了次早天才明,就打发家人去看。家人去看了,又来回复道:"铁相公昨晚吃了药,一夜就泻了有十余遭,如今泻得有气无力,连床也下不来!"冰心小姐听了,大惊道:"不好了,中了奸人之计了,却怎么处!"欲要去救他,自家又是个女子,怎好去得。寻思不出计来,只急得转来转去,跌足嗟叹道:"这都是为救我,惹出来的祸患。我不去救他,再有谁人?"踌躇半晌,忽想道:"事急了,避不得嫌疑,只得要如此了。"因问家人道:"铁相公有甚人跟来？"家人道："只有一个童子，叫做小丹。"冰心小姐道："这小丹有几多大了？"家人道："只有十四五岁。"冰心小姐道："这小丹乖巧么？"家人道："甚是乖巧。"冰心小姐道："既是乖巧，你可去悄悄的唤他来，说我有要紧言语与他说。你可着两个去，一个同他来，留一个暂时伺候铁相公，要留心看定，不可走开。"家人领命去了。

　　去不多时，忽然领了小丹来见。冰心小姐因问道："你家相公前日在县时甚是精神，为何忽然生起病来？"小丹道："我相公平时最有气力，自从在历城太爷那里吃酒醉了回来，便有些倦倦怠怠。前日本寺独修师父又请他吃了些素斋，便渐渐破腹生起病来。昨日又吃了太医一剂药，便泻了一夜，走持不得了。"冰心小姐又问道："你相公身子虽然被泻倒了，心上可还明白？"小丹道："相公心神原是明白的，只是泻软了，口也怕开。"冰心小姐道："你家相公既心里明白，也还可救。你回去可悄悄禀知你相公，就说我说县尊留他，不是好意，皆因前日你相公救了我回家，冲破了过公子的奸计，又挺触了他许多言语，他欲要硬做对头，又被你相公拿着他假传圣旨的短处，一时争势不来；又见你相公孤身异地，故假献殷勤，要在饮食中暗暗害你相公性命。你相公若不省悟，再吃他一茶一饭，便性命难保矣！"

　　小丹听了，连忙点头道："小姐见得最是。若不是他们用的奸计，为何昨夜吃了药，转泻的不住？想起来连寺里和尚，也不是好人。怪道方才还劝相公吃药哩。我回去对相公说破了，等相公嚷骂他一场，使他不敢。"冰心小姐道："这个使不得。和尚虽然不好，只怕还是奉知县之命。你相公若嚷骂了他，他去禀过知县，知县此时是骑虎之势，必然又要别下毒手。你相公正在病中，身体软弱，如何敌得他过？只好假做痴呆，说是病重，使和尚不防备，捱到晚间，我这里备一乘轿子，悄悄在寺门外等候。你可勉强扶你相公出来，上了轿，一径抬到我这里来。我收拾了书房，请你相公静养数日，包管身体自然强健。且待身体强健了，再与他们讲话也不迟。"小丹道："既承小姐有此美意，小的回去，就扶相公上轿来吧。"说完就走。

　　冰心小姐又唤住吩咐道："还有一句要紧的言语与你说，你须记明。"小丹道："小姐又有甚话说？"冰心小姐道："你相公是个礼义侠烈之人，莫要说我是个孤女之家，宁死避嫌疑不肯来。你相公若果然有此说，你可就说我说英雄做事,只要自家血性上打得过,不必定做腐儒腔调。况微服过宋,圣人之处患难,未尝无权。我在此等候,不可看做等闲。"小丹道:"小姐吩咐的,小的都知道了。"因忙忙走了回去,到床前候铁公子睡醒呻吟时,又看看无人在面前,遂低低将水小姐唤去说县尊不是好意之言,——说与铁公子知道。铁公子听完,不觉吃了一惊,忽想道:"是也,我铁中玉为何一时就懵①至此!"心下勃然大怒,就要挣起来,到县里去说。小丹因又将冰心小姐恐别下毒手,已备轿子,接他去养病之言说了一遍。铁公子听了,又欢喜起来道:"水小姐虑事,怎么如此周密!但她是个孤女,我又是个少年男子,又有前日这番嫌疑,便死于奸人之手,也不便去住。"小丹听了,因又将临出门水小姐叫回去吩咐之言,细细说了。喜的个铁公子心花都开,因说道:"这水小姐也不是个女子,听她说的话,竟是个大豪杰了。我就去也不妨。"正说不了,只见独修和尚又捧了一钟药来,对小丹说:"太医说再吃了这一钟,泻便止也。"小丹接了道:"我谢师父,等我慢慢扶起相公吃吧。"独修道:"吃过药再吃粥吧。"说罢,就去了。小丹见和尚去了,遂将药泼在后面沟里。铁公子因愤恨道:"原来我的病,都是这秃奴才做的手脚!"

捱到天晚,小丹看见一乘小暖轿已在寺门外歇着,又有两个家人与小丹打了照会。小丹遂走进去,悄悄与铁公子说知。铁公子此时实实走不起来,恐负了水小姐一番美情,只得强抖精神,挣将起来。恰恰凑巧,这一会院中无人,小丹因极力搀扶了出来。到了院外,两个家人,又相帮搀了上轿,径抬到水侍郎府中。小丹见轿子去了,方才又折回身,寻见管门的老和尚说道:"铁相公偶遇见一个年家,接去养病,房里的行李,可叫独修和尚收好,改日来取。"说罢,自去赶上轿子同走。走到半路,水小姐早又差两个家人打了一对灯笼来接。铁公子坐在轿中,见四围轿幔遮得严严稳稳的,下面茵褥铺得温温软软的,身体十分爽快,又见灯笼来接,知水小姐十分用情,不胜感激。

不一时到了,水小姐竟吩咐抬入大厅上,方叫歇下。此时堂中灯火点得雪亮,冰心小姐立在厅右,叫两个家人媳妇与两个丫环,好生搀扶铁相公出轿,到东边书房里去住。铁公子下了轿,即忙叫小丹拜上小姐:"多

---

① 懵(měng)懂——胡涂,不明事理。

感美情,奈病体不能为礼,容稍好再叩谢吧。"径随着仆妇、丫环,扶到东书房床上坐下。因挣扎走了几步,身体愈觉困倦,坐不得一刻,就和衣而睡。此时铁公子心已安了,又十分快畅,放倒身子,便沉沉睡去。冰心小姐叫丫环送上香茗,并龙眼人参汤,因见铁公子睡熟,不敢惊动。冰心小姐发放了轿夫并家人,独与几个仆妇、丫环,坐在厅上,煎煮茶汤守候。却叫小丹半眠半坐在床前,随时呼唤。

　　铁公子这一觉,只睡到三更时分,方才醒转。翻过身来睁眼看时,只见帐外尚有一对明烛点在台上。小丹犹坐在床下,见铁公子醒了,因走起来问道:"相公,这一会身子好些么?"铁公子道:"睡了这一觉,腹中略觉爽快些,你怎么还不睡?"小丹道:"不独小的未睡,连内里小姐并许多婶婶、姐姐们,俱在大厅上烹茶、煎汤、煮粥,伺候相公哩!"铁公子听了着惊道:"怎敢劳小姐如此郑重!"正说不了,几个仆妇、几个丫环,或是茶,或是汤,或是粥,都一齐送到书房与公子吃。铁公子因是水泻,不敢吃茶,人参汤又恐太补,只将龙眼汤呷了数口。众丫环苦劝,又吃了半瓯。吃完因说道:"烦你们拜上小姐,说我铁中玉虎口残生,多蒙垂救,高谊已足千古;若饮食起居,再劳如此殷勤,更使我坐卧不安矣,快请尊便。"一个丫环叫做冷秀,是冰心小姐贴身服侍的,因回答道:"家小姐说铁相公的尊恙,皆是为救家小姐惹出来的,铁相公一刻不安,家小姐心上一刻放不下。这两日打听得铁相公病势加添,恐遭陷害,日夜彷徨,寝食俱废。今幸接得铁相公到此,料无意外之变,许多忧疑,俱已释然。这些茶汤供给小事,何足为劳?铁相公但请宽心静养,其余不必介意。"铁公子道:"我病,小姐不安,若是小姐太劳,我又何能甘寝?还请两便为妙。"冷秀道:"既是铁相公吩咐,家小姐自当从命。且候铁相公安寝了,小姐便进去。"铁公子道:"我就睡。"因叫小丹替他脱去衣服,放下帐子,侧身而卧。只见锦裀①绣褥,软绵舒适,不啻温柔乡里,神情殊爽。正是:

　　　　恩有为恩情有情,自然感激出真诚。

　　　　若存一点为云念,便犯千秋多露行。

　　众仆妇、丫环看铁公子睡下,方同出房来,将铁公子言语说与冰心小姐知道。冰心小姐听了道:"铁相公既说话如此清楚,料这病也无甚大

①　裀(yīn)——垫子或褥子。

害。"又吩咐家人:"明早去请有名的医生来看视。"又吩咐两个仆妇:"在厅旁打铺睡了伺候,恐怕一时要茶要水。"吩咐停当,方退入阁中安息。正是:

　　　　白骨已沉魂结草,黄花衔得雀酬恩。

　　　　从来义侠奇男女,静夜良心敢不扪?

冰心小姐虽然进内安寝,然一心牵挂,到次日天才微明,就起来吩咐家人,催请医生。又吩咐仆妇伺候茶汤,又吩咐小丹,叫他莫要说小姐在外照管。不多时,铁公子醒了,欲要起来,身子还软,穿了衣服,就在床上盥栉①了,略吃些粥,半眠半坐。又不多时,家人请了个医生来看。医生看过道:"脉息平和,原非内病。因饮食吃的不节,伤了脾胃两家,以致泄泻。如今也不必多服药饵,只须静养数日,自然平服。第一要戒动气,第二要戒烦劳,第三要戒言语。要紧,要紧!"因撮了两帖药去了。冰心小姐见说病不打紧,便欢欢喜喜料理不提。

却说长寿院的独修和尚,听见管门的说铁相公去了,叫他看守行李,忽吃惊道:"他去不打紧,但是过公子再三嘱咐,叫款留下他,粥饭中下些大黄、巴豆之类,将他泻死,没有形迹。这四日已泻到八九分,再一剂药,包管断根。再不防他一个病人会走,这已不可解;倘过公子来要人,却怎生回他?"想了一夜,没有计较。到次日绝早,只得报与过公子知道。过公子听了,大怒道:"那厮你前日报我说,他已泻倒在床,爬不起来。昨夜怎又忽然走去?还是你走了风,奉承他是都堂的公子,叫他逃去,将我家老爷不看在心上!"独修和尚跌脚捶胸道:"太爷冤屈杀我!我们和尚家最势利,怎么现放着本乡本土的朝夕护法的老爷不奉承,却去奉承那别府别县不相识的公子!"过公子道:"这原是县里太爷的主意,我也不难为你,只带你到县里去回话。"遂不由分说,叫从人将独修带着,亲自来见县尊,就说和尚放走铁生。

县尊因叫独修问道:"你怎么放走铁相公?"独修道:"小和尚若要通信放走他,何不在他未病之先,他日日出门吃酒,此时放了他,还可塞责,怎如今他泻到九死一生之际,倒放他去了,招惹过太爷怪我?我实不知他怎生逃走的。"县尊想了一想道:"这也说得是。我且不加罪,但这铁相公

————————————

　　① 盥栉(guànzhì)——洗手、脸,梳头。

临去,你可晓得些踪迹么?"独修道:"实实不知踪迹。"县尊又问道:"这几日可有甚朋友与他往来?"独修道:"并无朋友往来。"县尊道:"难道一人也无?"独修道:"只有水府的管家,时时来打听,却也不曾进去见得铁相公。"县尊对过公子笑一笑道:"这便是了。"过公子道:"老父母有何明见?"县尊道:"这铁生偶然过此,别无相识,唯与水家小姐有恩。这水家小姐又是个有心的奇女子,见我们留铁生久住,今又生起病来,只怕我们的计谋,都被她参透了,故时时差人打听,忽然移去。贤契要知消息,只消到令岳处一问,便有实信。"过公子一想,也沉吟道:"老父母所见最明,若果如此,则这水小姐一发可恨矣。我再三礼求,只是不允。怎一个面生少年,便窝藏了去!"县尊道:"贤契此时不消着急,且访确了再商量。"遂放了和尚。

过公子辞了回家,叫人去请了水运来。水运一到,过公子就问道:"闻得令侄女那边,昨夜窝藏了一个姓铁的少年男子在家,不知老丈人可知道么?"水运道:"未知。自从前日抢劫这一番,她怪我不出来救护,甚是不悦于我。我故几日不曾过去,这些事全不知道。"过公子道:"既不知道,敢烦急去一访。"水运道:"访问容易。但这个姓铁的少年男子,可就是在县堂上救舍侄女回来的后生么?"过公子道:"正是他。"水运道:"若是他,我闻得县尊送他在长寿院中作寓,舍侄女为何藏他?"过公子道:"正为他在长寿院中害病几死,昨夜忽然不见了。我想他此处别无相识,不是你侄女藏过,更有何人?"水运道:"若是这等说来,便有几分是他,待我回去一问便知。"遂别了回家。因叫他小儿子推着过去玩耍,就叫他四下寻看。

原来这事冰心小姐原不瞒人,故小儿子走过来,就知道了,忙回来报知父亲说:"东书房有个后生,在那里害病睡着哩。"水运识得是真,因开了小门走过来,寻见冰心小姐,说道:"这事论起来,我与哥哥久已各立门户,原不该来管你的闲事。只是闻得外面议论纷纷,我是你一个亲叔子,又不得不管你的闲事。"冰心小姐道:"侄女若有甚差错处,外人尚且议论,怎么亲叔子管不得闲事?但不知叔叔说的是何事?"水运道:"我常听见人说的:'男女授受不亲,礼也。'你一个孤女,父亲又不在家,又无兄弟同住,怎留一个他乡外郡、不知姓名、非亲非故的少年男子在家养病?莫说外人要谈论,就是我亲叔子,也遮盖你不来。"

　　冰心小姐道:"侄女闻圣人制礼,不过为中人而设,原不曾缚束君子。昔鲁公授玉卑,而晏婴跪受,所谓礼外又有礼也。即孟子论男女授受不亲之礼,恐怕人拘泥小节,伤了大义,故紧接一句道:'嫂溺叔援,权也。'又解说一句道:'嫂溺不援,是豺狼也。'由这等看起来,固知道圣人制礼,不过要正人心,若人心既正,虽小礼出入亦无妨也,故圣人又有'大德不逾闲,小德出入可也'之训。侄女又闻太史公说的好:'缓急人所时有。'又闻:'为人恩仇,不可不明。'故古今侠烈之士,往往断首刳①心而不顾者,盖欲报恩复仇也。侄女虽一孤弱女子,然私心窃慕之。就如前日,侄女静处闺中,未尝不遵王法、不畏乡评而越礼与人授受也;奈何人心险恶,忽遭奸徒串同党羽,假传圣旨,将侄女抢劫而去。此时王法何在,乡评何在,即至亲骨肉又何在? 礼所称'男女授受不亲'者,此侄女向谁人去讲! 当此九死一生之际,害我者其仇固已切齿,设有救我者,其恩能不感之入骨耶? 这铁公子,若论踪迹,虽是他乡外郡、非亲非故的少年男子,若论他意气如云、肝肠似火,比之本乡本土至亲骨肉,岂不远胜百倍! 他与侄女,譬如风马牛毫不相及;只因路见不平,便挺身县堂,侃侃争论,使侄女不死于奸人之手,得以保全名节还家者,铁公子之力也。今铁公子为救侄女,触怒奸人,反堕身陷阱,被毒垂危。侄女若避小嫌,不去救他,使他一个天地钟灵的血性男儿,陷死异乡,则是侄女存心与豺狼何异? 故乘间接他来家养病,养好了,送他还乡,庶几恩义两全。这叫做知恩报恩,虽告之天地鬼神,亦于心无愧。什么外人敢于议论纷纷,要叔叔来遮盖! 叔叔果若念至亲,便当挺身出去,将这些假传圣旨、抢劫之人,查出首从,惩治一番,也为水门争气;莫比他人,只畏强袖手,但将这些不关痛痒的太平话,来责备侄女,似亦不近人情,叫侄女如何领受?"

　　水运听了这一篇议论,噤得哑口无言,呆了半晌,方又说道:"非是我不出力,怎奈我没前程,力量小,做不来。你说的这些话,虽都是大道理,然君子少,小人多,明白的少,不明白的多,他只说一个闺中女儿,怎留一个少年男子在家,外观不雅。"冰心小姐道:"外观不过浮云,何日无之? 此心盖人之本,不可一时少失。侄女只要清白,不受玷污,其余哪里还顾得许多? 叔叔慢慢细察,自然知道。"水运自觉没趣,只得默默走了过去。

————————————

①　刳(kū)——剖开。

只因这一走，有分教：

　　　　瓜田李下，明侠女之志；

　　　　暗室屋漏，窥君子之心。

不知水运回去，又设何计，且听下回分解。

第七回　五夜无欺敢留髡①以饮

诗曰：

莫讶腰柔手亦纤，爱愁戏恨怪眉尖。

热心未炙情冰冷，苦口能听话蜜甜。

既已无他应自信，不知有愧又何嫌。

若教守定三千礼，纵使潜龙没处潜。

话说水运一团高兴，走过去要拿把冰心小姐，不料转被小姐说出许多大议论压倒，他口也开不得，只得默默的走了回来，心下暗暗想道："这丫头如此能言快语，如何说得她过？除非拿着她些毛病方好。"正想不了，过公子早着人来请，只得走去相见，先将铁公子果然是侄女儿用计移了来家养病之事说了一遍。过公子听见，不觉大怒道："她是个闺中弱女，怎留个少年男子在家！老丈人，你是她亲叔子，就该着实责备教训她才是。"水运道："我怎么不责备她？但她那一张嘴，就似一把快刀，好不会说！我还说不得她一句，他早引古援今，说出无数大道理来，叫我没的开口。"因将冰心小姐之言，细细述了一遍。过公子听了顿足道："这不过是养汉撇清之言，怎么信得她的？"水运道："信是信她不过，但此时捉不着她的短处，却奈何她不得。"过公子道："昨日成奇对我说，那姓铁的后生，人物倒甚是生得清秀，前日在县尊公堂上，他只因看见你侄女的姿色，故发作县尊，希图你侄女儿感激他，以为进身之计。就是你侄女接他来家养病，岂真是报恩报德之意？恐是这些假公之言，正是欲济其私也。今日一个孤男，一个寡女，共居一室，又彼此有恩有情，便是圣贤，恐亦把持不定。"水运道："只空言揣度，便如何肯服？莫若待我回去，今夜叫个小丫头躲到她那边，看她做些甚事，说些甚话，倘有一点差错处，被我们拿着，她便强不去了。"过公子道："这也说得是。"

水运因别了回来，捱到黄昏以后，悄悄开了小门，叫一个小丫头闪过去，躲在柴房里，听他们说话与做事。那小丫头听了半夜，只等冰心小姐

---

① 髡（kūn）——古代剃去男子头发的刑罚。

进内去睡了，她又闪了过来回复水运道："那个铁相公，病虽略好些，还起不来，只在床上坐，粥食都送到床上去吃。"水运问道："小姐却在哪里？"小丫头道："小姐只在大厅上看众姐姐们煎药的煎药，煮粥的煮粥。"水运又问道："小姐可进房去么？"小丫头道："小姐不见进房。"水运又问道："那个铁相公可与小姐说话？"小丫头道："并不听见说话。只听见一个书童出来传话说：'请小姐安寝，莫要太劳，反觉不安。'"水运道："小姐却怎样回他？"小丫头道："小姐却叫众姐姐对那铁相公说：'小姐已进内了。'其实小姐还坐在厅上，只打听得那铁相公睡着了，方忙忙进去。我见小姐进去了，没得打听，方溜了过来。"

　　水运听了，沉吟道："这丫头难道真个冰清玉洁，毫不动心？我不信！"因叫小丫头第二夜、第三夜，一连去打听三四夜。小丫头说来说去，并无一语涉私。弄得水运没计，只得来回复过公子道："我叫一个小丫头，躲过去打听了三四夜，唯有恭恭敬敬，主宾相待，并无一点差错处，舍侄女真真要让她说得嘴响。"过公子连连摇头道："老丈人，你这话，只好要呆子！古今之有几个柳下惠？待我去与县尊说，叫他出签，拿一个贴身服侍的丫环去，只消一拶①，包管真情直露，那时莫说令侄女的嘴说不响，只怕连老丈人的嘴，也说不响了。"水运道："冤屈杀我，难道我也瞒你？据那小丫头是这样说，我也在此猜疑，你怎连我也疑起来？"过公子道："你既不瞒我，可再去留心细访。"水运只得去了。

　　过公子随即来见县尊，将铁公子果是水小姐移去养病，并前后之事说了一遍，要他出签去拿丫环来审问。县尊道："为官自有官体，事无大小，必有人告发，然后可以出签拿人。再无个闺阁事情，尚在暧昧，劈空竟拿之理。"过公子道："若不去拿，岂有老父母治化之下，明明容他们一男一女，在家淫秽，有伤朝廷名教之理？"县尊道："淫秽固伤名教，若未如所说，不淫不秽，岂不又于名教有光？况这水小姐，几番行事，多不可测；这一个铁生，又昂藏磊落，胆勇过人，岂可寻常一概而论？"过公子道："这水小姐，治晚生为她费了无数心机，是老父母所知者，今竟视为陌路。这铁生毫无所倚，转为入幕之宾，叫治晚生怎生气得她过！"县尊道："贤契不须着急。本县有一个门子，叫做单祐，专会飞檐走壁，钻穴逾墙。近为本

---

　　①　一拶（zān）——用拶子（刑具）夹手指。

县知道了,正要革役,治他之罪。今贤契既有此不明不白之事,待本县恕他之罪,叫他暗暗一窥,贞淫之情,便可立判矣。"过公子道:"若果如此,使她丑不能遮,则深感老父母用情矣。"

县尊因差人叫将单祐带到。县尊点点头,叫他跪近面前,吩咐道:"你的过犯,本该革役责的。今有一事差你,你若访得明白,我就恕你不究了。"单祐连连磕头道:"既蒙大恩开豁,倘有差遣,敢不尽心?"县尊道:"南门里水侍郎老爷府里,你认得么?"单祐道:"小的认得。"县尊道:"他家小姐,留了个铁公子在家养病,不知是为公,还是为私,你可去窥探个明白来回我,我便恕你前罪,决不食言。倘访不的确,或蒙胧欺蔽,又别生事端,则你也莫想活了!"单祐又连连磕头道:"小的怎敢!"县尊因叫差人放了单祐去了。正是:

青天不睹覆盆下,厨中方知灵鲤心。

莫道钻窥非美事,不然何以别贞淫?

过公子见县尊差了单祐去打听,因辞谢了回家去候信不提。

却说这单祐领了县主之命,不敢怠慢,因悄悄走到水府前后,看明的确。捱到人静之时,便使本事拣低矮僻静处,爬了进去,悄悄趐①到厨房外打听。只听见厨房里说:"整酒到大厅上与铁相公起病。"因又悄悄的趐到大厅上来,只见大厅上,小姐自立在那里,吩咐众人收拾。他又悄悄从厅背后屏门上,轻轻爬到正梁高头,缩做一团蹲下,窥视下面。

只见水小姐叫家人直在大厅的正中间,垂下一挂珠帘,将东西隔做两半:东半边帘外设了一席酒,高高点着一对明烛,是请铁相公坐的;西半边帘内,也设了一席酒,却不点灯火,是水小姐自坐陪的。西边帘里黑暗,却看得见东边帘外;东边帘外明亮,却看不见西边帘里。又在东西帘前,各铺下一张红毡毯,以为拜见之用。又叫两个家人,在东边伺候,又叫两个仆妇,立在帘中间,两边传命。内外斟酒上菜,俱是丫环。诸色打点停当,方叫小丹请相公出来。

原来铁公子本是个硬汉子,只因被泄药病倒,故支撑不来。今静养了五六日,又得冰心小姐药饵斟酌,饮食调和,不觉精神渐渐健旺起来,与旧相似。冰心小姐以为所谋得遂,满心欢喜,故治酒与他起病。铁公子见

①　趐(xué)到——来回走到。

请,忙走出房,看见冰心小姐垂帘设席,井井有条,不独心下感激,又十分起敬。因立在东边红毡上,叫仆妇传话,请小姐拜谢。仆妇还未及答应,只听得帘内冰心小姐早朗朗的说道:"贱妾水冰心,多蒙公子云天高义,从虎口救出,其洪恩不减天地父母。况又在公堂之上,亲承垂谕,本不当作此虚假防嫌,但念家严远戍边庭,公子与贱妾,又皆未有室家,正在嫌疑之际,今屈公子下榻于此,又适居指视之地,万不得已,设此世法周旋,聊以代云长之明烛,乞公子勿哂勿罪。"

铁公子道:"小姐处身涉世,经权并用;待人接物,情礼交孚,屈指古今闺阁之秀,从来未有。即如我铁中玉,陷于奸术,唯待毙耳。设使小姐于此时,无烛照之明,则不知救,无潜移之术,则不能救,无自信之心,则不敢救。唯小姐独具千古的灵心侠胆,卓识远谋,不动声色,出我铁中玉于汤火之中,而鬼神莫测,真足令剧孟①寒心,朱家②袖手。故致我垂死之身,得全生于此,大恩厚德,实无以报。请小姐台坐,受我铁中玉一拜。"冰心小姐道:"唯妾受公子之恩,故致公子被奸人之害。今幸公子万安,止可减妾罪一二,何敢言德? 妾正有一拜,拜谢公子。"说完,两人隔着帘子,各拜了四礼,方才起来。

冰心小姐就满斟一杯,叫丫环送到公子席上,请公子坐下。铁公子也斟了一杯,叫丫环捧入帘内,回敬冰心小姐。二人坐下,饮不到三巡,冰心小姐就问道:"前日公子到此,不知原为何事?"铁公子道:"我学生到此,原无正事。只因在京中,为家父受屈下狱,一时愤怒,打入大夬侯养闲堂禁地,救出抢劫去女子,证明其罪,朝廷将大夬侯幽闭三年。结此一仇,家父恐有他变,故命我游学以避之。不期游到此处,又触怒了这个贱坏知县,他要害我性命,却亏小姐救了,又害我不得,只怕他倒要被我害了。我明日就打上堂去,问他一个为民父母,受朝廷大俸大禄,不为民伸冤理屈,怎反为权门不肖做鹰犬以陷人? 先羞辱他一场,叫士民耻笑,然后去见抚台,要抚台参他拿问,以泄我胸中之愤。抚台与家父同年,料必听从。"冰心小姐道:"若论县尊设谋害人,参他也不为过。但前日公堂之上,被公子辱折一番,殊觉损威,也未免怀恨。况且当今'势利'二字,又为居官小

---

① 剧孟——汉代著名侠客,称名江淮之间。

② 朱家——秦汉著名侠客,山东曲阜人。

人常态。他见家严被谪，又过学士有入阁之传，故不得不逢迎其子耳。但念他灯窗烦苦，科甲艰难，今一旦参之泄愤，未免亦为快心之过举。况公子初时唐突县公，踪迹近于粗豪；庇护妾身，行事又涉乎苟且。彼风尘俗眼，岂知英雄作用别出寻常？愿公子姑置不与较论，彼久自察知公子与贱妾，磨不磷、涅不淄，自应愧悔其妄耳。"

铁公子听了，幡然正色道："我铁中玉一向凭着公心是非，敢作敢为，遂以千秋侠烈自负，不肯让人。今闻小姐高论，始知我铁中玉从前所为，皆血气之勇，非仁义之勇。唯我以血气交人，故人亦以毒害加我。回思县公之加害，实我血气所自取耳。今蒙小姐嘉诲，誓当折节受教，决不敢再逞狂奴故态矣，何幸如之！由此想来，水小姐不独是铁中玉之恩人，实又是我铁中玉之良师矣！"说到快处，斟满而饮。冰心小姐道："公子义侠，出之天性，或操或纵，全无成心，天地之量，不过如此。贱妾妄刍荛，有何裨益？殷殷劝勉者，不过欲为县父母谢过耳。"铁公子道："我铁中玉既承小姐开示，自当忘情于县公。但还有一说，只怕县公畏疑顾忌，转不能忘情于我。他虽不能忘情于我，却又无法奈何于我，势必至污议小姐，以诬我之罪。虽以小姐白璧无瑕，何畏乎青蝇；然青蝇日集，亦可憎耳。我铁中玉居此，与青蝇何异？幸蒙调护，贱体已平，明日即当一行长往，以杜小人谗口。"冰心小姐道："贱妾与公子，于礼原不应相接，今犯嫌疑，移公子下榻者，以公子恩深病重势危也。今既平复，则去留一听公子，妾何敢强留？强留虽不敢，然决之明日，亦觉太促，请以三日为期，则恩与义兼尽矣。不识公子以为然否？"铁公子道："小姐斟酌合宜，敢不听从？"说罢，众丫环送酒。

铁相公又饮了数杯，微有酒意，心下欣畅，因说道："我铁中玉远人也，肺腑隐衷，本不当秽陈于小姐之前；然明镜高悬，又不敢失照，因不避琐琐。念我铁中玉行年二十，赖父母荫庇①，所奉明师良友，亦不为少，然从无一人，能发快论微言，足服我铁中玉之心。今不知何幸，无意中得逢小姐，凡我意中，皆在小姐言下。真所谓生我者父母，知我者鲍子②也。

———————————

① 荫庇——比喻尊长照顾晚辈或祖宗保佑子孙。
② 鲍子——指鲍叔牙，鲍叔牙与管仲交谊很深，以管鲍之交比喻交谊深厚的朋友。

若能朝夕左右,以闻所未闻,固大愿也。然唯男女有别,不敢轻情,明日又将驰去,是舍大道而入迷途,无限疑虑。窃愿有请,不识可敢言否?"冰心小姐道:"问道于盲,虽公子未能免诮。然圣人不废刍荛之采询也;况公子之疑义,定有妙理,幸不惜下询,以广孤陋。"铁公子道:"我铁中玉此来,原为游学。窃念游无定所,学无定师。又闻操舟利南,驰马利北。我铁中玉孟浪风尘,茫无所主,究竟不知该何游何学。知我无如小姐,万乞教之。"

冰心小姐道:"游莫广于天下,然天下总不出于家庭;学莫尊于圣贤,圣贤亦不外于至性。昌黎云:'使世无孔子,则韩愈不当在弟子之列。'此亦恃至性能充耳。如公子之至性,挟以无私,使世无孔子,又谁敢列公子于弟子哉!妾愿公子无舍近求远,信人而不自信。与其奔走访求,不若归而理会。况尊大人又贵为都宪,足以典型,京师又天子帝都,弘开文物,公子即承箕裘①世业,羽仪廊庙,亦未为不美。何必踽踽凉凉,向天涯海角以博不相知之誉哉!若曰避仇,妾则以为修身不慎,道路皆仇,何所避之?不识公子以为何如?"铁公子听了,不觉喜动颜色,忙离席深深打一恭道:"小姐妙论,足开茅塞,使我铁中玉一天疑虑,皆释然矣。美惠多矣!"

众丫环见铁公子谈论畅快,忙捧上大觥②。铁公子接了,也不推辞,竟欣然而饮。饮干,因又说道:"小姐深闺丽质,二八芳年,胸中怎有如许大学问?揣情度理,皆老师宿儒不能道只字者,真山川秀气所独钟也,敬服,敬服!"冰心小姐道:"闺中孩赤呓语,焉知学问?冒昧陈之,不过少展见爱。公子誉之过情,令人赧颜汗下。"二人说得投机,公子又连饮数杯,颇有微酣,恐怕失礼,因起身辞谢。冰心小姐亦不再留,因说道:"本该再奉几杯,但恐玉体初安,过于烦劳,转为不美。"因叫拿灯送入书房去安歇。

这一席酒,饮了有一个更次,说了有千言万语,彼此相亲相爱,不啻至交密友,就吃到酣然之际,也并无一字及于私情。真个是:

　　白璧无瑕称至宝,青莲不染发奇香。
　　若教坠入琴心去,虽说风流名教伤。

————————————

　　①　箕裘(jī qiú)——比喻祖先的事业。
　　②　大觥(gōng)——古代用兽角做的酒器。

冰心小姐叫丫环看铁公子睡了,又吩咐众人,收拾了酒席,然后退入后楼去安寝,不提。

却说单祐伏在正梁上,将铁公子与冰心小姐做的事情,都看得明白,说的言语,都听得详细。只待人都散尽,方才爬了下来,又走到矮墙边,依然爬了出来。回家安歇了一夜,到次日清晨,即到县间来回话。县尊叫到后堂,细细盘问。这单祐遂将怎生进去,怎生伏在梁上,冰心小姐又怎生在中厅垂下一挂珠帘,帘外又怎生设着一席酒,却请那铁公子坐,点着两枝明烛,照得雪亮,帘内又怎生设着一席酒,却不点烛,遮得黑暗暗的,却是水小姐自坐。帘内外又怎生各设一条毡毯,你谢我,我谢你,对拜了四拜,方才坐席。吃酒中间,又怎生说起那铁公子这场大病,都是老爷害他。又说:"老爷害他不死,只怕老爷倒被他害死哩!"

县尊听了,大惊道:"他也说要怎生害我?"单祐道:"他说抚院老爷是他父亲的同年,他先要打上老爷堂来,问老爷为民父母,怎不伸冤理枉,却只为权门做鹰犬?先羞辱老爷一场,叫士民耻笑。然后去见抚院老爷,动本参劾老爷拿问。"县尊听了,连连跌脚道:"这却怎了!"就要吩咐衙役,去收投文放告牌,只说老爷今日不坐堂了。单祐道:"老爷且不要慌,那铁公子今日不来了。"县尊又问道:"为何又不来了?"单祐道:"亏了那水小姐再三劝解,说老爷害铁公子,皆因铁公子挺撞了老爷起的衅端,也单怪老爷不得。又说他们英雄豪杰,做事光明正大,老爷一个俗吏,如何得知?又说老爷见水老爷被谪,又见过老爷推升入阁,势利过公子,亦是小人之事,不足与较量。又说铁公子救他,他又救铁公子,两下踪迹,易使人疑,谁人肯信是为公而不为私?又说过此时老爷访知他们是冰清玉洁,自然要愧悔。又说老爷中一个进士,也不容易,若轻轻坏了,未免可惜。那铁公子听了,道他说得是,甚是欢喜,故才息了这个念头。"

县尊听了大喜道:"原来这水小姐是个好人!却喜我前日还好好的叫轿子送了她回去。"因又问道:"又还说些什么,可有几句勾挑言语么?"单祐道:"他两人讲一会学问,又论一会圣贤,你道我说的好,我赞你讲的妙,彼此津津有味。一面吃酒,一面又说,说了有一个更次,足有千言万语,小的也记不得许多,句句听了,却都是恭恭敬敬,并无半个邪淫之字、一点勾挑之意,真真是个鲁男子与柳下惠出世了。"

县尊听了,沉吟不信道:"一个如花的少年女子,一个似玉的少年男子，静夜同居一室，又相对饮，他们又都是心灵性巧、有恩有情之人，难道就毫不动心，竟造到圣贤田地？莫非你为他们隐瞒？"单祐道："小的与他二人，又非亲非故，又未得他们的贿赂，怎肯为他们瞒隐，误老爷之事？"县尊问明是实，也自欢喜，因叹息道："谁说古今又不相及？若是这等看来，这铁公子竟是个负血性的奇男子了，这水小姐竟是个讲道学的奇女子了。我若有气力，都该称扬旌表才是。"因饶了单祐的责，放他去了。

县尊又暗想道："论起做官来，'势利'二字虽是少不得，若遇这样关风化的烈男侠女，也不该一例看承，况这水小姐也是侍郎之女，这铁中玉又乃都宪之儿，怎么一时糊涂，要害起他来？倘或果然恼了，叫抚公参上一本，那时再寻过学士去挽回就迟了。"又想道："一个科甲进士，声名不小，也该做些好事，与人称颂。若只管随波逐流，岂不自误？"又想道："这水小姐背后倒惜我的进士，倒望我改悔，我怎倒不自惜，倒不改悔？"又想道："要改悔，就要从他二人身上改悔起。我想这铁公子，英雄度量，豪杰襟怀，昂昂藏藏，若非水小姐也无人配得他来；这水小姐，灵心慧性，如凤如鸾，若非铁公子，也无人对得她过。我莫若改过腔来，倒成全了他二人的好事，不独可以遮盖从前，转可算我做知县的一场义举。"

正算计定了主意，忽过公子来讨信，县尊就将单祐所说的言语细说了一遍，因劝道："这水小姐，贤契莫要将她看作闺阁娇柔女子，本县看她处心行事，竟是一个了不起的大豪杰，断不肯等闲失身。我劝贤契倒不如息了这个念头，再别求吧。"过公子听见铁公子与水小姐毫厘不苟，又见县尊侃侃辞他，心下也知道万万难成。呆了半晌，只得去了。

知县见过公子去了，因悄悄差人去打听，铁公子可曾出门，确实几时回去，另有一番算计。只因这一算，有分教：

> 磨而愈坚，涅而愈洁。

不知更是如何，且听下回分解。

第八回　一言有触不俟驾而行

诗曰：

> 无蒂无根谁是谁，全凭义唱侠追随。
> 皮毛指摘众人识，肝胆针投贤者为。
> 风雨恶声花掩耳，烟云长舌月攒眉。
> 若教圆凿持方枘，千古何曾有入时。

话说县尊自从叫单祐潜窥明白了铁公子与水小姐的行事，知他们一个是烈男，一个是侠女，心下十分敬重，便时时向人称扬。在他人听了，嗟叹一番，也就罢了。唯有水运闻之是实，便暗暗思想道："我撺掇侄女嫁过公子，原也不是真为过公子，不过是要她嫁出门，我便好承受她的家私。如今过公子之事，想来万万不能成了，却喜她又与铁公子往来稠密，虽说彼此敬重，没有苟且之心，我想她止不过是要避嫌疑，心里未尝不暗暗指望。我若将婚姻之事，凑趣去撺掇她，她定然欢喜。倘或撺掇成了，这家私怕不是我的？"

水运算计定了，因开了小门，又走了过来，寻见冰心小姐，因说道："俗语常言：'鼓不打不响，钟不撞不鸣。'又言：'十日瞎眼，九日自明。'你前日留了这铁公子在家养病，莫说外人，连我也有些怪你。谁知你们真金不怕火，礼则礼，情则情，全无一毫苟且之心，到如今才访知了，方才敬服。"冰心小姐道："男女交接，原无此理。只缘铁公子因救侄女之祸，而反自祸其身，此心不忍，故势不得已，略去虚礼，而救其实祸。圣人纲常之外，别行权宜，正谓此也。今幸铁公子身已安了，于心庶无所愧。至于礼则礼，情则情，不过交接之常，原非奇特之行，何足起敬？"水运道："这事也莫要看轻了，鲁男子、柳下惠能有几个？这都罢了。只是我做叔子的，有一件事要与你商量，实是一团好意，你莫要疑心。"冰心小姐道："凡事皆有情理，可行则行，不可行则不敢强行。叔叔既是好意，侄女缘何疑心？且请问叔叔，说的是何事？"

水运道："古语说得好：'男大当婚，女大须嫁。'侄女年虽不大，也要算做及笄之时。若是哥哥在家，自有他做主张，今又不幸被谪边庭，不知几时回来，再没个只管将你耽搁之理。前日过公子这段亲事，只因他屡屡来求，难于拒绝，故我劝侄女嫁他。今看见侄女所行之事，心灵性巧，有胆量，有侠气，又不背情礼，真要算做个贤媛淑女。这过公子虽然出自富贵，然不过纨袴行藏，怎生对得侄女来？莫说过公子对你不过，就是选遍天下，若要少年有此才学，可以抢元夺魁，也还容易，若要具英雄胆量，负豪杰襟怀，而又年少才高，其机锋作用，真可与侄女针芥相投，只怕这样人一时也寻不出来。说便是这等说，却妙在天生人不错，生一个孟光，定生一个梁鸿。今天既生了侄女这等义侠闺秀，忽不知不觉，又哪里撞出这个铁公子来。这铁公子年又少才又高，人物又清俊，又具英雄胆量，豪杰襟怀，岂非老天特特生来与侄女作对？你二人此时，正在局中，不思知恩报恩，在血性道义上去做。夫婚姻二字，自不肯言。然我做叔子的，事外观之，感恩报恩，不过一时，婚姻配合，却乃人生一世之事，安可当面错过？"冰心小姐道："天心最难揣度，当以人生所遇为主。天生孔子，不为君而为师；天生明妃，不配帝而远嫁单于：皆人生所遇，岂能自主？铁公子人品才调，非不可然，但所遇在感恩知己之间，去婚姻之道甚远。"

水运道："感恩知己，正可为婚，为何甚远？"冰心小姐道："媒妁通言，父母定命，而后男女相接，婚姻之礼也。今不幸患难中草草相见于公堂，又不幸疾病中侄女迎居于书室。感恩则有之，知己则有之，所称君子好逑，当不如是。"水运道："这是你前日说的嫂溺叔援，权也。"冰心小姐道："行权不过一时，未有嫂溺已援，而不溺复援者。况且凡事皆可用权，唯婚姻为人伦风化之首，当正始正终，决无用权之理。"水运道："正终是不消说起，就是今日事始，虽说相见出于患难，匆匆草草；然你二人，毫无苟且，人尽知之也，未为不正。"冰心小姐道："始之无苟且，赖终之不婚姻，方明白到底。若到底成全，则始之无苟且，谁则信之？此乃一生名节大关头，断乎不可。望叔叔谅之。"

水运见侄女说不入耳，因发急道："你小小年纪，说的话倒像个迂腐老儒！我如今也不与你讲了，待我出去与铁公子商量。这铁公子是你心服之人，他若肯了，难道怕你不肯？"说完，走了出来，要见铁公子。

此时铁公子正在书房中静养，小丹传说："间壁住的水二爷要见相公。"铁公子因走出来相见，分宾主坐定。水运先开口道："连日有事未暇，今高贤下榻于此，有失亲近。"铁公子道："缘病体初痊，尚未进谒为罪。"水运道："我学生特来见铁先生者,因有一事奉议。"铁公子道："不知何事?"水运道："不是别事,就是舍侄女的姻事。"铁公子因听见"侄女姻事"四字,就变了颜色说道："老丈失言矣!学生外人,凡事皆可赐教,怎么令侄女姻事,也对学生讲?"水运道："舍侄女姻事,本不当向铁先生求教,只因舍侄女前日为过公子抢去为婚,赖铁先生鼎力救回,故而谈及。"铁公子道："学生前日是路见不平,一时触怒而然,原出无心,今日老丈特特向学生而言,便是有心了。莫非见学生借寓于此,以为有甚不肖苟且之心,故以此相餂①么?学生就立刻行矣,免劳赐教。"

水运见铁公子发急,因宽慰他道："铁先生不必动怒,我学生倒是一团好意,且请少坐,听我学生说完,便知其实,对彼此有益。"铁公子道："吾闻君子非礼勿言,非礼勿听,老丈不必说了。老丈虽是好意,但我铁中玉的性情,与老丈迥别,只怕老丈的好意,在我学生听了,或者转以为恶意。只是去了,便好意恶意,我都不闻。"因立起身,对着管门伺候的家人说道："烦你多多拜上小姐,说我铁中玉感激之私,已识千古。今恶声入耳,也不敢面辞。"又叫出小丹,往外便走。水运忙忙来赶,铁公子已走出大门去远了。水运甚是没趣,又不好复进来见冰心小姐,只说道："这后生怎这样一个蠢性子,也不像个好娇客!"一面说,一面就默默的走了过去。正是:

　　只道谀言人所喜,谁知转变做羞耻。

　　若非天赋老面皮,痛削如何当得起!

却说冰心小姐见叔叔出厅去见铁公子,早知铁公子必然要去,留他不住,便也不留。但虑他行李萧疏,因取了十两零碎银子,又收拾了果菜之类,叫一个家人叫做水用,暗暗先在门外等候,送与他作路费。且却像不知不闻的一般。正是:

　　蠢顽皆事后,灵慧独机先。

　　有智何妨女,多才不论年。

却说铁公子怪水运言不入耳,强出门带了小丹,一径走到长寿院,自立在寺前,却叫小丹进去,问和尚要行李。独修听见铁公子在寺外,忙走出来,连连打恭,要邀请进去吃茶,因说道："前日不知因甚事故,得罪铁

_____
① 相餂(tiǎn)——勾取;探取。

相公,忽然移去?县里太爷说我接待不周,被他百般难为,又叫我到各处寻访。今幸相公到此,若再放去,明日太爷知道,我和尚就该死了。"铁公子道:"前事我倒不提了,你还要说起怎么! 今与你说明了吧,寺内决不进去了,茶是决不吃了,知县是决不见了。快快取出行李来还我,我立刻就行!"独修道:"行李已交付小管家了。但相公要去,就怪杀小僧,也不敢放,必求相公少停一刻。"铁公子大怒道:"你这和尚,也忒愆赖! 难道青天白日,定要骗我进寺去谋害? 你莫要倚着知县的势力为恶,我明日与都院老爷说知,叫你这和尚竟当不起!"

　　正说着,忽县里两个差人赶来,要请铁相公到县里去。原来这鲍知县自从改悔过来,知道铁公子是个有义气的男儿,要交结他,时刻差人在水家打听他的消息。差人见他今日忽然出门,忙报与知县,故知县随即差人来请。铁公子见请,转大笑起来,说道:"我又不是你历城县人,又不少你历城县的钱粮,你太爷只管来寻我做甚? 莫非前日谋我不死,今日还来请去补账?"差人没的回答,却只是不放。铁公子被逼得性起,正要动粗,忽听众人喊道:"太爷自来了!"

　　原来鲍知县料想差人请铁公子不来,因自骑了一匹马,又随带了一匹马,飞跑将来。跑到面前,忙跳下来,对着铁公子深深打恭道:"我鲍梓风尘下吏,有眼无珠,一时昏聩①,不识贤豪,多取罪戾,今方省悟。台兄乃不欺屋漏之君子,不胜愧悔,故敢特请到县,以谢前愆,并申后感。"铁公子听见县尊说话,侃侃烈烈,不似前面拖泥带水,便转了一念,并答礼道:"我学生决不谎言,数日前尚欲多求于老先生,因受一知己之教,教以反己功夫,故不敢复造公堂,不谓老先生势利中人,怎忽作此英雄本色语,真不可解。莫非假此逢迎,别有深谋以相加么?"县尊道:"一之已甚,岂可再乎? 莫说老长兄赦过高谊,我学生感铭不尽,就是水小姐良言劝勉,也不敢忘。"铁公子吃惊道:"老先生为何一时就通灵起来? 大奇,大奇!"县尊道:"既蒙原谅,敢求到敝衙,尚有一言求教。"铁公子见县尊举止言辞与前大不相同,便不推辞,竟同上马,并辔而行。

　　到了县中,才坐定就问道:"老先生有何见谕,乞即赐教,学生还要长行。"县尊道:"且请问老长兄,今日为何突然要行,有如此之急?"铁公子

─────────────

　　①　昏聩(kuì)——聩,耳聋,眼花耳聋。比喻不明事理,头脑糊涂。

道："学生行期,本意尚欲稍缓一二日,以明眷怀,今忽有人进不入耳之言相加,有如劝驾,故立刻行矣。"县尊道："人为何人,言为何言? 并乞教之。"铁公子道："人即水小姐之叔,言即水小姐婚姻之言。"县尊道："其人虽非,其言则是。老长兄为何不入耳?"铁公子道："不瞒老先生说,我学生与水小姐相遇,虽出无心,而相见后义肝烈胆,冷眼热肠,实实彼此面照,欲不相亲,而如有所失,故略去男女之嫌,而以知己相接。此千古英雄豪杰之所为,难以告之世俗。今忽言及婚姻,则视我学生与水小姐为何如人也,毋亦以钻穴相窥相待耶? 此其言岂入耳哉! 故我学生言未毕,而即拂袖行矣。"

县尊道："婚姻之言,亦有二说,台兄亦不可执一。"铁公子道："怎有二说?"县尊道："若以钻窬①相视,借婚姻而故作讥嘲,此则不可。倘真心念河洲君子之难得,怜窈窕淑女之不易逢,而欲彰关雎雅化,桃夭盛风,则又何为不可,而避之如仇哉? 即我学生今日屈台兄到县者,久知黄金馈赂,不足动君子之心;声色宴会,难以留豪杰之驾。亦以暧昧不欺,乃男女之大节;天然凑合,实古今之奇缘。在台兄处事,毫不沾滞,固君子之用心;在我学生旁观,若不成全,亦斧柯之大罪。故今日特特有请者,为此耳。万望台兄消去前面成心,庶不失后来佳偶。"铁公子听了,怫然②叹息道："老先生为何也出此言! 人伦二字,是乱杂不得的。无认君臣,岂能复为朋友? 我学生与水小姐,既在患难中已为良友,安可复言夫妻? 若睍颜③为之,则从前亲疏,皆矫情矣,如何使得!"县尊道："台兄英雄,说此腐儒之语,若必欲如腐儒固执,则前日就不该到水家去养病了;若曰养病,可以无欺自信,今日人皆尽言其无欺,又何必避嫌,不敢结此丝萝? 是前后自相矛盾也,吾甚不取。"铁公子道："事在危急,不可得避,而必欲避之以自明,君子病其碍而不忍为。至于事无紧要,又嫌疑未消,可以避之,而乃自恃无私,必犯不避之嫌以自耀,不几流于小人之无忌惮耶? 不知老先生何德于学生,又何仇于学生,而斤斤以此相浼④也!"

---

① 钻窬(yú)——即"钻穴逾墙",借指偷情、私奔等行为。

② 怫(fú)然——不高兴。

③ 睍(jiàn)颜——偷看。

④ 浼(měi)——恳求。

县尊道:"本县落落一官,几于随波逐流。今幸闻台兄讨罪督过之言,使学生畏而悔之,又幸闻水小姐宽恕悔前之言,使学生感而谢之。因思势利中原有失足之时,名教中又未尝无快心之境,何汲汲舍君子而与小人作缘以自误耶? 故誓心改悔。然改悔之端,在勉图后功,或可以补前过耳。因见台兄行藏磊落,正大光明,不独称有行文人,实可当圣门贤士。又见水小姐灵心慧性,俏胆奇才,虽然一闺阁淑人,实不愧须眉男子。今忽此地相逢,未必老天无意。本县若不见不闻,便也罢了。今台兄与水小姐公堂正大,暗室光明,皆本县亲见亲闻,若不亟①为撮合,使千古好逑当面错过,则何以为民父母哉? 此乃本县政声风化之大端,不敢不勉力为之。至于报德私情,又其余事耳。"

铁公子听了,大笑道:"老先生如此说来,一发大差了。你要崇你的政声,却怎陷学生于不义?"县尊也笑道:"若说陷兄不义,这事便要直穷到底矣。台兄既怕陷身不义,则为义夫可知矣。若水小姐始终计却过公子,不失名节,又于台兄知恩报恩,显出贞心,有何不义而至陷兄?"铁公子道:"非此之谓也。凡婚姻之道,皆父母为之,岂儿女所能自主哉? 今学生之父母安在,而水小姐之父母又安在? 若徒以才貌为凭,遇合为幸,遂谓婚姻之义举,不知此等义举,只合奉之过公子,非学生名教中人所敢承也。"遂立起身来要行。

县尊道:"此举义与不义,此时也难辨。只是终不能成则不义,终能成之则义,台兄切须记之。至日后有验,方知我学生乃改悔后真心好义,不是一时阿所好也。既决意要行,料难强留,欲劝一食,恐怕兄以前辙为疑;欲申寸敬,又恐台兄以货财见斥,故逡巡不敢。倘有天缘,冀希一会,以尽其余。"铁公子道:"赐教多矣,唯此二语深得我心。多感,多感!"因别了出来,带了小丹,携着行李,径出东门而去。正是:

> 性无假借谁迁就,心有权衡独往来。
> 可叹世难容直道,又生无妄作奇灾。

铁公子一时任性,走出东门,不曾检点盘缠,见小丹要雇牲口,心下正费踌躇。忽水家家人水用,走到面前说道:"铁相公,怎此时才来? 家小姐吩咐小的在此候了半日。"铁公子道:"小姐叫你候我做什么?"水用道:

---

① 不亟(jí)——不急迫。

"家小姐因见二老爷出来会铁相公,知道他言语粗俗,必然要触怒铁相公,必然铁相公就要行,家小姐又不便留,但恐怕匆匆草草,盘缠未曾打点,故叫小的送了些路费并小菜在此。"铁公子听了,大喜道:"你家小姐不独用情可感,只这一片慧心,凡事件件先知,种种周备,真令人敬服。"水用道:"小的回去,铁相公可有甚言语吩咐?"铁公子道:"我与你家小姐陌路相逢,欲言恩,恩深难言;欲言情,又无情可言。只烦你多多拜上小姐,说我铁中玉去后,只望小姐再勿以我为念,便深感不朽矣。"水用因取出十两银子并菜果,付与小丹纳下。

铁公子有了盘缠,遂叫小丹雇了一匹驴儿,径望东镇一路而来。不料出门迟了,又在县中耽搁了半日,走不上三十余里,天就晚了,到东镇还有二三里,赶驴的死也不肯去了。铁公子只得下了驴子步行。又上不得里许,刚转过一带林子,忽见一个后生男子背着一个包袱,领着一个少年妇女,身穿青布衣服,头上搭着包头,慌慌张张地跑来。忽撞见铁公子,十分着惊,就要往林子里去走。铁公子看见有些异样,因大喝一声道:"你拐带了人家妇人,要往哪里走?"

那妇人着这一吓,便呆了,走不动,只立着叫饶命。那后生着了忙,便撇了妇人,丢下包袱,没命的要跑去。铁公子因赶上捉住问道:"你是甚人,可实说了,我便放你!"那后生被捉慌了,因跪在地上,连连磕头道:"相公饶命,我实说来。这女子是前面东镇上李太公的妾,叫做桃枝,她嫌李太公老了,不愿跟他,故央我领她出来,暂时躲避。"铁公子道:"这等,你是个拐子了。"那后生道:"小的不是拐子,就是李太公的外孙儿。"铁公子道:"叫甚名字?"那后生道:"叫做宣银。"铁公子又问道:"是真么?"宣银道:"老爷饶命,怎敢说谎?"铁公子想了想道:"既是真情,饶你去吧。"因放了手,宣银爬起,早奔命的跑去了。

铁公子因复转身来问那妇人道:"你可是东镇上李太公的妾么?"那妇人道:"我正是李太公的妾。"铁公子又问道:"你可叫做桃枝?"那妇人道:"我正是叫做桃枝。"铁公子道:"这等说起来,你是被拐出来的了。不消着惊,我是顺路,就送你回去可好么?"那妇人道:"我既被人拐出来,若送回去,只道是有心逃走,哪里辨得清白?相公若有用处,便跟随相公去吧。"铁公子笑了笑道:"你既要跟随,且到前边去再算计。"因就叫小丹连包袱都替她拿了,要同走。那妇人没奈何,也只得跟了来。

　　又走了不上里余,只见前面一群人飞一般的赶将来。赶到面前,看见那妇人跟着一个少年同走,便一齐叫道:"快来!好了,拿着了!"遂一个圈盘,将铁公子三人围住,一面就叫人飞报李太公。铁公子道:"你们不必啰唣,我是方才路上撞见,正同了送来。"众人乱嚷道:"不知你是送来还是拐去,且到镇上去讲。"大家围绕着,又行不半里,只见又是一群人,许多火把,照得雪亮,却是李太公闻知自赶到来;看见铁公子人物俊秀,年纪又后生,他的妾又跟着他走,气得浑身都是战的,也不问长问短,照着铁公子胸脯,就是一拳头,口里乱骂道:"是哪里来的肉眼贼,怎拐骗我的爱妾!我拼着老性命与你拼了吧!"铁公子忙用手托开,说道:"你这老人家,也忒性急,也不问个青红皂白,便这等胡为,你的妾是被他人拐去,是我撞见替你救转来的。怎不谢我,倒转唐突?"

　　李太公气做一团,乱嚷乱跳道:"是哪个拐他,快还我一个人来!在哪里撞着,是哪个看见?"因用手指着那妇人道:"这不是我的妾?"又用手指着小丹拿的包袱道:"这不是我家的东西?明明的人赃现获,你这擒娘贼,还要赖到哪里去?"铁公子看见李太公急得没法,转笑将起来道:"你不须着急,你的妾已在此,自然有个明白。"众人对李太公道:"这等时候,黑天黑地,在半路今也说不出什么来。且回到镇上,禀了镇爷,用起刑来,便自然招出真情。"李太公只得依了。

　　大家遂扯扯拉拉,一齐拥回镇上,来见镇守。这镇守是个差委的吏员巡检,巴不得有事。听见说是有人拐带了李太公的人口,晓得李太公是镇上财主,未免动了欲心,看做一件大事。遂齐齐整整,戴上纱帽,穿起圆领,叫军士排衙,坐起堂来。众人拥到堂前,李太公先跪下禀道:"小老儿叫做李自取,有这个妾叫做桃枝。今忽然门户不闭,被人拐去。小老儿央人分头去赶,幸得赶着了。"因用手指着铁公子道:"却是这个不知姓名的男子,带着逃走,人赃俱现获在此,求老爷严办。"镇守叫:"带过那个拐子来!"众人将铁公子拥到面前,叫他跪下。

　　铁公子笑了笑道:"他不跪我也罢了,怎倒叫我去跪他?"镇守听了,满心大怒,欲要发作,因看见铁公子人物轩昂,不像个卑下之人,只得问道:"你是什么人,敢这等大模大样?"铁公子道:"这里又不是吏部堂上,怎叫我报脚色?你莫怪我大模大样,只可怜你自家出身小了。"镇守听了,一发触起怒来,因说道:"你就有这些来历,今已犯了拐带人口之罪,只怕也逃不去了。"铁公子道："这人口,你怎见得是我拐带?"镇守道："李家不见了妾,你却带着她走,不是你拐,却是谁拐?"铁公子道："与我同走就是我拐,这等说起来,柳下惠竟是古今第一个拐子了。你这样不明道理的人,不知是哪个瞎子叫你在此做镇守,可笑之甚!"

镇守被铁公子几句言语抢白急了,因说道："你能言快语,想是个积年的拐子了。你欺我官小,敢如此放肆,我明日只解你到上宪去,看你可有本事再放肆么?"铁公子道："上司莫不是皇帝?"镇守道："是皇帝不是皇帝,你去见自知。"因又对李太公道："你这老儿,老大年纪,还讨少年女子作妾,自然要惹出事来。"又将桃枝叫到面前一看,年纪虽则二十余岁,却是个搽脂抹粉的村姑,因问道："你还是同人逃走,还是被人拐去?"桃枝低了头,不做声。镇守道："我此时且不动刑,解到上司拶起来,怕你不说!"又吩咐李太公道："这一起人犯,你可好好带去看守。我明日替你出文书,亲自解到上司去,你的冤屈,自然申理。"

李太公推辞不得,只得将铁公子都拥了到家。因见铁公子将镇守挺撞,不知是个甚人,不敢怠慢,因开了一间上房请他住,又摆出酒饭来请他吃。欲要将妾桃枝叫进去,又恐怕没了对证,不成拐带,只得也送到上房来同住。只因这一住,有分教:

　　　　能碎白璧,而失声破釜;

　　　　已逃天下,而疑窃皮冠。

不知解到上司,又作何状,且听下回分解。

第九回　虚捏鬼哄佳人止引佳人喷饭

词曰：

　　大人曰毁，小人谓之捏鬼。既莫瞒天，又难蔽日，空费花唇油嘴。

　　明眸如水。一当前已透肺肝脑髓。何苦无端，舍此灵明，置身傀儡？

——《柳梢青》

　　话说铁公子被李太公胡厮赖缠住了，又被镇守装模作样，琐琐碎碎，心下又好恼又好笑。到了李老儿家，见拿出酒饭来，也不管好歹，吃得醺醺的，叫小丹铺开行李，竟沉沉地睡去。

　　此时是十四五，正有月，铁公子一觉睡醒来，开眼看时，只见月光照入窗来，那个桃枝妾，竟坐在他铺旁边，将他身体轻轻摩弄。铁公子一时急躁起来，因用手推开道："妇人家须惜些廉耻，莫要胡为！"因侧转身向里依旧睡去。那桃枝妾讨了没趣，要走开又舍不得，只坐了一会，竟连衣服在脚头睡了。

　　原来李太公虽将妾关在房里，却放心不下，又悄悄躲在房门外窃听。听见铁公子羞削他，心下方明白道："原来都是这淫妇生心，这个少年倒是好人，冤屈了他。"到了天明，就要放他开交，争奈镇守不曾得钱，又被铁公子挺撞了一番，死命出了文书，定要申到道里去。李太公拗他不过，只得又央了许多人，同拥到道里来。

　　不期这日正是道尊寿日，府县属官，俱来庆贺，此时尚未开门，众官都在外面等候。忽见一伙人拥了铁公子与桃枝妾来，说是奸情拐带，各各尽叫去看。看见铁公子人物秀美，不像个拐子，因问道："你是什么人，为何拐他？"铁公子全不答应。又问桃枝："可是这个人拐你？"桃枝因夜里被铁公子羞削了，有气没处出，便一口咬定道："正是他拐我。"个个官问他，都如此说。镇守以为确然，着实得意，只候道尊开门，解进去请功。

　　正在快活，忽历城县的鲍知县也来了，才下轿，就看见一伙人同着铁公子与一个妇人在内，因大惊问道："这是什么缘故？"镇守恐怕人答应错了话，忙上前禀道："这个不知姓名的少年男子，拐带了这李自取的妾逃走，当被众人赶到半路捉住，人赃现获，故本镇解到道爷这里来请功。"鲍知县听了，大怒道："胡说！这位是铁都堂的公子铁相公，他在本县，本县为媒，要将水侍郎老爷的千金小姐嫁他为妻，他因未得父命，不肯应承，反抵死走了。来你这地方，什么村姑田妇，冤他拐带！"镇守见说是铁都堂的公子，先软了一半，因推说道："这不干本镇事，都是这李自取来报的，又是这妇人供称的。"鲍知县因叫家人请铁相公来同坐下，因问道："台兄行后，为何忽遇此事？"铁公子就将林子边遇见一个后生与此妇人同走之事说了一遍。鲍知县道："只可惜那个后生不曾晓得他的姓名。"铁公子道："已问知了，就是这李自取的外孙，叫做宣银。"

鲍知县听了，就叫带进那老儿与妇人来，因骂道："你这老奴才，偌大年纪，不知死活，却立这样后生妇人作妾，已不该了；又不知防嫌，让她跟人逃走，却冤赖路人拐带，当得何罪？"李太公道："小老儿不是冤他，小的的妾不见了，却跟住他同走，许多人公同捉获，昨夜到镇。况妾口中又已供明是他，怎为冤他？"鲍知县又骂道："你这该死的老奴才，自家的外孙宣银与这妇人久已通奸，昨日乘空逃走，幸撞见这铁相公，替你捉回人来，你不知感激，怎倒恩将仇报！"老太公听见县尊说出宣银来，方醒悟道："原来是这小贼种拐她，怪道日日走来油嘴滑舌地哄我！"因连连磕头道："不消说了，老爷真是神明。"鲍知县就要出签去拿宣银，李太公又连连磕头求道："本该求老爷拿他来治罪，但他的父亲已死，小的女儿寡居，止他一人，求老爷开恩，小的以后只不容他上门便了。"鲍知县又要将桃枝拶起来，李太公不好开口，亏得铁公子解劝道："这个桃枝是李老儿的性命，宣银既不究，这桃枝也饶她吧。"鲍知县道："这样不良之妇，败坏风俗，就拶死也不为过。既铁相公说，造化了她，却出去吧，不便究了。"李太公与桃枝忙磕头谢了出去。

镇守又进来再三请罪，鲍知县也数说了几句，打发去了。然后对铁公子道："昨日要留台兄小酌，因台兄前疑未释，执意要行，我学生心甚歉然。今幸这些乡人代弟留驾，又得相逢，不识台兄肯忘情快饮，以畅高怀否？"铁公子道：昨因前之成心未化，故悻悻欲去；今蒙老先生高谊如云，柔情似水，使我铁中玉有如饮醇，莫说款留，虽挥之斥之，亦不忍去矣。"鲍知县听了大喜，因吩咐备酒，候庆贺过道尊，回来痛饮。正是：

> 模糊世事倏多变，真至交情久自深。
> 若问老天颠倒意，大都假此炼人心。

却说鲍知县贺过道尊出来，就在寓处设酒，与铁公子对饮。前回虽也曾请过，不过是客套应酬，不甚浃洽，这番已成了知己，你一杯，我一盏，颇觉欣然。

二人吃到半醉之间，无所不言，言到水小姐，鲍知县再三劝勉，该成此亲。铁公子道："知己相对，怎敢违心谎言！我学生初在公庭，看见水小姐亭亭似玉，灼灼如花，虽在愤激之时，而私心几不能自持。及至长寿院住下，虽说偶然相见，过而不留，然寸心中实是未能忘情。就是那一场大病，起于饮食不慎，却也因神魂恍惚所致。不期病到昏聩之时，蒙彼移去调治，细想他殷勤周至之意，上不啻父母，下无此子孙。又且一举一动，有情有礼，遂令人将一腔爱慕之私，变而为感激之诚，故至今不敢复萌一苟且之念。设有言及婚姻二字者，直觉心震骨惊，宛若负亵渎之罪于神明。故老先生言一番，而令学生身心一番不安也。非敢故作矫情，以博名高。"鲍知县听了，叹息道："据台兄说来，这水小姐直凛若神明之不敢犯矣。自我学生论来，除非这水小姐今生不嫁人便罢，若她父亲回时，毕竟还要行人伦婚姻之礼，则舍台兄这样豪俊，避嫌而不嫁，却别选良缘，岂不更亵渎神明乎？台兄与水小姐，君子也，此正在感恩诚敬之时，自不及此。我学生目击你二人义侠如是，若不成全，则是见义不为也。"铁公子道："在老先生或别有妙处，在我学生，只觉惕然不敢。"二人谈论快心，直吃到酩酊①方住，就同在寓处宿了。

次日，鲍知县有公事要回县，铁公子也要行，就忙忙作别。临别时，鲍知县取了十二两程仪相赠道："我学生还有一言奉劝。"铁公子道："愿领大教。"鲍知县道："功名二字，虽于真人品无加，然当今之世，绍续书香，亦不可少。与其无益而浪游，何如拾青紫之芥，以就荣名之为愈乎？"铁公子听了，欣然道："谨领大教。"遂别了先行。正是：

　　矛盾冰同炭，绸缪漆与胶。
　　寸心聊一转，道路已深遥。

这边鲍知县回县不提。

却说铁公子别过县尊，依旧雇了驴子回去，一路上思量道："这鲍知县初见时，何等作恶，到如今又何等用情。人能改过，便限他不定。"又暗想道："这水小姐，若论她瘦弱如春柳之纤，妩媚若海棠之美，便西施、王

① 酩酊(mǐng dǐng)——形容大醉。

嬙,也比她不过。况闻她三番妙智,耍得过公子几乎气死,便是陈平六出奇计,也不过如此。就是仓促遇难,又能胁至县庭,既至县庭,又能侃侃谈论。若无才辨识胆,安能如此!即我之受毒成病,若非她具一双明眼,何能看破?即使看破,若无英雄之力量,焉能移得我回去?就是能移我回去,若无水小姐这样真心烈性、义骨侠肠,出于情入于礼,鲜不堕入邪淫!就是我临出门,因她叔子一言不合,竟不别而行。在他人,必定恼了;她偏打点盘缠,殷勤相赠。若预算明白,不差毫发者,真要算做当今第一个奇女子也。我想古来称美妇人,至于西施、卓文君止矣;然西施、卓文君皆无贞节之行。至于孟光、无盐,流芳名教,却又不过一丑妇人。若水小姐,真河洲之好逑,宜君子之辗转反侧以求之者也。若求而得之,真可谓享人间之福矣。但可惜我铁中玉生来无福,与她生同时,又年相配,又人品才调相同,又彼此极相爱重,偏偏的遇得不巧,偏遇在患难之中,公堂之上,不媒妁而交言,无礼仪而自接,竟成了义侠豪举;去钟鼓之乐,琴瑟之好,大相悬绝矣。若已成义侠,而再议婚姻,不几此义侠而俱失乎!我若启口,不独他人指诮,即水小姐亦且薄视我矣,乌乎可也。今唯有拿定主意,终做个感恩知己之人,便两心无愧也。"又想道:"她不独持己精明,就是为我游学避仇发的议论,亦大有可想。即劝我续箕裘世业,不必踽踽凉凉,以走天涯,此数语,真中我之病痛。我铁中玉若不博得科甲功名,只以此义侠遨游,便名满天下,亦是浪子,终为水小姐所笑矣。莫若且回去,趁着后年乡会之期,勉完了父母教子之望,然后做官不做官,听我游侠,岂不比今日与人争长竞短,又高了一层!"主意定了,遂一径回大名府去。正是:

言过还在耳,事弃尚惊心。

同一相思意,相思无此深。

按下铁公子回家不提。

却说水小姐自从差水用送盘缠路费与铁公子,等了许久,不见回信,心下又恐为奸人所算,十分踌躇。又等到日中,水用方回来报说道:"铁相公只到此时方出城来雇牲口,银子小包已交付铁相公与小丹收了。"冰心小姐道:"铁相公临行,可有甚言语吩咐?"水用道:"铁相公只说,他与小姐陌路相逢,欲言恩,恩深难言;欲言情,又无情可言。只叫我多多拜上小姐,别后再不可以他为念就是了。"冰心小姐听了,默然不语,因打发水用去了。暗自想道:"他为我结仇,身临不测,今幸安然而去,也可完我一桩心事。但只虑过公子与叔子水运,相济为恶,不肯忘情,未免要留一番心机相对。"

却喜得水运伤触了铁公子,不辞而去,自觉有几分没趣,好几日不走过来。忽这一日,笑欣欣走过来寻见冰心小姐说道:"贤侄女,你知道一件奇事么?"水小姐道:"侄女静处闺中,外面奇事,如何得知?"水运道:"前日那个姓铁的,我只道他是个好人,还劝侄女嫁他,倒是你还有些主意,不肯轻易听从,若是听从了,误了你的终身却怎了?你且猜那姓铁的是甚等样人?"冰心小姐道:"他的家世,侄女如何得知?看他举止行藏,自是个义侠男儿。"水运听了打跌道:"好个义侠男儿!侄女一向最有眼力,今日为何走了?"冰心小姐道:"不是义侠男儿,却是甚人?"水运道:"原来是个积年的拐子!前日装病,住在这里,不知要打算做甚伎俩,还是侄女的大造化,亏我言语来得尖利,他看见不是头路,下不得手,故假作怏怏而去。谁知瓦罐不离损伤,彼才走到东镇上,就弄出事来了。"冰心小姐道:"弄出甚样事来?"

水运道:"东镇上一个大户人家,有个爱妾,不知他有甚手段,人不知鬼不觉,就拐了出来逃走。不料那大户人家养的闲汉甚多,分头一赶,竟赶上捉住了,先早打个半死,方送到镇守衙门。他若知机识窍,求求镇守,或者打几下放了他,还未可知。谁料他蠢不过,到此田地,还要充大头鬼,反把镇守冲撞了几句,镇守恼了,竟将他解到道里去了。都说这一去,拐带情真,一个徒罪是稳稳的了。"冰心小姐道:"叔叔如何得知?"水运道:"前日鲍知县去与道尊庆寿,跟去的衙役哪一个不看见,纷纷乱传,我所以知道。"

冰心小姐听了,冷笑道:"莫说铁公子做了拐子,便是曾参真真杀人,却也与我何干?"水运道:"可知道与你无干,偶然这等闲论,人生面不熟,实实难看。若要访才,还是知根识本的稳当。"冰心小姐道:"若论起铁公子之事,与侄女无干,也不该置辩。但是叔叔说人生面不熟,实实难看,此语似讥消侄女眼力不好,看错了铁公子。叔叔若讥消侄女看错他人,侄女也可以无辩;但恐侄女看错了铁公子,这铁公子是个少年,曾在县尊公堂上,以义侠解侄女之危,侄女又曾以义侠接他来家养病,救他之命,若铁公子果是个积年的拐子,则铁公子与侄女这番举动,不是义侠,是私情矣。且莫说铁公子一生名节,亦被叔叔丑诋尽矣,安可无辩?"水运听了道:"你说的话,又好恼又好笑!这姓铁的与我往日无冤,近日无仇,我毁谤他做什么?他做拐子,拐人家的妇女,你在闺中,自不知道,县前跟班的,哪个不传说,怎怪起我来?侄女若要辩说,是一时失眼,错看了他,实实出于无心,这还使得;若说要辩他不是拐子,只怕便跳到黄河里也洗不清了。"冰心小姐道:"若要辩,正要辩铁公子不是拐子,是小人谤他,方见侄女眼力不差。若论侄女有心无心,这又不必辩了。"水运道:"贤侄女也太执性,一个拐子,已有人看见的明明白白,还有什么辩得?"

冰心小姐道:"叔叔说有人看见,侄女莫说不看见,就是闻也不曾闻之,实实没有辩处。但侄女据理详情,这铁公子决非拐子,纵有这影响,不是讹传,定是其中别有缘故。若说他真正是做拐子,侄女情愿将这两只眼睛,挖出输与叔叔。"水运道:"拐的什么大户人家的爱妾,已有人了,送到镇守,镇守又送了道尊的衙门去了,谅非讹传。又且人赃现获,有甚缘故,你到此田地还要替他争人品,真叫做溺爱不明了。"冰心小姐道:"侄女此时辩来,叔叔自然不信,但叔叔也不必过于认真,且再去细访一访,便自明白。"水运道:"不访也是个拐子,再访也是个拐子。侄女执意要访,我就再访访,也不差什么,不过止差得半日工夫,这也罢了。但侄女既据理详情,就知他决不是个拐子,且请问侄女,所据的是哪一段理,所详的是哪一种情?"

冰心小姐道:"情理二字,最精最妙,看破了便明明白白,看不破便糊涂到底,岂容易对着不知情理之人,辩得明白?叔叔既问,又不敢不说。侄女所据之理,乃邪正之理。大凡举止言语,得理之正者,其人必不邪。侄女看铁公子,自公堂至于私室,身所行无非礼义,口所言无非伦常,非赋性得理之正者,安能如此?赋性既得理之正,而谓其做邪人拐子,此必无之事也。侄女所详之情,乃公私之情,大都情用于公者,必不用于私,侄女见铁公子,自相见至别去,披发缨冠而往救者,皆冷眼,绝不论乎亲疏;履危犯难而不惜者,皆热肠,何曾因乎爱恶?非得情之公者,必不能如此。用情既公,而谓其做拐子私事,此又必无之事也。故侄女看得明,拿得定,虽生死不变者,据叔叔说得千真万实,则是天地生人之性情,皆不灵矣,则是圣贤之名教,皆假设矣。决不然也!且俗说:'耳闻是虚,眼观是实',叔叔此时,且不要过于取笑侄女,请再去一访。如访得的的确确,果是拐子,一毫不差,那时再来取笑侄女,却也未迟。何以将小人之心,度君子之腹?"水运笑了笑道:"侄女既要讨没趣到底,我便去访个确据来,看侄女再有何说!"冰心小姐笑道:"叔叔莫要访个没趣,不来了。"

水运说罢,就走了出来,一路暗想道:"这丫头怎这样拿得稳,莫非真是这些人传说差了？我便到县前，再去访问访问。"遂一径走到县前，见个熟衙门人便问。也有说果然见个少年拐子同一妇人拴在那里是有的，又有说那少年不是拐子的，皆说得糊糊涂涂。只到落后问着一个贴身的门子，方才知道详细，是李大户自己的外孙拐了他的爱妾，被铁公子撞见捉回，李大户误认就是铁公子拐他，亏鲍太爷审出情由，方得明白。水运听了，因心下吃惊道："这丫头真要算做奇女子了！我已信得真真的，她偏有胆气，咬钉嚼铁，硬说没有，情愿挖出眼睛与我打赌，临出门又说我，只怕访得没趣不来了。我起先那等讥诮她，此时真真没脸嘴去见她。"踌躇了半晌，因想道："且去与过公子商量一商量，再作区处。"因走到过公子家里，将前后之情说了一遍。过公子道："老丈人不必太老实了，如今的事，已死的还要说做活的，没的还要说做有的。况这铁公子有这一番，便添诅几句，替他装点装点，也不叫做全说谎了。"水运道："谁怕说谎，只是如今没有谎说。"过公子道："要说谎何难，只消编他几句歌儿，说是人传的，拿去与他看，便是一个证见，有与无谁来对证？"水运道："此计甚妙。只是这歌儿，叫谁编好？"过公子道："除了我能学高才的过公子，再看谁人会编！"水运道："公子肯自编，自然是绝妙的了，就请编了写出来。"过公子道："编倒不打紧，只好念与你听，要写却是写不出。"水运道："你且念与我听了再处。"过公子想了一想，念道：

> 好笑铁家子，假装做公子。
>
> 一口大帽子，满身虚套子。
>
> 充做老呆子，哄骗痴女子。
>
> 看破了底子，原来是拐子。
>
> 颈项缚绳子，屁股打板子。
>
> 上近穿窬子，下类叫化子。
>
> 这样不肖子，辱没了老子。
>
> 可怜吴孟子，的的闺中子。
>
> 误将流落子，认做鲁男子。
>
> 这样装幌子，其实苦恼子。
>
> 最恨是眸子，奈何没珠子。
>
> 都是少年子，事急无君子。
>
> 狗盗大样子，鸡奸小样子。
>
> 若要称之子，早嫁过公子！

过公子念完,水运听了,拍掌大笑道:"编得妙,编得妙! 只是结尾两句太露相些,恐怕动疑,去了吧。"过公子道:"任他动疑,这两句是要紧,少不得的。"水运道:"不去也罢,要写出来,拿与她看,方像真的。"过公子道:"要写也不难。"因叫一个识字的家人来,口念着叫他写出,递与水运道:"老丈人先拿去与她看,且将她骄矜之气挫一挫,她肯了便罢。倘毕竟装模作样,目今山东新按院已点出了,是我老父的门生,等他到了任,我也不去求亲,竟央他做个硬主婚,说水侍郎无子,将我赘了入去,看她再有甚法躲避!"水运着惊道:"若是公子赘入去,这份家私,就是公子承受了,我们空顶着水家族分名头,便都无想头了。公子莫若还是娶了去为便。"过公子笑道:"老丈人也忒认真,我入赘之说,不过只要成亲,成亲之后,自然娶回。我过家愁没产业,却肯贪你们的家私,替水家做子孙!"水运听了,方欢喜道:"是我多疑了。且等我拿这歌儿与她看看,若是她看见气馁了,心动了,我再将后面按院主婚之事,与她说明,便不怕她不肯了。"过公子听了,大喜道:"快去快来,我专候佳音!"

水运因拿了歌儿,走回家去见冰心小姐。只因这一见,有分教:

　　金愈炼愈坚,节愈操愈励。

不知冰心小姐又有何说,且听下回分解。

第十回　假认真参按院反令按院吃惊

词曰：

雷声空大，只有虚心人怕。仰既无惭，俯亦不愧，安坐何惊何讶！

向人行诈，又谁知霹雳自当头下。到得斯时，不思求加，只思求罢。

——《柳梢青》

话说水运拿了过公子讥诮铁公子的歌句，竟走回来，见冰心小姐说道："我原不要去打听，还好替这姓铁的藏拙。侄女定要我去打听，却打听出不好来了。"冰心小姐道："有甚不好？"水运道："我未去打听，虽传闻说他是拐子，尚在虚虚实实之间，今打听了回来，现有确据，将他的行头都搬尽了。莫说他出丑，连我们因前在此一番，都带累的不好看。"冰心小姐道："有甚确据？"水运道："我走到县前一看，不知是什么好事的人，竟将铁公子做拐子之事，编成了一篇歌句，满墙上都贴的是。我恐你不信，只得揭了一张来与你看一看，便知道这姓铁的为人了。"因将歌句取出，递与冰心小姐。

冰心小姐接在手，打开一看，不觉失笑道："恭喜叔叔，几时读起书来，忽又能诗能文了？"水运道："你叔叔瞒得别人，怎瞒得你，我几时又曾做起诗文来。"冰心小姐道："既不是叔叔做的，一定就是过公子的大笔了。"水运跌跌脚道："侄女莫要冤屈人！过公子虽说是个才子，却与你叔叔是一样的学问，莫说大笔，便小笔也是拿不动的，怎么冤他？"冰心小姐道："笔虽拿不动，嘴却会动。"水运道："过公子与这姓铁的，有甚冤仇，却劳心费力，特特编这诗句谤他？"冰心小姐道："过公子虽与铁公子无仇，不至于谤他，然胸中还知道有个铁公子，别个人连铁公子也未必认得，为何倒做诗歌谤他，一发无味了。侄女虽然是个闺中弱女，这些俚言，断断不能鼓动，劝他不要枉费心机！"

水运见冰心小姐说得透彻，不敢再辩，只说道："这且搁过一边，只是还有一件事，要通知侄女，不可看做等闲。"冰心小姐道："又有何事？"水运道："也不是别事，总是过公子谆谆属意于你，不能忘情。近因府县官小,做不得主,故暂时搁起。昨闻得新点的按院,叫做冯瀛,就是过学士最相好的门生,过公子只候他下马,就要托他主婚,强赘了人来。你父亲在边庭,没个消息,我又是个白衣人,你一个十六七岁的女儿家,如何敌得他过?"冰心小姐道:"御史代天巡狩,是为一方申冤理枉。若受师命,强要主婚乱伦,则不是代天巡行,乃是代师作恶了。朝廷三尺法凛凛然,谁敢犯之?叔父但请放心,侄女断然不惧。"水运笑道:"今日在叔子面前说大话,自然不惧,只怕到了御史面前,威严之下,实实动起刑来,只怕又要畏惧了。"冰心小姐道:"虽说刑法滥则君子惧,然未尝因其惧而遂不为君子。既为君子,自有立身行己的大节义。莫说御史,便见天子,也不肯辱身。叔叔何苦畏却小人势利中弄心术?"

水运道:"势利二字,任古今英雄豪杰,也跳不出,何独加之小人?我就认做势利小人,只怕还是势利的小人讨些便宜。"冰心小姐又笑道:"既是势利讨便宜,且请问叔叔,讨得便宜安在?"水运道:"贤侄女莫要笑我。我做叔叔的,势利了半生,虽不曾讨得便宜,却也不曾吃亏。只怕贤侄女不势利,就要吃亏哩!到其间,莫要怪做叔子的不与你先说。"冰心小姐道:"古语说得好:'夏虫不可言冰,蟪蛄①不知春秋。'各人冷暖,各人自知。叔叔请自为谋,侄女仅知有礼义名节,不知有祸福,不须叔叔代为过虑。"

水运见冰心小姐说得斩钉截铁,知道劝她不动,便转洋洋说道:"我下此苦口是好意,侄女既不听,着我甚急?"因走了出来,心下暗想道:"我毁谤铁公子是拐子,她偏不信。我把御史吓她,她又不怕,真也没法。如今哥哥充军去了,归家无日,难道这份家私与她一个女儿占住罢了?若果按院到了,必须挑拨过公子,真真兴起讼来,将她弄得七颠八倒,那时应了我的言语,我方好于中取事。"

因复走来,见过公子说道:"我这个侄女儿,真也可恶!她一见了诗歌,就晓得是公子编的,决然不信是真。讲到后面,我将按院主婚入赘唬唬她,她倒说得好,她说:'按院若是个正人,自不为他们做鹰犬;若是个没气力之人,既肯为学士的公子做主成婚,见了我侍郎的小姐,奉承还没

---

① 蟪蛄(huì gū)——蝉的一种,吻长,身体短,黄绿色,有黑色条纹,翅膀有黑斑。

工夫，又安敢作恶？你可与过姐夫说，叫他将这妄想心打断了吧。'你道气得她过么？"过公子听了，大怒道："她既是这等说，此时也不必讲，且等老冯来时，先进一词，看她还是护我这将拜相学士老师的公子，还是护你那充军侍郎的小姐！"水运道："公子若是丢得开，便不消受这些寡气，亲家来往，让她说了寡嘴罢了。若是毕竟放她不下，除非等按院来，下一个毒手，将她拿缚得定定，仍便任她乖巧，也只得从顺。若只这等与她口斗，她如何肯就下马？"过公子道："老丈人且请回，只候新按院到了，便见手段。"二人算计定了，遂别去。

果然过了两月，新按院冯瀛到了。过公子就出境远远相迎。及到任行香后，又备盛礼恭贺。按院政事稍暇，就治酒相请。冯按院因他是座师公子，只得来赴席。饮到浃洽①时，冯按院见过公子意甚殷勤，因说道："本院初到，尚未及分俸，转过承世兄厚爱。世兄若有所教，自然领诺。"过公子道："老恩台大人，霜威雷厉，远迩肃然，治晚生怎敢以私相干？只有一件切己之事，要求老恩台大人做主。"冯按院问道："世兄有甚切己之事？"过以子道："家大人一身许国，不遑②治家，故治晚生至今尚草草衾裯③，未受桃夭正室。"

冯按院听了，惊讶道："这又奇了，难道聘也未聘？"过公子道："正为聘了，如今在此悔赖。"冯按院笑道："这更奇了！以老师台门鼎望赫赫岩岩，又且世兄青年英俊，谁不愿结丝萝？这聘的是什么人家，反要悔赖？"过公子道："就是兵部水侍郎的小姐。"冯按院道："这是水居一了。他今已谪戍边庭，家中更有何人做主，便要悔赖？"过公子道："他家令堂已故了，并无别人，便是小姐自己做主。"冯按院道："她一女子，如何悔赖？想是前起聘定，她不知道？"过公子道："前起聘定，即使未知，新近治晚生又自央人为媒，行过六礼到她家去，她俱收了，难道也不知道？及到临娶，便千难万阻，百般悔赖。"冯按院道："既是这等，世兄何不与府县说，叫他撮合？"过公子道："也曾烦府县周旋，她看得府县甚轻，竟藐视不理。故万不得已，敢求老恩台大人铁面之威，为治晚生少平其闺阁骄横之气，使治

---

① 浃洽(jiā qià)——融洽。

② 不遑(huáng)——指没有闲暇时间。

③ 衾裯(qīn chóu)——这里指被褥等卧具。

晚生得成秦晋之好，则感老恩台大人之嘉惠不浅矣。至于其他，万万不敢再渎。"

冯按院道："此乃美事，本院自当为世兄成全。但恐媒妁不足重，或行聘收不明白，说得未定，一时突然去娶，就不便了。"过公子道："媒妁就是鲍父母，行聘也是鲍父母亲身去的。聘礼到她家，她父亲在边庭，就是她亲叔子水运代受的，人人皆知，怎敢诳渎老恩台大人？"冯按院道："既有知县为媒，又行过聘礼，这就无说了。本院明日就发牌批准去娶。"过公子道："娶时恐她不肯上轿，又有他变，但求批准，治晚生去入赘，她就辞不得了。"冯按院点头应承。又欢欢喜喜，饮完了酒，方才别去。

过了一两日，冯按院果然发下一张牌到历城县来。牌上写着：

察院示：照得婚姻乃人伦风化之首，不可违时。据称，过学士公子过生员，与水侍郎小姐水氏，久已结缡，新又托该县为媒，敦行六礼。姻既已谐，理宜完娶。但念水官远任，入赘为宜。仰该县传谕二姓，即择吉期，速成嘉礼，毋使摽梅①愆期②，以伤桃夭雅化。限一月成婚，缴如迟，取罪未便！

鲍知县接了牌，细细看明，知是过公子倚着按院是父亲的门生，弄的手脚。欲要禀明，又恐过公子怪他；欲不禀明，又怕按院偏护，将水小姐看轻，弄出事来，转怪他不早说，只得暗暗申了一角文书，上去禀道：

本县为媒，行聘虽实有之，然皆过生员与水氏之叔水运所为，而水氏似无许可之意，故至今未决。蒙宪委传谕，理合奉行。但虑水氏心贞性烈，又机警百出，本县往谕，恐恃官女，骄矜③不逊，有伤宪体。特此禀明，伏乞察照施行。

冯按院见了，大怒道："我一个按院之威，难道就不能行于一女子！"因又发一牌与鲍知县道：

察院又示：照得水氏既无许可，则前日该县为谁为媒行聘，不自相矛盾乎？宜速往谕！且水氏乃罪官之女，安敢骄矜？倘有不逊，即拿赴院，判问定罪。毋违！

---

① 摽（biào）梅——梅子成熟后落下来；比喻女子已到结婚的年龄。
② 愆（qiān）期——延误日期。
③ 骄矜（jiāo jīn）——骄傲自大。

鲍知县又接了第二张宪牌,见词语甚厉,便顾不得是非曲直,只得打点执事,先见过公子传谕按君之意。过公子满口应承,不消托付。然后到水侍郎家里,到门下轿,竟自走进大厅来,叫家人传话说:"本县鲍太爷奉冯按院老爷宪委,有事要见小姐。"

家人入去报知,冰心小姐就心知是前日说的话发作了;因带了两个侍婢,走到厅后,垂下帘立着,叫家人传禀道:"家小姐已在帘内听命,不知冯按院老爷有何事故,求老爷吩咐。"鲍知县因对着帘内说道:"也非别事,原是过公子要求小姐的姻事,一向托本县为媒行聘。只因小姐不从,故此搁起。今新来的按台冯老大人,是过学士门生,故过公子去求他主婚,也不深知就里,因发下一张牌到本县,命本县传谕二姓,速速择吉成亲,以敦风化。限在一月内缴牌,故本县只得奉行。这已传谕过公子,过公子喜之不胜,故本县又来传谕小姐,乞小姐凛遵宪命,早早打点。"冰心小姐隔帘答应道:"婚姻嘉礼,岂敢固辞?但无父命,难以自专,尚望父母大人代为一请。"鲍知县道:"本县初奉命时,已先申文,代小姐禀过。不意按台又发下一牌,连本县俱加督责,词语甚厉,故不敢不来谕知小姐。或从或违,小姐当熟思行之,本县也不敢相强。"冰心小姐道:"按院牌上有何厉语,求赐一观。"

鲍知县遂叫礼房取出二牌,交与家人侍妾传入。冰心小姐细细看了,因说道:"贱妾苦辞过府之姻,非有所择也,只因家大人远戍,若自专主,异日家大人归时,责妾妄行,则无以谢过。今按君既有此二牌治罪,赫赫炎炎,虽强暴不敢违,况贱妾弱女,焉敢上抗?则从之不为私举矣。但恐丝萝结后,此二牌缴去,或按院任满复命,又将何以为据?不几仍由妾自主乎?敢乞父母大人禀过按君,留此二牌为后验,则可明今日妾之迫于势,是公而非私矣。"鲍知县道:"小姐所虑甚远,容本县再申文禀过按院,自有定夺。二牌且权留小姐处。"

说罢,就起身回县。心下暗想道:"这水小姐,我还打算始终成全了铁公子,做一桩义举。且她前番在过公子面上,千不肯,万不肯,怎今日但要留牌票,便容容易易肯了,真不可解!到底是按院的势力大。"水小姐既已应承,却无可奈何,只得依她所说,做了一套申文,申到按院。冯按院看了,大笑道:"前日鲍知县说此女性烈,怎见我牌票,便不烈了!"因批回道:

据禀称,水氏以未奉亲命,不敢专主,请留牌以自表,诚孝义可嘉! 但芳时不可失,宜速合卺①,以成雅化。即留前二牌为据可也。

鲍知县见按君批准,随又亲来报知水小姐。临出门又叮嘱道:"今日按台批允,则此事非过公子之事,乃按台之事了,却游移改口不得。小姐须要急急打点,候过公子择了吉期,再来相报。"冰心小姐道:"事在按君,贱妾怎敢改口? 但又恐按君想过意来,转要改口。"鲍知县道:"按台于大学士,师生也。极力左袒,焉肯改口?"冰心小姐道:"这也定不得。但按君既不改口,贱妾虽欲改口,亦不能矣。"

鲍知县叮嘱明白,因辞了出来,又去报知过公子,叫他选择吉期,以便合卺。过公子见说冰心小姐应承,喜不自胜,忙忙打点不提。正是:

莫认桃天便好逑,须知和应始雎鸠②。

世间多少河洲鸟,不是鸳鸯不并头。

却说冯按院见水小姐婚事,亏他势力促成,使过公子感激,也自欢喜。又过了数日,冯按院正开门放告,忽拥挤了一二百人入来,俱手执词状,伏在丹墀之下。冯按院吩咐收了词状,发放出去,听候挂牌,众人便都一拥去尽,独剩下一个少年女子,跪着不去。左右吆喝出去,这女子立起身,转走上数步,仍复跪下,口称:"犯女有犯上之罪,不敢逃死,请先毕命于此,以申国法,以彰宪体。"因在袖中,取出一把雪亮的尖刀,拿在手里,就要自刺。冯按院在公座上突然看见,着了一惊,忙叫人止住,问道:"你是谁家女子,有甚冤情? 可细细诉明,本院替你申理,不必性急。"

那女子因说道:"犯女乃原任兵部侍郎、今遣戍罪臣水居一之女水氏,今年一十七岁。不幸慈母早亡,严亲远戍,茕茕③小女,静守闺中,正茹蘖饮冰④之时,岂敢议及婚姻? 不意奸人过其祖,百计营谋,前既屡施毒手,几令柔弱不能保守,今又倚师生势焰,复逞狼心,欲使无瑕白璧,痛遭玷污。泣思家严虽谪,犹系大夫之后,犯女虽微,尚属闺阁之余。礼义

---

① 合卺(jǐn)——指成婚。

② 雎鸠(jūjiū)——语出《诗经》首篇"关雎":"关关雎鸠,在河之洲。"

③ 茕(qióng)茕——形容孤孤单单,无依无靠。

④ 茹蘖(rú niè)饮冰——这里比喻含辛茹苦。茹,柔软;蘖:树木砍去后又长出来的新芽。

所出,名教攸关,焉肯上无父母之命、下无媒妁之言,而畏强暴之威,以致失身丧节? 然昔之强暴虽横,不过探丸劫夺之雄,尚可却避自全;今竟假朝廷恩宠,御史威权,公然牌催票勒,置礼义名教如弁髦①。一时声势赫赫,使闺中弱女,魂飞胆碎,设欲从正守贞,势必人亡家破。然一死事小,辱身罪大,万不得已,于某年某月某日,沥血明冤,遣家奴走阙下,击登闻上陈矣。但闺中弱女,不识忌违,一时情词激烈,未免有所干犯,自知罪在不赦,故俯伏台前,甘心毕命。"说罢,又举刀欲刺。

冯按院初听见说过公子许多奸心,尚不在念,后听到"遣家奴走阙下,击登闻上陈",便着了忙。又见她举刀欲刺,急吩咐一个小门子下来抢住,因说道:"此事原来有许多缘故,叫本院如何得知? 且问你:前日历城县鲍知县禀称,是他为媒行聘,你怎么说下无媒妁之言?"冰心小姐道:"鲍父母所为之媒,所行之聘,乃是求犯女叔父水运之女,今已娶去为正室久矣,岂有一媒一聘娶二女之理?"冯按院道:"原来已娶过一个了。既是这等,你就该具词来禀明,怎么就轻易上本?"冰心小姐道:"若犯女具词可以禀明,则大人之宪牌不应早出,据过公子之言而专行矣。若不上本,则沉冤何由而白?"冯按院道:"婚姻田土乃有司之事,怎敢擅渎朝廷? 莫非你本上别捏虚词,明日行下来,毕竟罪何所归?"冰心小姐道:"怎敢虚词? 现有副本在此,敢求电览。"因在怀中取出呈上。

冯按院展开一看,只见上面写着:

原任兵部侍郎、今遣戍罪臣水居一犯女水冰心谨奏;为按臣谄师媚权,虎牌狼吏,强逼大臣幼女,无媒苟合,大伤风化事:

窃惟朝廷政治,名教为尊;男女人伦,婚姻托始。故往来说合,必凭媒妁之言;可否从违,一听父母之命。即媒妁成言,父母有命,亦必需六礼行聘,三星照室,方迎之子于归;从未闻男父在朝,未有遣媒之举;女父戍边,全无允诺之辞。而按臣入境,百事未举,先即连遣虎牌,立勒犯女无媒苟合,欲图谄师媚权,以报私恩,如冯瀛者也。

犯女柔弱,何能上抗? 计唯有刭颈宪墀,以全名节。但恐冤沉莫

---

① 弁髦(biàn máo)——弁指缁布冠,一种用黑布做的帽子;髦,童子的垂发。古代贵族子弟,光用缁布冠把垂发束好,三次加冠之后,就去掉黑布帽子不再用。因以比喻无用的东西。旧用作蔑弃的意思。

雪,怨郁之气,蒸为灾异,以伤圣化。故特遣家奴水用,蹈万死击登闻
鼓上闻。伏望皇仁垂怜凌虐威逼惨死之苦,敕戒按臣,小有公道,则
犯女虽死,而情同犯女者或可少偷生于万一矣。临奏不胜幽明感愤
之至!

　　冯按院才看得头一句"谄师媚权",早惊出一身冷汗,再细细看去,忽
不觉满身都抖起来。急忙看完,又不觉勃然大怒。欲要发作,又见水小姐
手持利刃,悻悻之声,只要刺死。倘刺死了,一发没解。再四踌躇,只得将
一腔怒气,按捺下去,转将好言劝谕道:"本院初至,一时不明,被过公子
蒙蔽了,只道婚姻有约,故谆谆促成,原是好意,不知全无父母之命,倒是
本院差了。小姐请回,安心静处,本院就有告示,禁约土恶强婚。但所上
的本章,还须赶转,不要张扬为妙。"冰心小姐道:"既蒙大人宽宥,犯女焉
敢多求? 但已遣家奴,长行三日矣。"冯按院道:"三日无妨。"因立刻差了
一个能干舍人,问了水小姐差人的姓名形状,发了一张火牌,限他星夜赶
回,立刻去了。

　　然后水小姐谢拜出来,悄悄上了一乘小轿回家。莫说过公子与水运
全然不晓,就是鲍知县一时也还不知。过公子还高高兴兴,择了一个好日
子,通知水运。水运因走过来说道:"侄女恭喜。过公子入赘,有了吉期
了。"冰心小姐笑一笑道:"叔叔可知这个吉期,还是今世,还是来生?"水
运道:"贤侄女莫要取笑,做叔叔的便与你取笑两句,也还罢了,按院代天
巡狩,掌生杀之权,只怕是取笑不得的哩!"冰心小姐道:"叔叔犹父也,侄
女安敢取笑? 笑今日的按院,与往日的按院不同,便取笑他也不妨。"水
运道:"既是取笑他不妨,前日他两张牌倒下来,就该取笑他一场,为何又
收了他的?"冰心小姐道:"收了他的牌票,焉知不是取笑?"

　　正说不了,只见家人进来说道:"按院老爷差人在外面,送了一张告
示来,要见小姐。"冰心小姐故意沉吟道:"是甚告示送来?"水运道:"料无
他故,不过催你早早做亲。待我先出去看看,若没甚要紧,你就不消出来
了。"冰心小姐道:"如此甚好。"

　　水运因走了出来,与差人相见过,就问道:"冯老爷又有何事,劳尊兄
下顾,莫不是催结花烛?"差人道:"倒不是催结花烛。老爷吩咐说:'老爷
因初下马,公务繁多,未及细察,昨才访知水老爷戍出在外,水小姐尚系弱
女,独自守家,从未受聘,恐有强暴之徒,妄思谋娶,特送一张告示在此,禁

约地方。'"因叫跟的人将一张告示,递与水运。水运接在手中,心中吃了一惊,暗想道:"这是哪里说起!"心下虽如此想,口中却说不出,只得请差人坐下,自己拿了进来,与冰心小姐看道:"按院送这张告示来,不知为甚,你可念一遍与我听。"冰心小姐因展开细细念道:

　　按院示:照得原任兵部侍郎水官,勤劳王事,被遣边庭,止有弱女,尚未受聘,守贞于家,殊属孤危。仰该府该县,时加存恤。如有强暴之徒,非礼相干,着地方并家属,即时赴院禀明,立拿究治不贷!

　　冰心小姐念完,笑一笑道:"这样吓鬼的东西,要他何用?但他既送来,要算一团美意,怎可拂他!"因取出二两一个大封送差人,二钱一个小封赏跟随,递与水运,叫他出来打发。水运听见念完,竟呆了,开不得口;接了封儿,只得出来,送了差人去了,复进来说道:"贤侄女,倒被你说着了!这按院真与旧不同,前日出那样紧急催婚的牌票,怎今日忽出这样的禁约告示来,殊不可解!"冰心小姐道:"有甚难解了?初下马时,只道侄女柔弱易欺,故硬要主婚,去奉承过公子。今访知侄女的辣手,恐怕害他做官不成,故又转过脸来,奉承侄女。"水运道:"哥哥又不在家,你有什么手段害他,他这等怕你?"冰心小姐笑道:"叔叔此时不必问,过两日自然知道。"

　　水运满肚皮狐疑,只得走了出来,暗暗报知过公子,说按院又发告示之事。过公子不肯信道:"哪有此事?"水运道:"我非哄你,你急急去打听,是什么缘故。"过公子见水运说是真话,方才着急,忙乘了轿子,去见按院。前日去见时,任是事忙,也邀入相见。这日闲退后堂,只推有事不见。过公子没法,到次日又去,一连去了三四日,俱回不见。心下焦躁道:"怎么老冯一时就变了!他若这等薄情,我明日写信通知父亲,看他这御史做得稳不稳!"只因这一急,有分教:

　　　　小人逞丑,贞女传芳。

不知过公子毕竟如何,且听下回分解。

第十一回　热心肠放不下千里赴难

词曰：

　　漫道无关，一片身心都被绾①。急急奔驰，犹恐他嫌缓。岂有拘挛，总是情长短。非兜揽，此中冷暖，舍我其谁管？

——《点绛唇》

　　话说过公子见冯御史不为他催亲，转出告示与水小姐，禁止谋娶，心上不服，连连来见，冯御史只是不见，十分着急，又摸不着头路，只得来见鲍知县，访问消息，就说冯御史反出告示之事。鲍知县听了，也自惊讶道："这是为何？"因沉吟道："一定又是水小姐弄甚神通，将按院压倒。"过公子道："她父亲又不在家，一个少年女子，又不出闺门，有甚神通弄得！"鲍知县道："贤契不要把水小姐看作等闲。她虽是一个小女子，却有千古大英雄的智量。前日本县持牌票去说时，她一口不违，就都依了，我就疑她胸中别有主见。后来我去回复她，又曾叮嘱她莫要改口，她就说：'我倒不改口，只怕按君倒要改口。'今日按台果然改口，岂非她弄的神通？贤契倒该去按君衙门前访问，定有缘故。"

　　过公子只得别了县尊，仍到按院衙门前打听。若论水小姐，在按院堂上有此一番举动，衙役皆知，就该访出，只因按台怕出丑，吩咐不得张扬，故过公子打听不出。闷闷的过了二十余日，忽见按院大人来请，只道有好意，慌忙去见。不期到了后堂，相见过，冯按院就先开口说道："本院为世兄，因初到不知就里，几乎惹出一场大祸来。"过公子道："以乌台之重，成就治下一女子婚姻，纵有些差池，恐也无甚大祸。为何老恩台大人出尔反尔？"冯按院道："本院也只因认这水小姐是治下一女子，故行牌弹压她，使她俯首听命，不敢强辞。谁知这水小姐为人甚是厉害，竟是个大才大智之人。牌到时略不动声色，但满口应承，却悄悄自做了一道本，暗暗差一个家奴，进京去击登闻鼓参劾本院，你道厉害不厉害！"过公子听了，吃惊道："她一个少年女子，难道这等大胆！只怕还是谎说，以求苟免。且请

---

　　① 被绾（wǎn）——比喻身心都不舒畅。绾：把长条形的东西盘绕起来打成结。

问老恩台大人,何以得知?"冯按院道:"她参劾本院,还不为大胆,她偏又有胆气,亲自送奏本来与本院看。"过公子道:"老恩台大人就该扯碎她的奏章,惩治她个尽情,她自然不敢了。"冯按院道:"她妙在将正本先遣人进京三日,然后来见本院。本院欲要重处她,她的正本已去了。倘明日本准时,朝廷要人,却将奈何? 不独本院不便处治她,她却转手持一把利刃,欲自刺,将以死来挟制本院。"过公子道:"就是她的本上了,老恩台大人辩一本,未必就辩不过她。"冯按院道:"世兄不曾见她的本章,她竟将本院参倒了,竟无从去辩。此本若是准了,不独本院有罪,连世兄与老师都要被反出是非来。故本院不得已,只得出告示安慰,她方说出家奴姓名、形状、许我差人星夜赶回。连日世兄赐顾,本院不敢接见者,恐怕本赶不回,耳目昭彰,愈加谈论。今幸本赶回了,故请世兄来看,方知本院不是出尔反尔,盖不得已也。"因取了水小姐的本,送与过公子看。

　　过公子看了,虽不深知其情,然看见"谄师媚权"等语,也自觉寒心道:"这丫头怎无忌惮至此,真也可恶,难道就是这等罢了! 其实气她不过,又其实放她不下! 还望老恩台大人看家父之面,为治晚生另作一个斧柯之想。"冯按院道:"世兄若说别事,无不领教,至于水小姐这段姻缘,说来有些不合,本院劝世兄倒不如冷了这个念头吧。只管勉强去求,恐怕终要弄出事来。我看这女子举动莫测,不是一个好惹的。"

　　过公子见按院推辞,无可奈何,只得辞了出来。心不甘服,因寻心腹成奇,与他商量,遂将她的本章大意,念与他听道:"这丫头告'谄师媚权'连父亲也参在里面,你道恶也不恶!"成奇道:"她本章虽恶,然推她苦死推托之怀,却不是嫌公子无才无貌,但只念男女皆无父命。若论婚姻正礼,她也说得不差。我想这段姻缘,决难强求。公子若必要成就,除非乘此时她父亲贬谪,老爷又不日拜相,速速赶人进京,与老爷说知此情,求老爷做主,遣人到成所去求亲。你想那水侍郎,在此落难之时,无有不从。倘她父亲从了,便不怕她飞上天去!"过公子听了,方才大喜道:"有理,有理! 现一条大路不走,却怎走远路? 如今就写家书去与父亲说。但是书中写不尽这些委曲,家里这些人又都没用,必得兄为我走一遭,在老父面前,见景生情,撮合成了方妙。"成奇道:"公子喜事,既委托我,安敢辞劳? 就去,就去!"过公子大喜道:"得兄此去,吾事济矣。"因恳恳切切写了一封家书与父亲,又取出盘缠,叫一个老家人同成奇进京。正是:

满树寻花不见花,又从树底觅根芽。

谁知春在邻家好,蝶闹蜂忙总是差。

按下成奇与老家人进京去求亲不提。

却说铁公子自山东归到大名府家里,时时佩服小姐之恩,将侠烈之气,渐次消除了,只以读书求取功名为念。一日,在邸报上看见父亲铁都院有本告病,不知是何缘故,心下着急,因带着小丹骑了匹马,忙忙进京去探望。

将到京师,忽见一个人,骑着匹驴子在前面走。铁公子马快,赶过他的驴子,因回头一看,却认得是水家的家人水用。因着惊问道:"你是水管家耶,为何到此?"水用抬头看见是铁公子,慌忙跳下驴来说道:"正要来见铁相公。"铁公子听了,惊讶道:"你要来见我做甚?"只得也勒住马,跳了下来。又问道:"你来是端的为老爷的事,还是为小姐的事?"水用道:"是为小姐的事。"铁公子又吃一惊道:"小姐又为甚事,莫非还是过公子作恶?"水用道:"正为过公子作恶,这遭作得更恶,所以家小姐急了,叫我进京击登闻鼓上本。又恐怕我没用,故叫我寻见相公,要求指点指点。"铁公子道:"上本容易。且问你过公子怎生作恶,就至于上本?"

水用道:"前番皆过公子自家谋为,识见浅短,故小姐随机应变,俱搪塞过了。谁知新来的按院,是过老爷门生,死为他出力,竟倒下两张宪牌到县里来,勒逼着一月成亲,如何拗得他过? 家小姐故不得已,方才写了一道本章参他,叫我来寻铁相公指引。今日造化,恰好撞着,须求铁相公作速领小的去上,要使用的,小人俱带在此。"铁公子听了,不觉大怒道:"哪个御史,敢如此胡为?"水用道:"按院姓冯。"铁公子道:"定然是冯瀛这贼坏了! 小姐既有本,自然参得他痛快。这不打紧,也不消击鼓,我送到通政司,央他登时进上,候批下来,等我再央礼科抄参几道,看这贼坏的官可做得稳!"水用道:"若得铁相公如此用情,自然好了。"铁公子说罢,因跨上马道:"路上说话不便,我的马快先去,你可随后赶到都察院私衙里来。我叫小丹在衙前接你。"水用答应了。

铁公子将马加上一鞭,就似飞的去了。不多时,到了私衙。原来铁御史告病不准,门前依旧热热闹闹。铁公子忙进衙拜见了父母,知道是朝廷有大议,要都察院主张,例该告病辞免,没甚大事,故放了心。就吩咐小丹在衙前等候水用。直等到晚,并不见来。铁公子猜想道:"水小姐既吩咐他托我上本,怎敢不来?莫非他驴子慢,到得迟,寻下处歇了,明早必来见我。"到了次早,又叫小丹到衙前守候,直守到午后,也不见来。铁公子疑惑道:"莫非他又遇着有力量的熟人,替他上了,故不来见我?"只得差了一个能事的承差,叫他去通政司访问,可有兵部水侍郎的小姐差人上本。承差访问了来回复道:"并没有。"铁公子委决不下,又叫人到午门外打听,今日可有人击鼓上本。又回道:"没有。"铁公子一发动疑,暗暗思忖道:"他分明说要央我上本,为何竟不见来,莫非他行事张扬,被按院耳目心腹听知,将他暗害了?或者是一时得了暴病睡倒了?"一霎时就有千思百想,再也想不到是水用将到城门,忽被冯按院的承差赶了转去。又叫人到各处去找寻,一连寻了三五日,并无踪影。

　　铁公子着了急,暗想道:"水小姐此事,若是上本准了,到下处去,便不怕按君了。今本又不上,按君威势,她一个女子,任是能干,如何拗得他过?况她父亲又被贬谪,历城一县,都是奉承过公子的,除了我不去救她,再有谁人肯为她出力?古语云:'士为知己者死。'水小姐于我铁中玉,可谓知己之出类拔萃者矣。我若不知,犹可谢责;今明明已知而不去助她一臂,是须眉男子不及一红颜女子,不几负知己乎!"

　　主意定了,因辞别父母,只说仍回家读书,却悄悄连马也不骑,但雇了一匹驴子骑着,仍只带了小丹,星夜到山东历城县来,要为水小姐出力。一路上思量道:"若论这贼坏如此作恶,就该打上堂去,辱他一番,与他个没体面,才觉畅意。只他是个代天巡狩的御史,我若如此,他上一本,说我凌辱钦差,他倒转有词了。那时就到御前与他折辩,他的理短,我的理长,虽也不怕他。但我见水小姐折服强暴,往往不动声色;我若惊天动地,她未免又要笑我是血气用事了。莫若先去见水小姐,只将冯按院的两张勒婚虎牌拿了进京,叫父亲上本参他诏师媚权,逼勒大臣幼女,无媒苟合。看他怎生样救解!"正是:

　　　　热心虽一片,中有万千思。

　　　　不到相安处,彷徨无已时。

铁公子主意定了,遂在路上不敢少停,不数日就赶到历城县。寻一个下处,安放了行李,叫小丹看守着,遂自步到水侍郎家里来。

　　到了门前,却静悄悄不见一人出入。只得走进大门来,也不看见一人出入。只得又走进二门来,虽也不见有人出入,却见门旁有一张告示挂在壁上。近前一看,却正是冯按院出的。心下想道:"这贼坏既连出二牌,限日成婚,怎又出告示催逼?正好拿它去做个指证。"一边想,一边看,却原来不是催婚,倒是禁人强娶她。看完了,心下又惊又喜道:"这却令人不解。前日水用明明对我说,按院连出二牌催婚,故水小姐事急上本。为何今日转挂着一张禁娶的告示在此?莫非是水小姐行了贿赂,故反过脸来;再不然或是水侍郎复了官,故不敢妄为?"再想不出,欲要进去问明。又想道:"她一个寡女,我又非亲非故,若她被遭了强娶的患难,我进去问声还不妨;她如今门上贴着这样平平安安的告示,我若进去访问,便涉假公济私之嫌了,这又断乎不可。且到外面去细访,或者有人知道,也未可知。"因走了出来。

不期刚走出大门,忽撞见水运在门前走过,彼此看见,俱各认得,只得上前施礼。水运暗想道:"他向日悻悻而去,今日为何又来,想是也着了魔。"因问道:"铁先生几时来的,曾见过舍侄女么?"铁公子道:"学生今日才来,并不敢惊动令侄女。"水运道:"既不见舍侄女,却又为何到此?"铁公子道:"我学生在京,传闻得冯按院擅作威逼,连出二牌,限一月要逼令侄女出嫁。因思女子之嫁,父命之关,关御史何事,私心窃为不平,故不远千里而来,欲为令侄女少助一臂。适在门内,见冯按君有示,禁人强娶,此乃居官善政,乃知是在京之传闻者误也,故决然而返耳。"水运听了大笑道:"铁先生可谓闻所闻而来,见所见而去矣。虽属高义,也只觉举动太轻了。此话便是这等说,然既已远远到此,还须略略少停,待学生说与舍侄女,使她知感,出来拜谢拜谢,方不负此一番跋涉。"铁公子道:"学生之来,原不全是为人,不过要平自心之不平耳。今自心之不平已平,又何必人之知感,又何必人之拜谢?"说罢,将手一举道:"老丈请了。"竟扬扬而去。

水运还要与他说话,见他竟一拱而别,心下十分不快,因想道:"这小畜生怎还是这等无状,怎生摆布他一场方畅快!"想了半晌,并无计策,因又想道:"还须与过公子去商量方好。"因先叫了一个小厮,悄悄赶上铁公子,跟了去,打听他的下处。然后一径走来,寻见过公子,将撞见铁公子的情事细细说了一遍。过公子听罢,连连跌足道:"这畜生又想要来夺我婚姻了,殊可痛恨!我实实饶他不过,拼着费些情面,与他做一场。"水运道:"这一场却怎生与他做?"过公子道:"明日寻见他,借些事故,与他厮闹一番，然后将他告在冯按院处，不怕老冯不为我。"水运摇头道："此计不妙。我闻得这姓铁的父亲做都察院。我想都察院是按院的堂官，这冯按院就十分要为公子，却也不可难为堂官的儿子。"过公子听了吃惊道："是呀，我倒不曾想着。此却如之奈何！"水运道："我想起来，如今也不必动大干戈，只小耍他一场，先弄得他颠三倒四，再打得他头破血出，却又没处叫屈，便也够他的了。"过公子道："得能如此，可知可哩。且请问计将安出？"

水运道："这姓铁的虽然嘴硬，然年纪小小的，我窥他来意，未必不专致在我侄女儿身上。方才被我撞破了，没奈何，只得说这些好看话儿，遮掩遮掩。我想他心上，不知怎生样思量一见哩！公子如今莫若将计就计，叫一个童子去请他，只说是水小姐差来的，说今早知他到门，恐人多，不便出来相见。约他今晚定更时分，在后花园门首一会，有要紧的话说。那姓铁的便是神仙，也猜不出是假的。等他来时，公子却暗暗埋伏下几个好汉，打得他头青眼肿，他却到哪里去诉苦？你道此计好不好？"过公子听了，喜得满脸都是笑，因赞道："好妙计，百发百中！且打他一顿，报个信与他，使他知历城县豪杰是惹不得的！"因叫出一个乖巧会说的童子来，将诉说的言语，细细吩咐明白，叫他如此如此。那童子果然乖巧，一一领会。正吩咐完，恰好水运叫去打探下处的小厮也来了，因叫他领到铁公子下处来。

此时铁公子因冯按院出告示的缘故，不知其详，放心不下，遂走到县前，要见鲍知县，问个明白。不料鲍知县有公务出门，不在县中。只得仍走了回来。水家小厮看见，忙指与童子道："这走来的，正是铁相公。"童子认得了，却让铁公子走进下处，他即随后跟了进来，低低叫一声："铁相公，又到哪里去，小厮候久了。"铁公子回头看时，却是一个十四五岁的童子，因问道："你是谁家的，候我做什么？"

那童子不就说话，先举眼四下一看，见没有人，方走近铁公子身边低低说道："小的是水小姐差来的。"铁公子惊疑道："水小姐他家有大管家水用等，为何不差来，却是你来？你且说差你来见我说什么？"童子道："小姐要差水用来，因说恐有不便，故差小的来。小的是小姐贴身服侍的，可以传达心事。"铁公子道："有什么心事要你传达？"童子道："小姐说：'早间蒙铁相公赐顾，已有人看见，要出来相会，一来众人属目，不便

谈心；二来被人看见，又要论是论非；三来铁相公又未曾叩门升堂，差人留
见，又恐涉私非礼，只得隐忍住了。然感激铁相公远来一片好心，必要面
谢一谢。'故悄悄差小的来见铁相公。"铁公子道："你可回去对小姐说，说
我铁挺生虽为小姐不平而来，不过尽我之心，却非要见小姐之面。小姐纵
有感我之心，却无见我谢我之理，盖男女与朋友不同耳。"童子道："小姐
岂不知男女无相见之礼？但说是前番已曾相见过，今日铁相公又为小姐
远远而来，反避嫌不见，转是矫情了。欲令请去相见，又恐闲人说短说长，
要费分辩。莫若请铁相公定更时分，悄悄到后花园门首去一会，人不知鬼
不觉，实为两便。望铁相公不要爽约，以负小姐之心。"

　　铁公子听了，勃然大怒道："胡说！这些话从哪里说起？莫非你家小
姐丧心病狂么？"童子道："家小姐是一团美意，怎么铁相公倒恼起来？"铁
公子一头怒，一头想道："水小姐以礼法持身，何等矜慎，怎说此非礼之
言？难道相隔不久，就变做两截人？此中定然有诈。"因一手将童子捉
住，又一手指着童子的脸要打道："你这小奴才，有多大本领，怎敢将美人
局来哄骗我铁相公！那水小姐乃当今的女中豪杰，你怎敢造此邪秽之言
来污她？我铁相公也是一个皎皎铮铮的汉子，你怎敢捏此淫荡之言来诱
我？我想这些言语，你一个小小孩子，也造作不出，定有人主使你。可实
说是谁家的小厮？这些言语是谁教的？我便饶你。你若半字含糊，我
就带你到县中，叫县主老爷将你这小奴才活活打死！"童子正说得有枝有
叶，忽被铁公子一把捉倒，只恨恨要打，吓得他魂都不在身上；又见铁公子
将他隐情都先说破，更加慌张。初还强辩一两句道："我实是水小姐差来
的，这些话实在是水小姐叫我说的。"后被铁公子兜嘴两个耳光子，打慌
了，只得直说道："我实是过公子的童子，这些话都是水老相公教的，实实
不干小的之事，求铁相公饶了我吧！"铁公子听了，方哈哈大笑道："魑魅
魍魉，怎敢在青天之下弄伎俩！"因开了手，放起小童道："你既直说了，饶
你去吧。你可对水家那老奴才说，我铁相公是个烈丈夫，水小姐是个奇女
子，所行所为，非义即侠，岂小人所能得知！叫他不要只管自讨苦吃，饶你
去吧！"

　　童子得脱了身，哪里还敢做声？因将袖子掩着脸，一路跑了回去。此
时水运还同过公子坐着等信，忽见童子垂头丧气走了回来，不胜惊讶。过
公子忙问道："你如何这等模样？"童子因吃了苦，看见家主，不觉眼泪落

了下来道："这都是水老相公害我！"水运道："我叫你去充作水家的人，传水小姐的说话，他自然欢喜，你怎倒说我害你？"童子道："水老相公，你也忒将那铁相公看轻了！那铁相公好不厉害，两只眼看人，比相面的还看得准些；一张嘴说话论事，就像看见的一般。小的才走到面前，说是水小姐差来的，那铁相公就有些疑心，说道：'既是水小姐差来，怎不差那大家人，却叫你来？'小的说：'我是水小姐贴身服侍的，故差了来。'那铁相公早有几分不信，就放下面孔来问道：'差你来做什么？'小的一时没变动，只得将水老相公教我去说水小姐约他后园相会的话细细说了一遍。那铁相公也忒性急，等不得说完，便大怒起来，将小的一把捉住乱打道：'你是谁家的小奴才，敢大胆将美人局来哄骗我铁相公！那水小姐是个闺中贤淑，怎说此丧心病狂之言，定是谁人诈骗！'若不实说，就要送小的到县里去究治。小的再三求饶，他好不厉害，决定不放，只等小的说出真情，他方大笑几声，饶了小的。临出门又骂水老相公作魑魅魍魉。叫我传话给水老相公，不要去捋虎须，自讨苦吃。"

过公子与水运听了，面面相觑，做声不得。呆了半晌，水运忽发狠道："这小畜生怎如此可恶，我断断放他不过！"过公子道："你虽放他不过，却也奈何他不得。"水运道："不打紧，我还有一计，偏要奈何他一场才罢。"只因这一计，有分教：

　　　　孽造于人，罪还自受。

不知水运更有何计，且听下回分解。

第十二回　冷面孔翻得转一席成仇

词曰:

犬子无知,要将虎须称结契。且引鱼虾,上把蛟龙臂。　　及至伤情,当面难回避。闲思议,非他恶意,是我寻淘气!

——《点绛唇》

却说过公子听见水运说,又有甚算计,可以奈何铁公子,因忙忙问道:"老丈人有甚妙算?"水运道:"也无甚妙算。但想他既为舍侄女远远而来,原要在舍侄女身上弄出他破绽来。方才童子假的被他看破,故作此矫态;我如今撺掇我侄女儿,真使人去请他,看他反作何状,便可奈何他了。"过公子听了,沉吟道:"此算好便好,只是他正没处通风,莫要转替他做了媒人,便不妙了。"水运道:"媒人其实是个媒人,却又不是合亲的媒人,却是破亲的媒人。公子但请放心,我只管安排。"

因辞了回家,来见冰心小姐道:"贤侄女,你果然有些眼力,我如今方服煞你。"冰心小姐道:"叔叔有甚服我?"水运道:"前日那个铁公子,人人都传说是拐子,贤侄女独看定不是;后来细细访问,方知果然不是拐子,倒是一个有情有义的好人。"冰心小姐道:"这是已往之事,叔叔为何又提起?"水运道:"因我今日撞见他,感他有情有义,故此又说起。"冰心小姐道:"叔叔偶然撞见,那路上便知他有情有义?"水运道:"我今日出门,刚走到你门前,忽撞见铁公子从门里出来,我想起他向日我为你婚姻,只说得一句,他就怫然变色而去,今日复来,疑他定怀不良之念,因上前相见,要捉他个破绽,抢白他一场。不期他竟是一个好人,此来倒是好意。"冰心小姐道:"叔叔怎知他来却是好意?"水运道:"我问他到此何干? 他说在京中听得人说,冯按院连出二牌,要强逼侄女与过公子成婚,知道非侄女所愿,他愤愤不平,故不惮道路之远,赶将来要与冯按院作对。因他不知起事根由,故走来要见侄女,问个明白。不期到了门内,看见冯按院出的告示,却是禁止强娶的,与他所闻大不相同,始知是传言之误,故连门也不敲,竟欢欢喜喜而去。我见他如此有情有义的举动,岂不是个好人!"

冰心小姐道:"据叔叔今日说来,再回想当日在县堂救我之事,乃知此生素抱热肠,不是一时轻举,侄女感佩敬之,不为过矣。"水运道:"他前日在县堂救你,你即接他养病,可谓义侠往来,两不相负矣。但他今日远来,赴你之难,及见无事,竟欢然默默而去,绝不自矜,要你知感;则他独自一段义气,已包笼侄女于内矣。侄女受他如此护持之高谊,却漠然不知;即今知之,却又漠然不以为意。揆①之于事,殊觉失礼;问之于心,未免抱惭。若以两人之义侠相较,只觉侄女稍逊一筹矣。"冰心小姐道:"叔叔教训侄女之言,字字金玉。但侄女一女子也,举动有嫌,虽抱知感之心,亦只好独往独来于漠然之中,而冀知我者知耳。岂能剖而相示,以尊义侠之名?"水运道:"说便是这等说,只觉他数百里奔走之劳,毫无着落,终不舒畅。莫若差人去请他来拜谢,使他知一片热肠,消受有人,不更快乎?"

此时冰心小姐,因水用到京,被冯按院赶了转来,后来不上本事情,正无由报知,今见水运要他差人去请铁公子来谢,正合了她的机会。虽明知水运是计,遂将计就计,答应道:"听叔叔说来,甚是合理,侄女只得遵叔叔之命而行。但请他的帖子,却要借叔叔出名。"水运道:"这个自然。"冰心小姐因取出一个请帖来,当面写了,请他明午小酌,叫水用去下。水用道:"不知铁相公下处在哪里?"水运因叫认得的小厮领了去。

水用到得下处,恰好铁公子正在踌躇要回去,又不知冯按院出告示的缘故,要访问又不知谁人晓得。忽看见水用走进来,满心欢喜,因问道:"前日遇见时,你曾说要央我上本?"水用道:"不期那日刚遇见铁相公之后,就被冯按院老爷的承差赶上,不由分说,竟赶了回来。路上细细问他,方知是家小姐当堂将本稿送与冯按院看,冯按院看见本内参得他厉害,也慌了,再三央求家小姐,许出告示,禁人强娶。家小姐方说明小的姓名形象,叫他来赶。小人一时被他赶回,故失了铁相公之约。不期铁相公抱此云天高义,放心不下,又远远跋涉而来,家小姐闻之,甚是感激。故差小人来,要请铁相公到家去拜谢。"因将请帖呈上。

铁公子听见水用说出缘由,更加欢喜道:"原来有许多委曲。我说冯瀛这贼坏,为何就肯掉转脸来?你家小姐真可作用也!我早间到你门上,看见告示,就要回去,因不知详细,故在此寻访。今你既说明了,我明早准行矣。本该到府拜谢小姐向日垂救深情,唯嫌疑之际,恐惹是非,故忍而

---

① 揆(kuí)——推测揣度。

不敢耳。这帖子你可带回，小姐的盛意，已心领了，万万不能趋教。"水用道："铁相公举动光明，家小姐持身正大，况奉屈铁相公，只不过家二老爷相陪，有何嫌？这里铁相公过去略略尽情。"铁公子道："我与你家小姐，往来本义侠之中，原不在形骸之内，何必区区作世情酬应？你可回去谢声，我断断不来。"水用见铁公子说得斩截，知不可强，只得回家报知冰心小姐与水运。冰心小姐听说不来，反欢喜道："此生情有为情，义有为义，侠有为侠，怎认得这等分明，真可敬也！"

唯水运所谋不遂，不胜跼蹐①，只得又走来与过公子商量道："这姓铁的一个少年人，明明为贪色，却真真假假，百般哄诱也不动。口虽说去，却又不去，只怕他暗暗的还有图谋。公子不可不防。"过公子道："我看此人如鬼如蜮，我一个直人，哪里防得他许多？我在历城县，也要算做一个豪杰，他明知我要娶你侄女儿，怎偏偏要远到我县中来，与你侄女儿歪缠，岂不是明明与我作对头？你诱他落套，他又乖偏不落套。你哄他上当，他又巧偏不上当。我哪里有许多的工夫去防范他？莫若明日去拜他，只说是慕他豪杰之名，他没个不来回拜之理。等他来回拜之时，拼着设一席酒请他，再邀了张公子、李公子、王公子一班贵人同饮。饮到半酣，将他灌醉，寻些事故，与他争闹起来。再伏下几个有气力的闲汉，大家一齐上，打他一个半死，出出气，然后告到冯按院处。就是老冯晓得他是堂官之子，要护他，却也难为我们不得。弄到临时，做好做歹，放了他去，使他正眼也不敢视我历城县的人物，岂不快哉！"

水运听了，欢喜的打跌道："此计痛快之极，只要公子做得出。"过公子道："我怎的做不出！他老子是都堂，我父亲是将拜相的学士，哪些儿不如他！"水运道："既然公子主意定了，何不今日就去拜他，恐他明日三不知去了。"

过公子因叫人写了一个"眷小弟"的大红全柬，坐了一乘大轿，跟着几个家人，竟抬到下处来拜铁公子。铁公子见了名帖，知是过公子。因鄙其为人，连忙躲开，叫小丹只回说不在。过公子下了轿，竟走进寓内，对小丹说了许多殷勤思慕之言，方才上轿而去。铁公子暗想道："我是他的对头，他来拜我做什么？莫非见屡屡算计我不倒，又要设法来害我？"又暗

---

①　跼蹐（jú cù）——匆促，拘束。

笑道:"你思量要害我,只怕还甚难。但我事已完了,明日要回去,哪有闲工夫与他游戏?只是不见他罢了。"又想道:"他虽为人不端,却也是学士之子,既招招摇摇来拜一场,我若不去回拜,只道我傲物无礼了。我想他是个酒色公子,定然起得迟,我明日赶早投一帖子就行,拜犹不拜,使他无说,岂不礼智两全?"

　　算计定了,到了次日,日未出就起来,叫小丹收拾行李,打点起身。自却转央店上一个小厮,拿了帖子,来回拜过公子。不期过公子已伏下人在下处打听,一见铁公子来拜,早飞报与过公子。刚等到铁公子到门,过公子早衣冠齐楚,笑哈哈的迎将出来道:"小弟昨日晋谒,不过聊表仰慕之忱,怎敢又劳台兄赐顾?"因连连打恭,拱请进去。铁公子原打算只到门,投一名帖便走,忽见过公子直出门迎接,十分殷勤,一团和气,便放不下冷脸来,只得投了名帖,两相揖让到厅,铁公子就要施礼,过公子止住道:"此间不便请教。"遂将铁公子直邀到后厅,方才施礼序坐,一面献上茶来。过公子因说道:"久闻兄台英雄之名,急思一会,前蒙辱临敝邑时,即谋晋谒,而又匆匆发驾,抱恨至今。今幸再临,又承垂顾,诚为快事。敢攀作平原十日之饮,以慰饥渴之怀。"

　　铁公子茶罢,就立起身来道:"承长兄厚爱,本当领教,只是归心似箭,今日立刻就要行了,把臂之欢,留待异日可也。"说着往外就走。过公子拦住道:"相逢不饮,真令风月笑人。任是行急,也要屈留三日。"铁公子道:"小弟实实要行,不是故辞,乞长兄相谅。"说罢,又往外走。过公子一手扯住道:"小弟虽不才,也忝为宦家子弟,台兄不要看得十分轻了。若果看轻,就不该来赐顾了;既蒙赐顾,便要算做宾主。小弟苦苦相留,不过欲少尽宾主之谊耳,非有所求也。不识台兄何见拒之甚也。"铁公子道:"蒙长兄殷殷雅爱,小弟亦不忍言去。但装已束,行色侘傺,势不容缓耳。"过公子道:"既是台兄不以朋友为情,决意要行,小弟强留,也自觉惶愧。但只是清晨枵腹①而来,又令枵腹而去,弟心实有不安。今亦不敢久留,只求略停片时,少劝一餐,而即听驱驾就道,庶几人情两尽。难道台兄还不肯俯从?"铁公子本不欲留,因见过公子深情厚貌,恳恳款留,只得坐下道:"才进拜,怎便好相扰?"过公子道:"知己相逢,当忘你我。兄台快

---

　　①　枵(xiāo)腹——指饿着肚子。枵,空。

士,何故作此套言?"

正说不了,只见水运忽走了进来,看见铁公子,忙施过礼,满面堆笑道:"昨日舍侄女感铁先生远来高谊,特托我学生具柬奉屈,少表微忱,不识铁先生何故见外,苦苦辞了。今幸有缘,又得相陪。"铁公子道:"我学生来殊草草,去复匆匆,于礼原无酬酢,故敬托使者辞谢。即今日之来,亦不过愿一识荆也,而蒙过兄即谆谆投辖。欲留恐非礼,欲去又恐非情,正在此费踌躇,幸老翁有以教之。"水运道:"古之好朋友,倾盖如故。铁先生与过舍亲,难道就不如古人,乃必拘拘于世俗? 如此甚非宜也。"过公子大笑道:"还是老丈人说得痛快!"

铁公子见二人互相款留,竟不计前情,只认做好意,便笑了一笑坐下,不复言去。不多时,备上酒来,过公子就逊坐。铁公子道:"原蒙怜朝饥而授餐,为何又劳赐酒? 恐饮非其时也。"过公子笑道:"慢慢饮去,少不得遇着饮时。"三人俱各大笑,就坐而饮。原来三人与曲蘖生俱是好友,一拊上手,便津津有味,你一杯,我一盏,便不复推辞。

饮了半晌,铁公子正有个住手之意,忽左右报王兵部的三公子来了。三人只得停杯接见。过公子就安坐道:"王兄来得甚好。"因用手指着铁公子道:"此位铁兄,豪杰士也,不可不会。"王公子道:"莫非就是打入大央侯养闲堂的铁挺生兄么?"水运忙答道:"正是,正是。"王公子因重复举手打恭道:"久仰,久仰! 失敬,失敬!"因满斟了一巨觞①,送与铁公子道:"借过兄之酒,聊表小弟仰慕之私。"铁公子接了,也斟了一觞回敬道:"小弟粗豪何足道,台兄如金如玉,方得文品之正。"彼此交赞,一连就是三巨觞。

铁公子正要告止,忽左右又报李翰林的二公子来了。四人正要起身相迎,那李公子已走到席前止住道:"相熟兄弟,不消动身,小弟竟就坐吧。"过公子道:"尚有远客在此。"铁公子听说,只得离席作礼。那李公子且不作揖,先看着铁公子问道:"好英俊人物! 且请教长兄尊姓台号?"铁公子道:"小弟乃大名铁中玉。"李公子道:"这等说是铁都宪的长君了。"连连作揖道:"久闻大名,今日有缘幸会。"过公子就邀入座。

铁公子此时酒已半酣,又想着要行,因辞说道:"李兄才来,小弟本不

---

①　巨觞(shāng)——古代称酒杯。

该就要去,只因来得早,叨饮过多,况行色倥偬,不能久住,只得要先别了。"李公子因作色道:"铁兄也太欺人了!既要行,何不早去,为何小弟刚到,就一刻也不能留?这是明欺小弟不足与饮了。"水运道:"铁先生去是要去久了,实不为李先生起见。只是李先生才来,一杯也不共饮,未免恝然①。方才王先生已有例,对饮过三巨觥。李先生也只照例对饮三觥吧。三觥饮后,去不去,留不留,听凭主人,却与客无干。"李公子方回嗔作喜道:"水老丈此说,还觉略略近情。"铁公子无奈,只得又复坐下,与李公子对饮了三巨觥。

饮才完,忽左右又报道:"张吏部的大公子来了。"众人还未及答应,只见那张公子歪戴着一顶方巾,乜斜②着两只色眼,糟包着一个麻脸,早吃得醉醺醺,一路叫将进来道:"哪一位是铁兄,既要到我历城县来做豪杰,怎不会我一会?"铁公子正立起身来,打算与他施礼,见他言语不逊,便立住答应道:"小弟便是铁挺生,不知长兄要会小弟,有何赐教?"张公子也不为礼,瞪着眼对铁公子看了又看,忽大笑说道:"我只道铁兄是七个头八个胆的好汉子,却原来青青眉目,白白面孔,无异于女子。这且慢讲,且先较一较酒量,看是如何。"众人听了,俱赞美道:"张兄妙论,大得英雄本色!"铁公子道:"饮酒饮情也,饮兴也,饮性也,各有所思。故张旭神圣之传,仅及三杯;淳于髡簪珥③纵横,尽乎一夜。而此时之饮,妙态百出,实未尝较量多寡以为雄。"张公子道:"既是饮态百出,安知较量多寡以为雄,又非饮态中之妙态哉!"且用手扯了铁公子同坐下,叫左右斟起两巨觥来,将一觥送与铁公子,自取一觥在手,说道:"朋友饮酒饮心也,我与兄初会面,知人知面不知心,且请一觥,看是如何?"因举起觥来一饮而干。自干了,遂举空觥,要照干铁公子。铁公子见他干得爽快,无奈何也只得勉强吃干了。张公子见铁公子吃干,方欢喜道:"这才像个朋友!"一面又叫左右斟起两觥。

铁公子因辞道:"小弟坐久,叨饮过多,适又陪王兄三觥,李兄三觥,方才却又陪长兄一觥,贱量有限,实实不能再饮了。"张公子道:"既王、李

①　恝(jiá)然——无动于衷,不经心。

②　乜斜——眼睛略眯而斜着看。

③　簪(zān)珥——发簪和耳饰。古代多为高贵妇女的首饰,这里代指妇女。

二兄俱连三觥，何独小弟就要一觥而止，是欺小弟了。不瞒长兄说，小弟在历城县中也要算一个人物，从不受人之欺，岂肯受吾兄之欺哉？"因举起觥来，又一饮而干。自干了，又要照干铁公子。铁公子因来得早，又不曾吃饭，空心酒吃了这半日，实实有八九分醉意，拿着酒杯，只是不吃。因被那张公子催的紧急，转放下酒杯，瞪着眼，靠着椅子，也不作声，但把头摇。

张公子看见铁公子光景不肯吃，便满面含怒道："讲明对饮，我吃了，你如何不吃？莫非你倚强欺我么？"铁公子一时醉的身子都软了，靠着椅子，只是摇头道："吃得便吃，吃不得便不吃，有什么强，有什么欺？"张公子听了，忍不住发怒道："这杯酒你敢不吃么？"铁公子道："不吃便怎么？"张公子见说不吃，便勃然大怒道："你这小畜生，只可在大名府使势，怎敢到我山东来装腔！你不吃我这杯酒，我偏要你吃了去！"因拿起那杯酒来，照着铁公子夹头夹脸只一浇。

铁公子虽然醉了，心上却还明白，听见张公子骂他小畜生，又被浇了一头一脸酒，着这一急，急得火星乱迸，因将酒都急醒了。忙跳起身来将张公子一把抓住，揉了两揉道："好大胆的奴才，怎敢到虎头上来寻死！"张公子被揉急了，便大叫道："你敢打我么？"铁公子便兜嘴一掌道："打你便怎么！"王、李二公子看见张公子被打，便一齐乱嚷道："小畜生，这是什么所在，怎敢打人！"过公子也发话道："好意留饮，乃敢倚酒撒野，快关门，不要放他走了。且打他个酒醒，再送到按院去治罪！"暗暗把嘴一呶，两厢早走出七八个大汉，齐拥到面前。水运假劝道："不要动粗！"因要上前来封铁公子的手。铁公子此时酒已急醒了，看见这些光景，已明知落局，转冷笑一笑道："一群疯狗，怎敢来欺人！"因一手捉住张公子不放，一手将台子一掀，那些肴馔碗盏，打翻一地。水运刚走到身边，被铁公子只一推道："看水小姐分上，饶你打！"早推跌去有丈余远近，跌倒地上，爬不起来。

王、李二公子看见势头凶恶，不敢上前，只是乱嚷乱叫道："反了，反了！"过公子连连挥众人齐上，众人刚就到来，早被铁公子将张公子就像提大央侯的一般，提将起来，只一手扫得众人东倒西歪。张公子原是个色厉内荏、花酒淘虚的人，哪里禁得提起放倒，撺撺摔摔，只弄得头晕眼花，连吃的几杯酒都呕了出来，满口叫道："大家不要动手，有话好讲！"铁公子道："没甚话讲,只好好送我出去,便万事全休;若要圈留,叫你人人都死!"张公子连连应承道："我送你,我送你。"铁公子方将张公子放平站稳了,一手提着,自步了出来。众人眼睁睁看着,气得白挺,又不敢上前,只好在旁说硬话道："禁城之内,怎敢如此胡为! 且饶他去,少不得要见个高下。"

铁公子只作不听见,提着张公子,直同走出大门之外,方将手放开道："烦张兄传语诸兄:我铁中玉若有寸铁在手,便是千军万马中也可出入,何况三四个酒色之徒、十数个挑粪蠢汉,指望要捋猛虎之须,何其愚也! 我若不念绅宦体面,一个个毛都扫光,腿都打折。我如今饶了他们的性命,叫他须朝夕焚香顶礼,以报我大赦之恩,不可不知也!"说罢,将手一举道:"请了。"竟大踏步回下处来。

到得下处,只见小丹行李已打点的端端正正,又见水用牵着一匹马,也在那里伺候。铁公子不知就里,因问水用道:"你在此做甚?"水用道:"家小姐访知过公子留铁相公吃酒,不是好意,定有一场争斗。又料定过公子争斗铁公子不过,必然要吃些亏苦。又料他若吃些亏苦,断不肯干休,定要起一场大是非。家小姐恐铁相公不在心,竟去了,让他们造成谤案,那时再辩就迟了。家小姐又访知按院出巡东昌府,离此不远,请铁相公一回来,即快去面见冯按院,先将过公子恶迹呈明,立了一案,到后任他怎生播弄,便不妨了。故叫小人备马,在此伺候,服侍铁相公去。"铁公子听了,满心欢喜道:"你家小姐怎在铁中玉面上如此用情,真令人感激不尽。你家小姐料事怎如此快爽,用心怎如此精细,真令人叹服不了! 既承小姐教诲,定然不差。"因进下处,吃了午饭,辞了主人,竟上马带着水用、小丹,来到东昌府,去见冯按院。正是:

> 英俊多余勇,佳人有俏心。
>
> 愿为知己用,一用一番深。

铁公子到了东昌府,访知冯按院正坐衙门,忙写了一张呈子,将四公子与水运结党朋谋陷害之事,细细呈明,要他提疏拿问。走到衙门前,不等投文放告,竟击起鼓来。击了鼓,众衙役就不依衙规,竟扯扯曳曳,拥了进来。到了丹墀①,铁公子尊御史代天巡狩的规矩,只得跪一跪,将呈子

---

① 丹墀(chí)——古代宫殿前涂成红色的台阶或台阶上的空地。

送将上去。冯按院在公座上见铁公子，已若认得；及接呈子一看，见果是铁中玉。也不等看完呈子，就走出公座来，一面叫掩门，一面就叫门子请铁相公起来相见。

铁公子因上堂来，还要再跪，冯按院用手挽住，只以常礼相见。一面看坐待茶，一面就问道："贤契几时到此，到此何干？本院并不知道。"铁公子道："晚生到此，不过游学，原无甚事。本不该上渎，不料无意中忽遭群奸结党陷害，几至丧命，今幸逃脱，情实不甘。故匍匐台前，求老恩台代为申雪。"冯按院听了道："谁敢大胆陷害贤契？本院自当尽法。"时复取呈子，细细看完，便蹙着眉头，只管沉吟道："原来又是他几人！"铁公子道："锄奸去恶，宪台事也。老宪台镜宇清肃，无所畏避，何独踌躇，宽假于此辈？"冯按院道："本院不是宽假他们。但因他们尊翁，俱当道于朝，处之未免伤筋伤骨，殊觉不便。况此辈不过在膏粱纨袴中作无赖，欲警戒之，又不知悛改；欲辱弹章，又实无强梁跋扈之雄。故本院未即剪除耳。今既得罪贤契，容本院细思所以治之者。"铁公子道："事既难为，晚生怎敢要苦费老宪台之心？但晚生远人，今日之事，若不先呈明，一旦行后，恐他们如鬼如蜮，词转捏虚，以为毁谤，则无以解。既老宪台秦镜已烛其奸，则晚生安心行矣。此呈求老宪台立案可也。"冯按院听了，大喜道："深感贤契相谅，乞少留数日，容本院尽情。"铁公子立刻要行，冯按院知留不住，取了十二两程仪相送。铁公子辞谢而出。正是：

　　　　乌台有法何须执，白眼无情用转多。

不知铁公子别后，又将何往，且听下回分解。

第十三回　出恶言拒聘实增奸险

词曰：

礼乐场中难用狠，况是求婚，须要她心肯。一味蛮缠拿不稳，全靠威风多是滚。　　君子持身应有本，百岁良缘，岂不深思忖？若教白璧受人污，宁甘一触成齑粉①！

——《蝶恋花》

话说铁公子辞了冯按院出来，就将冯按院说的话一一都与水用说明了，叫他报知小姐，因又说道："你家小姐，慧心俏胆，古今实实无二，真令我铁中玉服煞。只因男女有别，不得时时相亲为恨耳。然此天所定也，礼所制也，无可奈何。"因将马匹归还水用回去，去自雇了一匹蹇驴，仍回大名府去。正是：

来因义激轻千里，去为深情系一心。

慢道灵犀通不得，瑶琴默默有知音。

按下水用回复水小姐，铁公子自归大名府，不提。

却说过公子邀了三个恶公子、七八个硬汉，只指望痛打铁公子一场，出了胸中之气，不料反被铁公子将酒席掀翻，众人打得狼狼狈狈，竟提着张公子送他出门，扬扬而去，甚是装成模样，大家气得说话不出。气了半晌，还是水运说道："此事是我们看轻了，气也无用。也不料这小畜生倒有些膂力！"过公子道："他虽有膂力，却不是众人打他不过，只因他用手提着张兄，故不敢上前耳。如今张兄脱了身，这事放手不得，待我率性叫二三十人去打他一顿，然后到按院处去告他一状。"张公子道："既是过兄叫人去，我也叫二三十人去相帮。"王公子、李公子也去叫人相帮。

一时乘着兴，竟聚了百十余人。四公子同水运领着，竟拥到下处来寻铁公子厮打。及到下处问时，方知铁公子已去了。大家懊悔，互相埋怨。过公子道："不须埋怨。他虽逃去，我有本事告一状，叫按院拿了他来。"水运道："他是北直隶人，又不属山东管，就是按院也拿他不来。"过公子

---

① 齑粉——碎粉。

道："要拿他来也不难,只消我四人,共告一状,说他口称千军万马,杀他不过,意在谋反,故屡屡逞雄,打夺四人,欲为聚草屯粮之计,耸动按台,要他上本。等本上了,我四家再差人进京,禀明各位大人,求他们暗暗预力,去钻下命令来拿人,那时他便有万分膂力,也无用了。"大家听了,俱欢喜道："此计甚妙。"因叫人写了一张状子,四人同出名,又写水运作见证,约齐了,竟同到东昌府来,候冯按院放告日期,竟将状子投上。

冯按院细细看了见证,合着铁公子前告之事,欲待就将铁公子先告他之事批明不准,又恐他们谤他信一面之词;欲要叫他四人面审,却又恐伤体面。因见水运是见证,就出一根签,先拿水运赴审。原来水运敢做见证,只倚着四公子势力,料没甚辩驳。忽见按院一根签,单单拿他去审,自己又没有前程,吓得魂飞天外,满身上只是抖。差人闻知他是水运,哪管他的死活,扯着就走。水运看着四公子,喉急道："这事怎了!还求四位一齐同进去,见见方好。恐怕我独自进去,没甚情面,一时言语答应差了,要误大事。"四公子道："正该同见。"遂一齐要进去。差人不肯道："老爷吩咐,单拿水运,谁有此大胆,敢带你们众人进去?"

四公子无法,只得立住,因让差人单带水运到丹墀下,跪禀道："蒙老爷见差,水运拿到。"冯按院叫带上来。差人遂将水运直带至公座前跪下。冯按院因问道："你就是水运么?"水运战战兢兢的答应道："小的正是水运。"冯按院又问道："做证见的就是你么"水运道："正是小的。"冯按院又问道："这证见还是你自己情愿做的,还是他四人强你做的?"水运道："这证见也不是四人强小的做,也不是小的自情愿做,只因这铁中玉谋反之言,是小的亲耳听见,故推辞不得。"冯按院道："这等说来,这铁中玉谋反是真了?"水运道："果然是真。"冯按院道："既真,你且说这铁中玉说的是什么谋反之言?"水运道："这铁中玉自夸他有手段,便若手持寸铁,纵有千军万马,也杀他不过。"冯按院又问道："这铁中玉谋反之言,还是你独自听见的,还有别人亦听见的?"水运道："若是小的独自听见的,便是小的冤枉他了。这句话实实与他四人一同听见的。他四人要做原告,故叫小的做证见。"冯按院道："既是你们五人同听见,定有同谋,却在何处?"水运因不曾打点,一时说不出,口里只管咯咯的打舌花。

冯按院看见,忙叫取夹棍来。众衙役如虎如狼,吆喝答应一声,就将一副短夹棍,丢在水运面前。水运看见,吓得魂不附体,面如土色。冯按院又用手将案一拍道:"问你在何处听见,怎么不说?"水运慌做一团,没了主意,因直说道:"这铁中玉谋反之言,实实在过其祖家里听见。"冯按院道:"这铁中玉既是大名府人,为何得到过其祖家里来?"水运道:"这铁中玉访知过其祖是宦家豪富,思量劫夺,假作拜访,故到他家。"冯按院又问道:"你为甚也在那里?"水运道:"这过其祖是小的女婿家,小的常去望望,故此遇见。"冯按院又问道:"你遇见他二人时,还是吃酒,还是说话,还是厮闹?"水运见按院问的兜搭,一时摸不着头路,只管延挨不说。冯按院因喝骂道:"这件事,本院已明知久矣! 你若不实说真情,我就将你这老奴才活活夹死!"

水运见按院喝骂,一发慌了,只得直说道:"小的见他二人时,实是吃酒。"冯按院又问道:"你可曾同吃?"水运道:"小的撞见,也就同吃。"冯按院又问道:"这王、李、张三人,又是怎生来的?"水运道:"也是无心陆续撞来的。"冯按院又问道:"他三人撞来,可曾同吃酒?"水运道:"也曾同吃。"冯按院又问道:"你五人既同他好好吃酒,他要谋反,你五人必定也同谋了,为何独来告他?"水运道:"过其祖留铁中玉吃酒,原是好意,不料铁中玉吃到酒醉时,露出本相来,将酒席掀翻,抓人乱打,打得众人跌跌倒倒,故卖嘴说出千军万马杀他不过谋反的言语来,还说要将四家荡平做寨费,故四人畏惧,投首到老爷台下。若系同谋,便不敢来出首了。"冯按院道:"抓人厮打,只怕还是掩饰,彼此果曾交手么?"水运道:"怎不交手? 打碎的酒席器皿还在,老爷可以差人去查看。"冯按院道:"既相打,他从大名府远来,只不过一人,你五家主众仆多,自然是他被伤了,怎么倒告他谋反?"水运道:"这铁中玉虽只一人,他动起手来,几十人也打他不过。因他有些本事,又口出大言,故过其祖等四人告他谋反。"冯按院又问道:"这铁中玉可曾捉获?"水运道:"铁中玉猛勇绝伦,捉他不住,被他逃走了。"

冯按院叫吏书将水运的口词,细细录了,因怒骂道:"据你这老奴才供称,只不过一群恶少酒后之殴,怎就妄言谋反? 铁中玉虽勇,不过一人,岂有一人敢于谋反之理? 就是他说千军万马,杀他不过,亦不过卖弄雄勇,并非谋反之言。你说铁中玉逃走,他先已有词,告你们朋谋陷害,怎说逃走? 据二词看来。吃酒是真,相打是真。他只一人,你们五人并奴仆一干,则你们谋陷是实,而谋反毫无可据,明明是虚。本院看过,王、张、李四人,皆贵体公子,怎肯告此谎状? 一定是你这老奴才与铁中玉有仇,在两边挑起事端,又敢来硬做证见,欺瞒本院,情殊可恨!"说着将手去筒里拔了六根签,丢在地下,叫:"拿下去打!"

众皂隶听了,吆喝一声,就将水运扯下去,拖翻在地,剥去裤子,撅着头脚,只要行杖。吓得水运魂都没了,满口乱叫道:"天官老爷,看乡绅体面饶了吧!"冯按院因喝道:"看哪个乡绅体面?"水运道:"小的就是兵部侍郎水居一的胞弟。"冯按院道:"你既是他胞弟,可知水侍郎还有甚人在家?"水运道:"家兄无子,止有小的亲侄女在家看守,甚是孤危。前蒙老爷大恩,赏了一张禁人强娶的告示张挂,近日方得安宁,举家感恩不尽。"冯按院道:"这等是真了。你既要求本院饶你,你可实说知与铁中玉有甚仇隙,要陷害他?"水运被众皂隶撳①在地下,屁股朝天,正在求生不得之际,哪里还敢说谎? 只得实说道:"小的与铁中玉原无仇隙,只因过其祖要娶小的侄女,未曾娶成。因前番过其祖抢侄女到县堂,被铁中玉救去,故怀恨在心。今见铁中玉又来,恐怕不怀好意,故算计去拜他,等他来回拜,留他吃酒,邀众人酒中寻闹,要打他出气。不料铁中玉是个豪杰,反被他打的不堪。气忿不过,故激挠到老爷台下,实与小的一毫无仇。"按院听了道:"这是实情了。"又叫吏书录了,方吩咐放起水运道:"若论这事,就该痛打你一顿板子,枷号一月,以儆刁风。今一则念你是绅宦子弟,又则看四公子体面,故饶了你。快出去,劝四位公子息讼,不要生事!"因叫一个书吏押着水运,将原状与铁公子的呈子,并水运供称的口词,都拿出去与四位公子看。又吩咐道:"你就说此状,老爷不是不行,若行了,审出这样情由,实于四位不便。"吩咐完,因喝声:"押出去!"

水运听见,就像鬼门关放赦一般,跟着书吏,跑了出来。看见四公子,只是伸舌道:"这条性命,几乎送了。冯老爷审事,真如明镜,一毫也瞒他不得,快快去吧!"四公子看见铁公子已先有呈子,尽皆惊骇道:"我们只道他害怕逃去了,谁知他反先来呈明,真要算能事。"又见水运害怕,大家十分没兴,只得转写一帖子。谢了按院,走了回来,各自散去。

别人也渐渐丢开,唯过公子终放心不下,见成奇进京去,久无音信,又差一个妥当家人,进京去催信。正是:

---

① 撳(qìn)——按。

青鸟不至事难凭，黄犬无音侧耳听。

难道花心不轻露，牢牢密密护金铃？

按下过公子又差人进京不提。

却说先差去的家人并成奇，到了京中，寻见过学士，将过公子的家收呈上。过学士看了，因叫成奇到内房中，与他坐了，细细问道："大公子为何定要娶这水小姐？这水小姐的父亲已问军到边上去了，恐怕门户也不相当。"成奇道："大公子因访知这水小姐是当今的淑女，不但人物端庄、性情静正，一时无两；只那一段聪明才干，任是有材智人，也算她不过。故大公子立誓要求她为配。"过学士因笑道："好痴儿子，既然要求她为配，只消与府县说知，央他为媒，行聘去娶就是了，何必又要你远远进京来见我，又要我远远到边上去求她父亲？"成奇道："大公子怎么不求府县，正为求府县，用了百计千方，费了万千气力，俱被这水小姐不动声色，轻轻的躲过，到底娶她不来。莫说府县压服她不倒，就是新到的冯按院，是老爷的门生，先用情为大公子连出两张虎牌，限一月成婚，人人尽道再无移改的了，不料这水小姐，真真是个俏胆泼天，竟写了一道本章，叫家人进京击登闻鼓，参劾冯按院。"过学士听了，惊讶道："小小女子，怎有这等大胆，难道不怕按院拿她？"成奇道："莫说他不怕拿，她等上本的家人先去了三日，她偏有胆气，将参他的副本，亲自当堂送与冯按院看。冯按院看见参得厉害，竟吓慌了，再三苦苦求她，她方说出上本家人名姓，许他差飞马赶回。冯按院晓得她是个女中英俊，惹她不得，故后来转替她出了一张禁人强娶的告示，挂在门前，谁敢问她一问？大公子因见按院也处她不倒，故情急了，只得托晚生传达此情，要老爷求此淑女，以彰关睢雅化。"

过学士听了，又惊又喜道："原来这水小姐如此聪慧，怪不得痴儿子这等属意。但这水居一也是个倔强任性之人，最难说话，虽与我同乡同里，往来却甚疏淡。况他无子，止此一女，未知他心属意何人。若在往日求他，他必装模做样，今幸他遭成边庭，正在患难之际，巴不得有此援引，我去议亲，不愁不成。"成奇道："老爷怎生样去求？"过学士道："若论求亲之事，原该托一亲厚的媒人，先去道达其意，讲得他心允了，然后送定行聘礼。只是他如今问军在边远，离京一二千里，央谁为媒去好？若央个小官，却又非礼，若求个大老，大老又岂可远出？况大老中，并无一人与他亲厚。莫若自写一封书，再备一副厚礼，就烦成兄去自求吧。"成奇道："老爷写书自求,倒也捷径。若书中隐隐许他辩白,他贪老爷势力,自然依允。倘或毕竟执拗不从,他已问军,必有卫所管辖之官,并亲临上司老爷,可再发几个图书名帖,与晚生带着,到临时或劝谕他,或挟制他,不怕他不允!"过学士点头道是。因一一打点停当,择个日子,叫成奇依旧同了两个得力的家人同去。正是:

关睢须要傍河洲,展转方成君子逑。

若是三星不相照,空劳万里问衾禂!

话说水侍郎在兵部时,因边关有警,他力荐一员大将,叫做侯孝,叫他领兵去守御。不期这侯孝是西北人,为人勇猛耿直,因兵部荐他为将,竟不曾关会得边帅,径自出战。边帅恼他,暗暗将前后左右的兵将俱撤回,使他独力无援,苦战了一日,不曾取胜,因众口一词,报他失机,竟拿了下狱。遂连累水侍郎荐举非人,竟问了充军,贬到边庭。水侍郎又为人寡合,无人救解,只得竟到贬所,一年有余。虽时时记念女儿,却自身无主,又在数千里之外,只得付之度外。

不料这日正闲坐无聊,忽报京中过学士老爷差人候见。此时水侍郎虽是大臣被贬,体面还在,然名在军籍,便不好十分做大,听见说过学士差人,不知为甚,只得叫请进来。成奇因带了两个家人进去,先送上自己的名帖,说是过学士的门客。水侍郎因宾主见了,一面趋坐侍茶,一面水侍郎就问道:"我学生蒙圣恩贬谪到此,已不齿于朝绅,长兄又素昧生平,不知何故不惮一二千里之途,跋涉到此?"成奇因打了一恭道:"晚生下士,怎敢来候见老先生? 只因辱在过老先生门下,今皆过老先生差委,有事要求老先生,故不惜奔走长途,斗胆上谒。"水侍郎道:"我学生虽与过老先生忝在同乡,因各有官守,相接转甚疏阔。自从贬谪到边,一发有云泥之隔。不知有何见谕,直劳长兄遥遥到此? 莫非朝议以我前罪尚轻,又加以不测之罪么?"成奇道:"老先生受屈之事,过老先生常说,不久就要为老先生辩明,非为此也。所为者,过老先生大公子,年当授室之时,尚未有佳偶。因访知老先生令爱小姐,乃闺中名秀,又擅林下高风,诚当今之淑女,愿以弱菟①仰附乔木久矣。不意天缘多阻,老先生复屈于此,不便通媒

---

①　弱菟(tù)——指弱小女子。

人,当俟老先生高升复任,再遣冰人,又恐失桃夭①之咏。今过老先生万不得已,只得亲修尺楮②,并不腆③之仪,以代斧柯。"因叫两个家人,将书札呈上,又打一恭道:"书中所恳,乞老先生俯从。"

水侍郎接了书,即拆开细看。看完了,见书中之意,与成奇所说相同,因暗想道:"这过学士在朝为官,全靠柔媚,已非吾辈中人;他儿子游浪有名,怎可与我女儿作配?况我女儿在家,这过公子既要求她,里巷相接,未有不先求近地,而竟奔波于远道者。今竟奔波远道而不惜者,必近地求之而有不可也。我若轻率应承,倘非女儿所愿,其误非小。"因将书袖了,说道:"婚姻之事,虽说父命主之,经常之道也。然天下事,有经则有权,有常则有变。我学生孤官弱息,蒙过老先生不鄙,作蘋蘩④之采,可谓荣幸矣。今我学生宦京五载,又戍边年余,前在京已去家千里,今去京则又倍之;则离家之久,去家之远,可想而知。况我学生无子,止此弱息,虽女犹男,素不曾以闺中视之,故产业尽听其掌管,而议婚一事,久也嘱其自择矣,此虽未合经常,聊从权变耳。过公子既不以小女为陋,府尊公祖也,县尊父母也,舍弟亲叔也,何不一丝系之,百辆迎之,胡舍诸近,而求诸远也?"成奇道:"老先生台谕,可谓明见万里。过公子因梦想好逑,恨不能一时即遂钟鼓琴瑟之愿,故求之公祖,公祖已许和谐;求之父母,父母已允结褵;求之亲叔,亲叔已经纳聘。然反复再四,而淑女终必以父命为婚姻之正。故过老先生熏沐遣晚生奔驰以请也。"

水侍郎听见说女儿不肯,已知此婚非女儿之欲,因而说道:"小女必待父命,与过老先生必请父命者,固守礼之正也。但我学生待罪于此,也是朝廷之罪人,非复家庭之严父矣。旦夕生死,且不可测,安敢复问家事?故我学生贬谪年余,并不敢以一字及小女长短者,盖以臣罪未明也,君命未改也。若当此君命未改、臣罪未明之时,而即遥遥私图儿女之婚姻,则是上不奉君之命,下不自省其罪也,其罪不更大乎,断乎不敢!"成奇道:

---

① 桃夭——祝贺新婚的意思。

② 尺楮(chǔ)——指书信。楮,纸的代称。

③ 不腆(tiǎn)之仪——不太丰盛(丰厚)的礼物。

④ 蘋蘩(píngfán)之采——蘋蘩,《诗·召南》有《采蘋》及《采蘩》篇。此处指婚嫁之事。

"老先生金玉,自是大臣守正,不欺室漏之言。然礼有贬之轻,而伸之重者。如老先生今日,但曲赐一言,即成百年秦晋之好,孰重孰轻? 即使在圣主雷霆之下,或亦怜而不问也。"

水侍郎道:"兄但知礼可贬,而不知礼之体有不可贬者。譬如今日,我学生在患难中,而小女孤弱,不能拒大力之求,凡事草草为之,此亦素患难之常,犹之可也。倘在患难中,而不畏患难,必以父命为正,此贤女之所为也。女既待父之正,则为父者自不容以不正教其女也。若论婚姻之正,上下有体,体卑而强尊之谓之僭,体尊而必降之谓之亵。以我学生被谪在此,体卑极矣,有劳长兄远系赤绳,则我学生以为僭而不敢当矣。若以我学生昔日曾备员卿贰,亦朝廷侍从之官也,倘若丝萝下结,即借鸳鸯为斧柯之用,亦无不可。何竟不闻,而乃自遣尺书,为析薪之用,不亦太亵乎! 尊兄试思之,可不可也?"

成奇被水侍郎一番议论,说得顿口无言,捱了半晌,因复说道:"晚生寒贱下士,实不识台鼎桃夭大义。但奉过老先生差委而来,不过聊充红叶青鸾之下尘,原不足为重轻。设于礼有舛①错,望老先生勉而教之,幸勿以一介非人,而误百年大事。"水侍郎道:"尊兄周旋,亦公善意。但我学生细思此婚,实有几分不妥。"成奇道:"有何不妥?"水侍郎道:"过老先生乃台鼎重臣,我学生系沙场戍卒,门户不相当,一也;女无母而孤处于南,父获罪而远流于北,音信难通,请命不便,二也;我学生不幸,门祚②衰凉,以女为子,于归则家无人,赘入则乱宗祀,婚姻不便,三也。况议婚未有止凭两姓,而择婿未有不识其面者也。敢烦成兄,善为我辞为感。"

成奇又再三撮合,而水侍郎只是不允。因送成奇到一小庵住下。又议了两三日,成奇见没处入头,只得拿了过学士的名帖,央卫所管辖之官,并亲临上司武弁③,或来劝勉,或来挟制,弄得个水侍郎一发恼了,因回复成奇道:"我水居一是得罪朝廷,未曾得罪过学士,而过学士为何苦以声势相加? 我水居一得罪朝廷,不过一身;而小女家居,未尝得罪,为何苦苦逼婚? 烦成兄为我多多达意:我水居一被贬以来,自身已不望生还久矣,

---

①　舛(chuǎn)错——错乱;错谬。

②　门祚(zuò)——家世。

③　武弁(biàn)——旧时称低级武职人员。

求其提拔,吾所不愿,彼纵加毁,吾亦不畏。原礼原书,乞为我缴上。"成奇无可奈何,只得收拾回京。正是:

> 铁石体难改,桂姜性不移。

> 英雄宁可死,决不受人欺!

成奇回到京中,将水侍郎倔强不从之言,细细报知过学士。过学士满心大怒,因百计思量,要中伤水侍郎。过不得半年,恰值边上忽又有警,守边将帅俱被杀伤。一时兵部无人,朝廷着廷臣举荐。过学士合着机会,因上一本道:"边关屡失,皆因旧兵部侍郎水居一误用侯孝失机之所致也。今水居一虽遣戍,实不足尽辜,而侯孝尚系狱游移,故边将不肯效力也。恳乞圣明大奋乾断,敕刑部、大理寺、都察院三法司,即将侯孝审明定罪,先正典刑,再逮还水居一,一并赐死。则雷霆之下,举荐不敢任情,而将士感奋,自然效力,而边关不愁不靖矣。"

不日旨下,依拟。刑部、大理寺、都察院只得奉旨提出侯孝,会审定罪。只因这一审,有分教:

> 李白重逢,子仪再世。

不知后事如何,且听下回分解。

第十四回　舍死命救人为识英雄

词曰：

　　　　肉眼无知肉食鄙，肮脏英雄，认作驽骀①比。不是虚拘缚其体，定是苛文致其死。　自分奇才今已矣，岂料临刑，突尔逢知己。拔起边庭成大功，始知国士能如此。

——《蝶恋花》

话话刑部、大理寺、都察院三法司，接了圣旨，随即会同定了审期，在公衙门提出侯孝来同审。这日，适值铁公子又因有事到京中来省亲，问道："母亲，父亲因为甚公务出门？"石夫人道："为审一员失机该杀的大将，这件事已审过一番，今奉旨典刑，不敢耽延，大清晨就去了。"铁公子道："孩儿听得边关连日有警，正在用人之际，为何转杀大将？父亲莫要没主意，待孩儿去看看。"石夫人道："看看也好，只是此乃朝廷大事，不可多嘴。"

铁公子应诺，因叫长班领到三法司衙门去看。只见那大将侯孝，已奉旨失机该斩，绑了出来，只待午时三刻，便要行刑。铁公子因分开众人，将那大将一看，只见那人年纪只好三十上下，生得豹头环眼，燕颔虎须，十分精悍。心下暗惊道："此将才也，为何遭此！"因上前问道："我看将军堂堂凛凛，自是英杰中人，为何杀人不过，失了事机？"那大将听见说他杀人不过，不禁暴声如雷道："大丈夫视死如归，便死便杀，也不为大事。只是我侯孝两臂有千斤之力，一身有十八般本事，怎的说杀人不过，失了什么事？"铁公子道："既不失机，为何获此大罪？请道其详。"那大将道："罢了，事到如今，说也无益。"铁公子道："不说也罢。只是目今边庭，正需人用，将军还能力战否？"那人道："斩将搴旗②，本分内事，有甚不能？"

铁公子听了，便不再问，竟气愤愤直冲着甬道，奔进三法司堂上来，大叫道："三位老大人乃朝廷卿贰大臣，宜真心为国！为何当此边庭紧急之

---

①　驽骀(nútái)——劣马，比喻庸才。
②　搴(qiān)旗——拔旗。

秋,国家无人之日,乃循案牍①具文,而杀大将,误国不浅!请问还是为公乎,为私乎?窃为三大人不取也!"刑部侍郎王洪与大理寺卿陈善、都察院铁英三人,因过学士本上有先正典刑之言,圣上准了,便不敢十分辩驳,虽同拟了一个斩字,请下旨来,心下却总有几分不安。忽见有人嚷上堂来,不觉又惊又愧又怒,再细看时,却认得是铁公子。刑部与大理寺不好作威,倒是铁都院先拍案怒骂道:"好大胆的小畜生,这是朝廷的三法司,乃王章国宪森严之地,三大臣奉旨在此,审狱决囚。你一介书生,怎敢到此狂言!法不私亲,左右拿下!"

铁公子大叫道:"大人差矣!朝廷悬登闻鼓于国门,凡有利弊,尚许诸人直言无隐,怎出生入死之地,不容人申冤!"铁都院道:"你是侯孝甚人,为他伸冤?"铁公子道:"孩儿素不识侯孝,怎为他申冤?但念人材难得,乃为朝廷的大将伸冤。"铁都院道:"朝廷的大将,生杀自在朝廷,关你何事,却如此胡为?快与我拿下!"衙役见都院吩咐,只得上前来拿。刑部与大理寺都摇头道:"且慢!"因将铁公子唤到公座前,好言抚慰道:"贤契热肠直性,虽未为不是,但国有国法,官有官体,狱有狱例,自难一味鲁莽而行。就是这侯孝失机一案,已系狱经年,水居一兵部,又为他谪戍,则当时论其非而议其过者,不一人矣。岂至今日过犯尚存,罪章犹在,而问官突然辨其无罪,此国法、官体、狱情之所必无也。设有议轻之奏,尚不敢擅减重条,况过学士弹章请斩,而圣旨明已依拟,则问官谁敢立异为之请命哉?势不可也!"铁公子听了,怫然长叹道:"二位大人之言,皆庸碌之臣贪位慕禄保身家之言也,岂真心王室,以国事为家事者所忍出哉?倘国法、官体、狱情必应如此,则一下吏为之有余,何必老大人为股肱腹心耶?且请问古称尧曰宥之三,皋陶②曰赦之三,此何意也?若果如此言,则都俞吁咈③,大非圣世君臣矣。"

王洪与陈善听了,俱默默无言。铁都院因说道:"痴儿子,无多言,这侯孝一死不能免矣。"铁公子愤然曰:"英雄豪杰,天生实难,大人奈何不

---

① 案牍(dú)——文件。

② 皋(gāo)陶——传说中东夷族的首领,偃姓,相传曾被舜任为掌管刑法的官。后被禹选为继承人,因早死,未继位。

③ 吁咈(xūfú)——叹声。表示不同意,不以为然。

惜？若必斩侯孝，请先斩我铁中玉。"铁都院道："侯孝前之失机，已有明据，斩之不过一驽骀耳，何足为怪？"铁公子道："人不易知，知人不易。侯孝气骨岩岩，以之守边，乃万里长城也，一时将帅，恐无其比。"铁都院道："纵使有才，其如有罪何？"铁公子道："自古之英雄，往往有罪朝廷，所以有戴罪立功之条，正此意也。"王洪道："使过必须人保，你敢力保么？"铁公子道："倘赦侯孝，使之复将，不能成功，先斩我铁中玉之头，以谢轻言之罪。"

　　王洪、陈善因对铁都院道："此乃众人属目之地，既是令公子肯挺身力保，则此番举动，料不能隐瞒也。若定然不听，我三人只合据实奏闻，请旨定夺。"铁都院到此田地，也无可奈何，只得听从。王洪因唤转侯孝，依旧下狱，就叫铁公子面写一张保状，着差人带起，然后三人写了一本，顿时达上。此时边庭正紧急，拜本上去，只隔一日，御批就下来道：

　　　边关需人正急，铁英子铁中玉，既盛称侯孝有才，可御边患，朕岂
　　不惜？今暂赦前罪，假借原衔，外赐剑一口，凡边庭有警之处，俱着即
　　日领兵救援破敌。倘能成功，另行升赏。如再失机，即着枭示九边，
　　以儆无能。水居一前荐，铁中玉后保，俱照侯孝功罪，一体定其功罪。
　　呜呼，使其过正，以勖①其功，朕所望也。死于法何如死于敌，尔其
　　懋②哉！钦此。

　　圣旨下了，报到狱中，侯孝谢过圣恩，出了狱，且不去料理军务，先骑着一匹马，一径来拜谢铁公子。二人相见，英雄识英雄，彼此爱慕至极。铁公子留饭，侯孝也不推辞，说一回剑术，谈一回兵机，二人痛饮了一日，方才别去。到第二日，兵部因边庭乏人，又见期限紧急，一面料理兵马，一面就催促起身。侯孝这番到边，虽说戴罪，却是御批，更加赐剑，一时边帅无人敢与他作梗，故得任意施展。不半年，报了五捷，边境一时肃清。天子大悦，加升总兵。水居一先复了侍郎之职。后因屡捷，加升尚书。铁中玉力保有功，特授翰林院待诏。铁中玉上疏辞免，愿就制科。过学士自觉无颜，只得告病不出。正是：

　　　冤家初结时，只道占便宜。

────────────

　①　勖（xù）──勉励。

　②　懋（mào）──盛大。

不料多翻复,临头悔自迟。

却说水居一升了尚书,钦诏还京,何等荣耀!那些卫所管辖之官,并上司武弁,前为过学士出力作恶者,尽皆慌了,无不自缚,俯首请罪。水尚书肚皮宽大,俱不与他较量。

到了京中,见过圣上,谢了恩,闻知铁公子在三法司堂上,以死力保侯孝,侯孝方能成功;又访知他前日打入大央侯养闲堂,救出了韩愿妻女。既感其恩,又慕其豪杰,到了尚书的任,即用两个名帖,来拜铁都院父子。铁都院接见,略叙寒温。水尚书即欲请铁公子来相见。铁都院道:"今秋大比,他在西山藏修,故有失迎候。"水尚书道:"我学生此来,虽欲拜谢贤乔梓提拔之恩,然实慕令公子少年许多英雄作用,欲求一见,以慰平生,奈何无缘,却又不遇!"铁都院道:"狂妄小子,浪得虚名,我学生正以为忧,屡屡戒饬①,怎老先生转过为垂誉,何敢当也!"水尚书道:"令公子侠烈非狂,真诚无妄,学生非慕其名,正慕其实,故殷殷愿见也。"铁都院道:"下学小子,既蒙援引,诚厚幸也,自当遣其上谒。"水尚书道:"倘蒙惠顾,乞先示知,以便扫门恭候。"再三恳约,方才别去。正是:

秣马明所好,溯洄②言愿亲。

殷勤胡若此,总是为伊人。

铁都院本意原不欲儿子交接,因水尚书投帖来拜,又再三要见,不可十分过辞,只得差人到西山,报与铁公子知道,就叫他进城来回拜。铁公子闻知,因想道:"他来拜我,只不过为我保了侯总兵,连他都带升了,感谢之意,何必面见?"因吩咐来役道:"你可禀上太爷,就说我说,既要山中读书,长安城中,乃冠盖往来之地,哪里应酬得许多?求老爷一概谢绝为妙。"

来役领命回复铁都院。铁都院点头道:"这也说得是。"因自来答拜。见了水尚书,即回说道:"小儿闻老先生垂顾,即欲趋瞻山斗③;不期卧病山中,不能如愿,获罪殊深。故我学生特先代为请荆,稍可步履,即当走

① 戒饬(chì)——命令,告诫。用于上级对下级的训示。

② 溯洄(sùhuí)——逆流而上。

③ 趋瞻山斗——趋,奔赴,瞻,往前或往上看,山斗,泰山北斗,比喻众所尊崇钦慕的人。此句指看望所尊敬的人。

叩。"水尚书道："古之高人，只许人闻其名，不许人识其面，正今日令公子之谓也，愈令我学生景仰不尽。"说罢，铁都院辞了出来。

水尚书因暗想道："我女儿冰心，才貌出众，聪慧绝伦，我常虑寻不出一个佳婿来配她。今日看起这铁公子来，举动行事，大是可见；况闻他尚未有婚，又与他有恩，若舍此人不求，真可谓当面错过矣。但不知人物生得如何，必须一面，方可决疑。"主意定了，即差人去细细访问，铁公子可在西山读书否？差人回报，果在西山读书。水尚书因瞒着人，到第二日，起个绝早，竟是便服，只自骑了一匹马，带了三四个贴身服侍的长班，悄悄到西山来拜铁公子。

此时铁公子朝饭初罢，见差役报知水尚书来拜，他打动了水小姐之念，正在那里痴想道："天下事奇奇怪怪，最料不定，再不料无心中救侯孝，倒像有心去救水尚书的。设使当日不在县堂之上遇见水小姐，今日与水尚书有此机缘，若求他女儿，未必不允。但既有了这番嫌疑，莫说我不便去求他，就是他来求我，我也不便应承，有伤名教。想将起来，有情转是无情，有恩转是无恩，有缘转是无缘，老天何颠倒人若此！"正沉吟思索，忽见一个长髯老者，方巾野服，走进方丈中来。到了面前，叫一声："铁兄，何会面之难也，不怕令人想杀！"铁公子仓促中不知是谁，因信口答道："我铁中玉面皮最冷，老先生思我，定是不曾面会，今既会了，只怕又未必想了。"因迎下来施礼。

那老者还礼毕，因执着铁公子的手，细细端详道："未见铁兄还是虚想，今见铁兄，实实要想了。我学生一还京，即登堂拜谢，不期止谒见尊公，而未睹台颜，怅然而返。后蒙尊公许我一会，又慎重自持，不肯赐顾。我学生万不得已，故今悄地而来，幸勿罪其唐突也。"铁公子听了，惊讶道："这等说来，却就是水老先生了。"水尚书道："正是学生水居一。"因叫长班送上名帖。铁公子道："晚生后学，偶尔怜才，实不曾为青天而扫浮云，何敢当老先生如此郑重？"水尚书道："我学生此来，实不为一身一官而谢提拔，乃慕长兄青年，有此明眼定识，热肠壮气，诚当今不易得之英雄，故愿一识荆州耳。"铁公子因连连打恭道："原来老先生天空海阔，别具千秋，晚生失言矣。"因请坐奉茶；一面叫人备酒留饭，草草与水尚书对饮。

水尚书原有意选才，故谆谆问讯。铁公子见水尚书偌远而来，破格相待,以为遇了知己,便尽心而谈。谈一会经史文章,又谈一会孙吴韬略。论伦常则名教真传,论治化则经纶实际。莫不津津有味,凿凿可行。谈了许久,喜得水尚书头如水点,笑如花开,不住口赞美道:"长兄高才,殆天授也!"

又谈了半晌,水尚书忍不住,因对铁公子道:"我学生有一心事,本不当与兄面言,因我与兄相与在牝牡骊黄之外,故不复忌讳耳。"铁公子道:"晚生忝居子侄,老先生有言进而明教之,甚盛心也。"水尚书道:"我学生无子,只生一女,今年一十八岁。若论姿容,不敢夸天下无二,若论她聪慧多才,只怕四海之内,除了长兄,也无人堪与作对。此乃学生自夸之言,长兄也未必深信。幸兄因我学生之言,而留心一访,或果了然不谬,许结丝萝,应使百辆三星无愧色,而钟鼓琴瑟有正音也。婚姻大事,草草言之,幸长兄勿哂。"

铁公子听说,竟呆了半晌,方叹一口气道:"老天,老天,既生此美对,何又作此恶缘?奈何,奈何!"水尚书见铁公子沉吟嗟叹,因问道:"长兄莫非已谐佳偶?"铁公子连连摇头道:"四海求凰,常鄙文君非淑女,何处觅相如之配?"水尚书道:"既未结褵,莫非疑小女丑陋?"铁公子道:"一人有美,举国皆知为孟光;但恨曲径相逢,非河洲大道。鸠巢鹊夺,恐遗名教羞耳。坐失好逑,已抱终身大恨,今复蒙老先生议及婚姻,更使人遗恨于千秋矣。"水尚书听见铁公子说话,隐隐约约,不明不白,因说道:"长兄快士,有何隐衷,不妨直述,何故作此微词?"铁公子道:"非微词也,实至情也。老先生归而询之,自得其详矣。"

水尚书因离家日久,全未通音信,不知女儿近作何状,又见铁公子说话,鹘鹘突突,终有暧昧,不可明言,遂不复问。又说些闲话,吃了饭,方别了回去。正是:

> 来因看卫玠,去为问罗敷。
>
> 欲遂室家愿,多劳父母图。

水尚书别了回来,一路上暗想道:"这铁公子果是个风流英俊,我女儿的婚姻,断乎放他不得。但他说话模糊,似推又似就,似喜又是怨,不知何故。莫非疑我女儿有甚不端?但我知女儿的端方静正,出于性成,非矫强为之,料没有非礼之事。只怕还是过学士因求亲不遂,布散流言。这都不要管他,我回去但与他父亲定了婚姻之约,任是风波,便不能摇动矣。"

主意定了,到私衙,择个好日,即央个相好的同僚,与铁都院道达其意。铁都院因过学士前参水尚书,知是为过公子求亲不遂,起的衅端,由此得知水小姐是出类拔萃的多才女子,正想为铁公子择配。忽见水尚书央人来议亲,正合其意,不胜欢喜,遂满口应承。水尚书见铁都院应承,恐怕有变,遂忙忙交拜请酒,又央同僚催促铁都院下定。

铁都院与石夫人商量道:"中玉年也不小,若听他自择,择到几时?况我闻得这水小姐不独人物端庄,又兼聪慧绝伦。过学士的儿子,百般用计求她,她有本事百般拒绝。又是个女中豪杰,正好与中玉作配。今水尚书又来催定,乃是一段良缘,万万不可错过。"石夫人道:"这水小姐既闻她如此贤惠,老爷便该拿定主意,竟自为他定了,也不必去问儿子,若去问他,他定然又有许多推辞的话。"铁都院道:"我也是这等想。"老夫妻商量停当,遂不通知铁公子,竟自打点礼物,择个吉日,央同僚为媒,下了定,过后方着人去与铁公子贺喜。

铁公子闻知,吃了一惊,连忙入城来见父母道:"婚姻大事,名教攸关,欲后正其终,必先正其始。若不慎其初,草草贪图才貌,留嫌隙与人谈论,便是终身之玷。"铁都院道:"我且问你,这水小姐想是容貌不美么?"铁公子道:"若论水小姐的容貌,真是秋水为神玉为骨,谁说她不美?"铁都院道:"容貌既美,想是才智不能?"铁公子道:"若论水小姐的才智,真是不动声色,而有神鬼不测之机,谁说她不能?"铁都院道:"即有才智,想是为人不端?"铁公子道:"若论水小姐为人,真可谓不愧鬼神,不欺暗室,谁说她不端?"铁都院与石夫人听了,俱笑将起来道:"这水小姐既为人如此,今又是父母明媒正娶,有甚衅隙,怕人谈论?"铁公子道:"二大人跟前,孩儿不敢隐瞒。若论这水小姐的分明窈窕,孩儿虽痼瘵求之,犹恐不得。今天从人愿,何敢矫情?但恨孩儿与水小姐无缘,遇之于患难之中,而相见不以礼,接之于嫌疑之际,而贞烈每自许。今若到底能成全,则前之义侠,皆属有心。故宁失闺阁之佳偶,不敢作名教之罪人。"遂将前日游学山东,怎生遇见过公子抢劫水小姐,怎生县堂上救回水小姐,自己又怎生害病,冰心小姐又怎生接去养病之事,细细说了一遍。

铁都院夫妻听了,愈加欢喜道:"据你这等说起来,则你与水小姐正是有恩有义之侠烈好逑矣。事既大昭于耳目,心又无愧于梦寐。始患难则患难为之,终以正则以正为之,有何嫌疑之可避?若今必避嫌疑,则昔之嫌疑，终洗不清矣。此事经权常变，按之悉合，吾儿无多虑也。快去安心读书，以俟大小登科，娱我父母之晚景。"铁公子见父母主意已定，料一时不能挽回，又暗想道："此事我也不消苦辞，就是我从了，想来水小姐亦必不从，且到临时，再作区处。"因辞了父母，依旧往西山去读书。正是：

　　　　君子喜从名教乐，淑人远避禽兽声。

　　　　守正月老难为主，持正风流是罪人。

按下铁公子为婚事踌躇不提。

　　却说水尚书为女儿受了铁公子之定，以为择婿得人，甚是欢喜。因念离家日久，又见宦途危险，遂上本告病，辞了回去。朝廷因怜他被谪，受了苦难，再三不允。水尚书一连上了三疏，圣旨方准他暂假一年，驰驿还乡，假满复任。水尚书得了旨，满心欢喜，便忙忙收拾回去。这番是奉旨驰驿，甚是荣耀，早有报到历城县，报人写了大红条子，到水府来。初报复侍郎之职，次报升尚书，今又报钦假驰驿还乡。水小姐初闻，恐又是奸人之计，还不深信；后见府县俱差人来报，虽信是真，但不知是什么缘故，能得复任。终有几分疑惑。

　　过了两日，忽水运走来献功道："贤侄女，你道哥哥的官是怎生样复任的？"冰心小姐道："正为不知，在此疑虑。"水运道："原来就是铁公子保奏的。"冰心小姐笑道："此话一发荒唐。铁公子又不是朝廷大臣，一个书生，怎生保奏？"水运道："也不是他特特保哥哥的。只因哥哥贬官，原为举荐了一员大将，那大将失了机，故带累哥哥贬谪。作到过公子要娶你，因你苦以无父命推辞，他急了，只得求他的父亲过学士，写书差人到边上去求哥哥。不料哥哥又是个不允，他记了毒。又见边关有警，他遂上了一本，说边关失事，皆因举荐非人之罪轻了，因乃请旨要斩哥哥与这员大将。圣旨准了。这日三法司正绑那员大将去斩，恰好铁公子撞见，看定那员大将是个英雄，因嚷到三法司堂上，以死保他。三法司不得已，只得具疏请命。朝廷准了，就遣那员大将到边，戴罪征讨。不期那员大将果然是个英雄，一到边上，便将敌兵杀退，成了大功。朝廷大喜，道你父亲举荐得人，故召还复任，又加升尚书。推起根由，岂不是铁公子保救的？"冰心小姐听了道："此话是谁说来，只恐怕不真。"水运道："怎么不真，现有邸报。"冰心小姐因笑说道："若果是真，他一个做拐子的，敢大胆嚷到三法司堂上去？叔叔就该告他谋反了。"水运听了，知道是侄女讥诮他，然亦不敢认真，只得忍着没趣，笑说道："再莫讲起，都是这班呆公子带累我，我如今再不理他们了。"说罢，不胜抱惭而去。

　　冰心小姐因暗想道："这铁公子与我缘分甚奇：妾在陌路中，亏他救了，事已奇了，还说是事有凑巧，怎么爹爹贬谪边庭，与他风马牛不相及，又无意中为他救了，不更奇了！"又想道："奇则奇矣，只可惜奇得无谓，空有感激之心，断无和合之理。天心有在，虽不可知，而人事舛错已如此矣！"寸心中日夕思虑。正是：

　　　　烈烈者真性，殷殷者柔情。

　　　　调乎情与性，名与教方成。

　　水小姐在家伫望，又过了些时，忽报水尚书到了。因是钦赐驰驿，府县官俱出郭郊迎。水运也骑马出城迎接。热热闹闹，直到日午方才到家。冰心小姐迎接进去，父女相见，先述别离愁，后言重见面，不胜之悲，又不胜之喜。只因这一见，有分教：

　　　　喜非常喜，情不近情。

不知水尚书与冰心小姐说了些什么，且听下回分解。

第十五回　父母命苦叮咛焉敢过辞

词曰：

关睢君子，桃夭淑女，夫岂不风流？花自生怜，柳应溺爱，定抱好
衾裯　　谁知妾侠郎心烈，不要到温柔。寝名食教，吞风吐化，别自
造河洲。

——《少年游》

话说水尚书还到家中，看见冰心小姐比前长成更加秀美，十分欢喜，
因说道："你为父的前边历过了多少风霜险阻，也不甚愁；今蒙圣恩，受这
些荣华富贵，也不甚喜。但见你如此长成，又平安无恙，我心甚慰，又为你
择了一个佳婿，我心甚快。"冰心小姐听见父亲说为他择了佳婿，因心有
保奏影子，就有几分疑是铁公子，因说道："爹爹年近耳顺，母亲又早谢
世，又不曾生得哥哥兄弟，膝下只有孩儿一人，已愧不能承继宗祀，难道还
不朝夕侍奉？爹爹怎么说起择婿，教孩儿心痛。孩儿虽不孝，断不忍舍爹
爹远去。"水尚书笑道："这也难说，任是至孝，也没个女儿守父母不嫁之
理。若是个平常之婿，我也要来家与你商量，只因此婿，少年风流不必言，
才华俊秀不必言，侠烈义气不必言，只他那一双识英雄的明眼，不怕人的
大胆，敢担当的硬骨，能言语的妙舌，真令人爱煞。我故自做主意，将你许
嫁于他。"冰心小姐听见说话，渐渐知了，因虚劈一句道："爹爹论人则然，
只怕论礼则又不然也。"

水尚书虽与铁都院成了婚姻之约，却因铁公子前番说话不明，叫他归
询自知。今见女儿又说恐礼不然，恰恰合着。正要问明，因直说道："我
儿，你道此婿是谁，就是铁都堂的长公子铁中玉也。"冰心小姐道："若是
他人，还要女儿苦辞；若是铁公子，便不消孩儿苦辞，自然不可。就是女儿
以为可，铁公子亦必以为不可也。何也？于婚姻之礼有碍也。虽空费了
爹爹一番盛心，却免了孩儿一番逆命之罪。"水尚书听了，着惊道："这铁
公子既未以琴心相逗，你又不涉多露而行，为何于婚姻之礼有碍？"

冰心小姐道："爹爹不知，有个缘故。"遂将过公子要娶她，叔叔要撺
掇嫁她；并假报喜，抢劫到县堂，亏铁公子撞见，救了回来；及铁公子被他

谋害几死,孩儿不忍,悄悄的移回养好之事,细细说了一遍道:"孩儿闻男女授受不亲,岂有相见草草如此,彼此互相救援又如此,此乃义侠之举,感恩知己则有之,若再议婚姻,恐不可如是之苟且也,岂非有碍?"水尚书听了,更加欢喜道:"原来有许多委曲,怪道铁公子前日说话,模模糊糊。我儿,你随机应变,远害全身,真女子中所少,愈令人可爱。这铁公子见义敢为,全无沾滞,要算个奇男子,愈令人可敬。由此看来,这铁公子非你,也无人配得他来;你非铁公子,也无人配得你上,真是天生美对。况那些患难小嫌,正是男女大节,揆之婚姻嘉礼,不独无碍,实且有光。我儿不消多虑,听我为之,断然不差。"正是:

> 女之所避,父之所贪。
>
> 贪避虽异,爱慕一般。

按下水尚书父女议婚不提。

却说过公子自成奇回来,报知水侍郎不允之事,恨如切骨。后见父亲上本请斩,甚是快活。又闻得被铁公子救了侯孝成功,转升了尚书,愈加愤恨。后又闻水尚书与铁都院结了亲,一发气得发昏。因与成奇苦苦推求道:"我为水小姐,不知费了多少心力,却被这铁家小畜生冲破救了去。前日指望骗他来,打一顿出出气,不料转被他打个不堪。大家告他,又被他先立了案,转讨个没趣。这还是我们去寻他惹出来的,也还气得过;只是这水小姐的亲事,我不成,也还罢了,怎因我之事,倒被他讨了趣去? 今日竟安安稳稳,一毫不费气力,议成亲事! 我就拼死,也要与他做一场,兄须为我设个妙计。"

成奇道:"前日水小姐独自居处,尚奈她不得何;今水居一又升了尚书回来,一发难算计了。"过公子道:"他升了尚书,须管我不着!"成奇道:"管是管不着,只是要与他作对头,终须费力。"过公子道:"终不能因费力就罢了。"成奇道:"就是不罢,也难明做,只好暗暗设计,打破她的亲事。"过公子道:"得能打破她亲事,我便心满意足了。且请问计将安在?"成奇道:"我想他大官宦人家,名节最重,只消将铁公子在他家养病之事,说得不干不净,四下传将开来,再央人说到他耳边里,他怕丑,或者开交,也未可知。他若听了,全不动意,到急时拼着央一个相好的言官,参他一本,他也自然罢了。"

过公子听言,方欢喜道:"此计甚妙,我明日就去见府县官,散起谣言。"成奇道："这个使不得。那府县都是明知此事的，你去散谣言，不但他不信，只怕还要替他分辩哩。我闻得府尊不久要去，县官又行升了，也不久要去。等他们旧官去了，候新官来，不晓得前边详细，公子去污辱她一场，便自然信了。府县信了，倘央人参论，便有指实了。"过公子听了，欢喜道："我兄怎算得如此详尽，真孔明复生也！"成奇道："不敢欺公子，若不耻下问，还有妙于此者。"过公子道："此是兄骗我，我不信更有妙于此者。"成奇道："怎的没有？前日我在京中，见老爷与大卒侯往来甚密，又闻得大卒侯被铁中玉在他养闲堂搜了他的爱妾去，又奏知朝廷，对他幽闭三年，恨这铁中玉刺骨。又闻得这大卒侯因幽闭三年，尚未曾生子，又闻他夫人又新死了。公子可禀知老爷，要老爷写书一封，通知他水小姐之美，再说明是铁中玉定下的，叫大卒侯用些势力求娶了去，一可得此美妾，二可泄铁公子之恨，他自然欢喜去图。他若图成，我们便不消费力，岂非妙计？"

过公子听了，只欢喜得打跌。成奇道："公子且莫喜，还有一妙计，率性捉弄他一番，与公子喜喜吧。"过公子道；"既蒙相为，一发要请教了。"成奇道："我在京中，又闻得仇太监也与老爷相好，又闻得这仇太监有一个侄女儿，生得颇颇丑陋，还未嫁人。何不一发求老爷一封书，总承了铁中玉，也可算我仇将恩报了。"过公子听了，连声赞妙道："此计尤妙，便可先行。要老爷写书不难，只是又要劳兄一行。"成奇道："公子之事，安敢辞劳。"正是：

> 好事不容君子做，阴谋偏是小人多。
> 世情叵测真无法，人事如斯可奈何！

按下过公子与成奇，谋写书进京不提。

却说铁公子在西山读书，待到秋闱，真是才高如拾芥，轻轻巧巧，中了一名举人。待到春闱，又轻轻巧巧，中了一名进士。殿试二甲，即选了庶吉士。因前保荐侯孝有功，不受待诏，今加一级，升做编修，十分荣耀。此时铁中玉已是二十二岁，铁都院急急要与他完婚。说起水小姐来，只是长叹推辞，欲要另觅，却又别无中意之人。恰好水尚书一年假满，遣行人催促还朝，铁都院闻知，因写信与水尚书，要他连小姐都携进京，以便结亲。

水尚书正有此意，因与水小姐商量道："我蒙圣恩钦召，此番进京，不知何时方得回家。你一个及笄的孤女，留在家中，殊为不便，莫若随我进京,朝夕寂寞,也可消遣。"冰心小姐道:"孩儿也是如此想,若只管丢在家中,要生孩儿何用? 去是愿随爹爹去,只有一事,先要禀明爹爹。"水尚书道:"你有何事? 不妨明说。"冰心小姐道:"若到京中,倘有人议铁公子亲事,孩儿却万万不能从命。"水尚书听了大笑道:"我儿这等多虑,且到京中看机缘,再行区处。但家中托谁照管?"冰心小姐道:"叔叔总其大纲,其余详细,令水用夫妻掌管可也。"水尚书一一听了,因将家业托与水运并水用夫妻,竟领了冰心小姐,一同进京而去。正是:

父命隐未出,女心已先知。

有如春欲至,梅发向南枝。

不月余,水尚书已到京师,原有田宅居住。见过朝,各官俱来拜望。铁都院自拜过,就叫铁中玉来拜。铁中玉感水尚书是个知己,又有水小姐一脉,也就忙忙来拜,但称晚生,却不认门婿。水尚书看见铁中玉此时已是翰林,又人物风流,十分欢喜,相见加礼款接。每每暗想道:"这铁翰林与我女儿,真是郎才女貌,可称佳妇佳儿。但他父亲前次已曾行过定礼,难道他不知道,为何拜我的名帖,竟不写门婿? 窥他的意思,实与女儿的意思一般,明日做亲的时节,只怕还要费周旋。"又想道:"我与铁都堂父母之命已定了,怕他不从? 且从容些时,自然妥帖。"

过了些时,忽一个亲信的堂吏,暗暗来禀道:"小的有一亲眷,是大夬侯的门客,说大夬侯的夫人死了,又未曾生子,近日有人寄书与他,盛称老爷的小姐贤美多才,叫他上本求娶。这大夬侯犹恐未真,因叫门客访问。这门客因知小的是老爷的堂吏,故暗暗来问小的。"水尚书听了,因问道:"你怎生样回他?"堂吏道:"小的回他道:'老爷的小姐,已久定与新中翰林铁爷了。'他又问:'可曾做亲?'小的回他道:'亲尚未做。'他遂去了。有此一段情由,小的不敢不报知老爷。"水尚书道:"我知道了。他若再来问你。你可说做亲只在早晚了。"堂吏应诺而去。

水尚书因想道:"这大夬侯是个酒色之徒,为抢劫女子,幽闭了三年。今不思改悔,又欲胡为。就是请了旨自来求亲,我已受过人聘,怕是不怕他,只是又要多一番唇舌,又要结一个冤家。莫若与铁亲家说明此意,早早结了亲,便省得与他争论了。"又想道:"此事与铁亲家说倒容易,只怕与女孩儿说倒有些烦难。"因走到冰心小姐房中,对他说道:"我儿,这铁公子姻事,不是我父亲苦苦来逼你,只因早做一日亲,早免一日是非。"冰心小姐道:"不做亲,有什么是非?"水尚书就将堂吏之言说了一遍道:"你若不与铁翰林早早的结了亲,只管分青红皂白,苦苦推辞,明日大夬侯访知了,他与内臣相好的多,倘若在内里弄出手脚来,那时再分辩便难了。不可十分任性?"

冰心小姐道:"不是孩儿任性,礼如此也。方才堂吏说是有人寄书与大夬侯,爹爹,不知这寄书与大夬侯叫他上本娶我的是谁?"水尚书道:"这事我怎得知?"冰心小姐道:"孩儿倒得知在此。"水尚书道:"你知是谁?"冰心小姐道:"孩儿知是过学士。"水尚书道:"你怎知是他?"冰心小姐道:"久闻这大夬侯溺情酒色,是个匪人;又见这过学士,助子邪谋,亦是匪人。以匪比匪,自然相合。况过学士前番为子求娶孩儿,爹爹不允,一恨也;后面请斩爹爹,圣上反召回升官,二恨也;今又闻爹爹将女儿许与铁家,愈触其怒,三恨也。有此三恨,故耸动大夬侯与孩儿为难也。不是他,再有何人?"水尚书道:"据你想来,一毫不差。但他既下此毒手,我们也须防避。"冰心小姐道:"这大夬侯若不来寻孩儿,便是他大造化。他若果信谗上本求亲,孩儿有本事代爹爹也上一本,叫他将从前做过的事,一齐翻出来。"水尚书道:"我儿虽如此说,然冤家可解不可结,莫若只早早的做了亲,使他空费了一番心机,强似挞之于市。"

父女正商量未了,忽报铁都院差人请老爷过去有事相商。水尚书也正要见铁都院,因见来请,遂不扮职事,竟骑了一匹马,悄悄来会铁都院。铁都院接着,邀入后堂,叱退衙役,握手低低说道:"今日我学生退朝,刚出东华门,忽撞见仇太监,一把扯住。他说有一侄女儿要与小儿结亲。我学生一口就回他已曾聘了。他就问聘的是谁家。我学生怕他歪缠,只得直说出是亲翁令爱。他因说道:'又不曾做亲事,单单受聘,也还辞得,容再遣媒奉求。'我想这个仇太监,他又不明个道理,只倚着内中势力,往往胡为,若但以口舌与他相争,甚是费力。况我学生与亲翁,丝萝已结,何不两下讲明,早早谐了秦晋,也可免许多是非耳。"水尚书道:"原来亲翁也受此累,我学生也正受此累。"遂将堂吏传说大夬侯要请旨求亲之事细细说了一遍。铁都院道:"既是彼此俱受此累,一发该乘他未发,早做了亲。莫说他们生不得风波,就是请了圣旨下来,也无用了。"

水尚书道:"早做亲固好,只是小女任性。因前受过公子之害时,曾接令郎养病一番,嫌疑于心,只是不安,屡屡推辞。恐仓促中不肯就出门。"铁都院道："原来令爱与小儿性情一般坚贞。小儿亦为此嫌,终日推三阻四,却怎生区处?"水尚书道:"我想他二人才美非常,非不爱慕而愿结丝萝,所以推辞者,避养病之嫌疑也;所以避嫌疑者,恐伤名教耳。唯其避嫌疑恐伤名教,此君子所以为君子,淑女所以为淑女,则父母国人之所重也。若平居无事,便从容些时,慢慢劝他结亲,未为不可;但恨添此大央侯与仇太监之事,从中夹吵,却从容不得了。只得烦老亲翁与我学生,各回去劝谕二人从权成此好事,便可免后来许多唇舌。令郎与小女,他二人虽说倔强,以理谕之,未必不从。"铁都院道:"老亲翁所论,最为有理,只得如此施行。"二人议定,水尚书别了回家。正是:

> 花难并蒂月难圆,野蔓闲藤苦苦缠。
>
> 须是两心无愧怍,始成名教好姻缘。

铁都院送了水尚书出门,因差人寻了铁翰林回家,与他商量道:"我为仇太监之言,正思量要完亲事,故请了水先生来计议。不期大央侯死了夫人,有人传说,他要来续娶水小姐。水先生急了,正来寻我,也愿早早完姻。两家俱如此想,想是姻缘到了,万万不可再缓。我儿,你断不可仍执前议,挠我之心。"铁中玉道:"父亲之命,孩儿焉敢不遵?但古圣贤于义之所在,造次必于是,颠沛必于是,孩儿何独不然?奈何因此蜂虿小毒,便匆匆草草,以乱其素心。若说仇太监之事,此不过为过公子播弄耳,焉能浼①我哉?"铁都院道:"你纵能驾驭,亦当为水小姐解纷。"铁中玉道:"倘大人必欲如此周旋,须明与水尚书言过,外面但可扬言结亲,以绝觊觎②之念,而内实避嫌疑,不敢亲枕衾也。"铁都院听了,暗想道:"既扬言做亲,则名分定矣;内中之事,且自由他。"因说道:"你所说倒也两全,只得依你。"遂令人拣选吉期预备结亲。

到了次日,忽水尚书写了一封书来,铁都院拆开一看,只见上面写着:

> 所议之事,归谕小女,以为必从;不期小女秉性至烈,只欲避嫌,全不畏祸。今再三苦训,方许名结丝萝以行权,而实虚合卺以守正。弟思丝萝既已定名,则合卺终难谢绝矣。只得且听之,以图其渐。不识亲翁以为然否?特以请命,幸示之教之,不尽。

---

① 浼(měi)——污染。

② 觊觎(jì yú)——希望得到(不应得到的东西)。

弟名正具

铁都院看了，暗喜道："真是天生一对，得此淑女，可谓家门有幸，亦于名教有光矣。但只是迎娶回来，若不命卺，又要动人议论，莫若竟去做亲，闺阁内事，合卺不合卺，便无人知觉矣。"因写书将此意回复水尚书。水尚书见说来就亲，免得女儿要嫁出，愈加欢喜。两人同议定，择了一个大吉之日，因要张扬使人知道，便请了许多在朝显官来吃喜筵。

到了这日，大吹大擂，十分热闹。到了黄昏，铁都院打了都察院的执事，铁中玉打着翰林院的执事，同穿了吉服，坐了大轿，径到水尚书家来就亲。到了门前，水尚书迎入前厅，与众宾朋亲戚相见。相见过，遂留铁都院在前厅筵宴，就送铁中玉入后厅，与冰心小姐结亲。铁中玉到得后厅，天色已晚了，满厅上垂下珠帘，只见灯烛辉煌，有如白昼。厅旁两厢房，藏着乐人在内，暗暗奏乐。厅上分东西，对设着两席酒筵；厅下左右铺着两条红毡。许多侍妾早已拥簇着冰心小姐，立在厅右。见铁中玉到帘，两个侍妾忙扯开帘子，请铁中玉入去。冰心小姐见铁中玉进来，她毫不作儿女羞涩之态，竟喜滋滋迎接着说道："向蒙君子鸿恩高义，铭刻于心，只道今生不能致谢，不料天心若有意垂怜，父命忽无心遂愿，今得少陈知感，诚厚幸也。请上客受贱妾一拜。"铁中玉在县堂看见冰心小姐时，虽说美丽，却穿的是浅淡衣服，今日却金装玉裹，打扮得与天仙相似，一见了只觉神魂无主，因答道："卑人受夫人厚德，不敢齿牙明颂，以辱芳香。唯于梦魂焚祝，聊铭感佩。今幸亲瞻仙范，正有一拜。"遂各就红毡对拜了四礼。侍妾吩咐乐人，隐隐奏乐。拜完乐止，二人东西就位对坐。侍妾一面献茶，因是合卺喜筵，不分宾主，无人定席，一面摆上酒来对饮。

饮过三巡，铁中玉因说道："卑人陷阱余生，蒙夫人垂救，此恩已久相忘，不敢复致殷勤。只卑人浪迹浮沉，若非夫人良言，指示明白，今日尚不知流落何所。今虽叨一第，不足重轻，然夫人培植恩私，固时时跃入方寸中，不能去也。"冰心小姐道："临事，何人不献刍荛；问途，童子亦能指示。但患听之者难，从之者不易耳。君子之能从，正君子之善所也，贱妾何与焉？若论恩私之隆重，君子施于贱妾者，犹说游戏县堂，无大利害；至于侯孝一案，事在法司，所关天子，岂游戏之所哉？而君子竟谈笑为之。虽义侠出于天生，而雄辩惊人，正言服众，故能耸动君臣，得以救败为功，而令家严由此生还，功莫大焉！妾虽杀身不足报万一，何况奉侍箕帚之末，而敢过为之推辞哉？所以推辞者，因向日有养病之嫌，虽君子之心，与贱妾之心无不白，而传闻之人则不白者多矣。况于今之际，妒者有人，恨者有人，谗者有人，安保无污辱，安保无谤毁？若遵父命，而早贪旦夕之欢，设有微言，则君子与贱妾，俱在微言中矣，其何以自表？莫若待浮言散尽，再结褵于青天白日之下，庶不以贱妾之不幸，为君子高风累也。不知君子以为然否？”

　　铁中玉听了，连声俯首道：“卑人之慕夫人，虽大旱云霓不足喻也。每再思一侍教，有如天上。况闻两大人之命，岂不愿寝食河洲荇菜①？而惶惧不敢者，只恐匆匆草草，以我之快心，致夫人之遗恨也。然而两大人下询，实逡巡不知所对。今既夫人之婉转，实尽我心之委曲。共同此心，自无他议，事归终吉，或为今日而言也。”水小姐道：“即今日之举，亦属勉强，但欲谢大夬侯、仇太监于无言也，不得不出此。”铁中玉道：“卑人想大夬侯与仇太监，皆风中牛马，毫不相及，而实然作此山鬼伎俩者，自是过氏父子为之播弄耳。今播弄不行，恶心岂能遂己，不知又将何为？”冰心小姐道：“妾闻凡事未成可破，将成可夺。今日君子与贱妾，此番举动可谓已成矣。破之不能，夺之不可，计唯有布散流言，横加污蔑，使自相乖违耳。妾之不敢即荐枕衾者，欲使通国知白璧至今尚莹然如故，而青蝇自息矣。”铁中玉道：“夫人妙论，既不失守身之正，又可谢谗口之奸，真可谓才德兼善者也。但思往日养病之事，出入则径路无媒，居停则男女一室，当此之际，夫人与卑人之无欺无愧，唯有四知，此外则谁为明证？设使流言一起，纵知人者，以为莫须有，而执笔者何所据，而敢判其必无，致使良人之子，终属两悬，则将奈何！”

　　冰心小姐道：“此可无虑也。妾闻天之所生，未有不受天之所成者也；而人事于中阻挠者，正以砥砺②其操守，而简炼其名节也。君子得之，小人丧之，每每于此分途焉。譬如君子义气如云，肝肠似铁，爵禄不移，威武不屈，设非天生，当不至此。贱妾虽闺娃不足齿，然粗知大义，略谙内仪，亦自负禀于天者，不过冥冥中若无作合，则日东月西，何缘相会？枘圆

————————

①　河洲荇（xìng）菜——《诗·周南·关雎》：参差荇菜，左右流之。”此处借指男欢女爱，谈婚论嫁。

②　砥砺（dǐlì）——磨炼。

凿方①，入于参差。乃相逢陌路，君即慷慨垂怜；至于患难周旋，妾亦冒嫌不惜。此中天意，已隐隐可知。然那时养病，心虽出于公，而事涉于私，故愿留而不敢留，欲亲而不敢亲。至于今日，父母有命，媒妁有言，事既公矣，而心之私犹未白，故已成而终不敢谓成，既合而犹不敢合者，盖欲操守名节之无愧君子也。此虽系自揆，而实成天之所成。君与妾既成天之所成，而天若转不相成，则天生君与妾，不既虚乎，断不然也。但天心微妙，不易浅窥，君子但安俟之；天若鉴明，两心自表白也。即使终不表白，到底如斯，君与妾夫妇为名，友朋为实，而花朝夕月，乐此终身，亦未必非千秋佳话也。"铁中玉听了，喜动眉宇道："夫人至论，茅塞顿开，使我铁中玉自今以后，但修人事，以俟天命，不敢复生疑虑矣。"

二人说话投机，先说过公子许多恶意，皆是引君入幕；后说过学士无限毒情，转是激将成功。正是：

合卺如何不合欢，合而不合合而安。

有人识得其中妙，始觉圣人名教宽。

只个铁中玉与冰心小姐，直饮得醺然，方才住手。侍妾送铁中玉到东边洞房中安歇；水小姐仍退归西阁。此一合而不合，有分教：

藤蔓重缠，丝萝再结。

不知后事如何，且听下回分解。

---

① 枘（ruì）圆凿方——枘；榫子。形容格格不入。

第十六回　美人局歪厮缠实难领教

词曰：

　　脸儿粉白,眉儿黛绿,便道是佳人。不问红丝,未凭月老,强要结朱陈。　　　岂知燕与莺儿别,相见不相亲。始之不纳,终之不乱,羞杀洞房春。

　　　　　　　　　　　　　　　　　　——《少年游》

　　话说铁中玉与冰心小姐自成婚之后,虽不曾亲共枕衾,而一种亲爱悦慕之情,比亲共枕衾而更密。一住三日,并不出门。水尚书与铁都院探知,十分欢喜不提。

　　却说大夬侯与仇太监,俱受了过学士的谗言,一个要嫁,一个要娶,许多势利之举,都打点的停停当当,却听见铁中玉与冰心小姐已结了亲,便都大惊小怪,以为无法,只得叫人来回复过学士。过学士听见,心愈不服,暗想道:"我卑词屈礼,软软的求他一番,倒讨他一场没趣。我出面自呈,狠狠的参他一番,竟反替他成了大功。此气如何得出,此恨如何得消! 今大夬侯与仇太监,指望夹吵得他不安,他又安安静静结了亲,此着棋又下虚了,却将奈何!"因差了许多精细家人,暗暗到水尚书铁都院两处,细细访他过失。

　　有人来说:"铁翰林不是娶水小姐来家,是就亲到水尚书家中去。"又有人来说:"铁翰林与水小姐虽说做亲,却原是两房居住,尚未曾同床。"又有人来说:"铁翰林与冰心小姐恩爱甚深,一住三日,并不出门。"过学士听在肚里,甚费踌躇道:"既已结亲,为何不娶回家,转去就亲? 既已合卺,为何又不同床? 既不同床,为何又十分恩爱? 殊不可详! 莫非原为避大夬侯与仇太监两头亲事,做的圈套? 我想圈套虽由他做,若果未同床,尚可离而为两。今要大夬侯去娶水小姐,她深处闺中,弄她出来,甚是费力。若铁翰林日日上朝,只须叫仇太监弄个手脚,哄了他家去,逼勒他与侄女儿结成亲,他这边若果未同床,便自然罢了。"算计停当,遂面拜仇太监,与他细细定计。仇太监满口应承道:"这不打紧,若是要谋害铁翰林的性命,便恐碍手碍脚,今但将侄女儿与他结亲,是件婚姻美事,就是明日皇爷得知了,也不怕他。老先生只管放心,这件事一大半关乎我学生身上,自然要做的妥帖。只是到那日,要老先生撞将来做个媒证,使他就到后来无说。"过学士道:"这个自然。"因见仇太监一力担承,满心欢喜,遂辞了回来,静听好音不提。正是:

> 邪谋不肯伏,奸人有余恶。
>
> 只道计万全,谁知都不着。

却说铁中玉为结婚告了十日假,这日假满要入朝。冰心小姐终是心灵,因说道:"过学士费了一番心机,设出大央侯与仇太监两条计策,今你我虽不动声色,而默默谢绝,然他们的杀机尚未曾发,恐不肯便已。我想大央侯虽说无赖,终属外庭臣子,尚碍官箴,①不敢十分放肆,妾之强求可无虑矣。仇太监系宠幸内臣,焉知礼法? 恐尚要胡为。相公入朝,不可不防。"铁中玉道:"夫人明烛几先,虑周意外,诚得奸人之肺腑。但我视此辈腐鼠耳,何足畏也!"冰心小姐道:"此辈何足畏? 畏其近于朝廷,不可轻投也!"铁中玉听了,连连点头道:"夫人教我良言,敢不留意。"因随从入朝。

朝罢,回到东华门外,恰好与仇太监撞着。铁中玉与他拱拱手就要别去,早被仇太监一把扯住道:"铁先生遇着得甚巧,正要差人到尊府来请。"铁中玉问道:"我学生虽与老公公同是朝廷臣子,却有内外之别,不知有何事见教?"仇太监道:"若是我学生之事,也不敢来烦渎铁先生,这是皇爷吩咐,恐怕铁先生推辞不得。"就要扯着铁中玉同上马去。铁中玉因说道:"就是圣上有旨,也要求老公公见教明白,以便奉旨行事。"仇太监道:"铁老先生,你也太多疑了,难道一个圣旨敢假传的? 实对你说吧,皇爷有心爱的两轴画儿,闻知铁先生诗才最美,要你题一首在上面。"铁中玉道:"这画如今在哪里?"仇太监道:"现在我学生家里,故请回去题了,还要回旨。"

铁中玉因有冰心小姐之言,心虽防他,却听他口口圣旨,怎敢不去? 只得上马并辔,同到他家。仇太监邀了入去,一面献茶,一面就吩咐备酒。铁中玉因辞道:"圣旨既有画要题,可请出来,以便应诏;至于盛意,断不敢领。"仇太监道:"我们太监家,虽不晓得文墨,看见铁先生这等翰苑高

---

① 官箴(zhēn)——百官对皇帝所进的箴言(劝诫的话)。

第,倒十分敬重,巴不得与你们吃杯酒儿,亲近亲近。若是无故请你,你也断不肯来。今日却喜借皇爷圣旨这个便儿,屈留你坐半日,也是缘法。铁先生,你也不必十分把我太监们看轻了!"铁中玉道:"内外虽分,同一臣也,怎敢看轻? 但既有圣旨,就领盛意,也须先完正事。"仇太监笑了笑道:"铁老先生,你莫要骗我。你若完了正事,只怕就要走了。也罢,我有个处法:圣上是两轴画,我先请出一轴来,待铁先生题了,略吃几杯酒,再题那一轴,岂不人情两尽?"

铁中玉只得应承。仇太监因邀入后厅楼下,叫孩子抬过一张书案来,摆列下文房四宝,自上楼去,双手捧下一轴画来,放在案上,叫小太监展开与铁中玉看。铁中玉看见是名人画的一幅磬口腊梅图,十分精工,金装玉裹,果是大内之物。不敢怠慢,因磨墨舒毫,题了一首七言律诗在上面。刚刚题完,外面报:"过学士来拜!"仇太监忙叫:"请进来。"不一时,过学士进来相见。仇太监就说道:"过老先生,你来得恰好。今日我学生奉皇爷圣旨,请铁先生在此题画。我学生只道题诗在画上要半日工夫,因治一杯水酒,屈留他坐坐。不期铁先生大才,拿起来就题完了。不知题些什么,烦过老先生念与学生听,待我学生听明白些,也好回旨。"过学士道:"这个当得。"因走近书案前,细细念与他听道:

恹恹低敛淡黄衫,紧抱孤芳未许探。

香口倦开檀半掩,芳心欲吐蕊犹含。

一枝瘦去容仪病,几瓣攒来影带惭。

不是畏寒凝不放,要留春色占江南。

过学士念完,先自称赞不已道:"题得妙,题得妙! 字字是腊梅,字字是磬口,真足令翰苑生辉!"仇太监听了,也自欢喜道:"过老先生称赞,自然是妙的了。"因叫人将画收开,摆上酒来。铁中玉道:"既是圣上还有一轴,何不请出来,一发题完了,再领盛情,便心安了。"仇太监道:"我看铁先生大才,题画甚是容易,且请用一杯,润润笔看。"因邀入席。原来翰林规矩,要分先后品级定坐席,过学士第一席,铁中玉第二席,仇太监第三席相陪。

饮过数巡,仇太监便开口道:"今日皇爷虽是一向知道铁先生义侠之人,不知才学如何,故要诏题此画。也因我学生有一美事,要与铁先生成就,故讨了此差来,求铁先生见允。今日实是天缘,刚刚凑着。"过学士假作不知道："且请问老公公,有何事要成就铁兄?"仇太监道:"鼓不打不响,钟不撞不鸣,我学生既要成就这良姻缘,只得从实说了。我学生有个侄女儿,生得人物也要算做十全,更兼德性贤淑,今年正是十八岁了,一时拣择一个好对儿不出。今闻知铁先生青年高发,尚未曾毕婚,实实有个仰攀之意。前日朝回,撞见尊翁都宪公,道达此意,已蒙见允。昨日奏知皇爷,要求皇爷一道旨意,做个媒儿。皇爷因命我拿这两轴的梅花的画来与铁先生题,皇爷曾说梅与媒同音,就以题梅做了媒人吧,不必另降旨意,像他文人自然知道。今画已题了,不知铁先生知道么?"

铁中玉听了,已知道他的来历,转不着急,但说道:"蒙老公公厚情,本不当辞,只恨书生命薄,前已奠雁于水尚书之庭矣,岂能复居甥舍?"仇太监笑道:"这些事,铁先生不要瞒我,我都访得明明白白在这里了。前日你明做的把戏,不过为水家女儿不肯嫁与大央侯,央你装个幌子,怎么认真哄起我学生来?"铁中玉道:"老公公此说,可谓奇谈。别事犹可假得的,这婚姻之事,乃人伦之首,名教攸关,怎说装个幌子?难道大礼既行,已交合卺,男又别娶,女又嫁人?"仇太监道:"既不打算别娶别嫁,为何父母在堂,不迎娶回来,转去就亲?既已合卺,为何不同眠同卧,却又分居而住?"铁中玉道:"不迎归者,为水岳无子,不过暂慰其父女离别之怀耳。至所谓同眠不同眠,此乃闺阁私情,老公公何由而知?老公公身依日月,目击纲常,切不可信此无稽之言。"

仇太监道:"这些话是真是假,我学生也都不管,只是我已奏知皇爷,我这侄女定要嫁与铁先生的。铁先生却推脱不得!"铁中玉道:"不是推脱,只是从古到今,没个在朝礼义之臣,娶了一妻,又再娶一妻之理。"仇太监道:"我学生只嫁一妻与铁先生,谁要铁先生又娶一妻?"铁中玉道:"我学生只因已先娶一妻在前,故辞后者,若止老公公之一妻,又何辞焉。"仇太监道:"铁先生,娶妻的前后,不是这样论,娶到家的,方才算得前,若是外面的闲花野草,虽在前,倒要算做后了。"铁中玉道:"若是闲花野草,莫说论不得前后,连数也不足算。至于卿贰之家,遵父母之命,从媒妁之言,钟鼓琴瑟,以结丝萝,岂闲花野草之比?老公公失言矣。"仇太监道:"父母之命,既然要遵,难道皇爷之命,倒不要遵?莫非你家父母大似皇帝?"

铁中玉见仇太监说话苦缠,因说道:"这婚姻大礼,关乎国体,也不是我学生与老公公私自争论的。纵不敢亵奏朝廷,亦当请几位礼臣公议,看谁是谁非。"仇太监道:"这婚姻既要争前后,哪得工夫又去寻人理论?若要请礼臣,现前的过老先生,一位学士大人在此,难道不是个诗礼之臣?就请问一声便是了。"铁中玉道:"文章礼乐,总是一般,就请教过老先生也使得。"仇太监因问道:"过老先生,我学生与铁先生这些争论的言语,你是听得明明白白的了,谁是谁非,须要求你公判一判,却不许党护同官。"

过学士道:"老公公与铁寅兄不问我学生,我学生也不敢多言;既承下问,怎敢党护?若论起婚姻的礼来,礼中又有礼,礼外又有礼,虽召诸廷臣,穷日夜之力,也论不能定。若据我学生愚见,窃闻王者制礼,又闻礼乐自天子出,既是圣上有命,则礼莫大于此矣。于此礼不遵,而泥古执今,不独失礼,竟可谓之不臣矣!"仇太监听了,哈哈大笑道:"妙论!说得又痛快、又斩截,铁先生再没得说了!"因叫小太监满斟了一大杯酒,亲起身送到过学士面前,又深深打一恭道:"就烦过老先生为个媒儿,与我成就了这桩好事。"过学士忙接了酒,拱仇太监复了位,因回说道:"老公公既奏请过圣上,则拜老公公如命,为圣上之命也,我学生焉敢不领教?"一面饮干了酒,一面对着铁中玉道:"老公公这段姻事,既是圣上有命,就是水天老与寅翁先有盟约,只怕也不敢争论了。铁寅翁料来推不脱,倒不如从直应承了吧,好叫大家欢喜。"

铁中玉听了,就要发作,因暗暗想道:"一来碍着他口口圣旨,不敢轻毁;二来碍着内臣是皇帝家人,不便动粗;三来恐身在内厅,一时走不出来。"正想提着过学士同走,是条出路,恐发话重了,惊走了他,转缓缓说道:"就是圣上有命,不敢不遵,也须回去禀明父母,择吉行聘,再没学生自己应承之理。"仇太监道:"铁先生莫要读得书多,弄做个腐儒。若是皇爷的旨意看得轻,不要遵,便凡事一听铁先生自专可也。若是皇爷的圣旨是违拗不得的,便当从权行事,不要拘泥,哪有这些迂阔的旧套子!恰好今朝正是个黄道吉日,酒席我学生已备了,乐人已在此伺候了,大媒又借重了过老先生,内里有的是香闺绣阁,何不与舍侄女竟成鸾俦凤侣,便完了一件百年的大事?若虑尊翁大人怪你不禀明,你说是皇爷的旨意,只得也罢了。若说没妆奁,我学生自当一一补上,决不敢少。"过学士又撺掇道:"此乃仇老公公美意,铁寅兄若再推辞,便不近人情了。"铁中玉道:

"要近情须先近礼,我学生今日之来,非为婚姻,乃仇老公公传宣圣旨,命微臣题画。今画两轴,才题得一轴,是圣上的正旨尚未遵完,怎么议及私事?且求老公公先请出那一轴画来,待学生应完了正旨,再及其余,也未为迟。"仇太监道:"这却甚好。只是这轴画甚大,即在楼上取下来,甚是费力,莫若请铁先生就上面去题吧。"

铁中玉不知是计,因说道:"上下总是一般,但随老公公之便。"仇太监道:"既是这等,请铁先生再用一杯,好请上楼题画去,且完了一件,又完一件。"铁中玉听说,巴不得完了圣旨,便好寻脱身之路,因立起身来说道:"题画要紧,酒是不敢领了。仇太监只得也立起身来道:"既要题画,就请上楼。"因举手拱行。铁中玉因见过学士也立起身来,因说道:"过老先生也同上去看看。"过学士将要同行,忽被仇太监瞟了一眼,会了意,就改口道:"题画乃铁寅兄奉旨之事,我学生上去不便,候寅兄题讫画下来做亲,学生便好效劳。"铁中玉道:"既然如此,学生失陪有罪了。"

说罢,竟被仇太监拱上楼来。正是:

鱼防香饵鸟防弓,失马何曾虑塞翁。

只道鸿飞天地外,谁知燕阻画楼东。

铁中玉被仇太监拱上楼来,脚还未曾立稳,仇太监早已缩将下去,两个小内官,早已将两扇楼门紧紧闭上。铁中玉忙将楼中一看,只见满楼上俱悬红挂绿,结彩铺毡,装裹的竟是锦绣窝巢。楼正中列着一座锦屏,锦屏前坐着一个女子。那女子打扮得:

珠面金环宫样妆,朱唇海阔额山长。

阎王见惯浑闲事,吓杀刘郎与阮郎!

那女子看见铁中玉到了楼上,忙立起身来,叫众侍儿请过去相见。铁中玉急要回避,楼门已紧紧闭了。没奈何,只得随着众侍儿,走上前深深作了一揖。揖作完,就回过身子来立着。那女子自不开口,旁边一个半老的妇人代她说道:"铁爷既上楼来结亲,便是至亲骨肉,一家人不须害羞,请同小姐并坐不妨。"铁中玉道:"我本院是奉圣旨上楼来题画的,谁说结亲?"那妇人道:"皇爷要题的两轴画,俱在楼下,铁爷为何不遵旨在楼下题,却走上楼来?这楼上乃是小姐的卧楼,闲人岂容到此?"铁中玉道:"你家老公公用的计策妙是妙,只可惜加在我铁中玉身上,毫厘无用!"那妇人道:"铁爷既来之,则安之。怎说没用?"铁中玉道:"你们此计,若诓我撞上楼来,我是你家老公公口称圣旨题画,哄上来的;况是青天白日,现有过学士在楼下为证,自诬不去。若以这等目所未见的美色来迷我,我铁翰林不独姓铁,连心身都是铁的,比那坐怀不乱的柳下惠、秉烛达旦的关云长,还硬挣三分。这些美人之计,如何有用!"

那女子不但不美,原是个惫懒之人,只因初见面,故装做羞羞涩涩,不便开言。后来偷眼看见铁翰林,水一般的年纪,粉一般的白面,皎皎洁洁,倒像一个美人,十分动火。又听见他说美人计没用,便着了急,忍不住大怒道:"这官人说话,也太无礼! 我的的虽是宦官人家,若论职分也不小。我是他侄女儿,也要算做个小姐。今日奏明皇爷嫁你,也是一团好意,怎么说是用美人之计? 怎么又说没用? 既说没用,我们内臣家没甚名节,拼着一个不识羞,就与你做一处,看是有用没用!"因吩咐众侍妾道:"快与我拖将过来。"众侍妾应了一声,便一齐上前说道:"铁爷听见么,快快过去,赔个小心吧,免得我们啰唣!"铁中玉听见,又好恼又好笑,只不做声。众侍妾看见铁翰林不做声,又见女子发急,只得奔上前来,你推一把,我扯一把,夹七夹八的乱嘈。铁中玉欲要认真动手,却又见是一班女子,反恐装村,只得忍耐,因暗想道:"俗语道:'山鬼之伎俩有限,老僧之不睹不闻无穷。'只不理他们便了。"因移了一张椅子,远远的坐下,任众侍妾言言语语,他只默然不睬。正是:

刚到无加柔至矣,柔而不屈是真刚。

若思何物刚柔并,唯有人间流水当。

铁中玉正被众侍妾啰唣,忽仇太监从后楼转出来,一面将众侍妾喝退道:"贵人面前,怎敢如此放肆!"一面就对铁中玉道:"铁先生这段婚姻,已做到这个田地,料想也推辞不得,不如早早顺从了吧。也免得彼此失了和气。"铁中玉道:"非是学生不从,于礼不可也。"仇太监道:"怎么不可?"铁中玉道:"老公公不看见《会典》上有一款:'外臣不许与内臣交结。'交结且不可,何况联婚?"仇太监道:"这是旧制,旧制既要遵,难道皇爷的新命倒不要遵?"铁中玉道:"就是要遵,也须明奏了圣旨,谢过恩,然后遵行。今圣旨不知何处,恩又不曾谢,便要草草结亲,这是断乎不可,望老公公原谅。"二人正在楼上争论,忽两上小太监慌慌忙忙跑将来,将仇太监请了下去。

原来是侯总兵边关上又招降了许多敌人,又收了许多进贡的宝物,亲解来京朝见,蒙圣上赐宴。因前保举是铁中玉,故有旨召翰林铁中玉陪宴。侍宴官得了旨,忙到铁衙来召,闻知被仇太监邀了去,只得赶到仇太监家里来寻。看见铁翰林跟随的长班并马,俱在门前伺候,遂忙禀仇太监要人。仇太监出来见了,闻知是这些缘故,与过学士两个气得你看着我,我看着你,话都说不出来。侍宴官又连连催促。仇太监无可奈何,只得叫人开了楼门,放他下来。

铁中玉下便下来,还不知是什么缘故,因见侍宴官与长班禀明,方才晓得。又见侍宴官催促,就要辞出。仇太监满肚皮不快活,因说道:"陪宴固是圣旨,题画也是圣旨,怎么两轴只题一轴?明日圣上见罪,莫怪我不早说话。"铁中玉道:"我学生多时催题,老公公匿画不出,叫学生题什么?"原来这轴画原在楼下,因要骗铁中玉上楼,故不取出;及骗得铁中玉上楼,便将这轴画好好的铺在案上,好入他的罪。今听见铁中玉说匿画不出,因用手指着道:"现放在书案上,你自不奉旨题写,却转说匿画,幸有过老先生在此做个见证。"铁中玉见画在案上,便不多言,因走近前,展开一看,却画的是一枝半红半白的梅花,与前边的磬口腊梅,又不相同。便磨墨濡毫要题。侍宴官见铁中玉要题画,因连连催促道:"题诗要费工夫,侯总爷已将到,恐去迟了。"铁中玉道:"不打紧。"因纵笔一挥,挥完掷笔,将手与过学士一拱道:"不能奉陪了。"竟往外走。仇太监只得送他出门上马而去。正是:

孤行不畏全凭胆,冷脸骄人要有才。

胆似子龙重出世,才如李白再生来。

仇太监送了铁中玉去后,复走进来,叫过学士将此画题的诗,念与他听。过学士因念道:

一梅忽作两重芳,仔细看来觉异常。

认作红颜饶雪色,欲愁白面带霞光。

莫非浅醉微添晕,敢是初醒薄晓妆。

休怪题诗难下笔,枝头春色费商量。

过学士念完,仇太监虽不深知其妙,但见其下笔敏捷,也就惊倒。因算计道:"这小畜生有如此才笔,那水小姐闻知也是个才女,怎肯放他?"过学士道:"她不放他,我学生如何又肯放他?只得将他私邀养病之事,央一个敢言的当道,上他一本,使他必不成全,方遂我意。"只因这一算,有分教：

　　　　镜愈磨愈亮，泉越汲越清。

不知过学士央谁人上本，且听下回分解。

第十七回　察出隐情方表人情真义侠

诗曰：

> 美恶由来看面皮，谁从心性辨妍媸？[①]
>
> 个中冷暖身难问，此际酸甜舌不知。
>
> 想是做成终日梦，莫须猜出一团疑。
>
> 愿君细细加明察，名教风流信有之。

话说过学士与仇太监算计，借题画的圣旨，将铁中玉骗到楼上与侄女结亲，以为十分得计，不期又被圣旨召去，陪侯总兵之宴，将一场好事打破了。二人不胜懊恼，重思妙计。过学士想道："他与水小姐虽传说未曾同床，然结亲的名声，人已尽知。今要他另娶另嫁，似觉费力。莫若只就他旧日到水家去养病的事体，装点做私情，央一个有风力的御史，参他一本，说是先奸后娶，有污名教。再求老公公在内中弄个手脚，批准礼部行查。再等我到历城县叫县尊查他养病的旧事，出个揭帖，两下夹攻，他自然怕丑要离异。"仇太监道："等他离异了，我再请旨意与他结亲，难道又好推辞？"二人算计停当，便暗暗行事不提。正是：

> 试问妒何为，总是心肠坏。
>
> 明将好事磨，暗暗称奇怪。

却说铁中玉幸亏圣旨召去陪侯总兵之宴，方得脱身。归家与父亲细说此事。铁都院因说道："你与水小姐既结丝萝，名分已定，我想就是终身不同房，也说不得不是夫妇了。为何不娶了来家，完结一案，却合而不合，惹人猜疑？仇太监之事，右不是侥幸遇了圣旨，还要与他苦结冤家，甚是无谓。你宜速与媳妇商量，早早归正，以绝觊觎。"

铁中玉领了父命，因到水家来见冰心小姐，将父亲的言语，一一说了。冰心小姐道："妾非不知，既事君子，何惜亲抱衾裯？但养病一事，涉于暧昧嫌疑，尚未曾表白。适君又在盛名之下，谗妒俱多，妾又居众膻之地，指

---

① 妍媸（yánchī）——妍：美丽；媸：相貌很丑。

摘不少。若贪旦夕之欢，不留可白之身，以为表白之地，则是终身无可白之时矣，岂智者所为？"铁中玉道："夫人之虑，自是名节大端，卑人非不知，但恐迁延多事，无以慰父母之心。"冰心小姐道："所防生衅者，并无他人，不过过氏父子耳。彼见君与姜之事已谐矣，其急逞急妒，当不俟终日。若要早慰公婆，不妨百辆于归，再结花烛。但衾枕之荐，尚望君子少宽其期，以为名教光。"铁中玉见冰心小姐肯嫁过去，满心欢喜道："夫人斟情酌理，两得其中，敢不如命！"因告知父母，又禀知岳翁。又请钦天监，择了个大吉之日，重请了满朝亲友，共庆喜事。外人尽道结亲，二人实未曾合卺。正是：

　　尽道春来日，花无不吐时。

　　谁知金屋里，深护牡丹枝。

　　铁中玉与冰心小姐重结花烛，过学士打听得知，心下一发着急，因行了些贿赂，买出一个相好的御史，姓万名谔，叫他参劾铁翰林一本。那万谔得了贿赂，果草了一道本章，奏上道：

　　陕西道监察御史臣万谔，奏为婚姻暧昧，名教有乖，恳恩察明归正，以培风化事：

　　窃唯人伦有五，夫妇为先；大礼三千，婚姻最重。故男女授受不亲，家庭内外有别。此王制也，此古礼也。庶民寒族，犹知奉行，从未有卿贰之家，寡女孤男，而无媒妁处一室，以乱婚姻于始；更未有朝廷之士，司马宪臣，而有故污联两姓，以乱婚姻于终，如水居一之父女，铁英之父子者也。臣职司言路，凡有所见所闻，皆当入告。

　　臣前过通衢，偶见有百辆迎亲者：迎亲乃伦礼之常，何足为异？所可异者，鼓乐迎来，而指视哗笑者满于路；轩车迎过，而议论嗟叹者夹于道。臣见之不胜惊骇。因问为谁氏婚，乃知为翰林铁中玉娶尚书水居一之女水冰心也。再细详其哗笑嗟叹之故，乃知铁中玉曾先养病于水冰心之家，而孤男寡女，并处一室，不无暧昧之情；今父母徇私，招摇道路，而纵成之，实有伤于名教。故臣闻之，愈加惊骇而不敢不入告也。

　　夫婚姻者，百礼之首，婚姻不正，则他礼难稽；臣子者，庶民之标，臣子蒙羞，则庶民安问？伏乞陛下念婚姻为风化大关，纲常重典，敕下礼臣，移文该省，行查铁中玉、水冰心当日果否有养病之事，并暧昧等情，一一报部。如果臣言不谬，仰恳援辜定罪，归正判离，必多露之私有所戒，则名教不伤，有裨于关睢之化者不浅矣。因事陈情，不胜待命之至。

万御史本到了阁中，阁臣商量道："闺中往事，何足为凭？道路风闻，难称实据。"就要作罢了。当不得仇太监再三来说道："这事大有关系，怎么不行？"阁臣没奈何，只得标个"该部知道"。仇太监看了不中意，候本送到御前，就关会秉笔太监检出本来与天子自看。天子看了，因说道："铁中玉一个男人，怎么养病于水冰心女子之家？必有缘故。"因御批个"着礼部查明复奏"。

令下之日，铁中玉与水冰心再结花烛已数日矣。一时报到，铁都院吃了一惊，忙走进内堂，与儿子、媳妇商量道："这万谔与你何仇，上此一本？"铁中玉道："此非万谔之意，乃过学士之意。孩儿与媳妇早已料定，必有此举，故守身以待之，今果然矣！"铁都院道："他既参你，你也须辩一本。"铁中玉道："辩本自要上了，但此时尚早，且待他行查回来复本时，再辩也不迟。"铁都院道："迟是不迟，只是闻人参己，从无一个不辩之理；若是不辩，人只疑情真，罪当无可辩也。"铁中玉道："他若参孩儿官箴职守，有甚差池，事关朝廷，便不得不辩他。今参的是孩儿在山东养病之事，必待行查而后明。若是查明了其中委曲，可以无辩；若是不明，孩儿就其不明处方可置辩。此时叫孩儿从哪里辩起？"铁都院听了沉吟道："这也说得是。此万谔是我的属官，怎敢参我，我须气他不过！"铁中玉道："大人不必气他，自作应须自受耳。"铁都院见儿子如此说，只得暂且放开。正是：

　　　　闲时先虑事，事到便从容。

　　　　谤至心原白，羞来面不红。

按下铁都院父子商量不提。

且说礼部接了行查的旨意，不敢怠慢，随即回来，着山东巡抚去查。过学士见部里文书行了去，恐下面不照应，忙写了一封书与历城县新县尊，求他用情。又写信与儿子，叫他暗暗行些贿赂，要他在回文中，将无作有，的的确确，做得安安稳稳，不可迟滞。过公子得了父亲的家信，知道万谔参铁中玉之事，欢喜不尽，趁部文未到，先备了百金，并过学士的亲笔书来见县尊。

你道这县尊是谁？原来就是铁中玉打入养闲堂，救出他妻子来的韦佩。因他苦志读书,也就与铁中玉同榜中联捷,中了一个三甲进士。鲍知县行取去后,恰恰点选了他来做知县。这日接着过公子的百金,并过学士的书,拆开一看,乃知是有旨行查铁中玉在水家养病之事,叫他装点私情,必致其罪。韦佩看了,暗暗吃惊道:"原来正是我之恩人也,却怎生区处?"又想想道:"此事正好报恩,但不可与过公子说明,使他防范。"转将礼物都收下,好好应承。过公子以为得计,不胜欢喜而去。

　　韦知县因叫众吏到面前,细细访问道:"铁翰林怎生到水小姐家养病?"方知是过公子抢劫谋害起的祸根。水小姐知恩报恩,所以留他养病。韦知县又问道:"这水小姐与铁翰林同是少年,接去养病,可闻知有甚私事?"众书吏道:"他闺阁中事,外人哪里得知?只因前任的鲍老爷,也因狐疑不决,差了一个心腹门子,叫做单祐,半夜里潜伏在水府窥看,方知这铁爷与水小姐冰清玉洁,毫不相犯。故鲍老爷后来敬这铁爷就如神明。"韦知县听了,也自欢喜道:"原来铁翰林不独义侠过人,而又不欺暗室,如此真可敬也。既移文来查,我若不能为他表白一番,是负知己也。"因暗暗将单祐唤了藏在身边,又唤了长寿院的住持独修和尚,问他用的是什么毒药。独修道:"并非毒药,过公子恐铁爷吃毒药死了,明日有形骸可验,但叫用大黄、巴豆将他泄倒了是实。"

　　韦知县问明口词,候了四五日,抚院的文书方到,下来行查。韦知县便遂将前后事情,细细详明,申详上去,抚按因是行查回事,不便扳驳回得,就据申详,做成回文,回复部里。部里看了回文,见历城县的申详,竟说得铁中玉是个祥麟威凤,水小姐不啻玉洁冰清,其中起衅生端,皆是过公子之罪。部里受了过学士之嘱,原要照回文加罪铁中玉,今见回文赞不绝口,转弄得没法,只得暗暗请过学士去看。过学士看了,急得怒气冲天,因大骂韦佩道:"他是一个新进的小畜生,我写书送礼嘱托他,他倒转为他表彰节行。为他表彰节行也罢,还将罪过归于我的儿子身上。这等可恶,断断放他不过!"因求部里,且将回文暂停,又来见万御史,要他参韦知县新任不知旧事,受贿妄言,请旨拿问,其养病实情,伏乞批下抚按,再行严查报部。

　　仇太监内里有力,不两日已批准下来。报到山东,巡抚见了,唤韦知县去吩咐道:"你也太认真了。此过学士既有书与你,纵不忍诬枉铁翰林,为他表彰明白,使彼此无伤,也可谓尽情了,何必又将过公子说坏,触他之怒？他叫人奏请来拿你，叫本院也无法与你挽回。"韦知县道："这原不是知县认真，既奉部文行查，因访问得合郡人役，众口一词，凿凿有据，只得据实申详。也非为铁翰林表白，亦非有意将过公子说坏。盖查得铁中玉与水冰心养病情由，实因其祖而起，不得不详其始末也。倘隐匿不申，或为他人所参，则罪何所辞？"巡抚笑道："隐匿纵有罪，尚不知何时，不隐匿之罪，今已临身矣。"韦知县道："不隐匿而获罪，则罪非其罪，尚可辩也；隐匿而纵不获罪，则罪为真罪，无所逃矣。故不敢偷安一时，贻祸异日。"巡抚道："你中一个进士也不容易，亦不必如此固执。莫若另做一道申详，本院好与你挽回。"韦知县道："事实如此，而委曲之，是欺公了。欺公即欺君了，知县不敢。"巡抚道："你既是这等慷慨，有旨拿问，我也不遣人送你，你须速速进京辩罪。"韦知县听了，忙打一恭道："是，是。"因将县印解了下来，交与巡抚，竟自回县，暗暗带了单祐与独修和尚，并过学士的书信与礼物，收拾起身进京。正是：

> 不增不减不繁文，始末根由据实闻。
>
> 看去无非为朋友，算来原是不欺君。

韦知县到了京中，因有罪不敢朝见，随即到刑部听候审问。刑部见人已拿到，不敢久停，只得坐堂审问道："这铁中玉与水冰心养病之事，是在你未任之前，你何所据，而申详得他二人冰清玉洁？莫非有受贿情由？"韦知县道："知县虽受任在后，而前任之事，既奉部文行查，安敢以事在前而推诿？若果事在隐微，无人知觉，谢曰不知，犹可无罪。乃一诹书吏，而众口一词，喧传其事，以为美谈。知县明知之，而以为前任事，谢曰不知，则所称知县者，知何事也？"刑部道："行查者铁中玉、水冰心之事，而波及过其祖何也？"韦知县道："事有根因，不揣其本，难齐其末。盖水冰心之移铁中玉养病者，实感铁中玉于县堂救其抢劫生还，而怜其转自陷于死地也。水冰心之被抢至县堂者，实过其祖假传圣旨，强娶而然也。铁中玉之至县堂者，实由过其祖抢劫水冰心，适相值于道，而争哄以至也。过其祖无抢劫水冰心之事，则铁中玉路人也，何由而救水冰心？使铁中玉不救水冰心，则过其祖与铁中玉风马牛也，何故而毒铁中玉？使过其祖不毒铁中玉，则水冰心闺女也，安肯冒嫌疑而移铁中玉于家养病哉？原如此，委如此，既奉部文行查，安敢不以实报？"刑部道："这也罢了。只是铁中玉在水冰心家养病，乃暧昧之事，该县何以知其无私，其中莫非受贿？"韦知县道:"知县后任原不知,奉命行查,乃知前任知县鲍梓,曾遣亲信门役单祐,前往窥觇,始知二人为不欺暗室之伟男儿、奇女子也。风化所关,安敢不为表白?若曰行贿,过学士书一封,过其祖百金现在,知县不敢隐匿,谨当堂交纳,望上呈御览。"

刑部原受过学士之托,要加罪韦知县,今被韦知县将前后事并书、贿和盘托出,一时没法,只得吩咐道:"既有这些委曲,你且出去候旨。"韦知县方打一拱退出。正是:

　　　　丑人不自思,专要出人丑。

　　　　及至弄出来,丑还自家有。

韦知县退去不提。

却说刑部审问过,见耳目昭彰,料难隐瞒,十分为过学士不安,只得会同礼臣复奏一本。天子看见道:"原来铁中玉养病于水冰心家,有这许多缘故,知恩报恩,这也怪他不得。"又看到二人不欺暗室,因说道:"若果如此,又是一个鲁男子了,诚可嘉也!"秉笔太监受了仇太监之托,因毁谤道:"此不过是县臣粉饰之言,未必实实如此。若果真有此事,则铁中玉、水冰心并其父母,闻旨久矣,岂不自表?何以至今默默?若果当日如此不苟,则后来又以何结为夫妇?只怕还有欺蔽。"天子听了,沉吟不语,因批旨道:"铁中玉与水冰心昔日养病始末,水居一与铁英后来结亲缘由,外臣毁誉不一,俱着各自据实奏闻。过其祖曾否求亲水氏,亦着过隆栋奏闻,候旨定夺。"

圣旨下了,报到各家,铁、水二家,于心无愧,都各安然上本复旨。转是过学士不胜懊悔道:"只指望算计他人,谁知反牵连到自己身上了!"他欲待不认,遣成奇到边上去求,已有形迹;欲待认了,又只怕儿子强娶之事,愈加实了。再三与心腹商量,只得认自己求亲是有的,儿子求亲是无的。因上疏复旨道:

　　左春坊学士臣过隆栋谨奏,为遵旨复奏事:

　　窃以初求窈窕,原思光宠蘋蘩;后知狐媚,岂复敢联茑萝?臣官坊待罪,忝为朝廷侍从之臣。有子诗礼修身,亦辱叨翰苑文章之士,年当成立,愿有室家。臣一时昏聩,妄采虚声,误闻才慧,曾于某年月日,遣人于边廷戍所,求聘同乡水居一之女水冰心,欲以为儿妇。不意既往求之后,叠有秽闻,故中道而掩耳。不识县臣以今之耳目,何所闻见,遽证往日之是非,而且过毁臣子以强娶之名?夫既强娶,则水冰心宜谐琴瑟于微臣之室矣,何复称红拂之奔,以为识英雄于贫贱也?窃所不解。蒙圣恩下察,谨据实奏闻,仰祈天鉴,忽使鲂鳏①,辱加麟凤,则名教有光,而风化无伤矣。不胜待命之至!

过学士本上了,铁中玉只得也上一本道:

翰林院编修臣铁中玉谨奏,为遵旨陈情事:

窃以家庭小节,岂敢辱九五万乘之观;儿女下情,何幸回万里上天之听。纶音遽来,足征风化之不遗;暗室是询,具见纲常之为重。既蒙昭昭下鉴。敢不琐琐以陈?

臣于某年月日,遵父命游学山东,意在思得真传,一切公务都损,何心人间闲事?不意将至历城县前,突被拥挤多人,奔冲欲倒;因而争闹至县,始知为过学士隆栋之子过其祖,抢劫水居一之女水冰心以为婚之所致也。臣见之不觉大怒,以为婚姻嘉礼,岂可抢劫而成?县官迫于不义者,助桀为虐,因纵水冰心而归。臣于此时,实不知过其祖为何人,而水冰心为何人也,不过路见不平,聊为一削之,何尝知恩于何人,而仇于何人也?孰知仇者竟至毒臣于死,而恩者遂至救臣于生也?臣时陷身于此中,而两不知也。既臣始知其死臣者为过其祖,生臣者为水冰心也。死臣者情虽毒,然臣未死,可置勿问。既知生臣者为水冰心,而后细察水冰心之为人,始知水冰心冒嫌疑而不讳,为义女子也;出奇计而不测,为智女子也;任医药而不辞,为仁女子也;分内外而不苟,为礼女子也;言始终而不负,为信女子也。臣感之敬之,尚恐不足报万一,何敢复有室家之想哉?

今之所为室家者,迫于父命也,岳命也。父命只知尊常经,求淑配,不知臣前已之遇,出于后;岳命,盖感臣保侯孝而得白其冤,因思结好,不知水冰心前且行权,后难经正。然屡辞而终弗获辞者,盖岳父误认臣为君子,而臣父深知水冰心为淑女,而彼此不忍失好逑也。故执大义,而百辆迎来,不复问其触避嫌之小节矣。虽然两番花烛,止有虚名,聊以遂父母之心;而二姓之欢,尚未实结,不欲伤廉耻之性。此系家庭小节,儿女下情,本不当渎奏,今蒙圣恩下采,谨具实奏

① 鲂鳏(guān)——旧时比喻品行不端而难以管制的女子。

闻,不胜悚惶待命之至!

铁中玉本上了,水冰心也上一本道:

翰林院编修铁中玉妻水冰心谨奏,为遵旨陈情事:

窃以黄金以久炼为刚,白璧以不玷为洁。臣妾痛生不辰,幼失慈母,严父又适违功令,待罪边戍;茕茕寡居,孤守家庭,自应闭户饮泣,岂敢妄思婚姻?不意祸遭同乡学士过隆栋之子过其祖,窥臣妾孤懦,欲思吞占,百计邪诱,臣妾俱正言拒绝。讵意圣世明时,恶胆如天,竟倚父岩岩之势,蜂拥多人,假传圣旨,打入内室,抢劫臣妾而去。臣妾于此时,身如叶而命如鸡,名教不可援,而王法不可问,自唯一死。幸值铁中玉游学山东,恰遇强暴,目击狂荡,感愤不平,因义激县主,救妾生还。当此之际,不过青天霹雳,自发其声,何尝为妾施恩,而望妾之报也?乃恶人阳知阳抗理屈,而阴谋施毒,遂令铁中玉待毙于寺僧之手,而万无生机。而臣妾既受其恩,苟非豺虎,安忍坐待其死,而不一为手援也?因用计移归,而求医调治。此虽非女子所宜出,然势在垂危,行权解厄,或亦仁智所不废也。

臣妾敢冒嫌疑而为之者,自视此心无愧,而此身无玷也。若陌路于始,而婚姻于终,则身心何以自白?故后妾父水居一感铁中玉之贤,而欲以臣妾侍巾栉,而屡命屡辞者,以此也。即父命难违,自如今已谐花烛,而两心犹惶惶不安,必异室而居者,亦以此也。此非矫情也,亦非沽名也,正以炼黄金之刚,而保白璧之洁也。

至于过其祖强娶之事,抢劫之后,又勒按臣行牌而迫婚,又至戍所而逼臣父允嫁,真可谓强横之甚者矣。及今事已不谐,而又买嘱言路,妄渎宸聪,尤可谓父子济恶而不知自悔者也。国法廷争,恩威上出,臣妾何敢仰渎?蒙恩诏奏,谨据实以闻,不胜待命之至!

水冰心之本上了,铁都院也上一本道:

都察院副都御史臣铁英谨奏,为遵旨陈情事:

臣闻结婚以遵父命为正,择妇以得淑女为贤。择妇既贤,婚姻既正,则伦常无愧,而风化有光矣,人言何恤焉!臣待罪副都,官居表率,凡有不正,皆当正之,岂有为子求妇,而不择端庄贤淑,以自贻讥者也?

臣有子中玉,滥厕词林,颇知礼义,臣为择妇亦已久矣,而不获宜家，宁虚中馈。近闻兵部尚书水居一，有女水冰心，幽闲自足，莫窥声色，而窈窕日闻，才智过人，孤处深闺，而能御强暴，臣屡欲遣子秣驹而无媒。今幸水居一赦还，为怜才貌，适欲坦臣子于东床，两有同心，因而结褵，此两父母之正命也，遑恤其他？

乃臣子中玉，则以为养病之往嫌为辞。臣细询之，始知公庭遭变，义气之所为；闺阁救人，仁心之所激。小人谓之暧昧，正君子谓之光明者也。不独无嫌，实为有敬。故三星启户，不听儿女之言；百辆迎归，竟行父母之命。彼二人虽外从公议，而内尚痴守私贞。此儿女之隐，为父母者不问之矣。

至于人之吹求，或亦谋婚不遂，而肆为讥谤，自难逃明主之深鉴，臣何敢多置喙焉？蒙恩诏奏，谨据实以闻，不胜惶悚待命之至！

铁都院之本上了，水尚书也上一本道：

兵部尚书臣水居一谨奏，为自陈下情事：

窃闻婚姻谓之嘉礼，安可势求？琴瑟贵乎和谐，岂宜强娶？《诗》云辗转反侧，犹恐不遂其求。何况多人抢劫，有如强盗；高位挟持，无复礼义。宜之子之誓死不从，而褰裳远避也。

臣不幸妻亡无子，仅生弱女，拟作后人。虽不敢自称窈窕，谓之淑人，然四德三从，颇亦闻之有素；安忍当罪父边庭遣戍之日，而竟作无媒自嫁之人之理者也！乃过其祖一味冥顽，百般强横，不复思维，竟行劫夺。一买伏莽汉，劫之于南庄，二假传赦诏，劫之于臣家，三鸿张虎噬，劫之以御史之威。可谓作恶至矣！

若臣女无才，陷于虎口，几乎不免矣。此犹曰纨袴膏粱之习，奈何过隆栋为朝廷重臣，以诗礼侍从朝廷，乃溺爱不明，竟以赫赫岩岩之势，公然逼臣于戍所。臣若一念畏死，而苟合婚姻，则名教扫地矣。因思臣一身一女之事小，而纲常名教之事大，故正色拒之，因触其怒，而疏请斩臣矣。

孰知侯孝功成，请斩臣正所以请赦臣也。又买嘱言官，以为诬蔑之图；又孰知诬蔑臣女者，正所以表彰臣女也。至所以表彰臣女，疏中已悉，臣不敢复赘渎圣聪。然过隆栋父子之为恶，可谓至矣。蒙恩诏奏，谨据实上闻，伏乞加察，而定罪焉。不胜激切待命之至！

五本一齐奏上。只因这一奏,有分教:

大廷吐色,屋漏生光。

不知天子如何降旨,且听下回分解。

第十八回　验明完璧始成名教终好逑

词曰：

工虞水火盈廷踦，非不陈诗说礼。若要敦伦明理，毕竟归天子。

圣聪一察谗言止，节义始知有此。漫道稗官野史，隐括《春秋》旨。

——《桃源忆故人》

话说铁英父子、水居一父女，并过学士五道本，一齐上了，天子看了，因御便殿召阁臣问道："这事各奏具在，还当如何处分？"阁臣奏道："今五奏看来，这过其祖强娶水冰心，以致铁中玉养病情由，似实实有之，不容辩矣。但强娶而实未娶，谋死而尚未死，似可从宽。如铁中玉犯难救水冰心之祸，而自受祸几不免，应是侠肠；水冰心感恩移铁中玉养病，冒嫌疑而不惜，似为义举。然一为孤男，一为寡女，同居共宅，正贞淫莫辨之时，倘暧昧涉私，则前之义侠，皆付流水。若果如县臣所称，窥探而无欺暗室，则又擅千古风化之美，而流一时名教之光者也。臣等远无灼见之明，故前下行查之命。行查若此，似无可议。但县臣后任，只系耳闻，未经身历，不足服观听之心，一时难以定罪。伏望陛下降旨，着旧任县臣，将前事一一奏闻，庶清浊分而彰瘅有所公矣。"

天子点首称善，因降旨道："着旧历城县知县，将铁中玉养病情由，据实奏明，不许隐匿诬罔，钦此。"圣旨下了，顿时就传旨。原来前知县鲍梓行取到京，已钦选北直隶监察御史，此时正出巡真定府。见了报，知道铁中玉与水冰心已结了亲，因万谔疏参，故有此命，因满心欢喜道："铁翰林这头亲事，我原许与他成就，只因受了此职，东西奔走，竟未践前言，时时在念。近闻他已遵父命，结成此亲，我心甚喜。不期今日又有圣旨，命我奏明，正好完我前日之愿。"因详详细细复了一本道：

直隶监察御史臣鲍梓谨奏，为遵旨回奏事：

窃以义莫义于救人于危，侠莫侠于临事不畏，贞莫贞于暗室不欺，烈莫烈于无媒不受。臣于某年月日，蒙恩选知历城县事，臣虽不才，莅任之后，每留心名教，以扬朝廷风化之美。

　　适值学士过隆栋有子过其祖,闻兵部侍郎今升尚书水居一之女水冰心之美,授聘为妻,托府臣命臣为媒。时臣为属官,不敢逆府臣之命。时水居一被谪,因见水居一之弟水运,道达府臣与过其祖求其侄女水冰心之意。水运言之水冰心者再四,始邀其允。凡民间允亲,以庚帖为主。水运既允,因送庚帖于过宅。孰知水冰心正女也,无父命焉敢自嫁?为叔水运催逼甚急,水冰心又智女也,因将水运亲女之庚帖以为庚帖,而水运愚不知也。及至于归,水冰心执庚帖非是,不往,而水运事急,因以亲女往焉。过其祖以误受帖,不能有言。此水冰心一戏过其祖者也。

　　既而过其祖情不能甘,暗改庚帖,以朝期为召,欲邀水冰心会亲而劫者。焉孰知水冰心侠女之俏胆泼天,偏许其往,使其遍请贵戚,大设绮筵;又偏肩舆及门,又使其鹊跃于庭,以为得计;然后借鼓声之音,以发其奸状,突然而返,追之不及。此水冰心二戏过其祖者也。

　　过其祖心愈恨而谋愈急,因访知水冰心秋祭于南庄,便伏多人于野,以为抢劫之计。孰知水冰心奇女也,偏盛其骈舆,招摇而往,招摇而还,以为抢劫之标。及其抢劫而归,众诸亲为荣观焉,乃启轿而空无人,唯大小石块,一黄袱而已,于时喧传以为笑。此水冰心三戏过其祖者也。

　　过其祖受此三戏,其情愈迫,因假写水居一复职之报条,遣多人口称圣旨往报焉。水冰心闻有圣旨,不敢不出,因堕其术中,而群劫之往。孰知水冰心烈女也,暗携利刃,往而欲刺焉。适铁中玉游学至此,无心恰遇之,怪其唐突,而相哄于道,同结至县堂而告臣。臣问出其故,因叱散众人,而送水冰心归,欲彼此相安于无事也。

　　不意过其祖怏怏焉,不得于水,欲甘心于铁焉。因授计寺僧,而铁中玉病危矣。铁中玉病危,铁中玉不自知,幸水冰心仁女也,感其救己之恩,而不忍坐视其死,因秘计而移之归,迎医而理其病,且冒嫌疑,而不惜犯物议而安焉。非青天为身,白日为心,不敢也。过其祖闻而愈怒焉,因以暧昧污辱之,欲令臣正名教罪之,宣风化惩之。臣待罪一县,则一县之名教风化,实在其职,臣何敢不问?但思同此男女之情态,淫从此出,贞亦从此出也,又何敢不见不闻尽坐以小人哉?万不得已,因遣善窥探门役单祜,潜往窥探之,始知铁中玉君子也,水冰心淑女也,隔帘以见,不以冥冥废礼,异席分饮,又不以娇娇废情。谈者道义,论者经权。言事则若山,不至过于良友;诠理则迎机,不啻明师。并无半语及私,一言不慎。且彼此归感而有喜心,内外交言而无愧色。诚古今之名教之后而合正者也。

臣闻见之,不胜欢美。因思白璧不易成双,明珠应难获对,天既生铁中玉之义男儿,天复生水冰心之侠女子,夫岂无意!臣因就天意思之,非铁中玉而水冰心无夫,非水冰心而铁中玉无妇矣。故以媒自任,而往见铁中玉,劝其结朱陈之好,以为名教光。孰知铁中玉正以持己,礼以洁身,闻臣言怒以为污辱,已肆曲而行,意不俟驾。其磨不磷、涅不淄,豪杰之士也。臣即欲上闻,因臣职卑,必欲转详转申,最为多事;而正不料天意果不虚生,后复因铁中玉力保侯孝之事,水居一由此赦还,因而缔结朱陈。此虽人事,实天意成全,臣闻知不胜欣快,以为良缘佳偶,大为名教吐色。

不意御史万谔,不知始末详细,误加参劾,致蒙圣恩下询往事,正遂凤心。臣不胜雀跃,谨将前事,据实一一奏闻。揆之于义,义莫义于此矣;按之于侠,侠莫侠于此矣;考之贞烈,贞烈莫过于此矣。

伏乞圣明鉴察,特加旌异,以为圣世名教风化之光,臣无任感激待命之至。

鲍梓本上了,天子览过,龙颜大悦道:"原来水冰心有如许妙用,真奇女子也;铁中玉又能不欺暗室,真是天生佳偶,言官安得妄奏!"就要降旨褒美。当不得仇太监通了秉笔的太监,要他党护。秉笔太监因乘间奏道:"铁中玉与水冰心同居一室,此贞淫大关头也。今止凭鲍梓遣下役单祐一窥,即加褒美,设有奸诡情出,岂不辱及朝廷?且奴婢看铁中玉与水冰心,自上本内说的话,大有可疑。"天子道:"有何可疑?"秉笔太监道:"铁中玉本上说:'两番花烛,止有虚名,二姓之欢,尚未实结。'水冰心本上说:'于今已谐花烛,而两心犹惶惶不安,必异室而居者,正以炼黄金之刚,而保白璧之洁也。'据他二人自夸之言看来,则今日水冰心犹处子也,恐无此理。倘今日之自夸过甚,则前日之誉言,未免不失情也。伏乞皇爷再加详察。"天子道:"既如此,可将铁中玉、水冰心并诸臣,限明日午朝俱召至便殿,待朕亲问。"

秉笔承旨,传与阁臣,阁臣即传与外庭。众臣闻了,谁敢不遵?因于

次日午朝,齐齐集于便殿。正是:

> 白日方垂照,浮云忽蔽焉。
>
> 岂知云散尽,依旧见青天。

不一时,天子驾坐便殿,百官朝贺毕,天子先召铁中玉上殿,铁中玉因鞠躬而入,拜伏于地。天子看见铁中玉少年秀美,心下欢喜,因问道:"向日打入养闲堂,救出韩愿妻女的是你么?"铁中玉应道:"正是臣。"天子又问道:"前日力保侯孝的是你么?"铁中玉又应道:"正是臣。"天子道:"既两事俱是汝,则汝之胆识,诚可嘉矣。然胆识犹才气之能,如县臣所称,养病于水冰心家,而孤男寡女,五夜无欺,则古今之奇行矣。果有此事么?"铁中玉应道:"此事实有之,然非奇行,男女之礼,应如此也。"天子道:"此事虽有,然已往无可据矣。且问你上本说'两番花烛,止有虚名,二姓之欢,尚未实结',此又何故?"铁中玉奏道:"臣与水冰心因有养病之嫌,义无结亲之礼,乃迫于父命,不敢以变而废常,故勉承之而两番花烛也。若花烛而即结两姓之欢,则养病之嫌,终身莫辨矣。故臣与水冰心,至今犹分居而寝;非好为名高,盖欲钳众人之口,而待陛下之新命,以为人伦光耳。"天子听奏,欣然道:"据你所奏明,水冰心犹然处子也。"因召水冰心上殿。

水冰心闻命,即鞠躬而入,拜伏于地。天子展龙目一看,见水冰心貌疑花瘦,身似柳垂,一妩媚女子也。因问道:"你就是水冰心么?"水冰心朗朗答应道:"臣妾正是水冰心。"天子道:"由县臣鲍梓本上,称你三戏过其祖,才智过人,果有此事么?"水冰心因奏道:"臣妾一女子,焉敢戏弄过其祖? 只因臣父待罪边戍,臣妾一弱女家居,过其祖威逼太甚,避之不得,聊借此以脱祸耳。"天子又道:"你既知脱祸,怎不避嫌? 却移铁中玉于家养病?"水冰心道:"欲报人恩,故小嫌不敢避也。"天子又笑道:"当日陌路且不避嫌,今日奉父命成婚,反异室而居,又何避嫌之甚?"水冰心道:"当日之嫌,一时之嫌也,设有谤言,从夫而即白;今日之嫌,终身之嫌也,若不存原体以自明,则今日之良人,即前日之陌路,剖心莫辨,沥血难明。今日蒙恩召见,却将何颜以对陛下?"天子听了大喜道:"若果存原体,则汝二人又比梁鸿、孟光加一等矣。朕当为汝明之。"因传旨命太监四人,引入朝见皇后,就命皇后召宫人验试水冰心,果系处女否。四太监领旨,遂将水冰心引了入去。正是:

> 白玉不开终是璞,黄金未炼尚疑沙。

两番花烛三番结,始有芳名万古夸。

四太监引水冰心入后宫去朝见皇后。不多时,即有两个先来回旨道:"娘娘奉旨,即着老成宫人试验水冰心三遍,俱称实系处子。娘娘甚喜,留住赐茶,先着奴婢回奏。"天子听了,满心欢喜,因对阁臣说道:"铁中玉与水冰心已经奉父母之命,两番花烛,而犹然不肯失身,欲以保全名节,以表名教,以美风化,则前之养病,五夜无欺,今表明矣。真好逑中之出类拔萃者也。若非朕召来亲问,而听信浮言,岂不亏此美节奇行?"因召过隆栋问道:"汝身为大臣,不能训子安分,乃任其三番抢劫,若非水冰心多才善御,为其所辱久矣。强梁骄横,罪已不赦,乃复肆为毁谤,几致白璧受青蝇之玷,又行贿买嘱县臣,大非法纪!"过隆栋见天子诘责,慌忙无措,只得免冠伏地奏道:"臣非毁谤,实不知铁中玉与水冰心有此暗室不欺之美行。"

天子又召万谔诘责道:"汝为御史,当采幽察隐,为朕表章大化;奈何听道路浮言,诬蔑侠烈,朕若误听,岂不有伤名教?"万谔闻责,惊得汗流浃背,唯伏地叩头不已。天子又召韦佩嘉奖道:"汝一新进知县,能持正敢言,不避权贵,且言言得实,事事不诬,诚可嘉也。"因命阁臣拟旨。阁臣因拟旨道:

朕闻人伦以持正为贵,而持正于临变之际为尤贵;节义以不渝为奇,而不渝于暧昧之时为更奇。

水冰心一弱女也,能不动声色,而三御强暴,已不寻常矣;又能悄然解人于危病以报恩,且又能安然置身于嫌疑而无愧,其慧心俏胆,明识定力,又谁能及之?至其所最不可及者,琴瑟已谐,钟鼓已乐,而犹然励坚贞于自持,表清洁于神明,此诚女子中之以贤圣自持者也。

铁中玉既能出韩愿于虎穴,又能识侯孝于临刑,义侠信乎天成者矣。若夫水冰心一案,陌路救援,如至亲骨肉;燕居密迹,如畏敬大宾。接谈交饮,疏不失情;正视端容,亲不及乱。从心所欲,而名教出焉;率性以往,而礼可不没。至若已系赤绳,犹不苟合,诚冥冥不堕行之君子也。以铁中玉之君子,而配水冰心之淑女,诚可谓义侠好逑矣。朕甚嘉焉!其超进铁中玉为学士,水冰心为夫人,赐黄金百两,彩缎百端,宫袍宫衣各十袭,乌纱、鸾冕各一领,撤御前金莲鼓乐旌彩,迎归重结花烛,以为名教之宠荣。

　　水居一、铁英义教子女，善结婚姻，俱褒进一阶。韦佩申详无隐，报命不欺，具见骨鲠之风，任满钦取重用。鲍梓复奏详明，留意人材有素，朕甚嘉焉！过隆栋纵子毁贤，本当重处，姑念经筵旧绩，着降三级。万谔奏劾不当，罚俸半年。过其祖三行抢劫，放肆毒谋，谋虽未遂，情实可恶，着该县痛儆一百，少惩其横。

　　呜呼！有善弗彰，人情谁劝；有恶勿瘅，王法何为？朕不敢私，众其共懔！特谕。

　　阁臣才拟完圣谕，水冰心蒙娘娘赐了许多珠翠宝物，着四太监领出见驾谢恩。天子大喜道："女子守身非偶者，古今尚有之，从未有君子淑女相为悦慕，已结丝萝，而犹不肯草草合卺，以防意外之谗，如汝之至清至白者也。今日重结花烛，万姓观瞻，殊令名教生辉也。汝归，宜益懋俊德，以彰风化。"铁中玉、水冰心与众臣一齐谢恩，欢声如雷。侍臣得旨，此时撤出金莲宝烛，一对一对，已点得辉辉煌煌；合奏的御乐，一声一声，已吹得悠悠扬扬；排列的旗帜，一行一行，已摆得花花绿绿。铁中玉与水冰心，簇拥而归，十分荣幸。正是：

　　　　名花不放不生芳，美玉不磨不生光。

　　　　不是一番寒彻骨，怎得梅花扑鼻香？

　　铁中玉与水冰心迎回到家，先拜过天地，再排香案，谢过圣恩；然后再拜父母，重结花烛。只因这一番是奉圣旨之事，满城臣民，皆轰传二人是义夫侠妇，无不交口称扬。唯过学士被降，又见儿子被责，不胜悔，又不胜怒，追究耸使之人，将成奇尽情处治。万谔被罚，十分没趣。水运虽做个漏网之鱼，然惊出一场大病，因回心感赞哥哥、侄女用情，不敢再萌邪念。仇太监见圣上如此处分，也不敢再蒙邪念。正是：

　　　　奸人空自用机心，到底仇深祸亦深。

　　　　何不回心做君子，自然人敬鬼神钦。

　　铁中玉与水冰心这番心迹表明，直如玉洁冰清，毫无愧怍，方欢欢喜喜，真结花烛。这一日，在洞房中安排喜宴同饮，彼此交谢。铁中玉谢水冰心，亏她到底守身，掩尽谗人之口；水冰心谢铁中玉，亏他始终不乱，大服天子之心。饮毕合卺。众侍妾拥入洞房，只见翠帏停烛，锦帐熏香，良人似玉，淑女如花，共效名教于飞之乐，十分完满。后人有诗赞之曰：

　　　　三番花烛始于归，表正人伦是与非。

坐破贞怀唯自信，闭牢心户许推依。

义将足系红丝美，礼作车迎金钿肥。

漫道一时风化正，千秋名教有光辉。

铁中玉与水冰心，自结亲之后，既美且才，美而又侠，闺中风雅之事，不一而足，种种俱堪传世，已谱入二集，兹不复赘。

定 情 人

目　录

第 一 回

本天伦谈性命之情　遵母命游婚姻之学

诗曰：

> 好色原兼性与情，故令人欲险难平。
> 苦依胡如何曾死，归对黎涡尚突生。
> 况是轻盈过燕燕，更加娇丽胜莺莺。
> 若非心有相安处，未免摇摇作筛旌。

话说先年，四川成都府双流县，有一个宦家子弟姓双，因母亲文夫人梦太白投怀而生。遂取名做双星，表字不夜。父亲双佳文曾做过礼部侍郎。这双星三岁上，就没了父亲，肩下还有个兄弟叫做双辰，比双星又小两岁。兄弟二人因父亲亡过，俱是双夫人抚养教训成人。此时虽门庭冷落，不比当年，却喜得双星天生颖异，自幼就聪明过人，更兼姿容秀美，矫矫出群。年方弱冠，早学富五车，里中士大夫见了的，无不刮目相待。

到了十五岁上，偶然出来考考耍子，不斯竟进了学。送学那一日，人见他簪花挂彩，发覆眉心，脸如雪团样白，唇似朱砂般红，骑在马上，迎将过去，更觉好看。看见的无不夸奖，以为好个少年风流秀才，遂一时惊动了城中有女之家，尽皆欣羡，或是央托朋友，或是买嘱媒人，要求双星为婿。不期双星年纪虽小，立的主意倒甚老成，自小儿有人与他说亲，他早只是摇头不应。母亲还只认他做孩提，不知其味，孟浪回人。

及到了进学之后，有人来说亲，他也只是摇头不允。双夫人方着急问他道："婚室乃男子的大事，你幸已长成，又进了个学，又正当授室之时，为何人来说亲，不问好丑，都一例辞去，难道婚姻是不该做的？"双星道："婚姻关乎宗嗣，怎说不该？但孩儿年还有待，故辞去耳。"双夫人道："娶虽有待，若有门当户对的，早定下了，使我安心，亦未为不可。"双星道："若论门户，时盛时衰，何常之有，只要其人当对耳。"双夫人道："门户虽盛衰不常，然就眼前而论，再没有个不检盛而检衰的道理。若说其人，深藏闺阁之中，或是有才无貌；或是有貌无才，又不与人相看，哪里知道他当对不当对。大约婚姻乃天所定,有赤绳系足,非人力所能勉强。莫若定了一个,便完了一件,我便放一件心。"双星道:"母亲吩咐,虽是正理,但天心茫昧,无所适从,而人事却有妍有媸,活泼泼在前,亦不能尽听天心而自不做主,然自之做主,或正是天心之有在也。故孩儿欲任性所为,以合天心,想迟速高低定然有遇,母亲幸无汲汲。"双夫人一时说他不过,只得听他。

又过了些时,忽一个现任的显宦,央缙绅媒人来议亲。双夫人满心欢喜,以为必成,不料双星也一例辞了。双夫人甚是着急,自与儿子说了两番,见儿子不听,只得央了他一个同学最相好的朋友,叫做庞襄,劝双星说道:"令堂为兄亲事十分着急,不知兄东家也辞,西家也拒,却是何意,难道兄少年人竟不娶么?"双星道:"夫妇五伦之一,为何不娶?"庞襄道:"既原要娶,为何显宦良姻,亦皆谢去?"双星道:"小弟谢去是非且慢讲,且请教吾兄所说的这段亲事,怎见得就是显宦,就是良姻?"庞襄道:"官尊则为显宦,显宦之女,门楣荣耀,则为良姻。人人皆知,难道兄转不知?"

双星听了大笑道:"兄所论者,皆一时之浅见耳。若说官尊则为显宦,倘一日罢官降职,则宦不显矣。宦不显而门楣冷落,则其女之姻,良乎不良乎?"庞襄道:"若据兄这等思前想后,说起来,则是天下再无良姻矣。"双星道:"怎么没有?所谓良姻者,其女出周南之遗,住河洲之上,关雎赋性,窈窕为容,百两迎来,三星会合,无论宜室宜家,有鼓钟琴瑟之乐。即不幸而贫贱,糟糠亦画春山之眉而乐饥,赋同心之句而偕老,必不以夫子偃蹇,而失举案之礼,必不以时事坎坷,击乖唱随之情。此方无愧于伦常,而谓之佳偶也。"

庞襄听了,也笑道:"兄想头到也想得妙,议论到也议得奇,若执定这个想头议论去娶亲,只怕今生今世娶不成了。"双星道:"这是为何?"庞襄道:"孟光虽贤却百非绝色,西施纵美岂是淑人?若要兼而有之,哪里去寻?"双星道:"兄不要看得天地呆了,世界小了。天地既生了我一个双不夜,世界中便自有一个才美兼全的佳人与我双不夜作配。况我双不夜胸中又读了几卷诗书,笔下又写得出几篇文字,两只眼睛,又认得出妍媸好歹,怎肯匆匆草草,娶一个语言无味,面目可憎的丑妇,朝夕与之相对?况小弟又不老,便再迟三五年也不妨。兄不要替小弟担忧着急。"庞襄见说不入,只深别了,报知双夫人道:"我看令郎之意,功名他所自有,富贵二字全不在他心上。今与媒人议亲，叫他不要论门楣高下，只须访求一个绝色女子，与令郎自相中意，方才得能成事。若只管泛泛撮合，断然无用。"双夫人听了，点头道是，遂吩咐媒人各处去求绝色。

过不得数日，众媒人果东家去访，西家去寻，果张家李家寻访十数家出类拔萃的标致女子，情愿与人相看，不怕人不中意。故双夫人又着人请了庞襄来，央他撺掇双星各家去看。双星知是母命，只得勉强同着庞襄各家去看。庞襄看了，见都是十六、七、八岁的女子，生得乌头绿鬓，粉白脂红，早魂都消尽，以为双星造化，必然中意。不期双星看了这个嫌肥，那个嫌瘦，不厌其太赤，就怪其太白，并无一人看得入眼，竟都回复了来家。

庞襄不禁急起来，说道："不夜兄，莫怪小弟说，这些女子，夭夭如桃，盈盈似柳，即较之沉鱼落雁，闭月羞花，也自顾不减，为何不夜兄竟视之如闲花野草，略不注目凝盼，无乃矫之太过，近于不情乎？"双星道："吾非情中人，如何知情之浅深？所谓矫情者，事关利害，又属众目观望，故不得不矫喜为怒，以镇定人心。至于好恶之情，出之性命，怎生矫得？"庞襄道："吾兄矫情，难道这些娇丽女子，小弟都看得青黄无主，而仁兄独如司空见惯，而无一人中意，岂尽看得不美耶？"双星道："有女如玉，怎说不美。美固美矣，但可惜眉目无咏雪的才情，吟风的韵度，故少逊一筹，不足定人之情耳。"

庞襄道："小弟兄以为兄全看得不美，则无可奈何。既称美矣，则姿容是实，那些才情韵度，俱属渺茫，怎肯舍去真人物，而转捕风捉影，去求那些虚应之故事，以缺宗嗣大伦，而失慈母之望，岂仁兄大孝之所出。莫若勉结丝萝，以完夫妻之案。"双星道："仁兄见教，自是良言。但不知夫妻之伦，却与君臣父子不同。"庞襄道："且请教有何不同？"双星道："君臣父子之伦，出乎性者也，性中只一忠孝尽之矣。若夫妻和合，则性而兼情者也。性一兼情，则情生情灭，情浅情深，无所不至，而人皆不能自主。必遇魂消心醉之人，满其所望，方一定而不移。若稍有丝忽不甘，未免终留一隙。小弟若委曲此心，苟且婚姻，而强从台教，即终身无所遇，而琴瑟静好之情，尚未免歉然。倘侥幸击再逢道蕴、左嫔之人于江皋，却如何发付？欲不爱，则情动于中，岂能自制；若贪后弃前，薄幸何辞？不识此时，仁兄将何教我？"

庞襄道："意外忽逢才美，此亦必无之事。设或有之，即推阿娇之例，贮之金屋，亦未为不可。”双星笑道：“兄何看得金屋太重，而才美女子之甚轻耶？倘三生有幸，得遇道蕴、左嫔其人者，则性命可以不有，富贵可以全捐。虽置香奁首座以待之，犹恐薄书生无才，不亵于归，奈何言及金屋？金屋不过贮美人之地，何敢辱我才慧之淑媛？吾兄不知有海，故见水即惊耳。”

庞襄道：“小弟固不足论，但思才美为虚名虚誉，非实有轻重短长之可衡量。桃花红得可怜，梨花白得可爱，不知仁兄以何为海，以何为水？”双星道：“吾亦不自知孰为轻重，孰为短长，但凭吾情以为衡量耳。”

庞襄道：“这又是奇谈了。且请教吾兄之情，何以衡量？”双星道：“吾之情，自有吾情之生灭浅深，吾情若见桃花之红而动，得桃花之红而即定，则吾以桃红为海，而终身愿与偕老矣。吾情若见梨花之白而不动，即得梨花之白而亦不定，则吾以梨花为水，虽一时亦不愿与之同心矣。今蒙众媒引见，诸女子虽尽是二八佳人，翠眉蝉鬓，然觌面相亲，奈吾情不动何！吾情既不为其人而动，则其人必非吾定情之人。实与兄说吧，小弟若不遇定情之人，情愿一世孤单，决不肯自弃，我双不夜之少年才美，拥脂粉而在衾被中做聋聩人，虚度此生也。此弟素心也，承兄雅爱谆谆，弟非敢拒逆，奈吾情如此，故不得不直直披露，望吾兄谅之。”庞襄听了，惊以为奇。知不可强，遂别去，回复了双夫人。双夫人无可奈何，只得又因循下了。正是：

纷丝纠结费经纶，野马狂奔岂易驯。

情到不堪宁贴处，必须寻个定情人。

过了些时，双夫人终放心不下，因又与双星说道：“人生在世，唯婚宦二事最为要紧，功名尚不妨迟早，唯此室家，乃少年必不可缓之事。你若只管悠悠忽忽，叫我如何放得心下。”双星听了，沉吟半晌道：“既是母亲如此着急，孩儿也说不得了，只得要上心去寻一个媳妇来，侍奉母亲了。”双夫人听了，方才欢喜道：“你若肯自去寻亲，免得我东西求人，更觉快心，况央人寻来之亲，皆不中你之意，但不知你要在哪里去寻？”双星道：“这双流县里，料想寻求不出。这成都府中，悬断也未便有。孩儿只得信步而去，或者天缘有在，突然相遇，也不可知，哪里定得地方？却喜兄弟在母亲膝下，可以代孩儿侍奉，故孩儿得以安心前去。”

双夫人道：“我在家中，你不须记挂。但你此去，须要认真了辗转反侧的念头，先做完了好逑的题目，切莫要又为朋友诗酒流连，乐而忘返。”

双星道："孩儿怎敢。"双夫人又说道："我儿此去，所求所遇，虽限不得地方，然出门的道路，或山或水，亦必先定所向往，须与娘说明，使娘倚闾有方耳。"双星道："孩儿此去，心下虽为婚姻，然婚姻二字，见人却说不出口，只好以游学为名。窃见文章气运，闺秀风流，莫不胜于东南一带，孩儿今去，须由广而闽，由闽而浙，以及大江以南，细细去游览那山川花柳之妙。孩儿想地灵人杰，此中定有所遇。"

双夫人听见儿子说得井井凿凿，知非孟浪之游，十分欢喜。遂收拾冬裘夏葛，俱密缝针线，以明慈母之爱。到临行时，又忽想起来，取了一本父亲的旧同门录，与他道："你父亲的同年故旧，天下皆有，虽丧亡过多，或尚有存者。所到之处，将同门录一查自知，若是遇见，可去拜拜，虽不望他破格垂青，便小小做个地主，也强似客寓。"双星道："世态人情，这个哪里望得。"双夫人道："虽说如此，也不可一例抹杀。我还依稀记得，你父亲有个最相厚的同年，曾要过继你为子，又要将女儿招你为婿，彼时说得十分亲切。自从你父亲亡后，到今十四、五年，我昏懂懂的，连那同年的姓名都记忆不起了。今日说来，虽都是梦话，然你父亲的行事，你为子的，也不可不知。"双星俱一一领受在心。

双夫人遂打点盘缠，并土仪礼物，以为行李之备。又叫人整治酒肴，命双辰与哥哥送行。又拣了一个上好出行的日子，双星拜辞了母亲，又与兄弟拜别，因说道："愚兄出外游学，负笈东南，也只为急于缵述前业，光荣门第，故负不孝之名，远违膝下。望贤弟在家，母亲处早晚殷勤承颜侍奉，使我前去心安。贤弟学业，亦不可怠惰。大约愚兄此去三年，学业稍成，即回家与贤弟聚首矣。"说完，使书童青云、野鹤，挑了琴剑书箱，铺程行李，出门而去。双夫人送至大门，依依不舍。双辰直送到二十里外，方才分手，含泪归家。双星登临大路而行。正是：

　　琴剑翩翩促去装，不辞辛苦到他乡。
　　尽疑负笈求师友，谁道河洲荇菜忙。

双星上了大路，青云挑了琴剑书箱，野鹤负了行囊衾枕，三人逢山过山，遇水渡水。双星又不巴家赶路，又不昼夜奔弛，无非是寻香觅味，触景生情，故此在路也不计日月，有佳处即便停留，或登高舒啸，或临流赋诗，或途中连宵僧舍，或入城竟日朱门，遇花赏花，见柳看柳。又且身边盘费充囊，故此逢州过府，穿县游村，毕竟要流连几日，寻消问息一番，方才起行。

　　早过了广东,又过了福建,虽见过名山大川,接见了许多名人韵士,隐逸高人,也就见了些游春士女,乔扮娇娃,然并不见一个出奇拔类的女子,心下不觉骇然道:"我这些时寻访,可谓尽心竭力,然并不见有一属目之人,与吾乡何异?若只如此访求,即寻遍天涯,穷年累月,老死道途,终难邀淑女之怜,岂不是水中捞月,如之奈何?"

　　想到此际,一时不觉兴致索然,怏怏不快。因又想道:"说便是如此说,想便是如此想,然我既具此苦心,岂可半途隳念,少不得水到成渠,决不使我空来虚往。况且从来闺秀,闺阃藏娇,尚恐春光透泄,岂在郊原岑隰之间,可遇而得也。"因又想道:"古称西子而遇范伯,岂又是空言耶?还是我心不坚耳。"于是又勇往直前。正是:

　　　　天台有路接蓝桥,多少红丝系凤箫。

　　　　寻到关雎洲渚上,管教琴瑟赋桃夭。

　　双星主仆三人,在路上不止一日,早入了浙境。又行了数日,双星见山明水秀,人物秀雅,与他处不同,不胜大喜。因着野鹤、青云歇下行囊,寻问土人。二人去了半晌,来说道:"此乃浙江山阴会稽地方,到绍兴府不远了。"双星听了大喜道:"吾闻会稽诸暨、兰亭、禹穴、子陵钓台、苎萝若耶、曹娥胜迹,皆聚于此,虽是人亡代谢,年远无征,然必有基址可存。我今至此,岂可不游览一番,以留佳话。"只因这一番游览,有分教:

　　　　溪边钓叟说出前缘,兰室名姝重提往事。

　　不知双星所遇何人,且听下回分解。

第 二 回
负笈探奇不惮山山还水水　逢人话旧忽惊妹妹拜哥哥

词曰：

> 随地求才，逢花问色，一才一色何曾得。无端说出旧行藏，忽然透出真消息。他但闻名，我原不识，这番相见真难测。莫惊莫怪莫疑猜，大都还是红丝力。

——右调《踏莎行》

　　双星一路来，因奉母命，将父亲的同门录带在囊中，遂到处查访几个年家去拜望。谁知人情世态，十分冷淡，最殷勤的款留一茶一饭足矣，还有推事故不相见的。双星付之一笑。及到了山阴会稽地方，不胜欢喜，要去游览一番。遂不问年家，竟叫青云、野鹤去寻下处。二人去寻了半日，没有洁净的所在，只有一个古寺，二人遂走进寺中，寻见寺僧说知。寺僧听见二人说是四川双侍郎的公子，今来游学，要借寺中歇宿，便不敢怠慢，连忙应承。

　　随即穿了袈裟，带上毗卢大帽，走出山门，躬身迎接道："山僧不知公子远来，有失迎迓勿罪。"遂一路迎请双星入去。双星到了山门，细看匾上是惠度禅林。到了大殿，先参礼如来，然后与寺僧相见。相见过，因说道："学生巴蜀，特慕西陵遗迹，不辞远涉而来，一时未得地主，特造上刹，欲赁求半榻以容膝，房金如例。"

　　寺僧连忙打恭道："公子乃名流绅裔，为爱清幽，探奇寻趣，真文人高雅之怀。小僧自愧年深萧寺，倾圮颓垣，不堪以榻陈蕃，既蒙公子不弃，小僧敢不领命。"不一时，送上茶来。双星因问道："老师法号，敢求见教。"寺僧道："小僧法名静远。"双星："原来是静老师。"因又问道："方才学生步临溪口，适见此山青峦秀色，环绕寺门，不知此山何名？此寺起于何代？乞静老师指示。"

　　静远道："此山旧名剡山。相传秦始皇东游时，望见此中有王气，因凿断以泄地脉，后又改名鹿胎山。"双星道："既名剡山，为何又名鹿胎？

寺名惠度,又是何义?"静远道:"有个缘故。此寺乃小僧二百四十六代先师所建,当时先师姓陈,名惠度,中年弃文就武。一日猎于此山,适见一鹿走过,先师弯弓射中鹿腹。不期此鹿腹中有孕,被箭伤胎,逃入山中,产了小鹿。先师不舍,赶入山追寻,只见那母鹿见有人来,忽作悲鸣之状。先师走至鹿所,不去惊他,那母鹿见小鹿受伤,将舌舔小鹿伤处。不期小鹿伤重,随舔而死。那母鹿见了,哀叫悲号,亦即跳死。先师见了,不胜追悔,遂将二鹿埋葬,随即披剃为僧,一心向佛,后来成了正果。因建此寺,遂名惠度寺。"双星道:"原来有这些出处。"遂又问这些远近古迹,静远俱对答如流。双星大喜,因想道:"果然浙人出言不俗,缁流亦是如此。"

静远遂起身邀公子弯弯曲曲,到三间雪洞般的小禅房中来。双星进去一看,果然幽雅洁净,床帐俱全。因笑对静远道:"学生今日得一佛印矣。"静远笑道:"公子实过坡公,小僧不敢居也。"青云、野鹤因将行李安顿,自去了。不一时,小沙弥送上茶点,静远与双公子二人谈得甚是投机,双星欢然住下歇宿不提。

到了次日,双星着野鹤看守行李,自带了青云去,终日到那行云流水,曲径郊原,恣意去领略那山水趣味。忽一日行到千岩竞秀,万壑争流,古木参天之处,忽见一带居民,在山环水抱之中,十分得地。双星入去,见村落茂盛,又见往来之人,徐行缓步,举动斯文,不胜称羡。暗想道:"此处必人杰地灵,不然,亦有隐逸高士在内。"

因问里人道:"借问老哥,此处是什么地方?"那人道:"这位相公,想是别处人,到此游览古迹的了。此处地名笔花墅,内有梦笔桥,相传是江淹的古迹,故此为名。内有王羲之的墨池,范仲淹的清白堂,又有越王台、蓬莱阁、曹娥碑、严光墓,还有许多的胜迹,一时也说不尽,相公就在这边住上整年,也是不厌的。"双星听见这人说出许多名胜的所在,不胜大喜,遂同青云慢慢的依着曲径,沿着小河而来。正是:

关关雎鸟在河洲,草草花花尽好遽。

天意不知何所在,忽牵一缕到溪头。

却说这地方,有一大老,姓江名章,字鉴湖,是江淹二十代的玄孙,祖居于此。这江章少年登第,为官二十余年,曾做过少师。他因子嗣艰难,宦途无兴。江章又虑官高多险,急流勇退。到了四十七岁上,遂乞休致仕,同夫人山氏回家,优游林下,要算做一位明哲保身之人了。在朝为官时，山氏夫人一夜忽得一梦，梦入天官，仙女赐珠一粒，江夫人拜而受之，因而有孕。到了十月满足，江夫人生下一个女儿。使侍女报知老爷，江章大喜。因夫人梦得珠而生，遂取名蕊珠，欲比花蕊夫人之才色。这蕊珠小姐到六、七岁时，容光如洗，聪明非凡。江章夫妻，视为掌上之珠，与儿子一般，竟不作女儿看待。后归，闲居林下，便终日教训女儿为事。这蕊珠小姐，一教即知。到了十一、二岁，连文章俱做得可观，至于诗词，出口皆有惊人之句。江章对夫人常说道："若当今开女科试才，我孩儿必取状元，惜乎非是男儿。"江夫人道："有女如此，生男也未必胜她。"

　　这蕊珠小姐十三岁，长成得异样娇姿，风流堪画。江章见她长成，每每留心择婿，必欲得才子配之方快。然一时不能有中意之人，就有缙绅之家，闻知他蕊珠小姐才多貌美，往往央媒求聘，江章见人家子弟，不过是膏粱纨绔之流，俱不肯应承。这年蕊珠小姐已十四岁了，真是工容俱备，德性幽闲。江章、夫人爱她，遂将那万卉园中拂云楼收拾与小姐为卧室。又见她喜于书史，遂将各种书籍堆积其中。因此，楼上有看不尽的诗书，园中有玩不了的景致。又有两个侍女，一名若霞，一名彩云，各有姿色，唯彩云为最，蕊珠小姐甚是喜她。小姐在这拂云楼上，终日吟哦弄笔，到了绣倦时，便同彩云、若霞下楼进园看花玩柳，见景即便题诗，故此园亭四壁，俱有小姐的题咏在上。这蕊珠小姐，真是绮罗队里，锦绣丛中，长成过日，受尽了人间洞府之福，享尽了宰相人家之荣，若不是神仙天眷，也消受不起。

　　且说这日江章闲暇无事，带领小童，到了兰渚之上，绿柳垂荫之下，灵圮桥边，看那湍流不息。小童忙将绣墩放下，请江章坐了，取过丝纶，钓鱼为乐。恰好这日双星带着青云，依着曲径盘旋，又沿着小河，看那涓涓逝水。走到灵圮桥，忽见一个老者坐着，手扫执丝纶，端然不动。双星立在旁边，细细将那老儿一看，只见那老者：

　　半垂白发半乌头，自是公卿学隐流。

　　除支桐江兼渭水，有谁能具此纶钩。

　　双星看了，不免骇然惊喜道："此老相貌不凡，形容苍古，必是一位用世之大隐君子，不可错过。"因将巾帻衣服一整，缓步上前，到了这老者身后，低低说道："老先生是钓鳌巨手，为何移情于此巨口之细鳞，无亦仿蹈海之遗意乎？"那老者看见水中微动，有鱼戏钩，正在出神之际，忽听见有

人与他说话,忙抬头一看,只见一个儒雅翩翩少年秀士,再将他细细看来,但见:

亭亭落落又翩翩,貌近风流文近颠。

若问少年谁得似,依稀张绪是当年。

老者看见他人物秀美,出口不俗,行动安详,不胜起敬,因放下丝纶,与他施礼。礼毕,即命小童移过小杌,请他坐下,笑着说道:"老夫年迈,已破浮云。今日午梦初回,借此适意,然意不在得鱼耳,何敢当足下过誉!"双星道:"鱼爱香饵,人贪厚爵。今老先生看透机关,借此游戏,非高蹈而何?"江章笑道:"这种机关,只可在功成名遂之后而为。吾观足下,英英俊颜,前程远大,因何不事芸窗,奔走道路,且负剑携琴,而放诞于山水之间,不知何故?然而足下声音非东南吉士,家乡姓名,乞细一言,万勿隐晦。"双星见问,忙打一恭:"小子双星,祖籍四川。先君官拜春卿,不幸早逝,幼失庭趋,自愧才疏学陋,虽拾一芹,却恨偏隅乏友,磋琢无人,故负笈东南,寻师问难,寸光虚度,今年十九矣。"

那老者听见双星说出姓名家乡,不觉大惊道:"这等说来,莫非令尊台讳文么?"双星忙应:"正是。"那老者听了大喜,忙捻着白须笑嘻嘻说道:"大奇,大奇,我还疑是谁家美少年,原来就是我双同年结义之子。十余年来,音信杳然,我只认大海萍踪,无处可觅,不期今日无心恰恰遇着,真是奇逢了。"双星听了,也惊喜道:"先君弃世太早,小侄年幼,向日通家世谊,漠然不知。不知老年伯,是何台鼎?敢乞示明,以便登堂展拜。"

那老者道:"老夫姓江名章,字鉴湖,祖居于此。向年公车燕地,已落孙山,不欲来家,遂筑室于香山,潜心肄业,得遇令先尊,同志揣摹,抵足连宵,风雨无间。又蒙不弃,八拜订交,情真手足。幸喜下年春榜,我二人皆得高标。在京同官数载,朝夕盘桓。这年育麟贤侄,同官庆贺,老夫亦在其中。因令堂梦太白入怀,故命名为星。将及三周,又蒙令先尊念我无子,又使汝拜我老夫妻为义父母。朝夕不离,只思久聚。谁知天道不常,一旦令先尊变故,茕茕子母无依,老夫力助令堂与贤侄扶枢回蜀。我又在京滥职有年,以至少师。因思荣华易散,过隙白驹,只管恋此乌纱,终无底止。又因后人无继,只得恳恩赐归,消闲物外,又已是数年余矣。每每思及贤母子,只因关山杳远,无便飞鸿,遂失存问。不期吾子少年,成立如斯,真可喜也。然既博青衫,则功名有待,也不必过急。寻师问学,虽亦贤者所为,然远涉荆湘,朝南暮北,与其寻不识面之师,又不如日近圣贤以图豁通贯。今吾子少年简练,想已久赋桃夭,获麟振趾,不待言矣。只不知令尊堂老年嫂别来近日如何? 家事如何? 还记得临别时,尚有幼子,今又如何? 可为我细言。"

双星听了这番始末缘由,不胜感叹道:"原来老伯如此施恩,愚侄一向竟如生于云雾。蒙问,家慈健饭,托庇粗安。先君宦囊凉薄,然亦无告于人。小侄年虽及壮,实未曾谐琴瑟之欢,意欲有待也。舍弟今亦长成矣。"江章道:"少年室家,人所不免。吾子有待之说,又是何意?"双星道:"小侄不过望成名耳,故此蹉跎,非有他见也。"江章听子大喜道:"既吾子着意求名,则前程不可知矣。但同是一学,亦不必远行,且同到我家,与你朝夕议论如何?"双星道:"得蒙大人肯授心传,小子实出万幸。"江章遂携了双星,缓步而归。正是:

出门原为觅奇缘,蓦忽相逢是偶然。

尽道欢然逢故旧,谁知恰是赤绳牵。

江章一路说说笑笑,同着双星到家。走至厅中,双星便要请拜见,江章止住,遂带了双星同入后堂,来见夫人道:"你一向思念双家元哥,不期今日忽来此相遇。"夫人听了又惊喜道:"我那双元哥在那里?"江章因指着双星道:"这不是。"江夫人忙定睛再看道:"想起当时,元哥还在怀抱,继名于我。别后数年,不期长成得如此俊秀,我竟认不得了。今日不期而会,真可喜也。"

双星见江老夫妻叫出他的乳名来,知是真情,连忙叫人铺下红毡,请二人上坐,双星纳头八拜道:"双星不肖,自幼迷失前缘,今日得蒙二大人指明方知,不独年谊,又蒙结义抚养为子,恩深义重,竟未展晨昏之报,罪若丘山矣! 望二大人恕之。"

江章与夫人听了大喜,即着人整治酒肴,与双公子洗尘。双星因问道:"不知二大人膝下,近日是谁侍奉?"江章道:"我自从别来,并未生子。还是在京过继你这一年,生了一个小女,幸已长成,朝夕相依,到也颇不寂寞。"双星道:"原来有个妹妹承欢,则辨弦咏雪,自不减斑衣了。"江章微笑道:"他人面前,不便直言,今对不夜,自家兄妹,怎好为客套之言。你妹子聪慧多才,实实可以娱我夫妻之老。"双星道:"贤妹仙苑明珠,自不同于凡品。"江夫人因接着说道:"既是自家兄妹,何不唤出来拜见哥哥。"

江章道："拜见是免不得的。趁今日无事,就着人唤出来拜见拜见也好。"

江夫人因唤过侍女彩云来,说道："你去拂云楼,请了小姐出来,与公子相见。若小姐不愿来,你可说双公子是自幼过继老爷为子的,与小姐有兄妹之分,应该相见的。"彩云领命,连忙走上拂云楼来,笑嘻嘻的说道:"夫人有命,叫贱妾来请小姐出去,与双公子相见。"蕊珠小姐听了,连忙问道:"这双公子是谁,为何要我去见他?"彩云道:"这个双公子是四川人,还是当初老爷夫人在京做官时,与双侍郎老爷有八拜之交,双侍郎生了这公子,我老爷夫人爱他,遂继名在老爷夫人名下。后来公子的父亲死了,双公子只得三岁,同他母亲回家,一向也不晓得了,今日老爷偶然在外闲行,不期而遇,说起缘故,请了来家。双公子拜见过老爷夫人了。这双公子仪表非俗,竟像个女儿般标致,小姐见时,还认他是个女儿哩。"

小姐听了,半晌道:"原来是他,老爷夫人也时常说起他不知如何了。只是他一个生人,怎好去相见?"彩云道:"夫人原说道,他是从小时拜认为子的,与小姐是兄妹一般,不妨相见。如今老爷夫人坐着立等,请小姐出去拜见。"小姐听了,见不能推辞,只得走近妆台前,匀梳发鬓,暗画双蛾,钗分左右,金凤当头。此时初夏的光景,小姐穿一件柳芽织锦绉纱团花衫儿,外罩了一件玄色堆花比甲,罗裙八幅,又束着五色丝绦,上缩着佩环,脚下穿着练白绉纱绣成荷花瓣儿的一双膝裤,微微露出一点红鞋。于是轻移莲步,彩云、若霞在前引导,不一时走近屏门之后,彩云先走出来,对老爷夫人说道:"小姐请来也。"

此时双星久已听见夫人着侍女去请小姐出来相见,心中也只道还是向日看见过的这些女子一样,全不动念。正坐着与夫人说些家事,忽见侍女走来说小姐来也,双星忙抬头一看。只见小姐尚未走出,早觉得一阵香风,暗暗的送来。又听见环佩丁当,那小姐轻云冉冉的,走出厅来。双星将小姐定睛一看,只见这小姐生得:

花不肥,柳不瘦,别样身材。珠生辉,玉生润,异人颜色。眉梢横淡墨,厌春山之太媚;眼角湛文星,笑秋水之无神。体轻盈,而金莲巍巍展花笺,指纤长,而玉笋尖尖笼彩笔。发绾庄老漆园之乌云,肤凝学士玉堂之白雪。脂粉全消,独存闺阁之儒风,诗书久见,时吐才人之文气。锦心藏美,分明是绿鬓佳人,彤管生花,孰敢认红颜女子。

双星忽看见蕊珠小姐如天仙一般走近前来,惊得神魂酥荡,魄走心驰。暗忖道："怎的他家有此绝色佳人。"忙立起身来迎接。那小姐先到父母面前，道了万福。夫人因指双星说道："这就是我时常所说继名于我的双家元哥了。今日不期而来，我孩儿与他有兄妹之分，礼宜上前相见。"小姐只得粉脸低垂，俏身移动，遂在下手立着。

双星连忙谦逊说："愚兄巴中远人，贤妹瑶台仙子，阆苑名姝，本不当趋近，今蒙义父母二大人叙出亲情，容双星以子礼拜见矣，因于贤妹关乎手足之宜，故不识进退，敢有一拜。"蕊珠小姐低低说道："小妹闺娃陋质，今日得识长兄，妹之幸也，应当拜识。"二人对拜了三拜。拜罢，蕊珠小姐就退坐于夫人之旁。

双星此时，心猿意马，已奔驰不定。欲待寻些言语与小姐交谈，却又奈江老夫妻坐在面前，不敢轻于启齿，然一片神情已沾恋在蕊珠小姐身上，不暇他顾。江老夫妻又不住的问长问短，双星口虽答应，只觉说得没头没绪。蕊珠小姐初见双星亭亭皎皎，真可称玉树风流，也不禁注目偷看。

及坐了半晌，又见双星出神在已，辗转彷徨，恐其举止失措，露出象来，后便难于相见，遂低低的辞了夫人，依旧带着彩云、若霞而去。双星远远望见，又不敢留，又不敢送，竟痴呆在椅上，一声不做。

江老见女儿去了，方又说道："小女虽是一个女子，却喜得留心书史，寓意诗词，大有男子之风，故我老夫妻竟忘情于子。"双星因赞道："千秋只慕中郎女，百世谁思伯道儿。蕊珠贤妹且无论班姬儒雅，道蕴才情，只望其林下丰神，世间哪更有此宁馨？则二大人之箕裘，又出寻常外矣。"

正说不了，家人移桌，摆上酒肴，三人同席而饮。饮完，江章就着人同青云到惠度寺取回行李，又着人打扫东书院，与双星安歇做房。双星到晚，方辞了二人，归到东书院而来。只因这一住，有分教：

　　无限春愁愁不了，一腔幽恨恨难穷。

不知双星果是如何，且听下回分解。

第 三 回

江少师认义儿引贼入室　珠小姐索和诗掩耳偷铃

词云：

> 有女继儿承子舍，何如径入东床。若叫暗暗捣玄霜，依然乘彩凤，到底饮琼浆。才色从来连性命，况于才色当场。怎叫两下不思量，情窦皆冷眼，私系是痴肠。

——右调《临江仙》

话说双星在江少师内厅吃完酒，江章叫人送在东书院宿，虽也有些酒意，却心下喜欢，全不觉醉。因暗想道："我出门时曾许下母亲，寻一个有才有色的媳妇回来，以为苹繁井臼之劳，谁知由广及闽，走了一二千里的道路，并不遇一眉一目，纵有夸张佳丽，亦不过在脂粉中逞颜色，何堪作闺中之乐。我只愁无以复母亲之命，谁知行到浙江，无意中忽逢江老夫妻，亲亲切切认我为子，竟在深闺中，唤出女儿来，拜我为兄。未见面时，我还认做寻常女子，了不关心。及见面时，谁知竟是一个赛王嫱，夸西子的绝代佳人。突然相见，不曾打点的耳目精神，又因二老在坐，只惊得青黄无主，竟不曾看得象心象意，又不曾说几句关情的言语，以致殷勤。但默默坐了一霎，就入去了，竟撇下一天风韵，叫我无聊无赖。欲待相亲，却又匆匆草草，无计相亲；欲放下，却又系肚牵肠，放她不下。这才是我前日在家对人说的定情之人也。人便侥幸有了，但不知还是定我之情，还是索我之命。"

因坐在床上，塌伏着枕头儿细想。因想道："若没有可意之人，纵红成群，绿作队，日夕相亲，却也无用。今既遇了此天生的尤物，且莫说无心相遇，信乎有缘，即使赤绳不系，玉镜难归，也要去展一番昆仑之妙手，以见吾钟情之不苟，便死也甘心。况江老夫妻爱我不啻亲生，才入室坐席尚未暖，早急呼妹妹以拜哥哥，略不避嫌疑，则此中径路，岂不留一线。即蕊珠小姐相见时，羞涩固所不免，然羞涩中别有将迎也。非一味不近人情，或者辗转反侧中，尚可少致殷勤耳。我之初意，虽蒙江老故旧美情，苦苦相留,然非我四海求凰之本念,尚不欲久淹于此。今既文君咫尺,再仆仆天涯,则非算矣。只得聊居子舍,长望东墙,再逢机缘,以为进止。"想到快心,遂不觉沉沉睡去。正是:

> 蓝桥莫道无寻处,且喜天台有路通。
> 若肯沿溪苦求觅,桃花流水在其中。

到了次日,双星一觉醒来,早已红日照于东窗之上。恐怕亲谊疏冷,忙忙梳洗了,即整衣,竟入内室来问安。江章夫妻一向孤独惯了,定省之礼,久已不望。今忽见双星象亲儿子的一般,走进来问安,不禁满心欢喜。因留他坐了,说道:"你父亲与我是同年好友,你实实是我年家子侄,原该以伯侄称呼,但当时曾过继了一番,又不是年伯平侄,竟是父子了。今既相逢,我留你在此,这名分必先正了,然后便于称呼。"

双星听了,暗暗想道:"若认年家伯侄,便不便入内。"因朗朗答应道:"年家伯侄,与过继父子,虽也相去不远,然先君生前既已有择义之命,今于死后如何敢违而更改。孩儿相见茫茫者,苦于不知也,今既剖明,违亲之命为不孝,忘二大人之恩为不义,似乎不可。望二大人仍置孩儿于膝下,则大人与先君当日一番举动,不为虚哄一时也。"

江章夫妻听了,大喜不胜道:"我二人虽久矣甘心无子,然无子终不若有一子点缀目前之为快。今见不夜,我不敢执前议苦强者,恐不夜立身扬名以显亲别有志耳。"双星道:"此固大人成全孩儿孝亲之厚道,但孩儿想来,此事原不相伤。二大人欲孩儿认义者,不过欲孩儿在膝下应子舍之故事耳,非图孩儿异日拾金紫以增荣也。况孩儿不肖,未必便能上达,即有寸进,仍归之先君,则名报先君于终天,而身侍二大人于朝夕,名实两全,或亦未不可也。不识二大人以为何如?"

江章听了,愈加欢喜道:"妙论,妙论,分别的快畅。竟以父子称呼,只不改姓便了。"因叫许多家人仆妇,俱来拜见双公子。因吩咐道:"这双公子,今已结义我为父,夫人为母,小姐为兄妹,以后只称大相公,不可作外人看待。"众家人仆妇拜见过,俱领命散去。正是:

> 昨日还为陌路人,今朝忽尔一家亲。
> 相逢只要机缘巧,谁是谁非莫认真。

双星自在江家认了父子,便出入无人禁止,虽住在东书院,以读书为名,却一心只思量着蕊珠小姐,要再见一面。料想小姐不肯出来,自家又没本事开口请见,只借着问安之名,朝夕间走到夫人室内来,希图偶遇。不期住了月余,问安过数十次,次次皆蒙夫人留茶,留点心,留着说闲话,任他东张西望,只不见小姐的影儿。不独小姐不见,连前番跟小姐的侍妾彩云影儿也不见,心下十分惊怪,又不敢问人,唯闷闷而已。

你道为何不见?原来小姐住的拂云楼,正在夫人的卧房东首,因夫人的卧房墙高屋大,紧紧遮住。若要进去,只要从夫人卧房后一个小小的双扇门儿入去,方才走到小姐楼上。小姐一向原也到夫人房里来,问候父母之安,因夫人爱惜她,怕她朝夕间,拘拘的走来走去辛苦,故回了她不许来。唯到初一、十五,江章与夫人到佛楼上烧香拜佛,方许小姐就近问候。故此夫人卧房中也来得稀少,唯有事要见,有话要说,方才走来。若是无事,便只在拂云楼看书做诗耍子,并看园中花卉,及赏玩各种古董而已,绝不轻易为人窥见。双星哪里晓得这些缘故,只道是有意避他,故私心揣摹着急。不知人生大欲男女一般,纵是窈窕淑女,亦未有不虑摽梅失时,而愿见君子者。故蕊珠小姐,自见双星之后,见双星少年英俊,儒雅风流,又似乎识窍多情,也未免默默动心。虽相见时不敢久留,辞了归阁,然心窝中已落了一片情丝,东西缥缈,却又无因无依,不敢认真。因此在拂云楼上,焚香啜茗,只觉比往日无聊。

一日看诗,忽看见:"无可奈何花落去,似曾相识燕归来"二句,忽然有触,一时高兴,遂拈出下句来作题目,赋了一首七言律诗道:

乌衣巷口不容潜,王谢堂前正卷帘。
低掠向人全不避,高飞入幕了无嫌。
弄情疑话隔年旧,寻路喜窥今日檐。
栖息但愁巢破损,落花飞絮又重添。

蕊珠小姐做完了诗,自看了数遍,自觉得意,惜无人赏识,因将锦笺录出,竟拿到夫人房里来,要寻父亲观看。不期父亲不在,房中只有夫人,夫人看见女儿手中拿着一幅诗笺,欣欣而来,因说道:"今日想是我儿又得了佳句,要寻父亲看了?"小姐道:"正是此意。不知父亲那里去了?"夫人道:"你父亲今早才吃了早饭,就被相好的一辈老友拉到准提庵看梅花去了。"小姐听见,便将诗笺放在靠窗的桌上,因与母亲闲话。

不期双星在东书院坐得无聊,又放不下小姐,遂不禁又信步走到夫人房里来,哪里敢指望撞见小姐。不料才跨入房门,早看见小姐与夫人坐在里面说话。这番喜出望外，哪里还避嫌疑，忙整整衣襟，上前与小姐施礼。小姐突然看见，回避不及，未免慌张。夫人因笑说道："元哥自家人，我儿哪里避得许多。"

小姐无奈，只得走远一步，敛衽答礼。见毕，双星因说道："愚兄前已蒙贤妹推父母之恩，广手足之爱，待以同气，故造次唐突，非有他也。"小姐未及答，夫人早代说道："你妹子从未见人，见人就要腼腆，非避兄也。"双星一面说话，一面偷眼看小姐。今日随常打扮，越显得妩媚娇羞，别是一种，竟看痴了。又不敢赞美一词，只得宛转说道："前闻父亲盛称贤妹佳句甚多，不知可肯惠赐一观，以饱馋眼？"小姐道："香奁雏语，何敢当才子大观。"

夫人因接说："我儿，你方才做的什么诗，要寻父亲改削。父亲既不在家，何不就请哥哥替你改削也好。"小姐道："改削固好，出丑岂不羞人。"因诗笺放在前桌上，便要移身去取来藏过，不料双星心明眼快，见小姐要移身，晓得桌上这幅笺纸就是她的诗稿，忙两步走到桌边，先取在手中，说道："这想就是贤妹的珠玉了？"小姐见诗笺已落双星之手，便不好上前去取。只得说道："涂鸦之丑，万望见还。"

双星拿便拿了，还只认作是笼中娇鸟，仿佛人言而已，不期展开一看，尚未及细阅诗中之句，早看见蝇头小楷，写得如美女簪花，十分秀美，先吃了一惊。再细看诗题，却是"赋得'似曾相识燕归来'"。因先掩卷暗想道："此题有情有态，却又无影无形，到也难于下笔，且看她怎生生发。"及看了起句，早已欣欣动色，再看到中联，再看到结句，直惊得吐出舌来。

因放下诗稿，复朝着蕊珠小姐，深深一揖道："原来贤妹是千古中一个出类拔萃的才女子，愚兄虽接芳香，然芳香之佳处尚未梦见。今日若非有幸，得览佳章，不几当面错过。望贤妹恕愚兄从前之肉眼，容洗心涤虑，重归命于香奁之下。"小姐道："闺中孩语，何敢称才？元兄若过于奖夸，则使小妹抱惭无地矣。"

夫人见他兄妹二人你赞我谦，十分欢喜。因对双星说道："你既说妹子诗好，必然深识诗中滋味，何不也做一首，与妹子看看，也显得你不是虚夸。"双星道："母亲吩咐极是，本该如此，但恨此题实是枯淡，纵有妙境，俱被贤妹道尽，叫孩儿何处去再求警拔，故唯袖手藏拙而已。"小姐听了道："才人诗思，如泉涌霞蒸，安可思议。元兄为此言，是笑小妹不足与言诗,故秘之也。"双星踌躇道:"既母亲有命,贤妹又如此见罪,只得要呈丑了。"

彩云在旁听见公子应承做诗,忙凑趣走到夫人后房,取了笔砚出来,将墨磨浓,送在双公子面前。双星因要和诗,正拿着小姐的原稿,三复细味,忽见彩云但送笔砚,并没诗笺,遂一时大胆,竟在小姐原稿的笺后,题和了一首。题完,也不顾夫人,竟双手要亲手送与小姐道:"以鸦配凤,乞望贤妹勿哂。"小姐看见,忙叫彩云接了来。展开一看,只见满纸龙蛇飞动,早已不同,再细细看去,只见写的是:

> 步原韵奉和
>
> 蕊珠仙史贤妹"赋得'似曾相识燕归来'"
>
> 经年不见宛龙潜,今日乘时重入帘。
>
> 她主我宾俱莫问,非亲即故又何嫌。
>
> 高飞欲傍拂云栋,低舞思依浣古檐。
>
> 只恐呢喃惊好梦,新愁旧恨为侬添。
>
> 愚兄双星拜识

小姐看了一遍,又看一遍,见拂云浣古等句拖泥带水,词外有情,不胜惊叹道:"这方是大才子凌云之笔,小妹向来无知自负,今见大巫,应知羞而为之搁笔矣。"双星道:"贤妹仙才,非愚兄尘凡笔墨所能仿佛万一。这也无可奈何,但愚兄爱才有如性命,今既贤妹阆苑仙才,琼宫佳句,岂不视性命为尤轻!是以得陇望蜀,更有无厌之请,望贤妹慨然倾珠玉之秘笈,以饱愚兄之饿眼,则知己深恩,又出亲情之外矣。"小姐道:"小妹涂鸦笔墨,不过一时游戏。有何佳句,敢存笥箧,非敢匿瑕,实无残沈以博元兄之笑。"

双星听见小姐推说没有,不觉默然无语。彩云在旁,看见小姐力回,扫了公子之兴,因接说道:"大相公要看小姐的诗词,何必向小姐取讨?小姐纵有,也不肯轻易付与大相公,恐怕大相公笑她卖才。大相公要看不难,只消到万卉园中,芍药亭、沁心堂、浣古轩,各处影壁上,都有小姐题情咏景的诗词,只怕公子还看它不了。"

双星听了方大喜,因对夫人说道:"孩儿自蒙父母亲留在膝下,有若亲生,指望孩儿成名。终日坐在书房中苦读,竟不知万卉园中,有这许多景致。不但不知景致,连万卉园,也不晓得在哪里。今日母亲同孩儿贤妹,正闲在这里,何不趁此领孩儿去看看?"夫人道:"正是呀,你来了这些时,果然还不曾认得。我今日无事,正好领你去走走。"遂要小姐同去。小姐道:"孩儿今日绣工未完,不得同行,乞母亲哥哥见谅。"遂领彩云往后室去。

此时双星见夫人肯同他到园中去,已是欢喜,忽又听见要小姐同去,更十分快活。正打点到了园中,借花木风景也与小姐调笑送情,忽听见小姐说出不肯同去,一片热心早冷了一半。又不好强要小姐同去,只得生擦擦硬着心肠,让小姐去了。夫人遂带了几个丫环侍女,引着双星,开了小角门,往园中而入。双星入到园中,果然好一座相府的花园,只见:

> 金谷风流去已遥,辋川诗酒记前朝。
>
> 此中水秀山还秀,到处莺娇燕也娇。
>
> 草木丛丛皆锦绣,亭台座座是琼瑶。
>
> 若非宿具神仙骨,坐卧其中福怎消?

双星到了园中,四下观看,虽沁心堂、浣古轩各处,皆摆列着珍奇古玩,触目琳琅,名人古画,无不出奇,双星俱不留心去看他,只捡蕊珠小姐亲笔的题咏,细细的玩诵。玩诵到得意之处,不禁眉宇间皆有喜色。因暗暗想道:"小姐一个雏年女子,貌已绝伦,又何若是之多才,不愧才貌兼全的佳人矣。我双星今日何福,而得能面承色笑,亲炙佳章,信有缘也。"想到此处,早呆了半晌。忽听见夫人说话,方才惊转神情。听见夫人说道:"此处乃你父亲藏珍玩之处,并不容人到此,只你妹子时常在此吟哦弄笔。"

双星听了,暗暗思量道:"小姐既时常到此,则她的卧房,必有一条径路与此相通。"遂走下阶头,只推游赏,却悄悄找寻。到了芍药台,芙蓉架,转过了荷花亭,又上假山,周围看这园中的景致。忽往北看去,只见一带碧瓦红窗,一字儿五间大楼,垂着珠帘。双星暗想道:"这五间大楼,想是小姐的卧房了。何不趁今日也过去看看?"

遂下了假山,往雪洞里穿过去,又上了白石栏杆的一条小桥,桥下水中,红色金鱼在水面上唼水儿,见桥上有人影摇动,这些金鱼俱跳跃而来。双星看见,甚觉奇异,只不知是何缘故。双星过了小桥,再欲前去,却被一带青墙隔断。双星见去不得,便疑这楼房是园外别人家了,遂取路而回。正撞着夫人身边的小丫环秋菊走来说道:"夫人请大相公回去,叫我来寻。"双星遂跟着秋菊走回。双星正要问她些说话,不期夫人早已自走来,说道:"我怕你路径不熟,故来领你。"

双星又行到小桥,扶着栏杆往下看鱼。因问道:"孩儿方才在此走,为何这些鱼俱望我身影争跳? 竟有个游鱼唼影之意。"夫人笑说道:"因你妹子闲了,时常到此喂养,今见人影,只说喂它,故来讨食。"双星听了大喜,暗暗点头道:"原来鱼知人意。"夫人忙叫人去取了许多糕饼馒头,往下丢去,果然这些金鱼都来争食。双星见了,甚是欢喜。看了一会,同着夫人一起出园。回到房中,夫人又留他同吃了夜饭,方叫他归书房歇宿。只因这一回,有分教:

　　　如歌似笑,有影无形。

只不知双星与小姐果是如何,且听下回分解。

第 四 回

江小姐俏心多不吞不吐试真情　双公子痴态发如醉如狂招讪笑

词云：

> 佳人只要心儿俏，俏便思量到。从头直算到收梢，不许情长情短忽情消。一时任性颠还倒，哪怕旁人笑。有人点破夜还朝，方知玄霜捣尽是蓝桥。

——右调《虞美人》

话说双星自从游园之后，又在夫人房里吃了夜饭，回到书房，坐着细想："今日得遇小姐，又得见小姐之诗。又凑着夫人之巧，命我和了一首，得入小姐之目，真侥幸也。"心下十分快活。只可恨小姐卖乖，不肯同去游园；又可恨园中径路不熟，不曾寻见小姐的拂云楼在哪里。想了半晌，忽又想道："我今见园中各壁上的诗题，如《好鸟还春》，如《莺啼修竹》，如《飞花落舞筵》，如《片云何意傍琴台》，皆是触景寓情之作，为何当此早春，忽赋此'似曾相识燕归来'之句，殊无谓也。莫非以我之来无因，而又相亲相近若有因，遂寓意于此题么？若果如此，则小姐之俏心，未尝不为我双不夜而踌躇也。况诗中之'全不避''了无嫌'，分明刺我之眼馋脸涎也。双不夜，双不夜，你何幸而得小姐如此之垂怜也！"想来想去，想的快活，方才就寝。正是：

> 穿通骨髓无非想，钻透心窝只有思。

> 想去思来思想极，美人肝胆尽皆知。

到了次日，双星起来，恐怕错看了小姐题诗之意，因将小姐的原诗默记了出来，写在一幅笺纸上，又细细观看。越看越觉小姐命题深意原有所属，暗暗欢喜道："小姐只一诗题，也不等闲虚拈。不知她那俏心儿，具有许多灵慧？我双不夜若不参透她一二分，岂不令小姐笑我是个蠢汉！幸喜我昨日的和诗，还依稀仿佛，不十分相背。故小姐几回吟赏，尚似无鄙薄之心。或者由此而再致一诗一词，以邀其青盼，亦未可知也。但我想小姐少师之女，贵重若此；天生丽质，窈窕若此；彤管有炜，多才若此。莫说小姐端庄正静,不肯为薄劣书生而动念,即使感触春怀,亦不过笔墨中微露一丝之爱慕,如昨日之诗题是也。安能于邂逅间,即眉目勾挑,而慨然许可,以自媒自嫁哉!万无是理也。况我双星居此已数月矣,反获一见再见而已。且相见非严父之前,即慈母之后,又侍儿林立,却从无处以叙寒温。若欲将针引线,必铁杵成针而后可。我双不夜此时,粗心浮气,即望玄霜捣成,是自弃也。况我奉母命而来,原为求婚,若不遇可求之人,尚可谢责。今既见蕊珠小姐绝代之人,而不知极力苦求,岂不上违母命,而下失本心哉!为今之计,唯有安心于此,长望明河,设或无缘,有死而已。但恨出门时约得限期甚近,恐母亲悬念,于心不安。况我居于此,无多役遣,只青云一仆足矣。莫若打发野鹤归去报知,以慰慈母之倚闾。"

思算定了,遂写了一封家书,并取些盘缠,付与野鹤,叫他回去报知。江章与夫人晓得了,因也写下一封书,又备了几种礼物,附去问候。野鹤俱领了,收拾在行李中,拜别而去。正是:

> 书去缘思母,身留冀得妻。
>
> 母妻两相合,不问已家齐。

双星自打发了野鹤回家报信,遂安心在花丛中作蜂蝶,寻香觅蕊,且按下不提。

却说蕊珠小姐,自见双星的和诗,和得笔墨有气,语句入情,未免三分爱慕,又加上七分怜才,因暗暗忖度道:"少年读书贵介子弟,无不翩翩。然翩翩是风流韵度,不堕入裘马豪华,方微有可取。我故于双公子,不敢以白眼相看。今又和诗若此,实系可儿,才貌虽美,但不知性情何如?性不定,则易更于一旦;情不深,则难托以终身,须细细的历试之。使花柳如风雨之不迷,然后裸从于琴瑟未晚也。若溪头一面,即赠浣纱,不独才非韫玉,美失藏娇,而宰相门楣,不几扫地乎?"自胸中存了一个持正之心,而面上便不露一痕容悦之象。

倒是彩云侍儿忍耐不住,屡屡向小姐说道:"小姐今年十七,年已及笄。虽是宰相人家千金小姐,又美貌多才,自应贵重,不轻许人,然亦未有不嫁者。老爷夫人虽未尝不为小姐择婿,却东家辞去,西家不允,这还说是女婿看得不中意。我看这双公子,行藏举止,实是一个少年的风流才子。既无心撞着,信有天缘。况又是年家子侄,门户相当,就该招做东床,以完小姐终身之事。为何又结义做儿子,转以兄妹称呼,不知是何主意?

老爷夫人既没主意，小姐须要自家拿出主意来，早作红丝之系，却作不得儿女之态，误了终身大事。若错过了双公子这样的才郎，再别求一个如双公子的才郎，便难了。"

蕊珠小姐见彩云一口直说出肝胆肺腑之言，略不忌避，心下以为相合，甚是喜他。便不隐讳，亦吐心说道："此事老爷也不是没主意，无心择婿。我想他留于子舍者，东床之渐也。若轻轻的一口认真，倘有不宜，则悔之晚矣。就是我初见面时，也还无意，后见其信笔和诗，才情跃跃纸上，亦未免动心。但婚姻大事，其中情节，变换甚多，不可不虑，所以蓄于心而有待。"彩云道："佳人才子，恰恰相逢，你贪我爱，谅无不合。不知小姐更有何虑？小姐若不以彩云为外人，何不一一说明，使我心中也不气闷。"

小姐见彩云之问话，问得投机，知心事瞒她不得，遂将疑他少年情不常，始终有变，要历试他一番之意，细细说明。彩云听了，沉吟半晌道："小姐所虑，固然不差。但我看双公子之为人，十分志诚，似不消虑得。然小姐要试他一试，自是小心过慎，却也无碍。但不知小姐要试他那几端？"小姐道："少年不患其无情，而患其情不耐久。初见面既亲且热，恨不得一霎时便偷香窃玉。若久无顾盼，则意懒心灰，而热者冷笑，亲者疏矣。此等乍欢乍喜之人，妾所不取。故若亲若近，冷冷疏疏，以试双郎。情又贵乎专注，若见花而喜，见柳即移，此流荡轻薄之徒，我所最恶。故欲倩人掷果，以试双郎。情又贵乎隐显若一，室中之辗转反侧，不殊掺大道之秣马秣驹，则其人君子，其念至诚。有如当前则甜言蜜语，若亲若昵，背地则如弃如遗，不瞅不睬，此虚浮两截之人，更所深鄙。故欲悄悄冥冥潜潜等等，以试双郎。况他如此类者甚多，故不得不过于珍重，实非不近人情而推聋作哑。"

彩云道："我只认小姐遇此才人，全不动念，故叫我着急。谁知小姐有此一片心，蓄而不露。今蒙小姐心腹相待，委曲说明，我为小姐的一片私心方才放下。但只是还有一说……"小姐道："更有何说？"彩云道："我想小姐藏于内室，双公子下榻于外厢，多时取巧，方得一面。又不朝夕接谈，小姐就要试他，却也体察不能如意。莫若待彩云帮着小姐，在其中探取，则真真假假，其情立见矣。"小姐听了大喜道："如此更妙。"二人说得投机，你也倾心，我也吐胆，彼此不胜快活。正是：

　　定是有羞红两颊，断非无恨蹙双眉。

　　万般遮盖千般掩，不说旁人那得知。

　　却说彩云担当了要帮小姐历试双公子有情无情，便时常走到夫人房里来，打听双公子的行事。一日打听得双公子已差野鹤回家报知双夫人，说他在此结义为子，还要多住些时，未必便还。随即悄悄通知小姐道："双公子既差人回去，则自不思量回去可知矣。我想他一个富贵公子，不思量回去，而情愿留此独居，以甘寂寞，意必有所图也。若细细揣度他之所图，非图小姐而又谁图哉？既图小姐，而小姐又似无意，又不吞，有何可图？既欲图之，岂一朝一夕之事，图之若无坚忍之心，则其倦可立而诗。我看双公子去者去，留者留，似乎有死守蓝桥之意。此亦其情耐久之一征，小姐不可不知。"小姐道："你想的论的，未尝不是。但留此是今日之情，未必便定情终留于异日。我所以要姑待而试之。"

　　二人正说不了，忽见若霞走来，笑嘻嘻对小姐说道："双公子可惜这等样一个标致人儿，原来是个呆子。"小姐因问道："你怎生见得？"若霞道："不是我也不知道，只因方才福建的林老爷送了一瓶蜜饯的新荔枝与老爷，夫人因取了一盘，叫我送与双公子去吃。我送到书房门外，听见双公子在内说话。我只认是有甚朋友在内，不敢轻易进去。因在窗缝里一看，哪里有甚朋友！只他独自一人，穿得衣冠齐齐整整，却对着东边照壁上一幅诗笺，吟哦一句，即赞一声'好！'就深深的作一个揖道：'谢淑人大教了！'再吟哦一句，即又赞一声'妙！'又深深作一个揖道：'蒙淑人垂情了！'我偷看不得一霎，早已对着壁诗，作过十数个揖了。及我推门进去，他只吟哦他的诗句，竟像不曾看见我的一般。小姐你道呆也不呆，你道好笑也不好笑？"

　　小姐道："如今却怎么样了？"若霞道："我送荔枝与他，再三说夫人之话，他只点点头，努努嘴，叫我放下，也不做一声。及我出来了，依旧又在那里吟哦礼拜，实实是个呆子。"小姐："你可知道他吟哦的是什么诗句？"若霞道："这个我却不知道。"

　　这边若霞正长长短短告诉小姐，不期彩云有心，在旁听见，不等若霞说完，早悄悄的走下楼来，忙闪到东书院来窃听。只听见双公子还在房里，对着诗壁跪一回，拜一回，称赞好诗不绝口。彩云是个急性人，不耐烦偷窥，便推开房门，走了进去，问双公子道："大相公，你在这里与那个施礼，对谁人说话？"双星看见彩云，知他是小姐贴身人，甚是欢喜。因微笑答应道："我自有人施礼说话，却一时对你说不得。"彩云道："既有人，在哪里？"

双星因指着壁上的诗笺道："这不是？"彩云道："这是一首诗，怎么算得人？"双星道："诗中有性有情，有声有色，一字字皆是慧心，一句句无非妙想。况字句之外，又自含蓄无穷，怎算不得人？"彩云道："既要算人，却端的是个甚人？"双星道："观之艳丽，是个佳人；读之芳香，是个美人；细味之而幽闲正静，又是个淑人。此等人，莫说眼前稀少，就求之千古中，也似乎不可多得。故我双不夜于其规箴讽刺处，感之为益友；于其提撕点醒处，敬之为明师；于其绸缪眷恋处，又直恩爱之若好逑之夫妇。你若问其人为何如，则其人可想而知也。"

彩云笑道："据大相公说来，只觉有模有样。若据我彩云看来，终是无影无形。不过是胡思乱想，怎当得实事？大相公既是这等贪才好色，将无作有，以虚为实，我这山阴会稽地方，今虽非昔，而浣纱之遗风未散，捧心之故态尚存，何不寻她个来，解解饥渴？也免得见神见鬼，惹人讥笑。"

双星听了，因长叹一声道："这些事怎可与人言？就与人言，人也不能知道。我双不夜若是等闲的蛾眉粉黛可以解得饥渴，也不千山万水，来到此地了。也只为香奁少彩，彤管无花，故拣遍春风而自甘孤处。"彩云道："大相公既是这等看人不上眼，请问壁上这首诗，实是何人做的，却又这般敬重她？"双星道："这个做诗的人，若说来你认得，但不便说出。若直直说出了，倘那人闻知，岂不道我轻薄？"彩云道："这人既说我认得，又说不敢轻薄她，莫非就说的是小姐？莫非这首诗，就是前日小姐所做的赋体诗？"

双星听见彩云竟一口猜着他的哑谜，不禁欣然惊讶道："原来彩云姐也是个慧心女子，失敬，失敬！"彩云因又说道："大相公既是这般敬重我家小姐，何不直直对老爷夫人说明，要求小姐为婚？况老爷夫人又极是爱大相公的，自然一说便允。何故晦而不言，转在背地里自言自语，可谓用心于无用之地矣！莫说老爷夫人小姐，不知大相公如此至诚相望，就连我彩云，不是偶然撞见问明，也不知道，却有何益？"

双星见彩云说的话，句句皆道着了他的心事，以为遇了知己，便忘了尔我，竟扯彩云坐下，将一肚皮没处诉的愁苦，俱细细对她说道："我非不知老爷小姐爱我，我非不知小姐的婚姻，原该明求。但为人也须自揣，你家老爷,一个黄阁门楣,岂容青衿溷辱?小姐一位上苑甜桃,焉肯下嫁酸丁?开口不独徒然,恐并子舍一席,亦犯忌讳而不容久居矣。我筹之至熟,故万不得已而隐忍以待。虽不能欢如鱼水,尚可借雁影排连以冀一窥色笑。倘三生有幸,一念感通,又生出机缘,亦未可知也。此我苦情也。彩云姐既具慧心,又有心怜我,万望指一妙径,终身不忘。"

彩云道:"大相公这些话,自大相公口中说来,似乎句句有理,若听到我彩云耳朵里,想一想,则甚是不通。"双星道:"怎见得不通?"彩云道:"老爷的事,我捉摸不定,姑慢讲。且将小姐的事,与你论一论。大相公既认定小姐是千古中不可多得之才美女子,我想从来唯才识才,小姐既是才美女子,则焉有不识大相公是千古中不可多得之才美男子之理?若识大相公是才美男子,则今日之青衿,异日之金紫也,又焉有恃贵而鄙薄酸丁之理?此大相公之过虑也。这话只好在我面前说,若使小姐闻知,必怪大相公以俗情相待,非知己也。"

双星听了,又惊又喜道:"彩云姐好细心,怎直想到此处?想得甚是有理,果是我之过虑。但事已至此,却将奈何?"彩云道:"明明之事,有甚奈何!大相公胸中既有了小姐,则小姐心上,又未必没有大相公。今所差者,只为隔着个内外,不能对面细细讲明耳。然大相公在此,是结义为子,又不是过客,小姐此时,又不急于嫁人。这段婚姻,既不明求,便须暗求。急求若虑不妥,缓求自当万全。哪怕没有成就的日子?大相公不要心慌,但须打点些巧妙的诗才,以备小姐不时拈索,不至出丑,便万万无事了。"双星笑道:"这个却拿不稳。"又笑了一回,就忙忙去了。正是:

自事自知,各有各说。

情现多端,如何能决?

彩云问明了双公子的心事,就忙忙去了,要报知小姐。只因这一报,有分教:

剖疑为信,指暗作明。

不知后事如何,且听下回分解。

第 五 回

蠢丫头喜挑嘴言出祸作　俏侍儿悄呼郎口到病除

词云：

> 不定是心猿，况触虚情与巧言。弄得此中飞絮乱，何冤。利口从
> 来不惮烦。陡尔病文园，有死无生是这番。亏得芳名低唤醒，无喧。
> 情溺何曾望手援。

——右调《南乡子》

话说彩云问明了双公子的心事，就忙忙归到拂云楼，要说与小姐知
道。不期小姐早在那里寻她，一见了彩云，就问道："我刚与若霞说得几
句话，怎就三不知不见了你，你到哪里去了这半晌？"彩云看见若霞此时
已不在面前，因对小姐说道："我听见若霞说得双公子可笑，我不信有此
事，因偷走了去看看。"小姐道："看得如何，果有此事么？"彩云道："事便
果是有的，但说他是呆，我看来却不是呆，转是正经。说他可笑，我看来不
是可笑，转是可敬。"遂将双公子并自己两人说的话，细细说了一遍与小
姐听。

小姐听了，不禁欣然道："原来他拜的就是我的赋体诗。他前日看
了，就满口称扬，我还道他是当面虚扬，谁知他背地里也如此珍重。若说
他不是真心，这首诗我却原做的得意。况他和诗的针芥，恰恰又与我原诗
相投。此中臭味，说不得不是芝兰。但说恐我不肯下嫁酸丁，这便看得我
太浅了。"彩云道："这话他一说，我就班驳他过了。他也自悔误言，连连
谢过。"小姐道："据你说来，他的爱慕于我，专注于我，已见一斑。他的情
之耐久，与情之不移，亦已见之行事，不消再虑矣。但我想来，他的百种多
情，万般爱慕，总还是一时之事。且藏之于心，慢慢看去，再作区处。"彩
云道："慢看只听凭小姐，但看到底，包管必无破绽，那时方知我彩云的眼
睛识人不错。"自此二人在深闺中，朝思暮算，未尝少息。正是：

> 苦极涓涓方泪下，愁多靥靥故眉颦。
> 破瓜之子遭闲磕，只为心中有了人。

却说双星自被彩云揣说出小姐不鄙薄他,这段婚姻到底要成,就不禁满心欢喜,便朝夕殷殷勤勤,到夫人处问安,指望再遇小姐,攀谈几句话儿。谁知走了月余,也不见个影儿。因想着园里去走走,或者撞见彩云,再问个消息。遂与夫人说了。此时若霞正在夫人房里,夫人就随便吩咐若霞道:"你可开了园门,送大相公到园里去玩。"

若霞领了夫人之命,遂请双公子前行,自家跟着竟入园来。到了园中,果然花柳争妍,别是一天。双公子原无心看景,见若霞跟在左右,也只认做是彩云一般人物。因问若霞道:"这园中你家小姐也时常来走走么?"若霞道:"小姐最爱花草,又喜题诗,园中景致皆是小姐的诗,料小姐朝夕不离,怎么不来?"双公子道:"既是朝夕不离,为何再不遇见?"若霞道:"我说的是往时的话,近日却绝迹不来了。"

双公子听了,忙惊问道:"这是为何?"若霞道:"因大相公前日来过,恐怕撞见不雅,故此禁足不敢复来。"双公子道:"我与小姐,已拜为兄妹,便撞见也无妨。"若霞道:"大相公原来还不知我家小姐的为人。我家小姐,虽说是个十六七岁的女子,她的志气比大相公须眉男子还高几分。第一是孝顺父母,可以当得儿子;第二是读书识字,不出闺阁,能和天下之事;第三是敦伦重礼,小心谨慎,言语行事,不肯差了半分。至于诗才之妙,容貌之佳,转还算做余美。你道这等一个人儿,大相公还只管问她做甚?"

双公子道:"小姐既敦伦重礼,则我与他兄妹称呼,名分在伦礼中,又何嫌何疑,而要回避?"若霞道:"大相公一个聪明人,怎不想想,大相公与小姐的兄妹,无非是结义的虚名,又不是同胞手足,怎么算得实数?小姐自然要避嫌疑。"双公子道:"既要避嫌疑,为何前日在夫人房里撞见,要我和诗,却又不避?"若霞道:"夫人房里,自有夫人在座,已无嫌疑,又避些什么?"

双公子听了沉吟道:"你这话倒也说得中听。前日福建的林老爷,来拜你家老爷,因知我在此,也就留了一个名帖拜我。我第二日去答拜他,他留我坐下,问知结义之事,他因劝我道:'与其嫌嫌疑疑认做假儿子,何不亲亲切切竟为真女婿。'他这意思,想将来恰正与你所说的相同。"若霞道:"大差,大差,一毫也不同。"双公子道:"有甚差处,有甚不同?"若霞道:"儿子是儿子,女婿是女婿。若是无子,女婿可以做儿子。若做过儿子,再做女婿,便是乱伦了,这却万万无此理。"

双公子听了,忽然吃一大惊,因暗想道:"这句话,从来没人说。为何这丫头平空说出,定有缘故。"因问道:"做过儿子的做不得女婿这句话,还是你自家的主意说的,还是听见别人说的?"若霞道:"这些道理,我自家哪里晓得说? 无非是听见别人是这般说。"双公子道:"你听见哪个说来?"若霞道:"我又不是男人,出门去结交三朋四友,有谁向我说到此?无非是服侍小姐,听见小姐是这等说,我悄悄拾在肚里。今见大相公偶然说到此,故一一说出来了,也不知是与不是。"

双公子见这话是小姐说的,直急得他暗暗的跌脚道:"小姐既说此话,这姻缘是断断无望了。为何日前彩云又哄我说,这婚姻是稳的,叫我不要心慌?"因又问若霞道:"你便是这等说,前日彩云见我,却又不是这等说。你两人不知哪个说的是真话?"若霞道:"我是个老实人,有一句便说一句,从来不晓得将没作有,移东掩西,哄骗别人。彩云这个贼丫头却奸猾,不过只要奉承的人欢喜,见人喜长,她就说长,见人喜短,她就说短,哪里肯说一句实话! 人若不知她的为人,听信了她的话,便被她要直误到底。"

双公子听了这些话,竟吓痴了,坐在一片白石上,走也走不动。若霞道:"夫人差我已送大相公到此,大相公只怕还要玩玩。我离小姐久了,恐怕小姐寻我,我去看看再来。"说罢,竟自去了。正是:

> 无心说话有心听,听到惊慌梦也醒。
>
> 若再有心加毁誉,自然满耳是雷霆。

双公子坐在白石上,细细思量若霞的说话,一会儿疑她是假,一会儿又信她为真。暗忖道:"做了儿子,做不得女婿的这句言语,大有关系。若不果是小姐说的,若霞蠢人,如何说得出? 小姐既如此说,则这段姻缘,倒被做儿子误了,却为之奈何? 我的初意,还指望慢慢守去,或者守出机缘。谁知小姐一言已说得决决绝绝,便守到终身,却也无用。守既无用,即当辞去。但我为婚姻出门,从蜀到浙,跋涉远矣,阅历多矣,方才侥幸得逢小姐一个定情之人,定我之情。情既定于此,婚姻能成,固吾之幸;即婚姻之不成,为婚姻之不幸以拼一死,亦未为不幸。决不可畏定情之死,以望不定情之生,而负此本心,以辱夫妇之伦。所恨者,明明夫妻,却为兄妹所误。也不必怨天,也不必尤人,总是我双星无福消受,故遇而不遇也。

今若因婚姻差谬,勉强辞去,虽我之形体离此,而一片柔情,断不能舍小姐而又他往矣。莫若苦守于此,看小姐怎生发付。"

一霎时东想想,西想想,竟想得昏了,坐在石上,连人事也不知道。还是夫人想起来,因问侍儿道:"大相公到园中去玩,怎不见出来?莫非我方才在后房有事,他竟出去了,你们可曾看见?"众侍儿俱答道:"并不曾看见大相公出去,只怕还在园里。"夫人道:"天色已将晚了,他独自一人,还在里面做什么?"因叫众侍妾去寻。

众侍妾走到园中,只见双公子坐在一块白石上,睁着眼就像睡着的一般。众侍妾看见着慌,忙问道:"大相公,天晚了,为何还坐在这里?"双公子竟白瞪着一双眼,昏昏沉沉,口也不开。众侍妾一发慌了,因着两个搀扶双公子起来,慢慢的走出园来,又着两个报与夫人。夫人忙迎着问道:"你好好的要到园中去玩,为何忽弄做这等个模样?我原叫若霞侍你来的,若霞怎么不见,她又到哪里去了?"双公子虽答应夫人两句,却说得粗糊涂涂,不甚清白。夫人见他是生病的光景,忙叫侍妾搀他到书房中去睡,又叫人伺候汤水,又吩咐青云好生服侍。双公子糊糊涂涂睡下不提。

夫人因叫了若霞来问道:"我叫你跟大相公到园中去闲玩,大相公为甚忽然病起来?你又到哪里去了?"若霞道:"我跟大相公入园时,大相公好端端甚有精神,问长问短,何尝有病?我因见他有半日耽搁,恐怕小姐叫,故走进去看看。怎晓得他忽然生病?"夫人问过,也就罢了。欲要叫人去请医生,又因天色晚了,只得捱得次日早晨,方才请了一个医生来看。说是"惊忡之症,因着急上起的,又兼思虑过甚,故精神昏聩,不思饮食。须先用药替他安神定气,方保无虞。"说完,撮下两帖药,就去了。夫人忙叫人煎与他吃了,吃了虽然不疼不痛,却只是昏昏沉沉,不能清白。

此时江章又同人到武林西湖去游赏了,夫人甚是着急。小姐闻知,也暗自着惊。因问彩云道:"他既好好游园,为何就一时病将起来?莫非园中冷静,感冒了风寒?"彩云道:"医生看过,说是惊忡思虑,不是风寒。"小姐道:"园中闲玩,有甚惊忡?若伤思虑,未必一时便病。"彩云道:"昨日双公子游园,是夫人叫若霞送他去的。若霞昨日又对夫人说,双公子好端端问长问短,我想这问长问短里,多分是若霞说了什么不中听的言语,触动他的心事,故一时生病。小姐可叫若霞,细细盘问她,自然知道。"小姐道:"她若有恶言恶语,触伤了公子,我问她时,她定然隐瞒,不肯直说。

倒不如你悄悄问她一声,她或者不留心说出。"彩云道:"这个有理。"

因故意的寻见了若霞,吓她道:"你在双公子面前说了什么恶言语,冲撞了他,致他生病?夫人方才对小姐说,若双公子病不好,还要着实责罚你哩!"

若霞吃惊道:"我何曾冲撞他,只因他说林老爷劝他,与其做假儿子,不如改做真女婿,他甚是喜欢。我只驳得他一句道,这个莫指望。小姐曾说来,女婿可以改做得儿子;既做了儿子,名分已定,怎么做得女婿?若再做女婿,是乱伦了。双公子听了,就顿时不快活,叫我出来了。我何曾冲撞他?"

彩云听了,便不言语,因悄悄与小姐说知,道:"何如?我就疑是这丫头说错了话。双公子是个至诚人,听见说儿子改做不得女婿,自然要着惊生病了。"小姐道:"若为此生病,则这病是我害他了。如今却怎生挽回?"彩云道:"再无别法,只好等我去与他说明,这句话不是小姐说的,他便自然放心无恙了。"小姐道:"他如今病在那里,定有人伺候。你是我贴身之人,怎好忽走到他床前去说话,岂不动人之疑?"彩云道:"这个不打紧,只消先对夫人说明,是小姐差我去问病,便是公,不是私,无碍了。"小姐道:"有理,有理。"

彩云就忙忙走到夫人房里,对夫人说道:"小姐听见说大相公有病,叫我禀明夫人去问候,以尽兄妹之礼。"夫人听了欢喜道:"好呀!正该如此。不知这一会,吃了这帖药,又如何了?你去看过了,可回复我一声。"彩云答应道:"晓得了。"遂一径走到东书院书房中来。

此时青云因夜间服侍辛苦,正坐在房门外矮凳上打瞌睡。彩云便不打醒他,轻轻的走到床前,只见双公子朝着床里,又似睡着的一般,又似醒着的一般,微微喘息。彩云因就床坐下,用手隔着被抚着他的脊背,低低叫道:"大相公醒一醒,你妹子蕊珠小姐,叫我彩云在此问候大相公之安。"双星虽在昏聩蒙胧之际,却一心只系念在蕊珠小姐身上。因疑若霞说话不实,又一心还想着见彩云细问一问,却又见面无由。今耳朵中忽微微听见"蕊珠小姐"四个字,又听见"彩云在此"四个字,不觉四肢百骸飞越在外的真精神,一霎时俱聚到心窝。忙回过身来,睁眼一看,看见彩云果然坐在面前,不胜之喜。因问道:"不是梦么?"

彩云忽看见双公子开口说话,也不胜之喜,忙答应道:"大相公快苏醒,是真,不是梦。"双星道:"方才隐隐听得像是有人说蕊珠小姐,可是有的?"彩云道:"正是我彩云说你妹子蕊珠小姐,着我在此问候大相公之安。"双星听了,欣然道:"我这病,只消彩云姐肯来垂顾,也就好了一半,何况是蕊珠小姐命来,病自勿药而霍然矣。"因又叹息道:"彩云姐,你何等高情,只不该说'你妹子'三个字,叫我这病根如何得去?"彩云道:"小姐正为闻得大相公为听见儿子做不得女婿之言而生病,故叫彩云来传言,叫大相公将耳朵放硬些,不要听人胡言乱语。就是真真中表兄妹,温家已有故事,何况年家结义,怎说乱伦!"

双星听了,又惊又喜道:"正是呀!是我性急心粗,一时思量不到。今蒙剖明,领教矣,知过矣。只是还有一疑不解。"彩云道:"还有何疑?"双星道:"但不知此一语,还是出自小姐之口耶?还是彩云姐怜我膏肓之苦,假托此言以相宽慰耶?"彩云道:"婢子要宽慰大相公,心虽有之,然此等言语,若不是小姐亲口吩咐,彩云怎敢妄传?大相公与小姐,过些时少不得要见面,难道会对不出?"

双星道:"小姐若果有心,念及我双星之病,而殷殷为此言,则我双星之刀圭已入肺腑矣,更有何病?但只是我细想起来,小姐一个非礼弗言,非礼弗动,又娇羞腼腆,又不曾与我双星有半眉一眼之勾引,又不曾与我双星有片纸只字往来。就是前日得见小姐之诗,也是侥幸撞着,非私赠我也,焉肯无故而突然不避嫌疑,竟执兄为婿之理?彩云姐虽倾心吐胆,口敝舌颓,吾心终不能信,为之奈何?"

二人正说不了,忽青云听见房中有人说话,吃了一惊,将瞌睡惊醒,忙走进房来,看见双公子像好人一般,睡在床上,欹着半边身子,与彩云说话,不胜欢喜道:"原来相公精神回过来,病好了。"就奉茶水。彩云见有人在前,不便说话,因安慰了双公子几句,就辞出来,去报知小姐。只因这一报,有分教:

　　　　守柳下之东墙,窥周南之西子。

不知后事如何,且听下回分解。

第 六 回

俏侍儿调私方医急病　贤小姐走捷径守常经

词云：

> 许多缘故，只恨无由得诉。亏杀灵心，指明冷窦，远远一番良晤。
> 侧听低吐，悄然问，早已情分意付。试问何为，才色行藏，风流举措。

——右调《柳梢青》

话说彩云看过双公子之病，随即走到夫人房里来回复。恰好小姐也坐在房中。夫人一见彩云，就问道："大相公这一会病又怎么了？"彩云道："大相公睡是还睡在那里，却清清白白与我说了半晌闲话，竟不像个病人。"夫人听了，不信道："你这丫头胡说了，我方才看他，还见他昏昏沉沉，一句话说不出，怎隔不多时，就明明白白与你说话？"彩云道："夫人不信，可叫别人去再看，难道彩云敢说谎？"夫人似信不信，果又叫一个仆妇去看。那仆妇看了，来回说道："大相公真个好了，正在那里问青云哥讨粥吃哩！"夫人听了，满心欢喜，遂带了仆妇，又自去看。

小姐因同彩云回到楼上，说道："双公子病既好了，我心方才放下。"彩云道："小姐且慢些放心，双公子这病，据我看来，万万不能好了。"小姐听了着惊道："你方才对夫人说他不像个病人，与你说闲话，好了，为何又说万万不能好，岂不自相矛盾？"

彩云道："有个缘故。"小姐道："有甚缘故？"彩云道："双公子原无甚病，只为一心专注在小姐身上，听见若霞这蠢丫头说兄妹做不得夫妻，他着了急，故病将起来。及我方才去看他，只低低说得一声'蕊珠小姐叫我来看你'，他的昏沉早唤醒一半。再与他说明兄妹不可为婚这句话，不是小姐说的。他只一喜，病即全然好了。故我对夫人说，他竟不像个病人。但只可怪他为人多疑，只疑这些话都是我宽慰之言，安他的心，并非小姐之意。我再三苦辩是真，他只是不信。疑来疑去，定然还要复病。这一复病，便叫我做卢扁，然亦不能救矣。"

小姐听了，默然半晌，方又说道："据你这等说起来，这双公子之命，终究是我害他了，却怎生区处？"彩云道："没甚区处，只好听天由命罢了。"小姐又说道："他今既闻你言，已有起色，纵然怀疑，或亦未必复病。且不必过为古人担忧。"彩云道："只愿得如此就好了。"

不期这双公子，朝夕间只将此事放在心上，踌躇忖度，过不得三两日，果然依旧，又痴痴呆呆，病将起来。夫人着慌，忙请名医来看视，任吃何药，只不见效。小姐回想彩云之言不谬，因又与他商量道："双公子复病，到被你说着了。夫人说换了几个医生，吃药俱一毫无效。眼见得有几分危险，须设法救他方好。但我这几日，也有些精神恍惚，无聊无赖，想不出什么法儿来。你还聪明，可为我想想。"彩云道："这是一条直路，并无委曲，着不得辩解。你若越辩解，他越狐疑。只除非小姐面言一句，他的沉疴便立起矣。舍此，莫说彩云愚下之人，就是小姐精神好，也思算不出什么妙计来。"

小姐道："我与双公子，虽名为兄妹，却不是同胞，怎好私去看他？就以兄妹名分，明说要去一看，也只好随夫人同去，也没个独去之理。若同夫人去，就有话也说不得。去有何用？要做一诗，或写一信，与他说明，倘他不慎，落人耳目，岂非终身之玷？舍此，算来算去，实无妙法。若置之不问，看他恹恹就死，又于心不忍，却为之奈何？"

彩云道："小姐若呆呆的守着礼法，不肯见他一面，救他之命，这就万万没法了。倘心存不忍，肯行权见他，只碍着内外隔别，无由而往，这就容易处了。"小姐道："从来经权，原许并用，若行权有路，不背于经，这又何妨？但恐虚想便容易，我又不能出去，他又不能入来，实实要见一面，却又烦难。"彩云道："我这一算，倒不是虚想，实实有个东壁可窥可凿，小姐只消远远的见他一面，说明了这句兄妹夫妻的言语，包管他的病即顿时好了。"小姐道："若果有此若近若远的所在，可知妙了。但不知在于哪里？"

彩云道："东书院旁边，有一间堆家伙的空屋，被树木遮住，内中最黑，因在西壁上，开了一个小小的圆窗儿透亮。若站在桌子上往外一观，恰恰看得见熙春堂的假山背面。小姐若果怜他一死，只消在此熙春堂上，玩耍片时，待我去通他一信，叫他走到空屋里，立在桌子上圆窗边伺候。到临时，小姐只消走到假山背后，远远的见他一面，悄悄的通他一言，一桩好事便已做完了，有甚难处？"

小姐道："这条路，你如何晓得？"彩云道："小姐忘记了，还是那一年。

小姐不见了小花猫，叫我东寻西寻，直寻到这里，方才寻着，故此晓得。"小姐听了欢喜道："若是这等行权，或者也于礼法无碍。"彩云看见小姐有个允意，又复说道："救病如救火，小姐既肯怜他，我就要去报他喜信，约他时候了。"小姐道："事已到此，舍此并无别法，只得要托你了。但要做得隐秀方妙。"彩云道："这个不消吩咐。"一面说，一面就下楼去了。

走到夫人房中，要说又恐犯重，要不说又怕涉私。恰好夫人叫人去起了课来，起得甚好，说这病今日就要松动，明日便全然脱体。夫人大喜，正要叫人去报知，忽见彩云走来，因就对她说道："你来得正好，可将这课帖儿拿去，唤醒了大相公，报与他知，说这个起课的先生最灵，起他这病，只在早晚就好。"

彩云见凑巧，接着就走。刚走到书房门首，早看见青云迎着，笑嘻嘻说道："彩云姐来的好，我家相公睡梦中不住的叫你哩！你快去安慰安慰他。"彩云走着，随答应道："叫我做甚？我是夫人起了个好课，叫我来报知大相公的。"因将课帖儿拿出来一扬，就走进房，直到床前。也不管双公子是睡是不睡，竟低低叫一声："大相公醒醒，我彩云在此，来报你喜信。"果然是心病还将心药医，双星此时，蒙蒙胧胧，恍恍惚惚，任是鸟声竹韵，俱不关心，只听得"彩云"二字，便魂梦一惊，忙睁开眼来一看，见果是彩云，心便一喜。因说道："你来了么？我这病断然要死，得见你一见，烦你与小姐说明，我便死也甘心。"

彩云见双公子说话有清头，因低低说道："你如今不死了，你这病原是为不信我彩云的言语害的。我已与小姐说明，请小姐亲自与你见一面，说明前言是真，你难道也不相信，还要害病？"双公子道："小姐若肯觌面亲赐一言，我双星便死心相守，决不又胡思乱想了。但恐许我见面，又是彩云姐的巧言宽慰，以缓我一时之死。"彩云道："实实与小姐商量定了，方敢来说，怎敢哄骗大相公。"双星道："我也知彩云姐非哄骗之人。但思此言，若非哄骗，小姐闺门严紧，又不敢出来，我双星虽称兄妹，却非同胞，又不便入去，这见面却在何处？"

彩云笑一笑，说道："若没个凑巧的所在，便于见面，我彩云也不敢轻事重帮的来说了。"因附着双公子的耳朵，说明了空屋里小圆窗直看见熙春堂假山背后，"可约定了时候，你坐在窗口等候，待我去请出小姐来，与你远远的见一面，说一句，便一件好事定了。你苦苦的害这瞎病做什么!"双公子听见说话有源有委,知道是真,心上一喜,早不知不觉的坐将起来,要茶吃。

青云听见,忙送进茶来。彩云才将夫人的课帖儿,递与双公子道:"这是夫人替大相公起的课,说这病有一个恩星照命,早晚就好。今大相公忽然坐起来,岂不是好了,好灵课!我就要去回复夫人,省得她记挂。"就要走了出来,双公子忙又留下她道:"且慢!还有话与夫人说。"彩云只得又站下。双公子直等青云接了茶去,方又悄悄问彩云道:"小姐既有此美意,却是几时好?"彩云道:"今日恐大相公身子还不健,倒是明日午时,大相公准在空屋里小窗口等候罢。"双公子道:"如此则感激不尽,但不可失信!"彩云道:"决不失信。"说罢,就去了。正是:

> 一片桐凋秋已至,半枝梅绽早春通。
>
> 心窝若透真消息,沉病先收卢扁功。

彩云走了回来,先回复过夫人,随即走到楼上,笑嘻嘻与小姐说道:"小姐你好灵药也!我方才走去,只将与小姐商量的妙路儿,悄悄向他说了一遍,他早一骨碌爬起来,粘紧了要约时日,竟像好人一般了,你道奇也不奇?"小姐听了,也自喜欢道:"若是这等看起来,他这病,实实是为我害了。我怎辜负得他,而又别有所图!就与他私订一盟,或亦行权所不废。但不知你可曾约了时日?"彩云道:"我见他望一见,不啻大旱之望云霓,已许他在明日午时了,小姐须要留意。"二人说罢,就倏忽晚了。

到了次日,小姐梳妆饭后,彩云就要催小姐到熙春堂去。小姐道:"既约午时,此际只好交辰,恐去得太早,徘徊徙倚,无聊无赖,转怨尾生之不信。"彩云道:"小姐说的虽是,但我彩云的私心,又恐怕这个尾生,比圯桥老人的性子还急,望穿了眼,又要病将起来。"小姐笑道:"你既是这等过虑,你可先去探望一回,看他可有影子,我再去也不迟。"彩云道:"不是我过虑,但恐他病才略好些,勉强支持,身子立不起。"小姐道:"这也说得是。"

彩云遂忙忙走到熙春堂假山背后,抬头往圆窗上一张,早看见双公子在那里伸头缩脑的痴望。忽看见彩云远远走来,早喜得眉欢眼笑,等不得彩云走到假山前,早用手招邀。彩云忙走近前,站在一块多余的山石上,对他说道:"原约午时,此时还未及巳,你为何老早的就在此间,岂不劳神而疲,费力而倦?"双公子道:"东邻既许一窥,则面壁三年,亦所不惮,何况片时，又奚劳倦之足云！但不知小姐所许可确？若有差池，我双星终不免还是一死。"彩云笑道："大相公，你的疑心也太多，到了此时此际，还要说此话。这不是小姐失约来迟，是你性急来得太早了。待我去请了小姐来吧。"

一面说，一面即走回楼上，报与小姐道："何如？我就愁他来得太早，果然已立半晌了。小姐须快去，见他说一句决绝言语，使他拴系定了心猿意马，以待乘鸾跨凤，方不失好逑君子之体面。若听其怀忧蓄虑，多恨多愁，流为荡子，便可怜而可惜。"小姐听了道："你不消说了，使我心伤，但同你去吧。"

二人遂下楼，悄悄的走到熙春堂来。见熙春堂无人，遂又悄悄的沿着一带花荫小路，转过茶架，直走到假山背后。小姐因曲径逶迤，头还不曾抬起，眼还不曾看见圆窗在哪里，耳朵里早隐隐听见双星声音说道："为愚兄忧疑小恙，怎敢劳贤妹屈体亵礼，遮掩到此。一段恩情，直重如山，深如海矣！"

小姐走到了，彩云扶她在石上立定，再抬头看，见双公子在圆窗里笑面相迎，然后答应道："贤兄有美君子，既已下思荇菜，小妹葑菲闺娃，岂不仰慕良人？但男女有别，婚姻有礼，从无不待父母之命而自媒者。然就贤兄与小妹之事，细细一思，无姻之千里，忽相亲于咫尺，此中不无天意。唯有天意，故父母之人事已于兄妹稍见一斑矣。贤兄若有心，不以下体见遗，自宜静听好音，奈何东窥西探，习挑达之风，以伤河洲之化，岂小妹之所仰望而终身者也？况过逞狂态，一旦堕入仆妾窥伺之言，使人避嫌而不敢就，失此良姻，岂非自误！望贤兄谨之。"

双星道："愚兄之狂态，诚有如贤妹之所虑，然实非中所无主而妄发也。因不知贤妹情于何钟，念于谁属，窃恐无当，则不独误之一时，直误之终身。又不独误之终身，竟误之千秋矣。所关非小，故一时之寸心，有如野马，且不知有死生，安知狂态！虽蒙彩云姐再三理喻，非不信其真诚，但无奈寸心恍惚，终以未见贤妹而怀疑。疑心一动，而狂态作矣。今既蒙妹果如此垂怜，又如此剖明，则贤妹之情见矣。贤妹之情见，则愚兄之情定矣。无论天有意，父母有心，即时事不偶，或生或死，而愚兄亦安心于贤妹而不移矣，安敢复作狂态！"

小姐道："辗转反侧，君子未尝不多情，然须与桑濮之勾挑相远。贤兄若以礼自持，小妹又安敢不守贞以待！但行权仅可一时，万难复践。况小妹此衷，今已剖明，后此不敢复见矣，乞贤兄谅之。"双星道："贤妹既已底里悉陈，愚兄自应亲疏死守矣。但不知死守中，可能别有一生机，乞贤妹再一为指迷。"小姐道："君无他，妾无他，父母谅亦无他。欲促成其事，别无机括，唯功名是一捷径，望贤兄努力。他非小妹所知也。"

双星听了，连连点头道："字字入情，言言切理，愚兄何幸，得沐贤妹之爱如此，真三生之幸也。"小姐说罢，即命彩云搀扶她走下石头来，说道："此多露之地，不敢久留，凡百愿贤兄珍重。"双星本意还要多留小姐深谈半晌，无奈身子拘在小窗之内，又不能留。只说得一声道："夫人尊前，尚望时赐一顾。"小姐听了，略点一点头，就花枝一般袅袅娜娜去了。正是：

> 见面无非曾见面，来言仍是说来言。
>
> 谁知到眼闻于耳，早已心安不似猿。

小姐同彩云刚走到熙春堂，脚还不曾站稳，早有三两个侍妾，因楼上不见了小姐，竟寻到熙春堂来，恰恰撞着小姐，也不问她长短，遂一同走回楼上。大家混了半晌，众侍妾走开，小姐方又与彩云说道："早是我二人回到熙春堂了，若再迟半刻，被他们寻着看破，岂不出一场大丑！以后切不可再担这样干系。"彩云道："今日干系虽担，却救了一条性命。"二人闲说不提。

且说双星亲眼见小姐特为他来，亲耳听见小姐说出许多应承之话，心下只一喜，早不知不觉的病都好了。忙走回书房，叫青云收拾饭吃。吃过饭，即入内来拜谢夫人。夫人见他突然好了，喜之不胜，又留他坐了，问长问短。双星因有小姐功名二字在心，便一心只想着读书。只因这一读，有分教：

> 佳人守不着才子，功名盼不到婚姻。

不知后事如何，且听下回分解。

第 七 回

私心才定忽惊慈命促归期　好事方成又被狡谋生大衅

词云：

> 幽香才透春消息，喜与花相识。谁知桂子忽惊秋，一旦促他，归去使人愁。闺中帘幕深深护，燕也无寻处。钻窥无奈贼风多，早已颠形播影暗生波。

——右调《虞美人》

话说双星自在小圆窗里，亲见了蕊珠小姐，面订了婚姻之盟，便欢喜不胜，遂将从前忧疑之病，一旦释然。又想着小姐功名之言，遂安心以读书为事，每日除了入内问安之外，便只在书房中用功努力。小姐暗暗打听得知，甚是敬重。此时江章已回家久矣，每逢着花朝月夕，就命酒与双星对谈，见双星议论风生，才情焕发，甚是爱他。口中虽不说出，心中却有个暗暗择婿之意。双星隐隐察知，故愈加孝敬，以感其心。况入内问安，小姐不负前言，又常常一见，虽不能快畅交言，然眉目之间，留情顾盼，眷恋绸缪，不减胶漆。

正指望守得父母动情，以图好合，不期一日，忽青云走来报道："野鹤回来了。"双星忙问道："野鹤在哪里？"青云道："在里边见老爷夫人去了。"双星连忙走入内来。野鹤看见，忙叩见道："蒙公子差回，家中平安，夫人康泰。今着小人请公子早回。"遂在囊中取出双夫人的书来送上。双星接了，连忙拆开一看，只见上面写的是：

野鹤回，知汝在浙，得蒙江老伯及江老伯母，念旧相留，不独年谊深感，且不忘继立旧盟，置之子舍，恩何深而义何厚也！自应移孝事之，但今秋大比，乃汝立身之际，万不可失。可速速回家，早成前人之业，庶不负我一生教汝之苦心。倘有寸进，且可借此仰报恩父母之万一。字到日，可即治装，毋使我倚闾悬望。至嘱！至嘱！外一函并土仪八色，可致江老伯暨江老伯母叱存，以表远意。

母文氏字

双星看完，沉吟不语。江章因问道："孩儿见书，为何不语？"双星只得说道："家慈书中，深感二大人之恩，如天高地厚。但书中言及秋闱，要催孩儿回去，故此沉吟。"遂将母亲的书送上与江章看。江章看完，因说道："既是如此，只得要早些回去。"

此时小姐，正立在父母之旁，双星因看小姐一眼，说道："孩儿幼时，已昧前因，倒也漠然罢了。但今既无说明，又蒙二大人待如己出，孩儿即朝夕侍于尊前，犹恐不足展怀，今何敢轻言远去。况功名之事尚有可待，似乎从容可也。"夫人因接说道："我二人老景，得孩儿在此周旋，方不寂寞，我如何舍得他远行？"江章笑道："孩儿依依不去，足见孝心。夫人留你不舍，实出爱念。然皆儿女之私，未知大义。当日双年兄书香一脉，今日年嫂苦守，皆望你一人早续。今你幼学壮行，已成可中之才，不去冠军，而寄身于数千里之外，悠忽消年，深为可惜。况年嫂暮年，既有字来催，是严命也，孩儿怎生违得？"

双星只得低头答应道："是。"夫人见老爷要打发他回去，知不可留，止不住堕泪。小姐听见父亲叫双星回去，又见母亲堕泪，心中不觉凄楚。恐被人看见，连忙起身回房去了。双星忽抬头，早不见了小姐。只得辞了二人，带了野鹤，回书房去了。正是：

> 见面虽无语，犹承眉目恩。
>
> 一朝形远隔，那得不消魂。

夫人见双星要回家去秋试，一时间舍不得他，因对江章说道："你我如此暮年，无人倚靠，一向没有双元到也罢了，他既在我家，住了这许久，日日问安，时时慰藉，就如亲子一般。他今要去，实是一时难舍。况且我一个女孩儿，年已长大，你口里只说要择个好女婿，择到如今，尚没有些影儿。既没儿子，有个女婿，也可消消寂寞。"江章笑道："择婿我岂不在心。但择婿乃女孩儿终身大事，岂可草草许人，择到如今，方有一人在心上了，且慢慢对你说。"夫人道："你既有人中意，何不对我说明，使我也欢喜欢喜。"江章道："不是别人，就是双星。我看他少年练达，器宇沉潜，更兼德性温和，学高才广，将来前程远大，不弱于我。选为女孩儿作配，正是一对佳人才子。"

夫人听见要招双星为婿，正合其心，不胜大喜道："我也一向有此念，要对你说，不知你心下如何。你既亦有此心，正是一对良缘，万万不可错过。你为何还不早说?"江章道:"此事只差两件,故一向踌躇未定。"夫人道:"你踌躇何事?"江章道:"一来你我只得这个女儿,岂肯嫁出,况他家路远,恐后来不便。二来我堂堂相府,不便招赘白衣,故此踌躇。"夫人道:"他原是继名于我的,况他又有兄弟在家,可以支持家事。若虑嫁出,只消你写书致意他母亲,留他在此,料想双星也情愿。至于功名,哪里拘得定。你见那家的小姐,就招了举人、进士? 只要看得他文才果是如何。"江章道:"他的文才,实实可中,倒不消虑得。"夫人道:"既是如此,又何消踌躇?"江章道:"既夫人也有此意,我明日便有道理。"二人商量不提。

却说小姐归到拂云楼,暗暗寻思道:"双郎之盟,虽前已面订,实指望留他久住,日亲日近,才色对辉,打动父母之心,或者侥幸一时之许可。不期今日陡然从母命而归,虽功名成了,亦是锦上之花。但恐时事多更,世情有变,未免使我心恻恻,为之奈何?"正沉吟不悦,忽彩云走来说道:"小姐恭喜了!"小姐道:"不要胡说,我正在愁时,有何喜可言?"彩云遂将老爷与夫人商量,要取双公子为婿之言,细细说了一遍,道:"这难道不是喜么?"小姐听了,方欣然有喜气道:"果是真么?"彩云道:"不是真,终不成彩云敢哄骗小姐?"小姐听了,暗暗欢喜不提。

却说双星既得了母亲的书信,还打帐延捱,又当不得江老,引大义促归,便万万不能停止。欲要与小姐再亲一面,再订一盟,却内外隔别,莫说要见小姐无由,就连彩云,也不见影儿,心下甚是闷苦。过不得数日,江章与夫人因有了成心,遂择一吉日,吩咐家人备酒,与公子饯行。不一时完备。江章与夫人两席在上,双星一席旁设。大家坐定,夫人叫请小姐出来。小姐推辞,夫人道:"今日元哥远行,既系兄妹,礼应祖饯。"小姐只得出来,同夫人一席。

饮到中间,江章忽开口对双星说道:"我老夫妇二人,景人桑榆,自渐无托,唯有汝妹,承欢膝下,娱我二人之老。又喜她才华素习,诚有过于男子,是我夫妻最所钟爱。久欲为她选择才人,以遂室家,为我半子。但她才高色隽,不肯附托庸人,一时未见可儿,故致愆期到此,是我一件大心事未了。但恨才不易生,一时难得十全之婿。近日来求者,不说是名人,就说是才子,及我留心访问,又都是些邀名沽誉之人,殊令人厌贱。今见汝胸中才学,儒雅风流,自取金紫如拾芥,选入东床,庶不负我女之才也。吾意已决久矣，而不轻许出口者，意欲汝速归夺锦，来此完配，便彼此有光。不知你心下如何？若能体贴吾意，情愿乘龙，明日黄道吉辰，速速治装可也。"

双星此时在座吃酒，胸中有无限的愁怀。见了小姐在座，说又说不出来，唯俯首寻思而已。忽听见江章明说将小姐许他为妻，不觉神情踊跃，满心欢喜。连忙起身，拜伏于地道："孩儿庸陋，自愧才疏，非贤妹淑人之配。乃蒙父母二大人眷爱，移继子而附荀香，真天高地厚之恩，容子婿拜谢！"说罢，就在江章席前三拜，拜完，又移到夫人席前三拜。小姐听见父亲亲口许配双星，暗暗欢喜，又见双星拜谢父母，便不好坐在席间，连忙起身入内去了。

双星拜罢起来，入席畅饮，直饮得醺醺然，方辞谢出来。归到书房，不胜快活。所不满意者，只恨行期急促，不能久停，又无人通信，约小姐至小窗口一别，心下着急。到了次日，推说舍不得夫人远去，故只在夫人房中走来走去，指望侥幸再见小姐一面。谁知小姐自父母有了成言，便绝迹不敢复来，唯托彩云取巧传言。双星又来回了数次，方遇见彩云，走到面前低低说道："小姐传言，说事已定矣，万无他虑。今不便再见，只要大相公速去取了功名，速来完此婚好，不可变心。"双星听了，还要与她说些什么，不期彩云，早已避嫌疑走开了。双星情知不能再见，无可奈何，只得归到书房去，叫青云、野鹤收拾行李。

到了临行这日，江章与夫人请他入去一同用饭。饭过，夫人又说道："愿孩儿此去，早步蟾宫，桂枝高折，速来完此良姻，莫使我二人悬念。"双星再拜受命。夫人又送出许多礼物盘缠，又书一封问候双夫人。双星俱受了，然后辞出。夫人含泪，送至中门。此时小姐不便出来，唯叫彩云暗暗相送。双星唯眉目间留意而已。江章直送出仪门之外，双星方领了青云、野鹤二人上路而行。正是：

> 来时原为觅佳人，觅得佳人拟占春。
>
> 不道功名驱转去，一时盼不到婚姻。

双星这番在路，虽然想念小姐，然有了成约，只要试过，便来做亲，因此喜喜欢欢，兼程而进，且按下不提。

却说上虞县有一个寄籍的公子，姓赫名炎，字若赤。他祖上是个功臣，世袭侯爵，他父亲现在朝中做官，因留这公子在家读书。谁知这公子，只有读书之名,却无读书之实,年纪虽只得十五、六岁,因他是将门之子,却生得人物魁伟,情性豪华,挥金如土,便同着一班门下帮闲,终日在外架鹰放犬的打围,或在花丛中作乐,日则饮酒食肉,夜则宿妓眠娼,除此并无别事。不知不觉,已长到二十岁了。这赫公子因想道:"我终日在外,与这些粉头私窠打混,虽当面风骚,但我前脚出了门,她就后脚又接了新客,我的风骚已无迹影。就是包年包月,眼睛有限,也看管不得许多,岂不是年子弟变成龟了! 我如今何不聘了一头亲事,少不得是乡宦人家的千金小姐,与他在家中朝欢暮乐,岂不妙哉!"

主意定了,就与这班帮闲说道:"我终日串巢窠,嫖婊子,没个尽头的日子。况且我父亲时常有书来说我,家母又在家中琐碎,也觉得耳中不清净。况且这些娼妓们,虚奉承,假恩爱的熟套子看破了,也觉有些惹厌。我如今要另寻一个实在受用的所在了。"

这班帮闲听见公子要另寻受用,便一个个逞能划策,争上前说道:"公子若是喜新厌旧,憎嫌前边的这几个女人,如今秦楼上,又新到了几个有名的娼妓,楚馆中,又才来了几个出色的私窠,但凭公子去拣选中意的受用,我们无不帮衬。"赫公子笑道:"你们说的这些,都不是我的心事了。我如今只要寻一位好标致小姐,与我做亲,方是我的实受用。你们可细细去打听,若打听得有甚大乡宦大家出奇的小姐,说合成亲,我便每人赏你一个大元宝,决不食言!"

这些帮闲,正要撺掇他去花哄,方才有得些肥水入己,不期今日公子看破了婊子行径,不肯去嫖,大家没了想头,一个个垂头丧气。及听到后来要他们出去打听亲事,做成了媒,赏一个大元宝,遂又一个个摩拳擦掌的说道:"我只说公子要我们去打南山的猛虎,锁北海的蛟龙,这便是难事了。若只要我们去做媒,不是我众人夸口说,浙江一省十一府七十五县,城里城外,各乡各镇,若大若小乡宦人家的小姐,标致丑陋,长短身材,我们无不晓得。况且重赏之下,必有勇夫,这是极容易的事。"公子听了,大喜道:"原来你们这样停当,可作速与我寻来,我捡中意的就成。"

不数日,这些帮闲,果然就请了无数乡宦人家小姐的生辰八字,来与公子捡择。偏生公子会得打听,不是嫌他官小,就是嫌他人物平常。就忙得这些帮闲,日日钻头觅缝去打听,要得这个元宝,不期再不能够中公子之意。忽一日,有个帮闲叫做袁空在县中与人递和息,因知县尚未坐堂,他便坐在大门外石狮子边守候。

只见一个老儿，手里拿着一张小票，一个名帖，在那里看。这袁空走来看见，因问道："你这老官儿，既纳钱粮，为何又有名帖？"那老儿说道："不要说起，我这钱粮，是纳过的了。不期新官到任，被书吏侵起，前日又来催征。故我家老爷，叫我来查。"袁空连忙在这老儿手中，取过名帖来看，见上写着有核桃大的三个大字，是"江章拜"。因点头说道："你家老爷，致仕多年，闻得年老无子，如今可曾有公子么？"那老儿道："公子是没有，只生得一位小姐。"袁空便留心问道："你家小姐，今年多大了？"那老儿道："我家小姐，今年十六岁了。"袁空道："你家小姐，生得如何？可曾许人家么？"

那老儿见问，一时高兴起来，就说道："相公若不问起我家小姐便罢，若问起来，我家这位小姐，真是生得千娇百媚，美玉无瑕，袅袅如风前弱絮，婷婷似出水芙蓉。我家老爷爱她，无异明珠，取名蕊珠小姐，又教她读书识字。不期小姐天生的聪明，无书不读，如今信笔挥洒，龙蛇飞舞，吟哦无意，出口成章，真是青莲减色，西子羞容。只因我家老爷要选个风流才子，配合这窈窕佳人，一时高不成，低不就，故此尚然韫椟而藏。"袁空听了，满心欢喜。因又问道："你在江老爷家是甚员役？"那老儿笑嘻嘻说道："小老儿是江太师老爷家一员现任的门公江信便是。"袁空听了，也忍笑不住。

不一时，知县坐堂，大家走开，袁空便完了事情回来。一路上侧头摆脑的算计道："他两家正是门当户对，这头亲事，必然可成，我这远宝哥哥，要到我手中了。"遂不回家，一径走来，寻见赫公子，说道："公子喜事到了！我们这些朋友，为了公子的亲事，那一处不去访求，真是茅山祖师，照远不照近。谁知这若耶溪畔，西子重生，洛浦巫山，神女再出。公子既具王陵豪侠，若无这位绝世佳人，与公子谐伉俪之欢，真是错过。"

赫公子听了笑道："我一向托人访问，并无一个出色稀奇的女子。你今日有何所见，而如此称扬？你且说是哪家的小姐，若说得果有些好处，我好着人去私访。"袁空笑道："若是别人走来报这样的喜信，说这样的美人，必要设法公子开个大大的手儿，方不轻了这位小姐。只是我如何敢勒公子，只得要细说了。"只因这一说，有分教：

　　抓沙抵水，将李作桃。

不知后事如何，且听下回分解。

第 八 回

痴公子痴的凶认大姐做小姐　精光棍精得妙以下人充上人

词云：

> 千春万杵捣玄霜，指望成时，快饮琼浆。奈何原未具仙肠，只合青楼索酒尝。从来买假是真方，莫嫌李苦，惯代桃僵。忙忙识破野鸳鸯，早已风流乐几场。

——右调《一剪梅》

话说袁空，因窃听了江蕊珠小姐之名，便起了不良之心，走来哄骗赫公子道："我今早在县前，遇着一个老儿，是江阁老家的家人江信。因他有田在我县中，叫家人来查纳过的钱粮。我问他近日阁老如何，可曾生了公子。那家人道：'我家老爷公子到不曾生，却生了一位赛公子的小姐，今年十六岁。'我问他生得如何，却喜得这老儿不藏兴，遂将这小姐取名蕊珠，如何标致，如何有才，这江阁老又如何爱她，又如何择婿，如此如此，这般这般，真是说与痴人应解事，不怜人处也怜人。"

赫公子听了半晌，忽听到说是什么百媚千娇，又说是什么西子神女，又说是什么若耶洛浦，早将赫公子说得一如雪狮子向火。酥了半边。不觉大喜道："我如今被你将江蕊珠小姐一顿形容，不独心荡魂消，只怕就要害出相思病来了。你快些去与我致意江老伯，说我赫公子爱他的女儿之极，送过礼去，立刻就要成亲了。"

袁空听了大笑道："原来公子徒然性急，却不在行。一个亲事，岂这等容易？就是一个乡村小人家的儿女，也少不得要央媒说合，下礼求聘，应允成亲。何况公子是公侯之家，她乃太师门第。无论有才，就是无才，也是一个千金小姐，娇养闺中，岂可造次，被他笑公子自大而轻人了。"赫公子道："依你便怎么说？"袁空道："依我看来，这头亲事，公子必须央寻一个贵重的媒人去求，方不失大体。我们只好从旁赞襄而已。公子再不惜小费，我们转托人在他左近，称扬公子的好处。等江阁老动念，然后以千金为聘，则无不成之理。"公子道："你也说得是。我如今着人去叫绍兴府知府莫需去说。你再去相机行事,你道好么?”袁空道:“若是知府肯去为媒,自然稳妥。”公子连忙叫人写了一封书,一个名帖,又吩咐了家人许多言语。

到了次日,家人来到府中,也不等知府升堂,竟将公子的书帖投进。莫知府看了,即着衙役唤进下书人来吩咐道:“你回去拜上公子,书中之事,我老爷自然奉命而行。江太师台阁小姐,既是淑女,公子侯门贵介,又是才郎,年龄又相当,自然可成。只不知天缘若何,一有好音,即差人回复公子也。”又赏了来人路费。来人谢赏回家,将知府吩咐的话说知,公子甚是欢喜不提。

却说这知府是科甲出身,做人极是小心,今见赫公子要他为媒,心下想道:“一个是现任的公侯,一个是林下的宰相。两家结亲,我在其中撮合,也是一件美事。”因拣了一个黄道吉日,穿了吉服,叫衙役打着执事,出城往笔花墅而来。不一时到了山中村口,连忙下轿,走到江府门前,对门上人说道:“本府有事,要求见太师老爷。今有叩见的手本,乞烦通报。”门上人见了,不敢怠慢,连忙拿了手本进来。

此时江章正坐在避暑亭中,忽见家人拿着一个红手本进来说道:“外面本府莫太爷,要求见老爷,有禀帖在此。”连忙呈上。江章看了,因想道:“我在林下多年,并不与府县官来往,他为何来此?欲不出见,他又是公祖官,只说我轻他。况且他是科目出身,做官也还清正,不好推辞。”只得先着人出去报知,然后自己穿了便服,走到阁老厅上,着人请太爷相见。

知府见请,连忙将冠带整一整,遂一步步走上厅来。江章在厅中,略举手一拱。莫知府走入厅中,将椅摆在中间,又将衣袖一拂道:“请老太师上坐,容知府叩见!”便要跪将下去,江章连忙扶住说道:“老夫谢事已久,岂敢复蒙老公祖行此过礼,使老夫不安,只是常礼为妙。”知府再三谦让,只得常礼相见。傍坐,茶过,叙了许多寒温。江章道:“值此暑天,不知老公祖何事贲临?幸乞见教。”

莫知府连忙一揖道:“知府承赫公子见托,故敢趋谒老太师。今赫公子乃赫侯之独子,少年英俊,才堪柱国,谅太师所深知也。今公子年近二十,丝萝无系足之缘,中匮乏苹蘩之托。近闻老太师闺阃藏珠,未登雀选,因欲侍立门墙,以作东床佳婿,故托知府执柯其间,作两性之欢,结三生之约。一是勋侯贤子,一是鼎鼐名姝,若谐伉俪,洵是一对良缘。不识老太师能允其请否？"

江章道："学生年近衰髦，止遗弱质。只因她赋性娇痴，老夫妇过于溺爱，择婿一事，未免留心，向来有求者，一无可意之人，往往中止。不意去冬，蜀中双年兄之子念旧，存问于学生，因见他翩翩佳少，才学渊源，遂与此子定姻久矣。今春双年嫂有字，催他乡试，此子已去就试，不久来赘。乞贤太守致意赫公子，别缔良缘可也。"莫知府道："原来老太师东床有婿，知府失言之罪多多矣，望老太师海涵。"连忙一恭请罪。江章笑道："不知何妨，只是有劳贵步，心实不安。"说罢，莫知府打躬作别，江章送到阶前，一揖道："恕不远送了。"莫知府退出，上轿回府，连夜将江阁老之言，写成书启，差人回复赫公子去了。

差人来见公子，将书呈上。公子只说是一个喜信，遂连忙拆开一看，却见上面说的，是江章已与双生有约，乞公子别择贤门可也。公子看完，勃然大怒，因骂道："这老匹夫，怎么这样颠倒！我一个勋侯之子，与你这退时的阁老结亲，谁贵谁荣？你既自己退时，就该要攀高附势，方可安享悠久。怎么反去结识死过的侍郎之子，岂非失时的偏寻倒运了！他这些说话，无非是看我们武侯人家不在眼内，故此推辞。"

众帮闲见赫公子恼怒不息，便一起劝解。袁空因上前说道："公子不须发怒，从来亲事，再没个一气说成的。也要三回五转，托媒人不惜面皮，花言巧语去说，方能成就。我方才细细想来，江阁老虽然退位，却不比得削职之人。况且这个知府，虽然是他公祖官，然见他阁下，必是循规蹈矩，情意未必孚洽。情意既不孚洽，则自不敢为公子十分尽言。听见江老说声不允，他就不敢开口，便来回复公子，岂不他的人情就完了。如今公子若看得这头亲事不十分在念，便丢开不必提了。若公子果然真心想念，要得这个美貌佳人，公子也惜不得小费，我们也辞不得辛苦。今日不成，明日再去苦求，务必玉成，完了公子这心愿。公子意下如何？"

赫公子听了大喜道："你们晓得我往日的心性，顺我者千金不吝，逆我者半文不与。不瞒你说，我这些时，被你们说出江小姐的许多妙处，不知怎么样，就动了虚火，日间好生难过，连夜里俱梦着与小姐成亲。你若果然肯为我出力，撮合成了，我日后感念你不小。况且美人难得，银钱一如粪土。你要该用之处，只管来取，我公子决不吝惜。"

袁空笑说道："公子既然真心，前日所许的元宝，先拿些出来，分派众人，我就好使他们上心去做事。"公子听了，连忙入内，走进库房，两手拿着两个元宝出来，都掷在地下道："你们分去，只要快些上心做事！"袁空与众帮闲连忙拾起来，说道："就去，就去！"遂拿着元宝，别了公子出来。

众人俱欢天喜地。袁空道："你们且莫空欢喜，若要得这注大财，以后凡事须要听我主张，方才妥帖。"众人道："这个自然，悉听老兄差遣。"袁空道："我们今日得了银子，也是喜事，可同到酒店中去吃三杯，大家商量行事。"众人道："有理，有理。"遂走入城中，拣一个幽静的酒馆，大家坐下。不一时酒来，大家同饮。

袁空说道："我方才细想，为今之计，我明日到他近处，细细访问一番。若果然有人定去，就不必说了；若是无人，我回来叫公子再寻托有势力的大头脑去求，只怕江阁老也辞不得他。"众人道："老兄之言，无不切当。"不一时酒吃完，遂同到银铺中，要将银分开。众人道："我们安享而得，只对半分开，你得了一个，这一个，我们同分吧。"袁空推逊了几句，也就笑纳了，遂各自走开不提。

却说这蕊珠小姐，自从双星别后，心中虽是想念，幸喜有了父母的成约，也便安心守候。不期这日，听见本府莫太爷受了赫公子之托，特来做媒，因暗想道："幸喜我与双星订约，又亏父母亲口许了，不然今日怎处？"便欢欢喜喜，在闺中做诗看书不提。正是：

　　一家女儿百家求，一个求成各罢休。

　　谁料不成施毒意，巧将鸦鸟作睢鸠。

却说袁空果然悄悄走到江家门上，恰好江信在楼下坐着，袁空连忙上前拱手道："老官儿，可还认得我么？"江信见了，一时想不起来，道："不知在何处会过，到有些面善。"袁空笑道："你前日在我县中相遇，你就忘了。"

江信想了半日道："可是在石狮子前相见的这位相公么？"袁空笑道："正是。"江信道："相公来此何干？"袁空道："我有一个相知在此，不期遇他不着，顺便来看看你。"江信道："相公走得辛苦了，可在此坐坐，我拿茶出来。"袁空道："茶到不消，你这里可有个酒店么？我走得力乏了，要些接力。"江信道："前面小桥边亭子上，就是个酒店，我做主人请相公吧。"袁空道："岂有此理，我初到这里不熟，烦老兄一陪。"原来这江信是个酒徒，听见吃酒，就有个邀客陪主之意，今见袁空肯请他，便不胜欢喜道：

"既是相公不喜吃冷静杯,小老儿只得要奉赔了。"

于是二人离了门前,走入酒店,两人对酌而饮。江信吃了半日,渐有醉意,因停杯问道:"我这人真是懵懂,吃着酒,连相公姓名也不曾请教过。"袁空笑道:"我是上虞县袁空。"二人又吃了半晌,袁空便问道:"你家老爷,近日如何?"江信道:"我家老爷,在家无非赏花赏月,山水陶情而已。"袁空道:"前日我闻得赫公子央你府中太爷为媒,求聘你家小姐,这事有的么?"江信道:"有的,有的。但他来得迟了,我家小姐已许人了。"

袁空吃惊问道:"我前日在县前会你,你说老爷择婿谨慎,小姐未曾许人。为何隔不多时,就许人了?"江信道:"我也一向不晓得,就是前日太爷来时,见我家老爷回了,我想这侯伯之家结亲,也是兴头体面之事,为何回了? 我家妈妈说道:'你还不知道,今年春天,老爷夫人当面亲口许了双公子,今年冬天就来做亲了。'我方才晓得小姐是有人家的了。"袁空道:"这双公子,为何你家老爷就肯将小姐许他?"江信便将双公子少年多才,是小时就继名与老爷为子的,又细细说了一番,他是姊(兄)妹成亲的了。袁空听了,心下冷了一半。坐不得一会,还了酒钱起身。江信道:"今日相扰,改日我做东吧。"

袁空别过,一路寻思道:"我在公子面前,夸了许多嘴,只说江阁老是推辞说谎,谁知果有了女婿。我如今怎好去见公子! 倘或发作起来,说我无用,就要将银子退还他了。"遂一路闷闷不快,只得先到家中。妻子穆氏与女儿接着,穆氏问道:"你去江阁老家做媒,事情如何了?"袁空只是摇头,细细说了一遍,道:"我如今不便就去回复公子,且躲两日,打点些说话,再去见他方好。"

这一夜,袁空同着妻子睡到半夜,因想着这件事,便翻来覆去,因对穆氏说道:"我如今现拿着白晃晃的一个元宝,在家放着,如今怎舍得轻轻送出? 我如今只得要如此如此,这般这般,倒也是件奇事。况众帮闲俱是得过银子的,自然要出力帮我,你道如何?"穆氏听了,也自欢喜道:"只要做得隐秀,也是妙事。"

袁空再三忖度,见天色已明,随即起来,吃些点心出门。寻见这几个分过银子的帮闲,细细说知道:"江家事万万难成,今日只得要将原银退还公子了。"众人见说,俱哑口不言。袁空道:"你们不言不语,想是前日的银子用去了么?"众人只得说道:"不瞒袁兄说,我们的事,你俱晓得的。

又不会营运，无非日日只靠着公子，撰赚些落些，回去养妻子。前日这些，拿到家中，不是籴米，就是讨当，并还店账去了。你如今来要，一时如何有得拿出来？"

袁空听了着急道："怎么你们这样穷？一个银子到手，就完得这样快！我的尚原封不动在那里。如今叫我怎样去回公子？倘然公子追起原银，岂不带累我受气！受气还是小事，难道你们又赖得他的？只怕明日送官送府追比，事也是有的。你们前日不听见公子说的，逆他者分文不与。我若今日做成了这亲事，再要他拿出几个来，他也是欢喜的。如今叫我怎么好？"

众人俱不做声，只有一个说道："这宗银子，公子便杀我们，也无用，只好寻别件事补他罢了。再不然，我们众人，轮流打听，有好的来说，难道只有江小姐，是公子中意的？"袁空道："你们也不晓得公子的心事。我前日在他面前说得十分美貌，故他专心要娶，别人决不中意。我如今细想了一个妙法，唯有将计就计，瞒他方妙。只要你们大家尽心尽力，若是做成，不但前银不还，后来还要受用不了，还可分些你们用用。你们可肯么？"

众人听了大喜道："此乃绝美之事，不还前银，且得后利，何乐而不为？你有甚妙法，快些说来，好去行事。"袁空道："江家亲事，再不必提了。况且他是个相府堂堂阁老，我与你一介之人，岂可近得正人君子？只好在这些豪华公子处，胁肩献笑，甘作下流，鬼混而已。如今小姐已被双星聘去，万无换回之处。若要一径对公子说去，不但追银，还讨得许多不快活。将来你我的衣食饭碗，还要弄脱。如今唯有瞒他一法，骗他一场，落些银子，大家去快活罢了。"

众人道："若是瞒得他过，骗得他倒，可知好哩。但哪里去寻这江小姐嫁他？"袁空道："我如今若在婊子中捡选美貌，假充江小姐嫁去成亲，后来毕竟不妥。况且不是原物，就要被他看破。若是弄了他聘礼，瞒着人悄悄买个女子，充着嫁去，自然一时难辨真假，到也罢了。只是这一宗富贵，白白总承了别人，甚是可惜。我想起来，不知你们那家，有令爱的，假充嫁去，岂不神不知鬼不觉的一件妙事。"

众人听了道："计策虽好，只是我们的女儿，大的大，小的小，就是不大不小，也是拿不出的人物，怎好假充？这个富贵，只好让别人罢了。"袁空道："这就可惜了。"内中一个说道："我们虽然没有，袁兄你是有的，何不就借重令爱吧。"袁空道："我这女儿,虽然有三分颜色,今年十七岁了,我一向要替他寻个好丈夫,养我过日子的。我如今也只得没奈何,要行此计了。"

众人见袁空肯将女儿去搪塞赫公子,俱欢喜道："若得令爱嫁了他,我们后来走动,也有内助之人了。只不知明日怎样个嫁法,也要他看不破方好。"袁空道："如今这件事,我因你们银子俱花费了,叫我一时没法,故行此苦肉计。如今我去见公子,只说是江阁老应承,你们在公子面前,多索聘金,我也不愿多得,也照前日均分,大家得些何如?"

众人听了,俱大喜道："若是如此,袁兄是扶持我们赚钱了。"袁空道："一个弟兄相与,哪里论得。"众人又问道："日后嫁娶,又如何计较?"袁空道："我如今也打点在此。"因附耳说道："以后只消如此这般。"众人听了大喜。袁空别过,自去见赫公子。只因这一去,有分教:

　　　假假承当,真真错认。

不知后事如何,且听下回分解。

第 九 回

巧帮闲惯弄假藏底脚贫女穴中　瞎公子错认真饱老拳丈人峰下

词云：

　　桃花招，杏花邀，折得来时是柳条。任他骄，让他刁，暗引明桃，淫魂早已消。有名有姓何曾冒，无形无影谁知道。既相嘲，肯相饶，说出根苗，先经这一遭。

——右调《梅花引》

　　话说袁空，要将女儿哄骗赫公子，只得走回家商量。原来袁空的这个女儿，叫做爱姐，倒也还生得唇红齿白，乌头黑鬓，且伶牙俐齿，今年十七岁了。因袁空见儿子尚小，要招个女婿在家养老。一时不凑巧，故尚没人来定。这爱姐既已长大，自知趣味，见父母只管耽搁她，也就不耐烦，时常在母亲面前使性儿淘气。这日袁空回来，见了这锭元宝，一时不舍得退还，就想出这个妙法来抵搪。这个穆氏又是个没主意之人，听见说要嫁与公子，想着有了这个好女婿，自然不穷了。就欢欢喜喜，并不拦阻，只愿早些成事。

　　袁空见家中议妥，遂将这些说话，笼络了众人。又见众人俱心悦诚服，依他调度行事，便满心快活，来见公子，笑嘻嘻的说道："我就说莫知府的说话，是个两面光鲜，不断祸福，得了人身就走的主儿。不亏我有先见之明，岂不将一段良缘当面错过。"

　　赫公子听了大喜，连忙问道："江小姐亲事，端得如何？你惯会刁难人，不肯一时说出，竟不晓得我望得饿眼将穿，你须快些说来为妙。"袁空笑说道："公子怎这样性急，一桩婚姻大事，也要等我慢慢的说来。我前日一到了江家，先在门上用了使费，方才通报。老太师见我是公子遣来，便不好轻我，连忙出来接见。我一见时，先将公子门第人物，赞扬了一番，然后说出公子求婚，如何至诚，如何思慕。江太师见我说话切当入情，方笑说道：'前日莫知府来说，只不过泛泛相求，故此未允。今你既系陈公子之贤，我心已喜。但小女娇娃，得与公子缔结丝萝，不独老夫有幸，实小女之福也。'我见他应允，因再三致谢。又蒙老太师留我数日，临行，付我庚帖，又嘱我再三致意公子。"连忙在袖中取出庚帖。公子看见大喜道："我说江老伯是仕路之人，岂不愿结于我。也亏你说话伶俐，是我的大功臣了。"

这几个帮闲在旁，同声交赞说："袁空真是有功。"袁空道："小姐庚帖已来，公子也要卜一卜，方好定行止。"公子笑道："从来不疑，何卜？这段姻缘是我心爱之人，只须择日行聘过去，娶来就是了。"忙取历日一看道："七月初二好日行聘，八月初三良辰结亲。"袁空依允别去了。

过了两日，就约了众帮闲商量道："不料公子这般性急，如今日子已近，我已寻了一个好所在，明日好嫁娶。你们须先去替我收拾，我好搬来。"众人问道："在哪里？"袁空道："在绍兴府城南，云门山那里，是王御史的空花园，与江阁老家，只离得二十多里。管园的与我相好，我已对他说明，是我嫁女儿。在赫家面前，只说江老爷爱静，同夫人小姐在园中避暑，就在此嫁娶。"众人听了大喜，连忙料理去了。

袁空又隔了两日，果然将妻子女儿，移在园中住下。自己又来分派主张行礼，真是有银钱做事，顷刻而成。众帮闲在公子面前，撺掇礼物，必要从厚，公子又不惜银钱，只要好看。果然聘礼千金，彩缎百端，花红羊酒糕果之类，真是件件齐整。因是路远，先一日下船，连夜而行。众帮闲俱在船中饮酒作乐。将到天明，远远一只小船摇来。到了大船边，却是袁空。连忙上了大船，进舱对众家人们说道："幸而我先去说声，如今江老爷不在家中，已同夫人小姐，俱在云门山园中避暑静养。你们如今只往前面小河进去，我先去报他们知道。"又如飞去了。袁空到了园中，久已准备了许多酒席，又雇了许多乡人伺候。

不一时，一只大座船，吹吹打打，拢近岸来。赫家家人将这些礼物搬进厅堂，袁空叫这些乡人逐件搬了进去，与穆氏收拾。袁空就对赫家家人说道："老太师爷微抱小恙，不便出来看聘了。"于是大吹大擂，管待众帮闲及赫家家人，十分丰盛，俱吃得尽欢。袁空又叫乡人在内搬出许多回聘，交与来人，然后上船而去，正是：

　　野花强窃麝兰香，村女乔施美女装。

　　虽然两般同一样，其中只觉有商量。

赫公子等家人回来，看见许多回聘，满心快活，眼巴巴只等与小姐做亲不提。

却说袁爱姐，见父母搬入园中，忽又是许多人服侍起来，又忽见人家送进许多礼物，俱是赤金白银，钗环首饰，又有黄豆大的粗珠子，心中甚是贪爱。又见母亲手忙足乱的收藏，正不知是何缘故。忙了一日，到了夜间，袁空关好了房门，方悄悄对女儿爱姐说道："今日我为父的费了无限心机，方将你配了天下第一个富豪公子。"遂将始末缘由，细细告知女儿。又说道："你如今须学些大人家的规模，明日嫁去，不可被他看轻，是你一生的受用。况且这公子，是女色上极重的，你只是样样顺他，奉承他，等他欢喜了，然后慢慢要他伏小。那时就晓得是假的。他也变不过脸来了。如今有了这些缎匹金银，你要做的，只管趁心做去。"

这爱姐忽听见将他配了赫公子，今日这些礼物，都是他的，就喜得眉欢眼笑起来。便去开箱倒笼，将这些从来不曾看见过的绫罗缎匹，首饰金银，细细看。想道："这颜色要做什么衣服，那金子要打造甚时样首饰。"盘算了一夜，何曾合眼。过了一两日，袁空果然将些银两，分散与众帮闲，各人俱感激他。袁空见日子已近，就去叫了几个裁缝，连夜做衣，又去打些首饰，就讨了四个丫环，又托人置办了许多嫁妆，一应完备。

不知不觉，早又是八月初二。赫公子叫众帮闲到江家来娶亲。众帮闲带领仆从，并娶亲人役，又到了云门山花园门首。一时间，流星火炮，吹吹打打，好不热闹。穆氏已将爱姐开面修眉，打扮起来，一时间就好看了许多。袁空与穆氏又传多秘诀。四个丫环簇拥出堂前，上了大轿，又扶入船中。袁空随众帮闲，上了小船而来。到了初三黄昏左侧，尚未到赫家河下，赫公子早领了乐人傧相，在那里吹打，放火炮，闹轰轰迎接。

袁空忙先去对公子说知："江太师爷喜静不耐繁杂，故此不来送嫁。改日过门相见，一应事情，俱托我料理。如今新人已到，请公子迎接。"赫公子忙叫乐人傧相，俱到大船边，迎请新人上轿。竟抬到厅前，再三喝礼，轿中请出新人，新郎新妇同着拜了天地，又拜见了夫人，又行完了许多的礼数，然后双双拥入洞房，揭去盖头。

赫公子见江小姐打扮得花一团，锦一簇，忙在灯下偷看。见小姐虽无秀媚可餐，却丰肥壮实，大有福相。暗想道："宰相女儿自然不同。"便满心欢喜，同饮过合卺之卮，就连忙遣开侍女，亲自与小姐脱衣除髻。爱姐也正在可受之年，只略做些娇羞，便不十分推辞，任凭公子搂抱登床。公子是个惯家，按摩中窍，而爱姐惊惊喜喜婉转娇啼，默然承受。赫公子见小姐苦不能容，也就轻怜爱惜，乐事一完，两人怡然而寝。正是：

　　看明妓女名先贱，认做私窠品便低。

　　今日娶来台鼎女，自然娇美与山齐。

　　到了次日，新郎新妇拜庙，又拜了夫人。许多亲戚庆贺，终日请人吃酒。公子日在酒色之乡，哪里来管小姐有才无才。这袁爱姐又得了父母心传，将公子拿倒，言听计从，无不顺从。外面有甚女家的礼数，袁空自去一一料理。及至赫公子问着江家些事情，又有众帮闲插科打诨，弥缝过去了，故此月余并无破绽看出。袁空暗想道："我女儿今既与他做了贴肉夫妻，再过些时，就有差池，也不怕了。"

　　忽一日赫公子在家坐久，要出去打猎散心取乐，早吩咐家人准备马匹。公子上马，家人们俱架鹰牵犬，一起出门。只有两个帮闲，晓得公子出猎，也跟了来。一行人众，只拣有鸟兽出入的所在，便一路搜寻。一日到了余姚地方，有一座四明山，赫公子见这山高，树木稠密，就叫家人排下围场，大家搜寻野兽。忽见跳出一个青獐，公子连忙拈弓搭箭，早射中了。那獐负箭往对山乱跑，公子不舍，将马一夹，随后赶来。赶了四五里，那獐不知往哪里走去。公子独自一人，赶寻不见，却远远见一个大寺门前，站着一簇许多人。公子疑惑是众人捉了他的獐子在内，遂纵马赶来。

　　忽见一个小沙弥走过，因问道："前面围着这许多人，莫非捉到正是我的獐么？"那小沙弥一时见问，摸不着头路，又听得不十分清白，因模模糊糊答应道："这太师老爷正姓江。"赫公子忽听见说是江太师，心下吃了一惊，遂连忙要将马兜住。怎奈那马走急了，一时收不住，早跑到寺前。已看见一个白须老者，同着几个戴东坡巾的朋友，坐在那里看山水，说闲话，忙勒转马来，再问人时，方知果是他的丈人。

　　因暗想道："我既马跑到此，这些打围的行径，一定被他看见。他还要笑我新郎不在房中与他小姐作乐，却在此深山中寻野食。但我如今若是不去见他，他又在那里看见了；若是要去见他，又是不曾过门的新女婿。今又这般打扮，怎好相见？"因在马上踌躇了半晌，忽又想道："丑媳妇免不得要见公婆，岂有做亲月余的新女婿，不见丈人之理？今又在此相遇，不去相见，岂不被他笑我是不知礼仪之人，转要怪我了。"遂下了马，将马系在一株树上，把衣服一抖，连忙趋步走到江阁老面前，深深一揖道："小婿偶猎山中,不知岳父大人在此,有失趋避,望岳父大人恕罪。"

江章正同着人观望山色,忽见这个人走到面前,如此称呼,心中不胜惊怪道:"我与你非亲非故,素无一面,你莫非认错了?"赫公子道:"浙中宰相王侯能有几个,焉有差错?小婿既蒙岳父不弃,结为姻眷,令爱蕊珠小姐,久已百两迎归,洞房花烛,今经弥月。正欲偕令爱小姐归宁,少申感佩之私,不期今日草草在此相遇,殊觉不恭,还望岳父大人恕罪。"又深深一揖,低头拱立。江章听了大怒道:"我看你这个人,声音洪亮,头大面圆,衣裳有缝,行动有影,既非山精水怪,又不是丧心病狂,为何青天白日,捏造此无稽之谈,殊为可恼,又殊为可笑!"

赫公子听了着急道:"明明之事,怎说无稽?令爱蕊珠小姐,现娶在我家,久已恩若漆胶,情同鱼水。今日岳丈为何不认我小婿,莫非以我小婿打猎,行藏不甚美观,故装腔不认么?"

江章听了,越发大怒道:"无端狂畜,怎敢戏辱朝廷大臣!我小女正金屋藏娇,岂肯轻事庸人,你怎敢诬言厮认,玷污清名,真乃无法无天,自寻死路之人也!"因挥众家人道:"可快快拿住这个油嘴光棍,送官究治!"众家人听见这人大言不惭,将小姐说得狼狼藉藉,尽皆怒目狰狞,欲要动手挥拳,只碍着江章有休休容人之量,不曾开口,大家只得忍耐。今见江章动怒叫拿,便一时十数个家人,一起拥来,且不拿住,先用拳打脚踢,如雨点的打来。

赫公子正打账辩明,要江阁老相认,忽见管家赶来行凶,他便心中大怒道:"你这些该死的奴才,一个姑爷,都不认了,我回去对小姐说了,着实处你们这些放肆大胆的奴才!"

众人见骂,越发大怒骂道:"你这该死的虾蟆,怎敢妄想天鹅肉吃!我家小姐,肯嫁你这个丑驴!"遂一起打将上来。原来赫公子曾学习过拳捧,一时被打急了,便丢开架子,东西招架。赫公子虽然会打,怎奈独自一人,打退这个,那个又来。江家人见他手脚来得,一发攒住不放。公子发怒,大嚷大骂道:"我一个赫王侯公子,却被你奴才们凌辱!"

众人听见,方知他是个有名的赫痴公子。众人手脚略慢了些,早被赫公子望着空处,一个飞脚,打倒了一个家人,便揎身向外逃走。跑到马前,腾身上马,不顾性命的逃去了。江家人赶来,见他上马,追赶不及,只得回来禀道:"原来这人被打急了,方说出是上虞县有名的赫痴公子。"

　　江章听了含怒道："原来就是这小畜生！"因想道："前日托莫知府求亲，我已回了，怎他今日如此狂妄？"再将他方才这些说话，细细想去，又说得有枝有叶。心中想道："我女孩儿好端端坐在家中，受这畜生在外轻薄造言，殊为可恨！此中必有奇怪不明之事，他方敢如此。"因叫过两个家人来吩咐道："你可到赫家左近，细细打听了回我。"两家人领命去了。

　　你道江章为何在此，原来这四明山，乃第九洞天，山峰有二百八十二处，内中有芙蓉等峰，皆四面玲珑，供人游玩。故江章同三四老友来此，今日被赫公子一番吵闹，便无兴赏玩。连夜回家，告知夫人小姐，大家以为笑谈不提。

　　却说赫家家人在山中打了许多野兽，便撤了围网，只不见了公子。有人看见说道："公子射中了青獐，自己赶过山坡去了。"众家人便一起寻来。才转过山坡，却见公子飞马而来。众家人歇着等候。

　　不一时马到面前，公子在马上大叫道："快些回去，快些回去！"众家人忙将公子一看，却见公子披头散发，浑身衣服扯碎，众家人见了大惊，齐上前问道："公子同什么人惹气，弄得这般嘴脸回来。"连忙将马头笼住，扶公子下马，忙将带来的衣帽脱换。众家人又问，公子只叫："快些回去，了不得，到家去细说！"众家人俱不知为甚缘故，只得往原路而回。

　　两个帮闲，一路再三细问，方知公子遇着了江阁老，认做丈人，被江阁老喝令家人凌辱，便吓得哑口无言，不敢再问。就担着一团干系，晓得这件事决裂，又不好私自逃走，只得同着公子一路回家。

　　公子一到家中，怒气冲冲，竟往小姐房中直走。爱姐见公子进房，连忙笑脸相迎道："公子回来了？"赫公子怒气填胸，睁着两眼直视道："你可是江蕊珠小姐么？你父亲不认我做女婿，说你是假的，将我百般凌辱。你今日是真是假，快还我一个明白，好同你去对证。"说罢怒发如雷。

　　爱姐听了，方晓得事情已破，今日事到其间，只得要将父母的心诀行了。遂连忙说道："公子差了，我父亲姓袁，你是袁家的女婿，怎么认在江家名下，做女婿起来？你自己错了，受人凌辱，怎么回来拿我出气！"赫公子听了大惊道："我娶的是江阁老的蕊珠小姐，你怎么姓袁？你且说你的父亲端的叫甚名字？"爱姐道："我父亲终日在你家走动，难道公子不认得？"

　　公子听了，越发大惊道："我家何曾有你父亲往来？不说明，我要气死也！"爱姐笑道："我父亲就是袁空。是你千求万求，央人说合，我父亲方应允，将我嫁了你，为何今日好端端走来寻事？"

公子听见说是袁空的女儿，就急得暴跳如雷，不胜大怒骂道："袁空该死的奴才，他是我奴颜婢膝门下的走狗，怎敢将你这贱人，假充了江蕊珠，来骗我千金聘物！我一个王侯公子，怎与你这贱人做夫妻，气死我也！我如今只打死了你这贱人，还消不得我这口恶气！"便不由分说，赶上前，一把揪住衣服，动手就打。

爱姐连忙用手架住，不慌不忙的笑说道："公子还看往日夫妻情分，不可动粗，伤了恩爱。"公子大怒骂道："贱泼贱！我一个王侯公子，怎肯被你玷辱！"说罢又是一拳打来，爱姐又拦住了，又笑说道："公子不可如此，我虽然贫贱，是你娶我来的，不是我无耻勾引搭识，私进你门。况且花烛成亲，拜堂见婆，亲朋庆贺，一瓜一葛，同偕到老的夫妻，你还该忍耐三分。"

赫公子哪里听他说话，只叫打死她，连忙又是一拳打来，又被爱姐接住道："一个人身总是父母怀胎生长，无分好丑。况且丑妇家中宝，你看我比江小姐差了哪一件儿？我今五官俱足，眉目皆全，虽无窈窕轻盈，却也有红有白。况江小姐是深闺娇养，未必如我知疼着热，公子万不可任性欺人。从来说赶人不可赶上，我与你既做了被窝中恩爱夫妻，就论不得孰贵孰贱，谁弱谁强。你今不把我看承，无情无义，我已让过你三拳，公子若不改念，我也只得要犯分了！"

公子听罢，越发大怒，骂道："你这贱人，敢打我么？气死我也！"又是兜心一拳打来，早被爱姐一把接住，往下一揎，下面又将小脚一勾，公子不曾防备，早一跤跌在地板上。只因这一跌，有分教：

　　　　骂出恩情，打成相识。

不知后事如何，且听下回分解。

第 十 回

欲则不刚假狐媚明制登徒　狭难回避借虎势暗倾西子

词云：

> 探香有鼻，寻芳有眼，方不将花错认。若教默默与昏昏，鲜不堕锦茵于溷。触他抱恨，忤他生忿，一隙谗言轻进。霎时急雨猛风吹，早狼藉落红阵。
>
> ——右调《鹊桥仙》

话说爱姐与公子厮闹，因一脚将公子勾倒，就趁势骑在公子身上，按住不放，也不打他，竟伏压着不放。公子被他压着，只是叹气。你道这赫公子，是积年在外跑马射箭，弄拳扯腿之人，前日被江家人围住打他，尚被他打了出来，怎今日被爱姐一个女人，竟轻轻跌倒，就容他骑在身上，不能施展？大凡人着了真气恼，则力被气夺，就不能为我而用。今赫公子受了无数恶气，又听见说出是袁空的女儿，一时气昏，手足俱已气软，口里虽然嚷骂行凶，又见爱姐说出夫妻恩爱，就不比得与他人性命相搏了，竟随手跌倒。又被爱姐将兰麝香暗暗把裙裤都熏透，赫公子伏在爱姐身子底下，早一阵阵触到鼻中来，引得满本酥麻，到觉得有趣，好看起来，故让他压着，竟闭目昏迷，寂然不动了。

你道爱姐这个跌法，是那个教的？就是父亲袁空，晓得后来毕竟夫妻吵闹，故教了她做个降龙伏虎的护身符。爱姐身子长大，只压得公子动也动不得。房中几个丫环，忽见公子与主母吵闹，也只说是取笑，不期后来认真，上手交拳，在地上并叠做一块，又不敢上前劝解，一时慌了手脚，连忙跑进去告知赫夫人道："公子在房中如此如此。"

赫夫人听了大惊，连忙带了许多侍女仆妇，齐到公子房中，见他二人滚在地下，抱紧不放。爱姐看见夫人走来，连忙大哭道："婆婆夫人，快来救我！"夫人连忙上前说道："你们小男小妇，做亲得几时，怎就如此无理起来，孩儿还不放手！"

公子忽见母亲走到面前，便连忙放手，推开立起。爱姐得放，扯着赫夫人崩天倒地的大哭道:"我生是赫家人,死是赫家鬼,怎今日好端端来家,将媳妇这般毒打! 若不是夫人婆婆早来,媳妇的性命,被他打杀了。"说罢大哭。赫夫人道:"小姐,你不要与他一般见识。明日你父母闻知,像什么模样!"又说:"我做婆婆的,没家教了,小姐不要着恼,待我教训他便了。"

赫公子听了,便大嚷起来道:"她是什么小姐! 她是假货,她是贱货,哪里是江家小姐! 母亲趁早与孩儿做主,赶她出去!"赫夫人听见说不是江小姐,也就吃了一惊,连忙问道:"媳妇为何不姓江? 可为我细说。"

赫公子正要将打猎遇着江阁老之事,说与母亲知道,爱姐早隔开了公子,扯着赫夫人大哭道:"婆婆夫人,冤屈杀人! 媳妇本自姓袁,哪个说是江小姐? 江小姐住的是笔花墅,媳妇借住的是云门山王御史的花园,两下相隔着二十余里。你来娶时,灯火鼓乐,约有数百余人。既是要娶江小姐,难道就没一个人认得江阁老家住在哪里,为何一只船,直撑到云门山来,花一团,锦一簇,迎我上轿? 若不是预先讲明了娶我,我一个贫家女儿,怎敢轻易走到你王侯家做媳妇? 就是当日被人哄瞒了,难道娶我进门之后,也不盘问一声你是姓江姓袁? 为何今日花烛已结了,庙已见了,婆婆夫人已待我做媳妇,家中大小已认我为主母,就是薄幸狠心,已恩恩爱爱过了月余,名分俱已定了,今不知听了什么谗言,突然嫌起媳妇丑来;恨起媳妇贫贱来,要打杀媳妇,岂非冤屈! 我媳妇虽然丑陋贫贱,却是明媒正娶而来,又不是私通苟合,虽不敢称三从四德,却也并不犯七出之条。怎么轻易说个打死,你须想一想,我袁氏如今已不是贫女,已随夫而贵,做了赫王侯家的原配冢妇了。你若真真打死我,只怕就有两衙门官,参你偿我之命了!"说罢大哭。

赫夫人听了,方晓得是袁空掉绵包,指鹿为马。心中虽然不悦,却见媳妇说的这一番话,甚是有理,又甚中听,又婆婆夫人叫不绝口。因想了一想,忽回嗔变喜,对公子说道:"人家夫妇皆是前生修结而成,非同容易。今他与你既做夫妻,也自然是前世有缘。不然,她一个穷父母的女儿,怎嫁得到我公侯之家做媳妇? 虽借人力之巧,其中实有天意存焉。从来说丑丑做夫人,况她面貌,也还不算做丑陋,做人倒也贤惠。这是她父亲做的事,与她有甚相干? 孩儿以后不可欺她。"

爱姐见夫人为她调停,连忙拭泪上前跪下道:"不孝媳妇,带累婆婆夫人受气。今又解纷，使归和好，其恩莫大，容媳妇拜谢！"连忙拜了三拜。赫夫人大喜，连忙扶了起来道："难得你这样孝顺小心，可爱可敬。"因对公子说道："她这般孝顺于我，你还不遵母命快些过来相见！"

此时赫公子被爱姐这一番压法，已压得骨软筋麻，况本心原有三分爱她，今见母亲赞她许多好处，再暗暗看她这番哭泣之态，只觉得堪爱堪怜，只不好就倒旗杆，上前叫她。忽听得母亲叫他相见，便连忙走来，立在母亲身边，赫夫人忙将二人衣袖扯着道："你二人快些见礼，以后再不可孩子气了。"赫公子便对着爱姐，作了一个揖道："母亲之命，孩儿不敢推却。"爱姐也忙敛袖殷勤，含笑回礼，二人依旧欢然。赫夫人见他二人和合，便自出房去了。赫公子久已动了虚火，巴不得要和合一番，一到夜间，就搂着爱姐，上床和事去了。正是：

秃帚须随破巴斗，青蝇宜配紫虾蟆。

一打打成相识后，方知紧对不曾差。

这一夜，爱姐一阵风情，早把赫公子弄得舒心舒意，紧缚牢拴，再不敢言语了。到了次早，赫公子起来，出了房门，着人去寻袁空来说话。不期袁空早有帮闲先漏风声与他，早连夜躲出门去了。及赫家家人来问时，穆氏在内，早回说道："三日前，已往杭州望亲戚去了。"家人只得回复公子，公子也不追问。

过了些时，袁空打听得女儿与公子相好，依旧来见公子，再三请罪道："我只因见公子着急娶亲，江阁老又再三不肯，心中看不过意，故没奈何行了个出妻献子，以应公子之急。公子也不要恼我，岂不闻将酒功人终无恶意。"公子道："虽是好意，还该直说，何必行此诡计？如今总看令爱面上，不必提了。只是我可恨那江老，将我辱骂，此恨未消。今欲写字与家父，在京中寻他些事端，叫人参他一本，你道如何？"袁空道："他是告假休养的大臣，为人谨慎，又无甚过犯，同官俱尊重他的，怎好一时轻易处得？若惊动尊翁以后辩明，追究起来，还不是他无故而辱公子。依小弟看来，只打听他有甚事情，算计他一番为妙。"公子道："有理，有理。"且不说他二人怀恨不提。

却说那日江家两个家人，一路远远的跟着赫公子来家，就在左右住下。将赫公子家中吵闹，袁空假了小姐之名，嫁了女儿，故此前日山前相认，打听得明明白白。遂连夜赶回，报知老爷。江章听了，又笑又恼。正欲差人着府县官去拿袁空治罪,蕊珠小姐听了,连忙劝止道:"袁空借影指名,虽然可恨,然不过自家出丑,却无伤于我。今处其人,赫公子未必不寻人两解。此不过小人无耻,何堪较量,望父亲置之不问为高也。"江章听了半晌,一时怒气全消,说道:"孩儿之言,大有远见,以后不必问了。"于是小姐欢欢喜喜,在拂云楼日望双星早来不提。

却说双星在路紧走,直走到七月中,方得到家。拜见了母亲,兄弟双辰,也来见了。遂将别后事情,细细说了一番道:"孩儿出门,原是奉母命去寻访媳妇,今幸江老伯将蕊珠小姐许与孩儿为妇,只待孩儿秋闱侥幸,即去就亲,幸不辱母亲之命。"说罢,就将带来江夫人送母亲的礼物,逐件取出呈上。双夫人看了道:"难得他夫妻这般好意待你,只是媳妇定得太远了些。但是你既中意,也说不得远近了。且看你场事如何,再作商量。"

双星见场中也近,遂静养了数日,然后入场。题目到手,有如长江大河,一泻千里。双星出场,甚觉得意。三场毕,主试看了双星文字,大加赞赏道:"此文深得吴越风气,非此地所有。"到填榜时,竟将双星填中了解元。不一时报到,双家母子大喜,连忙打发报人。双星谒拜过主考房师,便要来与江蕊珠成亲,双夫人不肯道:"功名大事,乘时而进,岂可为姻事停留。况江小姐之约,有待而成。孩儿还是会试过成亲,更觉好看。"双星便不敢再言。

因见进京路远,不敢在家耽搁,遂写了一封家书,原着野鹤,到浙江江家去报喜。又写了一封私书,吩咐野鹤道:"此书你可悄悄付与彩云姐,烦她致意小姐,万不可使人看见,小心在意。"野鹤自起身去了。双星遂同众举人,连夜起身去会试不提。

却说这年是东宫太子十月大婚,圣旨传出,要点选两浙民间女子二十上下者,进宫听选。遂差了数员太监,到各地方去捡选。这数员太监,奉了圣旨,遂会齐在一处商议道:"这件事,不可张扬。若民间晓得,将好女子隐匿藏开,或是乱嫁,故此往年选来的俱是平常,难中皇爷龙目。我们如今却悄悄出了都门,到了各府县地方,着在她身上,挨查送选。民间不做准备,便捡好的选来。倘蒙皇爷日后宠幸,也是我们一场大功。"众太监听了大喜,遂拈阄派定,悄悄出京,连夜往江南两浙而来。

单说浙省的太监,姓姚,名尹,是个司礼太监,最有权势,朝中大小官员,俱尊敬他。忽一日到了浙江,歇在北新关上,方着人报知钱塘、仁和两县。两县见报大惊,连忙着人,飞报各上司,即着人收拾公馆,自己打轿到船迎接。姚太监到了公馆,不一时大小官员俱来相见。

姚太监方说是奉密旨,点选幼女入宫。"因恐民间隐匿,无奇色女子出献,故本监悄悄而来。今着全省府州县官,不论乡绅士庶,不论城郭居民,凡有女子之家,俱报名府县,汇名造册,送至本监,以定去留。若府州县官,有奇色女子多者,论功升赏。如数少将丑陋抵塞者,以违旨论罪。尔等各官,须小心在意。"众官领命回衙,连夜做就文书,差人传报一省十二府七十五县去了。

不一日报到绍兴府中,莫知府见奉密旨,即悄悄报知各县,莫知府随着地方总甲,各乡各保,以及媒婆卖婆,去家家挨查,户户搜寻。不一时闹动了城里城外,有女儿之家,闻了此信,俱惊得半死。也不论男女好丑,不问年纪多寡,只要将女儿嫁了出去,便是万幸。再过了两日,连路上走过的标致学生,也不问他有妻无妻,竟扯到家中就将女儿配他了。

早有袁空晓得此信,便来对赫公子说道:"外面奉旨点选幼女,甚是厉害。公子所恨之人,何不如此如此,也是一件妙事。"

赫公子听了,大喜道:"你说得大通,不可迟了。"随即来见莫知府说道:"姚公奉旨来选美女,侍御东宫,此乃朝廷大事,隐讳不得。治生久知江鉴湖令爱蕊珠小姐,国色无双,足堪上宠。老公祖何不指名开报,倘蒙上幸,老公祖大人,亦有荣宠之加矣。"莫知府道:"本府闻知江太师贤淑,已赘双不夜久矣。开报之事,实为不便。"赫公子笑道:"此言无非为小弟前日求亲起见,不愿朱陈,故设词推托。今其人尚在,而老公祖怎也为他推辞,莫非要奉承他是阁巨,而违背圣旨?况且有美于斯,舍之不报,而徒事嫫母东施,以塞责上官,深为不便。明日治生晋谒姚公,少不得一一报知,谅老公祖亦不能徇情也。"遂将手一拱,悻悻而去。

莫知府听了赫公子这一番公报私仇之言,正欲回答,不期他竟不别而去。莫知府想了半日,竟没有主意。因想道:"我若依他举事,江太师面上,太觉没情。况且他又已许人,岂有拆人姻缘之理?若不依他,他又倚势欺人,定然报出,却如之奈何?"因想道:"我有主意,不如悄悄通知江相,使他隐藏,或是觅婿早嫁罢了。"随叫一个的当管家,吩咐道:"我不便修书,你可去拜上江太师爷,这般这般,事不可迟。"家人忙到江家去了。

却说赫公子见莫知府推辞，不胜恼恨，遂备了一副厚礼，连夜来见姚太监，送上礼物。姚太监见了，甚是欢喜道："俺受此苦差，一些人事，没曾带来，怎劳公子这般见爱？若不全收，又说我们内官家任性了。"赫公子道："如此，足见公公直截。"

二人茶过，赫公子一恭道："晚生有一事请教公公，今来点选幼女，还是出之朝廷，还是别有属意么？"姚太监笑道："公子怎么说出这样话来，一个煌煌天语，赫赫纶音，谁敢假借？"赫公子又一恭道："奉旨选择幼女，还是实求美色，还是虚应故事？"

姚太监听了大笑道："公子正在少年，怎知帝王家的受用？今日所选之女进宫，俱要千中选百，百中选十，十中选一。上等者送入三十六宫，中等者分居七十二院，以下三千粉黛。八百娇娥，都是世上无双，人间绝色。如有一个遭皇爷宠幸，赐称贵人，另居别院，则选择之人，俱有升赏。今我来此，实指望有几个美人，中得皇爷之意，异日富贵非小。"赫公子道："既是如此，为何晚生所闻所见，而又最著美名于敝府敝县者，今府县竟不选进，以负公公之望，而但以丑陋进陈，何也？"

姚太监听了大惊道："哪有此理！我已传下圣旨，着府县严查。府县官能有多大力量，怎敢大胆隐蔽？若果如此，待我重处几个，他自然害怕。但不知公子所说的这个美人，是何姓名，又是什么人家，我好着府县官送来。"赫公子道："老公公若只凭府县在民间搜求，虽有求美之心，而美人终不易得也。"

姚太监忙问道："这是为何？"赫公子道："公公试想，龙有龙种，凤有凤胎。如今市井民间，村姑愚妇，所生者不过闲花野草，即有一二红颜，止可称民间之美，哪里得能有天姿国色，入得九重之目？晚生想古所称沉鱼落雁，闭月羞花，皆是禀父母先天之灵秀而成，故绝色佳人，往往多出于名公钜卿阀阅之家。今这些大贵之家女儿，深藏金屋，秘隐琼闺，或仗祖父高官，或倚当朝现任，视客官为等闲，待府县如奴隶，则府县焉敢具名称报？府县既不敢称报，则客官何由得知？故圣旨虽然煌煌，不过一张故纸，老公公纵是尊严，亦不能察其隐微。晚生忝在爱下，故不得不言。"

姚太监听了，不胜起敬道："原来公子大有高见，不然，我几乎被众官朦敝了。只是方才公子所说这个美人，望乞教明，以便追取。"赫公子道："晚生实不敢说，只是念公公为朝廷出力求贤，又不敢不荐贤为国。晚生所说的美女，是江鉴湖阁下所出，真才过道韫，色胜王嫱，若得此女入宫，必邀圣宠。公公富贵，皆出此人。只不知公公可能有力，而得此女否？"

姚太监笑道："公子休得小觑于我，我在朝廷，也略略专些国柄，也略略作得些祸福，江鉴湖岂敢违旨逆我？我如今，只坐名选中，不怕他推辞。"赫公子又附耳说道："公公坐名选中，也必须如此这般，方使他不敢措手。"姚太监听了大喜。赫公子又坐了半晌，方才别过。正是：

> 谗口将人害，须求利自身。
> 害人不利己，何苦害于人。

却说莫知府的管家，领了书信，悄悄走到江家门首，对管门的说道："我是府里莫老爷差来，有紧急事情，要面见太师爷的。可速速通报！"管门人不敢停留，只得报知。江章听了，正不知是何缘故，只得说道："着他进来。"

莫家人进来跪说道："小人是莫太爷家家人，家老爷吩咐小人道，只因前日误信了赫公子说媒，甚是得罪。不期新奉密旨，点选幼女入宫，已差太监姚尹，坐住着府县官，挨户稽查，不许民间嫁娶。昨日赫公子来见家老爷，意要家老爷将太师老爷家小姐开名送选。家老爷回说，小姐已经有聘，不便开名。赫公子大怒，说家老爷违背朝廷，徇私附党。他连夜到姚太监处去报了。家老爷说赫公子既怀恶念害人，此去必无好意。况这个姚内官，是有名的姚疯子，不肯为情。故家老爷特差小人通知老爷，早作准备。"

江章听了这些言语，早吃了一惊，口中不说，心内着实踌躇。因想道："我一个太师之女，也不好竟自选去，又已经许人，况且姚尹，昔日在京，亦有往来，未必便听赫公子的仇口。"因对莫家人说道："多承你家老爷念我，容日面谢吧。"就叫人留他酒饭。

尚未出门，又有家人进来报道："姚太监赍了圣旨，已到府中，要到我家，先着人通报老爷，准备迎接。"江章听了吓得手足无措，只得叫人忙排香案，打扫厅堂，迎接圣旨。随即穿了朝衣大帽，带了跟随，起身一路迎接上来。只因这一接见姚太监，有分教：

> 幽闲贞静，变做颠沛流离。

不知蕊珠小姐果被他选去否，且听下回分解。

第十一回

姚太监当权唯使势凶且益凶　江小姐至死不忘亲托而又托

词云：

炎炎使势心虽快，不念当之多受害。若非时否去生灾，应是民穷来讨债。可怜有女横双黛，一旦驱之如草芥。悉来谁望此身存，却喜芳名留得在。

——右调《玉楼春》

却说江章，见报姚太监已赍着圣旨而来，只得穿起大服，一路迎接。直迎接了四五里，方才接着。江章见了姚太监，连忙深深打恭道："不知圣旨下颁，上公远来，迎接不周，望乞恕罪。"姚太监骑在马上，拱手道："皇命在身，不能施礼，到府相见罢了。"

江章果见他在马上，捧着圣旨，遂步行同一路到家，请姚太监下马，迎入中厅。姚太监先将圣旨供在中间香案前，叫江章山呼礼拜。拜毕，然后与姚太监施礼。因大厅上供着圣旨，不便行礼，遂请姚太监在旁边花厅而来。江章尊姚太监上座坐，姚太监说道："江老先生恭喜！令爱小姐已为贵人，老先生乃椒房国丈，异日尚图青眼，今日岂敢越礼。"

江章只做不知，说道："老公公乃皇上股肱，学生向日在朝，亦不敢僭越。今日辱临，又何谦也！"姚太监只得坐下。江章忙打一恭道："学生龙钟衰朽，已蒙皇上推恩，容尽天年。今日不知老公公有何钦命，贲临下邑，乞老公公明教。"姚太监笑道："老太师尚不知么？日今皇太子大婚在即，皇上着俺数人聘征贵人，学生得与浙地。久有人奏知皇爷，说老太师小姐幽闲贞静，能为庶姓之母，故特命臣到浙，即征聘令爱小姐为青宫娘娘。"

江章听完大惊道："学生无子，只生此女。荮菲陋质，岂敢蒙圣心眷顾。况小女已经许聘，不日成婚，乞公公垂爱，上达鄙情，学生死不忘恩。"

姚太监听了大笑，说道："老先生身为大臣，岂不知国典，圣旨安可违乎？况令爱小姐入宫，得恃太子，异日万岁晏驾，太子登基，则令爱为国母，老先生为国丈。此万载难逢，千秋奇遇，求之尚恐不能，谁敢抗违！若说是选择有人，苦苦推辞，难道其人又过于圣上太子么？若以聘定难移，恐伤于义，难道一个天子之尊，太子之贵，制礼之人反为草莽贫贱之礼所制么？老先生何不谅情度世，而轻出此言！若执此言，使朝廷闻之，是老先生不为贵戚贤臣，而反为逆命之乱臣了，学生深不取也。学生忝在爱下，故敢直言。然旨出圣恩，老先生愿与不愿，学生安敢过强，自入京复命矣。乞老先生将此成命，自行奏请定夺何如？"说完，起身径走。

江章听见他说出这些挟制之言来，已是着急，又说到逆命乱臣，一发惊慌，又叫他自回成命，又见姚太监不顾起身，江章只得连忙扯住，凄然说道："圣旨岂敢抗违不从？学生也要与小女计较而行。乞老公公从容少待，感德不尽。"姚太监方笑说道："老太师若是应允，真老太师之福也。"因而坐下。江章道："学生进去，与小女商量，不得奉陪。"遂起身入内而来。

却说这一日，莫知府家人来报信之后，夫人小姐早已吃惊。不期隔不得一会，早又报说姚太监奉了圣旨，定名来选小姐。江夫人已惊得心碎，小姐也吓得魂飞。母女大哭。然心中还指望父亲，可以挽回。今见父亲接了圣旨，与姚太监相见，小姐忙叫彩云出来打听。彩云伏在厅壁后，细细窃听明白，遂一路哭着进来，见了夫人小姐，只是大哭，说不出话来。小姐忙问道："老爷与姚太监是如何说了？"

彩云放声大哭道："小姐，不好了！"遂说老爷如何回他，姚大监怎样发作，勒逼老爷应允。尚未说完，江章早也哭了进来，对小姐说道："我生你一场，指望送终养老，谁知那天杀的，细细将孩儿容貌报知，今日姚大监口口声声只说皇命聘选入宫，叫我为父的不敢违逆。今生今世，永不能团圆矣！是我误你了！"说罢大哭起来。小姐听了这些光景，已知父亲不能挽回，只吓得三魂渺渺，七魄悠悠，一跌跌倒，哭闷在地。正是：

　　　未遂情人愿，先归地下魂。

江夫人忽见小姐哭闷在地，连忙搀扶，再三叫唤道："孩儿快苏醒，快苏醒！"叫了半晌，小姐方转过气来，哭道："生儿不孝，带累父母担忧。今孩儿上无兄姐，下无弟妹，虽不能以大孝事亲，亦可依依膝下，以奉父母之欢。不期奸人构祸，一旦飞灾，此去生死，固曰由天，而茕茕父母，所靠何人？双郎良配，今生已矣。倒不如今日死在父母之前，也免得后来悲思念切!"江夫人大哭说道:"我们命薄,一个女孩儿,不能看她完全婚配。都是你父亲,今日也择婿,明日也选才郎,及至许了双星,却又叫他去求名。今日若在家中,使他配合,也没有这番事了。都是你父亲老不通情,误了你终身之事!"说罢大哭。

江章被夫人埋怨得没法,只得辩说道:"我当初叫他去科举,也只自说婚姻自在,谁知有今日之事?今事忽到此,也是没法。若不依从,恐违圣旨,家门有祸。但愿孩儿此去,倘蒙圣恩,得配青宫,异日相逢,亦不可料。今事已如此,也不必十分埋怨了。"

小姐听了父亲这番说话,又见母亲埋怨父亲,因细细想道:"我如今啼哭,却也无益,徒伤父母之心。我为今之计,唯有生安父母,死报双郎。只得如此而行,庶几忠孝节义可以两全。"主意一定,遂止住了哭,道:"母亲不必哭泣,父亲之言,甚是有理。此皆天缘注定,儿命所招,安可强为?为今之计,父亲出去,可对姚太监说,既奉圣旨,以我为贵人,当以礼迎,不可啰唣。"

江章见小姐顺从,因出来说知。姚太监道:"选中贵人,理宜如此。敢烦老大师,引学生一见,无不尽礼。"江章只得走进与夫人小姐说知。小姐安然装束,侍女跟随,开了中门,竟走出中堂。此时姚太监早已远远看见,再细细近看,果然十分美貌,暗暗称奇。忙上前施礼道:"未侍君王,宜从私礼。"小姐只得福了一福。

姚太监对江章说道:"令爱小姐,玉琢天然,金装中节,允合大贵之相。学生出入皇宫,朝夕在粉黛丛中,承迎寓目,屈指者实无一人,令爱小姐足可压倒六宫皆无颜色矣。"忙叫左右,取出带来宫中的装束送上,又将一只金凤衔珠冠儿,与小姐插戴走来。众小内官,随人磕头,称为"娘娘"。小姐受礼完,即回身入内去了。姚太监见小姐天姿国色,果是不凡,又见她慨然应承,受了凤冠,知事已定,甚是欢喜。遂向江太师再三致谢而去。到了馆驿,赫公子早着人打听,见谗计已成,俱各快意。正是:

陷人落阱不心酸,中我机谋更喜欢。

慢道人人皆性善,谁知恶有许多般。

却说蕊珠小姐归到拂云楼上,呆呆思想,欲要大哭一场,又恐怕惊动老年父母伤心。只捱到三更以后,重门俱闭,人皆睡熟,方对着残灯,哀哀痛哭道:"江蕊珠,你好命苦耶!你好无缘那!苍天,苍天,你既是这等命苦,你就不该生到公卿人家来做女儿了;你既是这等无缘,你就不该使我遇见双郎,情投意合,以为夫妇了!今既生我于此,又使我获配双郎如此,乃一旦又生出这样天大的风波来,使我飘流异地,有白发双亲而不能侍养,有多才夫婿而不得团圆,反不如闾阎荆布,转得孝于亲而安于室。如此命苦,还要活他做甚?"说罢,又哭个不了。

　　彩云因在旁劝慰道:"小姐不必过伤,天下事最难测度。小姐一个绝代佳人,双公子一个天生才子,既恰恰相逢,结为夫妇,此中若无天意,决不至此。今忽遭此风波者,所谓好事多磨也。焉知苦尽不复甘来!望小姐耐之。"小姐道:"为人在世,宁可身死,不可负心。我与双郎,既小窗订盟,又蒙父母亲许,则我之身非我之身,双郎之身也。岂可以许人之身,而又希入宫之宠?是负心也。负心而生,何如快心而死!我今强忍而不死者,恐死于家而老父之干系未完而贻祸也。至前途而死,则责已谢,而死得其所矣。你说好事多磨,你说苦尽甘来,皆言生也。今我既已誓死报双郎,既死岂能复生,又有何好事,更烦多磨?此苦已尝不尽,那有甘来?天纵有意,亦无用矣。"说罢,又哀哀哭个不住。

　　彩云因又劝道:"小姐欲以死报双郎,节烈所关,未尝不是。但据彩云想来,一个人,若是错死了,要他重生起来,便烦难。若是错生了,要寻死路,却是容易。我想小姐此去,事不可知,莫若且保全性命,看看光景,再作区处。倘天缘有在,如御水题红叶故事,重赐出宫,亦或有之。设或万万不能,再死未晚。何必此时忙忙自弃?"小姐道:"我闻妇人之节,不死不烈;节烈之名,不死不香。况今我身,已如风花飞出矣。双郎之盟,已弃如陌路矣。负心尽节,正在此时。若今日可姑待于明日,则焉知明日不又姑待于后日乎?以姑待而贪生借死以误终身,岂我江蕊珠知书识礼,矫矫自持之女子所敢出也?吾意已决,万勿多言,徒乱人心。"

　　彩云听了,知小姐誓死不回,止不住腮边泪落,也哭将起来,说:"天那,天那!我不信小姐一个具天地之秀气而生的绝代佳人,竟是这等一个结局,殊可痛心!只可惜我彩云丑陋,是个下人,不能替小姐之行。小姐何不禀知老爷夫人,带了彩云前去,到了急难之时,若有机会可乘,我彩云情愿代小姐一死。"小姐听了,因拭泪说道:"你若果有此好心,到不消代我之死,只消委委曲曲代我之生,我便感激你不尽了。"

　　彩云听了惊讶道:"小姐既甘心一死,彩云怎么代得小姐之生?"小姐道："老爷夫人既无子，止生我一女，则我一女，便要承当为子之事。就是我愿嫁双郎，也不是单贪双郎才美，为夫妻之乐，也只为双郎多才多义，明日成名入赘，可以任半子之劳，以完我之孝，此皆就我身生而算也。谁知今日，忽遭此大变。我已决意为双郎死矣。我死，则双郎得意入赘何人？双郎既不入赘，则老年之父母，以谁为半子？父母若无半子，则我虽死于节，而亦失生身之孝矣。生死两无所凭，故哀痛而伤心。你若果有痛我惜我之心，何不竟认做我以赘双郎，而侍奉父母之余年，则我江蕊珠之身，虽骨化形消，不知飘流何所，然我未了之节孝，又借汝而生矣。不知汝可能怜我而成全此志也？"

彩云道："小姐此言大差矣！我彩云一个下人，只合抱衾裯以从小姐之嫁，怎么敢上配双公子，以当老爷夫人之半子？且莫说老爷夫人不肯收灶下入金屋，只就双公子说起来，他阅人多矣，唯小姐一人，方舒心服意，而定其情，又安肯执不风不流之青衣而系红丝？若论彩云，得借小姐之灵，而恃奉双公子，则此生之遭际也，有何不乐，而烦小姐之叮咛！"小姐道："不是这等说，只要你真心肯为我续盟尽孝，则老爷夫人处，我自有话说。双郎处，我自写书嘱托他，不要你费心。"说罢夜深，大家倦怠，只得上床就枕。正是：

> 已作死人算，还为生者谋。
>
> 始知真节孝，生死不甘休。

且说姚太监见江蕊珠果美貌非凡，不胜欢喜，遂星夜行文催各州府县，齐集幼女到省，一同启程。因念江章是个太师，也不好十分紧催，使他父子多流连一日，遂宽十日之限，择了十月初二起身到省不提。

却说双星不敢违逆母命，只得同着众举人起身，进京会试。因是路远，不敢耽搁，昼夜兼程，及到京中，已过了灯节。双星寻了僻静寓处，便终日揣摹，到了二月初八入场。真是学无老少，达者为先，到了揭晓，双星又高高中在第六名上，双星不胜欢喜。又到了殿试，天子临轩，见双星一表人材，又看他对策精工，遂将御笔亲点了第一甲第一名状元及第。双星御酒簪花，一时荣耀。照例游街，惊动全城争看状元郎。见他年纪只得二十一二岁，相貌齐整，以为往常的状元，从未见如此少年。

早惊动了一人，是当朝驸马，姓屠，名劳。他有一位若娥小姐，年方十五，未曾字人。今日听见外边人称羡今科双状元，才貌兼全，又且少年，遂打动了他的心事。因想道："我一向要寻佳婿，配我若娥，一时没有机缘。今双状元既少年鼎甲，人物齐整，若招赘此人，岂非是一个佳婿？只不知他可曾有过亲事？"因叫人在外打听，又查他履历，见是不曾填注妻氏姓名，遂不胜大喜道："原来双状元尚无妻室，真吾佳婿也。若不趁早托人议亲，被人占去，岂不当面错过！"遂叫了几个官媒婆来，吩咐道："我老爷有一位千金小姐，姿容绝世，德性温闲，今年一十五岁了。只因我老爷门第太高，等闲无人敢来轻议。闻得今科状元双星，少年未娶，我老爷情愿赘他为婿，故此唤你们来，可到状元那里去议亲。事成之日，重重有赏。"众媒婆听见，千欢万喜，磕头答应去了。正是：

> 有女思佳婿，为媒望允从。
>
> 谁知缘不合，对面不相逢。

这几个媒婆不敢怠情，就来到双状元寓中，一起磕头道："状元老爷贺喜！"双星见了，连忙问道："你们是什么人，为何事到我这里来？"众媒婆道："我四人在红粉丛中，专成就良姻；佳人队里，惯和合好事。真是内无怨女，人人夸说是冰人；外无旷夫，个个赞称凭月老。今日奉屠驸马老爷之命，有一位千金小姐，特来与状元老爷结亲，乞求赐允。"双星听罢大笑道："原来是四个媒人。几家门户重重闭，春色缘何得入来！我老爷不嫁不娶，却用你们不着，有劳枉顾。"

众媒婆听了着惊道："驸马爷的小姐，是瑶台间苑仙妹，状元是天禄石渠贵客，真是一对良缘，人生难遇。状元不必推辞，万祈允诺。"双星笑道："我老爷聘定久矣，不久辞朝婚娶。烦你们去将我老爷之言，致谢驸马老爷，此事决不敢从命。"

众媒婆见他推辞，只得又说道："驸马老爷乃当今金枝玉叶，国戚皇亲。朝中大小官员，无不逊让三分。他今日重状元少年才貌，以千金艳质，情愿到倒赔妆奁，与状元结为夫妇，此不世之遭逢，人生之乐事，状元为何推辞不允？诚恐亲事不成，一来公主娘娘，入朝见驾，不说状元有妻不娶，只说状元藐视皇亲，倘一时皇爷听信，那时状元虽欲求婚，恐不可得也。还望状元爷三思，允其所请。"双星笑道："婚姻乃和好之事，有则有，无则无；论不到势利上去，况长安多少豪华少年才俊，何在我一人？愿驸马爷别择良门可也。"

众媒婆见他决不肯统口应承，便不敢多言，只得辞了出来，回复屠驸马。驸马听了道:"他现今履历上,不曾填名,其妻何来? 还是你们言无可采,状元故此推托。你们且去,我自有处。"屠劳便终日别寻人议亲不提。

却说姚大监已择定时日,着府县来催江小姐起身。江章夫妻无法,只得与小姐说知。小姐知万不可留,因与父母说道:"死生,命也。贵贱,天也。孩儿此去,听天由命,全不挂念。只有二事索心,死不瞑目,望二大人俯从儿志。"江章夫妻哭着说道:"死别生离,顷刻之事,孩儿有甚心事,怎还隐忍不说,说来便万分委曲,父母亦无不依从。"小姐道:"父母无子,终养俱在孩儿一人。孩儿今日此去,大约凶多吉少,料想见面无期,却叫何人侍奉? 况父母年力渐衰,今未免又要思儿成病,孤孤独独,叫孩儿怎不痛心!"

江章听了,愈加哀哭道:"孩儿若要我二人不孤独,除非留住孩儿。然事已至此,纵有拨天大力,亦留你不住。"小姐道:"孩儿之身虽留不住,孩儿之心却不留而自住。"江章道:"我儿心留,固汝之孝,然无形也,叫我哪里去捉摸,留与不留何异?"小姐道:"无形固难捉摸,有影或可聊消寂寞。"江章又哭道:"我儿,你形已去矣,影在哪里?"

小姐见父亲问影,方跪下去,被母亲搀起来,说道:"彩云侍孩儿多年,灯前月下,形影不离。名虽婢妾,情同姊妹。孩儿之心,唯她能体贴;孩儿之意,唯她能理会;孩儿之事,唯她能代替。故孩儿竟将孩儿事父母未完之事,托彩云代完。此孩儿眠思梦想,万不得已之苦心也。父母若鉴谅孩儿这片苦心,则望父母勿视彩云为彩云,直视彩云为孩儿,则孩儿之身虽去,而孩儿之心尚留;孩儿之形虽消,而孩儿之影尚在。使父母不得其真,犹存其假,则孩儿受屈衔冤,而亦无怨矣。"

江章与夫人听了,复又呜呜的大哭起来,道:"我儿,你怎么直思量到这个田地! 此皆大孝纯孝之所出,我为父母,怎辜负得你!"随遂叫人唤出彩云来,吩咐道:"小姐此去,既以小姐之父母,托为你之父母,则你不是彩云,是小姐也。既是小姐,即是吾女也。快拜我与夫人为父母,不可异心,以辜小姐之托。"彩云忙拜谢道:"彩云下贱,本不当犯分,但值此死生之际,既受小姐之重托,焉敢矫辞以伤小姐之孝心? 故直受孩儿之责,望父母恕其狂妄。"江章听了,点头道:"爽快,爽快,果不负孩儿之托。"

小姐见彩云已认为女,心已安了一半,因又说道:"此一事也。孩儿还有一事,要父母屈从。"江章道:"还有何事?"小姐道:"孩儿欲以妹妹代孩儿者,非欲其单代孩儿晨昏之恃寝劝餐也,前双郎临去,已蒙父母为孩儿结秦晋之盟。虽孩儿遭难,生死未知,然以双郎之才,谅富贵可期;以双郎之志诚,必不背盟。明日来时,若竟以孩儿之死为辞,则花谢水流,岂不失父母半子之望?望父母竟以妹妹续孩儿之盟,庶使孩儿身死而不死,盟断而不断,则父母之晚景,不借此稍慰那?"

　　夫人道:"得能如此,可知是好。但恐元哥注意于你,未必肯移花接木。"小姐道:"但恐双郎不注意于孩儿,若果注意于孩儿,待孩儿留一字,以妹妹相托,恐无不从之理,父母可毋虑也。"父母听了,甚是感激,因一一听从。小姐遂归到拂云楼上,恳恳切切,写了一封书,付与彩云道:"书虽一纸,妹妹须好好收藏,必面付双郎方妙。"彩云一一受命。只因这一受命,有分教:

　　　　试出人心,观明世态。

　　不知后事如何,且听下回分解。

第 十 二 回

有义状元力辞婚挤海外不望生还　无暇烈女甘尽节赴波中已经死去

词云：

　　　黄金不变，要经烈火方才见。两情既已沾成片。颠沛流离，自受而无怨。一朝选入昭阳殿，承恩岂更思贫贱。谁知白白佳人面。宁化成尘，必不留瑕砧。

——右调《醉落魂》

话说江章与夫人舍不得蕊珠小姐，苦留在家，多住了几日，被府县催逼不过，无可奈何，只得择日起身，同夫人相送，到了杭州省城。此时姚大监已将十二府七十五县的选中幼女，尽行点齐，只等江小姐一到就起身。今见到了，遂将众女子点齐下船。因江章自有坐船相送，故不来查点，遂一路慢慢而来。

话说赫公子同袁空杂在人丛中，看见蕊珠小姐一家人离了岸去，心中十分得意，快活不过。袁空道："公子且慢手舞足蹈，亦要安顿后着。"公子道："今冤家这般清切，更要提防何事？"袁空皱了两眉道："蕊珠小姐此去，若是打落冷宫嫔妃，则此事万不必忧。我适才看见蕊珠宫装，俨似皇后体态，选为正宫，多分有八九分指望。若到了大婚时候，她自然捏情，到万岁台前，奏害我家。况王侯大老爷，又未知这桩事，倘一时之变，如何处之？"

赫公子听了这番话，不觉头上有个雷公打下来一般，心中大惊，跌倒在地。众人忙扶回府中，交女班送进。爱姐忙安顿上床睡觉。这番心事又不敢说破，只郁郁沉在心内。痴公子自从那日受了妻子降魔伏虎钳制，起个惧内之心，再不敢发出无状，朝暮当不得袁氏秘授，父母心传，拿班捉鳖手段，把个痴公子，弄得不顾性命承欢，喉中咳嗽，身体殨羸，不满二载，阎君召回冥途耳。爱姐悔之晚矣，后来受苦不提。

却说驸马屠劳，要招双星为婿，便时刻在心，托人来说。一日央了一个都御史符言做媒。符言受托，只得来拜双星。相见毕，因说道："久闻状元少年未偶,跨凤无人。小弟受驸马屠公之托,他有位令爱,少年未字,美貌多才,诚乃玉堂金马之配。故小弟特来作伐,欲成两性之欢,乞状元俯从其请。"

双星忙一拱说道:"学生新进,得蒙屠公垂爱,不胜感激。但缘赋命凉薄,自幼已缔婚于江鉴湖太师之女久矣,因不幸先父早逝,门径荒芜,所以愆期到今,每抱惭谦。今幸寸进,即当陈情归娶。有妨屠驸马之爱,负罪良多,俟容请荆何如?"符言道:"原来状元已聘过江鉴湖老太师令爱矣,但昨日驸马公见状元履历上,并不曾填名江氏,今日忽有此言,小弟自然深信,只恐驸马公谅之未深。一旦移爱结怨,状元也不可不虞。"

双星道:"凡事妄言则有罪,真情则何怨可结? 今晚生之婚,江岳明设东床以邀坦腹,小姐正闺中待字以结丝萝,实非无据而妄言也。若虑驸马公威势相加,屈节乱伦以相从,又窃恐天王明圣之朝,不肯赦臣子停妻再娶乖名乱典之罪。故学生只知畏朝廷之法,未计屠公之威势也。万望老先生善为曲辞,使我不失于义,报德正自有日也。"

符言见双星言词激烈,知不可强,遂别过,将双星之言,细细述知屠劳。屠劳不胜大怒道:"无知小子,他自恃新中状元,看我不在眼内,巧言掩饰。他也不晓得宦途险隘,且叫他小挫一番,再不知机就我,看他有甚本事做官!"遂暗暗使人寻双星的事故害他。且说双星一面辞了屠驸马之聘,一面即上疏陈情,求赐归完娶。无奈被屠驸马暗暗嘱托,将他本章留中不发。双星见不能与江小姐成亲,急得没法,随即连夜修书,备细说屠劳求亲之事,遂打发青云到江家说知备细,要迎请小姐来京完娶。青云领书起身去了。双星日在寓中,思念等候小姐来京成亲。正是:

> 昔年恩爱未通私,今日回思意若痴。
>
> 饮食渐消魂梦搅,方知最苦是相思。

却说当时四海升平,万民乐业,外国时常进贡。这年琉球、高丽二国进贡,兼请封王,朝中大臣商议,要使人到他国中去封。但封王之事,必要一个才高名重之人,方不失天朝体统。一时无至当之人。推了一人可去,不期这人,又虑外国波涛,人心莫测,不愿轻行,遂人上央人,在当事求免,此差故尚无人。

屠驸马听知此事,满心欢喜道:"即此便可处置他一番,使他知警改悔。"遂亲自嘱托当事道:"此事非今科状元双星难当此任。"当事受托,又见双星恃才自傲，独立不阿，遂将双星荐了上去。龙颜大喜道："双星才高出使，可谓不辱君命矣。"逐御笔批准，赐一品服，前去封海外诸王，道远涉险，许便宜行事。不日命下，惊得双星手足无措。正指望要与蕊珠来京成亲，不期有此旨意，误我佳期。今信又已去了，倘她来我去，如何是好？遂打点托人谋为，又见圣旨亲点，无可挽回，只得谢恩。受命该承应官员，早将敕书并封王礼物，俱备具整齐，止候双星起身。

却说屠劳，只道双星不愿远去，少不得央人求我挽回，我就挟制他入赘。不期双星竟不会意，全不打点谋为，竟辞朝领命。屠劳又不好说出是他的主持弄计，因想道："他总是年轻，不谙世情，只说封王容易。且叫他历尽危险，方才晓得。他如今此去，大约往返年余。如今我女儿尚在可待之年，我如今趁早催他速去早回，回时再着人去说，他自然不像这番倔强了。"屠劳遂暗暗着当事官，催双星克日起程。双星不敢延捱，只得领了敕书皇命，出京不提。

却说江章夫妻，同了小姐在船，一路凄凄楚楚，悲悲切切，怨一番自己命苦，又恨一番受了赫公子的暗算。小姐转再三安慰父母道："孩儿此去，若能中选，得恃君王，不日差人迎接，望父母不必记念伤心。父母若得早回一日，免孩儿一日之忧。况长途甚远，老年人如何受得风霜？"江章夫人哪里肯听，竟要同到京中，看个下落方回。小姐道："若爹娘必与孩儿同去，是速孩儿之死矣。"说罢，哽咽大哭。江章夫人无奈，不敢拗她，只得应承不送。

江章备了一副厚礼，送与姚太监，求他路上照管。又设了一席请姚太监。姚太监满心欢喜道："令爱小姐前途之事，与进宫事体，都在学生身上。倘邀圣眷，无不恕愿，老太师不必记挂，不日定有佳音。"江章与夫人再三拜谢，然后与小姐作别。真是生离死别，在此一时。可怜这两老夫妻哭得昏天黑地，抱住了小姐，只是不放。当不得姚太监要趁风过江，再三来催，父母三人只得分手，放小姐上了众女子的船。船上早使起篷桅，趁着顺风而去。这边江章夫妻，立在船头，直看着小姐的船桅不见，方才进舱。这番啼哭，正是：

> 杜鹃枝上月昏黄，啼到三更满眼伤。
>
> 是泪不知还是血，斑斑红色渍衣裳。

老夫妻二人一路悲悲啼啼，到了家中。过不得四、五日，野鹤早已报到,送上书信。江章与夫人拆开看去,知双星得中解元,不日进京会试,甚是欢喜。再看到后面说起小姐亲事,夫妻又哭起来。野鹤忽然看见,不觉大惊道:"老爷夫人,看了公子的喜信,为何如此伤心?"夫人道:"你还不知,自你公子去后,有一个赫公子又来求亲,因求亲不遂,一心怀恨。又适值点选幼女,遂嘱托大监,坐名勒逼将小姐点进宫去了。我二人送至江边,回家尚未数日。你早来几日,也还见得小姐一面,如今只好罢了。"说完又大哭不止。

野鹤听了,惊得半晌不敢作声。惊定方说道:"小姐这一入宫,自然贵宠,只可怜辜负了我家公子,一片真心,化作东流逝水。"说罢,甚是叹息。夫人遂留他住下,慢慢回去。又过不得数日,早又是京中报到,报双星中了状元。江章与夫人,只恨女儿不在,俱是些空欢空喜,忽想到小姐临去之言,有彩云可续,故此又着人打听。又不多日,早见双星差了青云持书报喜,要迎请小姐进京成亲。江章与夫人又是一番痛哭。正是:

年衰已是风中烛,见喜添悲昼夜哭。

只道该偿前世怨,谁知还是今生福。

野鹤见公子中了状元,晓得一时不回,又见小姐已选入宫,遂同青云商议,拜辞江老爷与夫人,进京去见公子。江章知留他无益,遂写了书信与他二人,书中细细说知缘由,又说小姐临去之言,尚有遗书故物,要状元到家面言面付。野鹤身边有公子与小姐的书,不便送出,只得带在身边,要交还公子。二人拜别而行不提。

却说蕊珠小姐,在父母面前,不敢啼哭,今见父母别后,一时泪出痛肠,又想起双星今世无缘,便泪尽继血,日夜悲啼。同船女子,再三劝勉,小姐哪里肯听,遂日日要寻自尽。怎奈船内女子甚多,一时不得其便,只得一路同行,就时常问人,今日到甚地方,进京还有多远,便终日寻巧觅便,要寻自尽不提。

却说双星赍了皇命敕书,带领跟随,晓夜出京。早有府县官迎接,准备船只伺候。双星上了船,烧献神抵,放炮点鼓,由天津卫出口,到琉球、朝鲜、日本去了。

却说姚太监,同着许多幼女,一路兴兴头头,每只船上,分派太监稽查看守,不一日到了天津卫地方,要起早进京,遂吩咐各船上停泊。着府县官,准备人夫轿马。怎奈人多,一时备办不及,又不便上岸,故此这些女子,只在船中坐等。这日江蕊珠小姐,忽见船不行走,先前只道是偶然停泊,不期到了第二日,还不见走,因在舱口,问一个小太监道:"这两日为何不行,这是什么地方,进京还有多远?"小太监笑嘻嘻的说道:"这是天津卫地方,离京只有三日路了。因是旱路,人夫轿马未齐,故在此等了两天。不然,明日此时,已到家了,到叫我们坐在此等得慌。"

小姐听完,连忙进舱,暗暗想道:"我一路寻便觅死,以结双郎后世姻缘,不期防守有人,无处寻死。今日天假其便,停船河下,若到了京中,未免又多一番跋涉。我今日见船上众人思归已切,人心怠情,夜间防范必然不严,况对此一派清流,实是死所,何不早葬波中,也博得个早些出头。但我今生受了才色之累,只愿后世与双郎,做一对平等夫妻,永偕到老,方不负我志。"

又想道:"到双郎归来,还只说我无情,贪图富贵,不念窗前石上,订说盟言,竟飘然入宫。殊不知我江蕊珠,今日以死报你,你少不得日后自知,还要怜我这番苦楚。若怜我苦楚,只怕你纵与彩云成亲,也做不出风流乐事了。"想到伤心,忽一阵心酸,泪流不止,只等夜深人静寻死不提。

却说青云、野鹤二人,拜了江章与夫人出门,在路上闲说道:"从来负心女子痴心汉,记得我家公子,自从见了江小姐,两情眷恋,眠思梦想,不知病已病过了几场,指望与她团圆成亲,谁知小姐今日别抱琵琶,竟欢然入宫去了。我如今同你进京,报知公子,只怕我那公子的痴心肠,还不肯心死哩!"

二人在路,说说笑笑,遂连夜赶进京来。这日也到了天津卫,因到得迟了,二人就在船上歇宿。只听得上流头许多官船,放炮起更,闹了一更多天,方才歇息。青云、野鹤睡去,忽睡梦见一金甲神将,说道:"你二人快些抬头,听吾神吩咐,吾乃本境河神,今你主母有难投河,我在空中默佑,你二人可作速救她回蜀,日后是个一品夫人,你二人享她富贵不小!"

二人醒来,吃了一惊,将梦中之事,你问我,我问你,所说皆同。不胜大惊大骇道:"我们主母,安然在家,为何在此投河?岂非是奇事?"又说道:"明明是个金甲天神,叫我二人快救,说她是一品夫人,难道也是做梦?"

二人醒了一会,不肯相信,因又睡去。金甲神又手执铜鞭,对他二人说道:"你不起来快救,我就打死你二人!"说罢,照头打来。二人看见,在睡梦中吓得直跳起来道："奇事！奇事！"遂惊醒了。船家问道："你们这时候还不睡觉？我们是辛辛苦苦要睡觉的人，大家方便些好。"

青云、野鹤连忙说道："船家你快些起来，有事与你商量。倘救得人，我们重重谢你。"船家见说救人，吓得一骨碌爬了起来，问道："是那个跌下水去了？"青云道："不是。"遂将梦中神道托梦二次叫救人，细细说了一遍："若果然救得有人，我重重谢你。"船家听了也暗暗称奇，又见说救得人有赏，连忙取起火来，放入舱中，叫起妈妈，将船轻轻放开，各人拿了一把钩子，在河中守候。

却说那蕊珠小姐，日间已将衣服紧紧束好，又将簪珥首饰金银等物俱束在腰间，遂取了一幅白布，上写道：身系浙江绍兴府太师江章之女，名蕊珠，系蜀中双星之妻。因擅才名，奸谋嘱选入官，夫情难背，愿入河流。如遇仁人长者，收尸瘗骨，墓上留名，身边携物相赠，冥中报感无尽。小姐写完，将这幅白布，缝在胸前，守至二更，四下寂然，便轻轻走近窗口，推开窗扇，只见满天星斗，黄水泛流。小姐朝着水面流泪，低低说道："今日我江蕊珠不负良人双星也！"说罢，跃身往水中一跳，跳便跳在水里，却像有人在水底下扶她的一般，随着急波滚去，早滚到小船边。

时青云、野鹤同着船家，三个人，六只眼，正看着水上，不敢转睛，忽见一团水势渐高，隐隐有物一沉一浮的滚来，离船不远。青云先看见，连忙将挠钩搭去，早搭着衣服一股，野鹤、船家，一起动手，拖到船边。仔细看去，果然是个人，遂连忙用手扯上船来，青云忙往舱中取火来照，却是一个少年女子，再照着脸上看去，吃了一惊，连声叫道："呀！呀！呀！这不是江小姐么，为何投水死在这里？"

野鹤看见，连忙丢下挠钩来看道："是呀！是呀！果然是小姐。"青云、野鹤慌张，见小姐水淋淋的，气息全无，又不敢近身去摸看。那船家见他二人说是小姐，知是贵重之人，连忙叫婆子动手来救。只因这一救，有分教：

　　　远离追命鬼，近获还魂香。

不知小姐性命果是如何，且听下回分解。

第 十 三 回

烈小姐有大福指迷避地感神明　才天使善行权受贡封王消狡猾

词云：

　　　　风雨催花不用伤，若还春未尽，又何妨。漫惊枝上落来忙。吹不谢，更觉有奇香。驾海岂无梁，世间危险事，要才当。纵教坑陷到临场。能鞭策，驱虎若驱羊。

——右调《小重山》

话说那船家看见果然救起人来，不胜惊喜。又见说是一位小姐，又见他二人不敢近身，因连忙叫过婆子来说道："这小姐既是神明托梦，叫我们救她，谅来投水不久，自然救得活。只要使她吐出些水来，就好了。"

婆子依言，将小姐抱起，把头往下低着，低了半晌，只听见小姐喉中一阵阵响来，呕出了许多冷水。只见小姐忽叫一声道，"好苦也！"众人听见大喜道："谢天谢地也！"

老婆子连忙扶抱小姐入舱，青云、野鹤、家长三人，不敢入舱。艄婆忙取了一件棉衣来，将小姐湿衣脱下。小姐此时已醒过来，见湿衣脱去，忙将棉衣裹住。艄婆又取了几件小衣，与小姐换过。又取了一条棉被来，与小姐盖好，方走出舱来道："好了，好了，如今没事了。"又去烧了些滚姜汤，灌了几口，小姐又吐出了许多冷水。小姐忽哭着说道："我已拼誓死以报双郎，为何被你们救我在此？"青云、野鹤连忙在舱门口说道："小姐且耐烦，小人青云、野鹤在此。"

小姐忽然听见，开眼一看道："你二人为何在此救我？人耶？鬼那？梦那？可快与我细说。"青云、野鹤遂将河神托梦之言，如此这般，细细说了。"不期果然得遇小姐，真是万幸。"小姐因问道："你家公子，近日则如何？"野鹤道："公子回家，已中解元。公子要来与小姐完娶，老夫人逼他会试，故此公子不得已进京，着小的持书先来报喜。见了太师爷方知小姐近日之事。"

青云也连忙说道："小人跟随公子到京，侥幸得中状元。不期京中屠驸马要招赘状元，状元再三苦辞，说有原聘，遂上本乞假归娶。不期屠驸马的势力大，央当事将状元的本章留着不准，状元着急，只得叫小人连夜赶来，要迎请小姐到京完娶。小人到家，见了太师老爷，方知小姐被人暗算入宫。小的二人无可奈何，只得进京，要回复状元。不期今夜感神明之力，在此得遇小姐。只不知小姐为何在此，行此短见？"

此时小姐神魂已定，心魄已宁，忽见说双星已中解元，又见说中了状元，又听见他守义不允屠驸马之婚，着人来接她，心中不觉大喜道："如此看来，方不负我这番之苦。"方说道："我被赫公子陷害入选，彼时欲寻自尽，诚恐老爷夫人悲伤，又恐抗旨遗祸于老爷，故宽慰出门，隐忍到此。今离家已远，老爷干系已脱，故甘一死以报尔公子。不期神明默佑，使你二人救我。但今救虽救了，恐太监耳目众多，不敢进京见你状元，又不敢回家惹祸，到弄得有家难奔，有国难投，却如之奈何？"

青云道："适才梦中神明已吩咐明白，说救了小姐，即速回蜀。小人如今只得且送小姐回蜀中，再来报状元，也说不得了。"小姐想想道："如此甚好。但是迟延不得，此去离大船不远，倘天明知觉，踪迹起来，就不便了。"小姐因叫船家夫妇说道："我是被人暗害，落难于此，求你夫妇送我还家，我日后看顾你夫妻，决不有忘。"

原来这船家叫做王小泉，五十来岁，并无男女，只得夫妻两口，撑船过日。今在旁边，见他们说出是阁老的小姐，又是状元夫人，二人便满心欢喜，以为今日得救小姐，赏赐不小，将来好做本钱。忽又听见小姐要他二人送回家去，后来看顾，他夫妻二人欢喜不过，遂悄悄商议了一番，来笑说道："我夫妇数年长斋，尚无男女，今见小姐说的这般苦楚，我二人情愿服侍小姐回家。只要养我半生，吃碗自在饭儿，强似在船上朝风暮水的吃苦不了。"

小姐见她肯送，遂大喜道："若得你夫妇肯去，后日之事，俱在我身上。"二人连声称谢，遂欢欢喜喜忙到艄上收拾篷桅，驾着橹桨。此时将有四更，明月渐渐上来，遂乘着月色，咿咿呀呀，复回原路。不消几日，早又到仪征。青云、野鹤见本船窄小，恐长江中不便行走，遂雇了一只大船，请小姐上了大船。小姐叫王小泉夫妻弃了小船，王小泉遂寻人卖去。于是一行五人，在大船上出了江口，往荆襄川河一路而进。正是：

燕子自寻王谢垒，马蹄偏识五陵家。

一枝归到名园里,依旧还开金谷花。

且按下蕊珠去蜀中不提。

却说船中这些幼女,到了五更,见窗门半开,因说道:"我们怎这样要睡,连窗门都不曾关,幸而不曾遗失物件。"又停了一会,天色大明,一起起来梳洗,只不见江小姐走来。众女子道:"江小姐连日啼哭,想是今日睡着了。"

一个小女子,连忙走到江小姐睡的床边,揭帐一看,哪里有个江小姐。便吃了一惊,连忙将被窝揭开看时,已空空如也。忙叫道:"不好了,江小姐不见了!"众女子听见,也连忙走来,但见床帐被褥依然,一双睡鞋儿,尚在床前。众女子看罢,俱大惊道:"我们见她连日不言不语,似有无限伤心,如今又窗口未关,一定是投河死了。"众女在舱中嚷做一团,早被小太监听见,报知姚太监。

姚太监吃这一惊不小,忙走来询问众女。又看见窗口未关,方信是投入河中死了,不禁跌足捶胸道:"我为她不知费了多少心机,要将她进与圣上,学新台故事,已拿稳一片锦美前程。今因不曾提防,被她偷死了,岂不一旦付之东流!可恼,可恨!如今要你这些歹不中怎么,只好与俺内官们捧足提壶罢了。"又想起江太师再三嘱托,遂吩咐众人打捞殡殓。众人忙了一日,哪见影子,姚太监兴致索然。到了次日,只得带领众女,起早到京,不论好歹,点入宫中去了。正是:

阴阳配合古人同,今日缘何点入宫?

想是前生淫欲甚,却教今世伴公公。

却说双状元出海开船,正是太平景象,海不生波,一连半月,早过了美女峰,黑水河,莲花漾,又过了许多山岛。不一日,早到了朝鲜地方,舵公抛锚打橛。早有朝鲜国地方官,看见南船拢岸,便着通事舍人,前来探问。

这边船上,早扯起封王旗号。通事舍人见了,连忙走上船来,相见说道:"不知天使来临,失于迎接。不知天使大人,官居何职? 当此重任来封吾王,乞天使说明,以便通报。"双星说道:"学生是天朝新科双状元,奉皇上恩命,因国祚升平,欲普天同乐。念尔朝鲜诸国,久尊圣化,故特遣使臣,敕封汝主。可速渝知来意,使王受爵。"

通事舍人听了大喜,连忙起身报知国王,细说其事。国王大喜,遂率领文臣武将,一起出城,旌旄遍地,斧钺连天,一对对直摆到船边来接。通事舍人上船说了一遍。双状元遂将圣旨敕文以及诸般礼物，先搬上岸来，叫人赍捧在前，双星穿带了钦赐的一品服色，上罩着黄罗高伞，走出船头。

许多番兵番将看见，忙一起跪接。早有朝鲜国王，亲到船头，拱扶着双状元上岸，敦请双状元坐轿，国王乘马，一起番乐吹打，迎入城来。到了国王殿上，已排列香案，宝烛荧煌，异香缭绕。双状元手擎圣谕，立在殿上开读，国王俯伏阶前恭听。双星读罢诏书，国王山呼谢恩已毕，然后大摆筵宴，请双星上坐，国王下陪。一时间吃的是熊掌驼峰，猩唇鲤尾，听的是胡笳羯鼓，许多异音异乐。国王见双状元年少才美，十分敬重，亲自捧觞晋爵，尽欢畅饮。饮毕，然后送双状元馆中歇宿。双状元住有数日，因要封别国，遂辞了国王上船。国王备了称臣的谢表，并诸般贡礼，又私送了双星许多奇珍异宝，双星然后开船。

于是逐次到了日本、高丽、大小琉球，一一封完。双星正欲打点回朝，不期未封诸国，晓得不封他们，大家不忿起来，遂约齐了大小百十余国，各带了本国人马，一路追来。岸上番王番将，水中战舰艨艟，随后追来。

此时双星尚有封过的各国番将护送，连忙报知道："列国争封，各王带领番将追袭，乞状元主张。"双星见说，暗吃一惊。因想道："我奉诏封王，只得这几处。今已完矣，并未曾计及他国，今来争竞，如之奈何？"踌躇了半响，因想道："幸钦命有便宜从事四字，除非如此这般，方可退得这些凶顽。"

遂传了通事舍人来说道："我奉皇命而来，因尔等朝鲜诸国，素服王化，贡献不绝，故敕书封及。其余诸国，声气未通，如何引例来争？你可与我在平地上，高筑土台，待我亲自晓谕诸王。"

说尚未完，只听得轰天炮响，水陆蜂拥齐到，乱嚷乱叫。这边船上通事舍人，忙立在船头，乌里乌啦，翻了半日。只见各国王，乱舞乱跳，嘻嘻哈哈的，分立两旁。通事舍人遂叫人在空地上，筑起高堆，不时停当。

次日平明，双状元乌纱吉服，带领侍从，走到台上高坐，左右通事站立。各国王见台上有人，都到台下，又乌啦了一番。双星问通事道："他们怎么说？"通事道："他说一样国王，为何不封？若不加封，难以服众。"

双状元说道："天有高卑，礼分先后。从无不来而往，无故而亲之道。天朝圣度如天，草木皆所矜怜，何况各国诸王，岂有不加存恤之理？但至诚之道，必感而后通，声响之理，必叩而后应。如朝鲜、琉球等国，久奉正

朔,恪遵臣礼,吉凶必告,兴废必通,故封从伊始。至于各国各王列土,不
知何地名号,不知何人,从无所请,却叫朝廷恩命,于何而加?今忽纷争,
岂以使臣单宣仁义,未及用武,遂欲肆凶逞悍耶?使臣虽只一人,而天朝
之雄兵猛将,却不只一人。本当奏知天王,请加挞伐,但念尔诸王争封,本
念愿是慕义向化,欲承声教,非有他也。故推广天王之量,不加深究,而曲
从其请。但须各献所有,以表进贡之诚,然后速报某国某王,我好一例遵
旨加封,决不食言。”

　　通事舍人遂高声向台下将双状元之言,细细翻了一遍。只见诸王,又
乌里乌啦的翻了一会,遂一起拍掌,跑马的跑马,使刀的使刀,捉对儿奔驰
对舞。又不一时,俱跑到台前下马,颠头跳跃。双状元又问通事道:“这
又怎么说?”通事说道:“方才状元宣谕,见肯封他,故此欢喜。跑刀使刀,
与状元看赏,以明感激。所谕贡物,一时不曾备得,随即补上,乞天使少
留。今俱在台下领封。”双星道:“既是这等,你可报来。”通事舍人遂将各
国各王,一一报将上来。双星见一上,封一个,不一时,百余国尽俱封完。
各王大喜,遂将带来的许多珍奇异宝,一起留在台下,又在地下各打一滚,
翻身上马,呼哨一声,如风雷掣电而去。正是:

　　　　分明翰苑坐淡濡,忽被谗驱虎豹区。
　　　　到此若无才足辩,青锋早已丧头颅。

　　双星见他们去了,方放下一天惊恐。又问通事道:“台下这些东西,
他们为何留下而去?”通事说道:“这些东西,是他们答谢天使的。”双星
道:“既是如此,你可为我逐件填注,即作各国之贡,我好进呈天子,以见
各国款奉之诚,不必又献了。”通事说道:“这是他们送与天使之物,为何
不自己收留,反作公物,进与朝廷?”双状元笑道:“我天朝臣子,为国尽
忠,岂存私肥己耶?”

　　通事听了,不胜称赞天朝好臣子,遂填写明白,着人搬上船来。又着
人报知各国,尽皆称羡。双状元上船,通事诸人,又送过了许多地界,将到
浙省地方,方才别去。正是:

　　　　被人暗算去封王,逐浪冲波凡丧亡。
　　　　今日功成名亦遂,始如折挫为求凰。

　　双星一路平安归国不提。

　　却说蕊珠小姐,从长江又入川河,一路亏得船家婆子服侍,在路许多

日子,到了起早的所在,青云雇了一乘骡轿,一起起早。又行了许多日子,方到了四川成都双流县地方。青云先着野鹤去报夫人,细细说知缘故。

双夫人听了,大惊大喜,连忙打发仆妇,一路迎来。众仆妇迎着了,忙到江小姐轿前,揭帘偷看,见小姐果然生得美貌非常,个个磕头道:"贱婢是太夫人差来迎接小姐的。"小姐见了,甚是喜欢道:"多谢太夫人这般用心,又劳你们远接。"于是高高兴兴,管家们打着黄罗大伞,前呼后拥,一路上说是双状元家小,京中回来的,好不热闹。

不一时到了家中,双夫人出到厅前相见。家人铺下红毡,江小姐拜了三拜。双夫人先叙了许多寒温,方说道:"闻小姐吃尽辛苦,不顾生死,为我孩儿守志,殊可敬也!我今有此贤媳,何幸如之!"江小姐道:"此乃媳妇份内之事,敢劳婆婆过奖。"双夫人搀了小姐,同入后堂。双夫人使双辰拜见嫂嫂,又叫家人仆妇,俱来拜见小夫人,便治酒款待。婆媳甚是欢喜。双夫人遂将中间一带楼房,与小姐做了卧房,只等双星回家做亲。正是:

> 不曾花烛已亲郎,未嫁先归拜老堂。
>
> 莫讶奇人做奇事,从来奇处始称扬。

江小姐竟在婆家等候双星,安然住下。过不得两月,早有报到,说双状元辞婚屠府,被屠驸马暗暗嘱托当道,将双状元出使外国封王去了。

双夫人与蕊珠小姐听了大惊。双夫人日夜惊扰,而小姐心中时刻思想,又感念双星果不失义,为她辞婚,轻身外国,便朝夕焚香,暗暗拜祝,唯愿双星路上平安,早回故里,且按下不提。

却说双星不止一日,将船收进小河。早有汛地官员接着,见双状元奉旨封王回来,俱远远迎接,请酒送礼,纷纷不绝。遂一路耽耽搁搁,早到了绍兴府交界地方。双星满心欢喜,以为离江太师家不远,便吩咐手下住船,我老爷要会一亲戚。只因这一番去会,有分教:

> 惊有惊无,哭干眼泪;
>
> 说生说死,断尽人肠。

不知后事如何,且听下回分解。

第 十 四 回

望生还惊死别状元已作哀猿　他苦趣我欢场宰相有些不像

词云：

> 忙忙急急寻花貌，指望色香侵满抱。
> 谁知风雨洗河洲，一夜枝头无窈窕。
> 木桃虽可琼瑶报，鱼腹沉冤谁与吊？
> 死生不乱坐怀心，方觉须眉未颠倒。
>
> ——右调《木兰花》

话说双星，自别了蕊珠小姐，无时无刻不思量牵挂。只因遭谗，奉旨到海外敕封，有王命在身，兼历风波之险，虽不敢忘小姐，却无闲情去思前想后，今王事已毕，又平安回来，自不禁一片深心，又对着小姐。

因想道："我在京时，被屠贼求婚致恨，嘱托当事，不容归娶。我万不得已，方差青云去接小姐到京，速速完姻，以绝其望。谁料青云行后，忽奉此封王之命，遂羁身海外，经年有余。不知小姐还是在家，还是进京去了？若是岳父耳目长，闻知我封王之信，留下小姐在家还好，倘小姐但闻我侥幸之信，又见迎接之书，喜而匆匆入京，此时不知寄居何处，岂不寂寞，岂不是我害她！今幸船收入浙，恰是便道，须急急去问个明白，方使此心放下。"

忽船头报入了温台浙境，又到了绍兴交界地方，双星知离江府不远，遂命泊船，要上岸访亲。随行人役闻知，遂要安排报事，双星俱吩咐不用，就是随身便服，单带了一个长班跟随上岸，竟往江府而来。

到了笔花墅，看见风景依稀似旧，以为相见小姐，有几分指望，暗暗欢喜，因紧走几步。不一时早到了江府门前，正欲入去，忽看见门旁竖着一根木杆，杆上插着一帚白幡，随风飘荡，突然吃了一惊，道："此不祥之物也，缘何在此？莫非岳父岳母二人中有变么？"寸心中小鹿早跳个不住，急急走了进去，却静悄悄不见一人，一发惊讶。

直走到厅上，方看见家人江贵从后厅走出。忽抬头看见了双星，不胜大喜道:"闻知大相公是状元爷了,尽说是没工夫来家,今忽从天而降,真是喜那!"双星且不答应他,忙先急问道:"老爷好么?"江贵道:"老爷好的。"

双星听了,又急问道:"夫人好么?"江贵道:"夫人好的。"双星道:"老爷与夫人既好,门前这帚白幡,挂着却是为何?"江贵道:"状元爷若问门前这帚白幡,说起来话长。老爷与夫人,日日想念状元爷,我且去报知,使他欢喜欢喜。白幡之事,他自然要与状元爷细说。"

一面说,一面即急走入去了。双星也就随后跟来。此时江章已得了同年林乔之信,报知他双状元海外封王之事,正与夫人、彩云坐在房里,愁他不能容易还朝。因对彩云说道:"他若不能还朝,则你姐姐之书,几时方得与他看见?姐姐之书不得与他看见,则你之婚盟,何时能续?你之婚盟不能续,则我老夫妻之半子,愈无望了。"

话还不曾说完,早听见江贵一路高叫将进来道:"大相公状元进来了!"江章与夫人、彩云,忽然听见,心虽惊喜非常,却不敢深信。老夫妻连忙跑出房门外来看,早看见双星远远走来。还是旧时的白面少年,只觉丰姿俊伟,举止轩昂了许多。及走到面前,江章还忍着苦心,欢颜相接,携他到后厅之上。

双星忙叫取红毡来,铺在地下,亲移二椅在上,"请岳父、岳母台坐,容小婿双星拜见。"江章正扯住他说:"贤婿远来辛苦,不消了。"夫人眼睁睁看见这等一个少年风流贵婿在当面,亲亲热热的岳父长、岳母短,却不幸女儿遭惨祸死了,不能与他成双作对,忽一阵心酸,哪里还能忍耐得住,忙走上前,双手抱着双星,放声大哭起来道:"我那贤婿那,你怎么不早来!闪得我好苦呀,我好苦呀!"

双星不知为何,还扶住劝解道:"岳母尊年,不宜过伤。有何怨苦,乞说明,便于宽慰。"夫人哭急了,喉中哽哽咽咽,哪里还说得出一句话来。忽一个昏晕,竟跌倒在地,连人事都不省。江章看见,惊慌无措。幸得跟随的仆妇与侍妾众多,俱忙上前搀扶了起来。江阁老见扶了起来,忙吩咐道:"快扶到床上去,叫小姐用姜汤灌救。"众仆妇侍妾慌作一团,七手八脚,搀扶夫人入去。

双星初见白幡,正狐疑不解,又忽见夫人痛哭伤心,就疑小姐有变,心已几乎惊裂,忽听见江阁老吩咐叫小姐灌救,惊方定了。因急问江章道:

"岳母为着何事,这等痛哭?"江阁老见问,也不觉掉下泪来,只不开口。双星急了,因发话道:"岳父母有何冤苦,对双星为何秘而不言,莫非以双星子婿为非人那?"

江阁老方辩说道:"非是不言,言之殊觉痛心。莫说老夫妻说了肠断,就是贤婿听了,只怕也要肠断!"双星听见说话又关系小姐,一发着急,因跪下恳求道:"端的为何? 岳父再不言,小婿要急死矣!"江阁老连忙扶起,因啼嘘说道:"我那贤婿呀! 你这般苦苦追求,莫非你还想要我践前言,成就你的婚盟么? 谁知我一才美贤孝的女儿,被奸人之害,只为守着贤婿之盟,竟效浣纱女子,葬于黄河鱼腹了! 叫我老夫妻怎不痛心!"

双星听见江阁老说小姐为他守节投水死了,直吓得目瞪口呆,魂不附体,便不复问长问短,但跌跌脚,仰天放声哭道:"苍天,苍天,何荼毒至此耶! 我双星四海求凰,只博得小姐一人,奈何荼毒其死呀! 小姐既死,我双星还活在世间做些什么? 何不早早一死,以报小姐于地下!"说罢,竟照着厅柱上一头撞去。喜得二小姐彩云,心灵性巧,已揣度定双状元闻小姐死信,定要寻死觅活,早预先暗暗差了两个家人,在旁边提防救护。

不一时,果见双星以头撞柱,慌忙跑上前,拦腰抱住。江阁老看见双星触柱,自不能救,几乎急杀。见家人抱住,方欢喜向前,说道:"不夜,这就大差了! 轻生乃匹夫之事,你今乃朝廷臣子,又且有王命在身,怎敢忘公义而徇私情?"

双星听了,方正容致谢道:"岳父教诲,自是药言,但情义所关,不容苟活。死生之际,焉敢负心? 今虽暂且腼颜,终须一死。且请问贤妹受谁之祸,遂至惨烈如此!"江阁老方细细将赫公子求亲怀恨说了:"又适置值姚太监奉圣旨选太子之婚,故赫公子竟将小女报名入选。我略略求他用情,姚太监早听信谗言,要参我违悖圣旨,小女着急,恐贻我祸,故毅然请行。旁人不知小女用心,还议论她贪皇家之富贵,而负不夜之盟。谁知小女舟至天津,竟沉沙以报不夜,方知其前之行为尽孝,后之死为尽节,又安详,又慷慨,真要算一个古今的贤烈女子了。"说罢,早泪流满面,拭不能干。

双星听了,因哭说道:"此祸虽由遭谗而作,然细细想来,总是我双星命薄缘悭,不曾生得受享小姐之福。故好好姻缘,不在此安守。我若长守于此，失（得）了此信，岂不与小姐成婚久矣！却转为功名，去海外受流离颠沛，以致贤妹香销玉碎。此皆我双星命薄缘悭，自算颠倒，夫复谁尤？"

此时夫人已灌醒了，已吩咐备了酒肴，出来请老爷同双状元排解。又听见双星吃着酒，长哭一声："悔当面错过！"又短哭一声："恨死别无言！"絮絮聒聒，哭得甚是可怜。因又走出来坐下，安慰他道："贤婿也不消哭了，死者已不可复生，既往也追究不来。况且你如今又中了状元，又为朝廷干了封王的大事回来，不可仍当作秀才看承。若念昔年过继之义，并与你妹子结婚之情，还要看顾我老夫妻老景一番，须亲亲热热再商量出个妙法来才好。"

双星听了，连连摇头道："若论过继之义，父母之老，自是双星责任，何消商量！若要仍以岳父、岳母，得能亲亲热热之妙法，除非小姐复生，方能得毂。倘还魂无计，便神仙持筹，也无妙法。"一面说，一面又流下泪来。江阁老见了，忙止住夫人道："这些话且慢说，且劝状元一杯，再作区处。"夫人遂不言语。左右送上酒来，双星因心中痛苦，连吃了几杯，早不觉大醉了。夫人见他醉了，此时天已傍晚，就叫人请他到老爷养静的小卧房里去歇息。正是：

　　堂前拿稳欢颜会，花下还思笑脸逢。

　　谁道栏杆都倚遍，眼中不见旧时容。

夫人既打发双星睡下，恐怕他酒醒，要茶要水，因叫小姐旧侍儿若霞去伺候。不期双星在伤心痛哭时，连吃了几杯闷酒，遂沉沉睡去，直睡到二更后，方才醒了转来。因暗想道："先前夫人哭晕时，分明听见岳父说：'快扶夫人入去，叫小姐用姜汤灌救。'我一向在此，只知他只生得一位小姐，若蕊珠小姐果然死了，则这个小姐又是何人？终不成我别去二、三年，岳父又纳宠生了一位小姐，又莫非蕊珠小姐还未曾死，故作此生死之言，以试我心？"心下狐疑，遂翻来覆去，在床上声响。

若霞听见，忙送上茶来道："状元睡了这多时，夜饭还不曾用哩，且请用杯茶。"双星道："夜饭不吃了，茶到妙。"遂坐起身来吃茶。此时明烛照得雪亮，看见送茶的侍妾是旧人，因问道："你是若霞姐呀！"若霞道："正是若霞。状元如今是贵人，为何还记得？"双星道："日日见你跟随小姐，怎么不记得！不但记得你，还有一位彩云姐，是小姐心上人，我也记得。我如今要见她一回，问她几句闲话，不知你可寻得她来？"

若霞听见,忙将手指一咬道:"如今她是贵人了,我如何叫得她来?"双星听了,着惊道:"她与你同服侍小姐,为何她如今独贵?"若霞道:"有个缘故,自小姐被姚太监选了去,老爷与夫人在家孤孤独独,甚是寂寞。因见彩云朝夕间,会假殷勤趋奉,遂喜欢她,将她立做义女,以补小姐之缺。吩咐家下人,都叫她做二小姐,要借宰相门楣,招赘一个好女婿为半子,以花哄目前。无奈远近人家,都知道根脚的,并无一人来上钓钩。如今款留状元,只怕明日还要假借小姐之名,来哄骗状元哩!"双星听了,心中暗想道:"这就没正经了。"也不说出,但笑笑道:"原来如此!"说罢,就依然睡下了。正是:

炉花苦雨时时有,蔽日浮云日日多。

漫道是非终久辨,当前已着一番魔。

双星睡了一夜,次早起来梳洗了,就照旧日规矩,到房中来定省。才走进房门,早隐隐看见一个女子,往房后避去。心下知是彩云,也就不问。因上前与岳父、岳母相见了。江章与夫人就留他坐下,细问别来之事。双星遂将自中了解元,就要来践前盟,因母亲立逼春闱,只得勉强进京。幸得侥幸成名,即欲悬恩归娶。又不料屠驸马强婚生衅,嘱托当事,故有海外之行诸事,细细说了一遍。

江阁老与夫人听了,不胜叹息,因说道:"状元既如此有情有义,则小女之死,不为在矣。但小女临行,万事俱不在心,只苦苦放我两老亲并状元不下,昼夜思量,方想出一个藕断丝牵之妙法,要求状元曲从。不知状元此时此际,还念前情,而肯委曲否?"

双星听了,知是江章促他彩云之事。因忙忙立起身来,朝天跪下发誓道:"若论小姐为我双星而死之恩情,便叫我粉骨碎身,亦所不辞,何况其余!但说移花接木,关着婚姻之事,便万死亦不敢从命!我双星须眉男子,日读圣贤书,且莫说伦常,原不敢背,只就少年好色而言,我双星一片痴情,已定于蕊珠贤妹矣。舍此,纵起西子、王墙于地下,我双星也不入眼,万望二大人相谅。"说罢,早泪流满面。

江章连忙挽他起来,道:"状元之心,已可告天地矣;状元之情,已可泣鬼神矣,何况人情,谁不起敬!但人之一身,宗祀所关,婚姻二字,也是少不得的。状元还须三思,不可执一。"

双星道:"婚姻怎敢说可少?若说可少,则小婿便不该苦求蕊珠贤妹了。但思婚盟一定不可移,今既与蕊珠贤妹订盟,则蕊珠贤妹,生固吾妻,死亦吾妻,我双星不为无配矣。况蕊珠小姐,不贪皇富富贵,而情愿守我双星一盟而死于非命,则其视我双星为何如人!我双星乃贪一瞬之欢,做了个忘恩负义之人,岂不令蕊珠贤妹衔恨含羞于地下!莫说宗嗣尚有舍弟可承,便复宗绝嗣,亦不敢为禽兽之事。二大人若念小婿孤单,欲商量婚姻之妙法,除了令爱重生,再无别法。"

江阁老道:"状元不要错疑了,这商量婚姻的妙法,不是我老夫妻的主意,实是小女临行的一段苦心。"双星道:"且请问小姐的苦心妙法,却是怎样?"江阁老道:"她自拼此去身死,却念我老夫妻无人侍奉,再三叫我将彩云立为义女,以代她晨昏之定省。我老夫妻拂不得她的孝心,只得立彩云为次女。却喜次女果不负小女之托,寒添衣,饥劝饭,实比小女还殷勤。此一事也。小女知贤婿乃一情种,闻她之死,断然不忍再娶,故又再三求我,将次女以续状元之前盟。知状元既不忘她,定不辜她之意。倘鸾胶有效,使我有半子之依,状元无复绝之虑,岂不玉碎而瓦全?此皆小女千思百虑之所出,状元万万不可认做荒唐,拒而不纳也。"

双星听了,沉吟细想道:"此事若非蕊珠贤妹之深情,决不能注念及此。若非蕊珠贤妹之俏心,决不能思算至此。况又感承岳父恳恳款款,自非虚谬。但可惜蕊珠贤妹,已茫茫天上了,无遗踪可据。我双星怎敢信虚为实,以作负心,还望岳父垂谅。"

江阁老道:"原来贤婿疑此事无据么?若是无据,我也不便向贤婿谆谆苦言了。现有明据在此,可取而验。"双星道:"不知明据,却是何物?"江阁老道:"也非他物,就是小女临行亲笔写的一张字儿。"双星道:"既有小姐的手札,何不早赐一观,以消疑虑。"

江阁老因吩咐叫若霞去问二小姐,取了大小姐留下的手书来。只因这一取,有分教:

　　　　鸳梦有情,鸾胶无力。

不知后事如何,且听下回分解。

第 十 五 回

览遗书料难拒命请分榻以代明烛　续旧盟只道快心愿解襦而试坐怀

词云：

　　　　死死生生心乱矣，更有谁，闲情满纸。及开读琼瑶，穷思极虑，肝胆皆倾此。若要成全人到底，热突突，将桃作李。血性犹存，良心未丧，何敢为无耻。

——右调《雨中花》

　　话说江太师因双状元闻知小姐有手书与他，再三索看，只得吩咐若霞道："你可到拂云楼上，对二小姐说，老爷与双状元在房中议续盟之事，因双状元不信此议出自大小姐之意，再三推辞，故老爷叫我来问二小姐讨取前日大小姐所留的这封手书。叫二小姐取与我拿出去与双状元一看，婚姻便成了。"

　　若霞领了太师之命，忙忙入去。去了半晌，忽又空手走来，回复道："二小姐说，大小姐留下的这封书，内中皆肝胆心腹之言，十分珍重，不欲与旁人得知。临行时再三嘱托，叫二小姐必面见状元，方可交付。若状元富贵易心，不愿见书，可速速烧了，以绝其迹，故不敢轻易发出。求老爷请问状元，还是愿见书，还是不愿见书？若是状元做官，大小姐做鬼，变了心肠，不愿见书，负了大小姐一团美意，便万事全休，不必说了。若状元有情有意，还记得临行时老爷夫人面订之盟，还痛惜大小姐遭难流离守贞而死之苦，无处追死后之魂，还想见其生前之笔，便当忘二小姐昔日之贱，以礼相求；捐状元今日之贵，以情相恳。则请老爷夫人，偕状元入内楼，面付可也。至于盟之续不续，则听凭状元之心，焉敢相强？"

　　双星听见彩云的传言，说得情理侃侃，句句缚头缚脚，暗想道："彩云既能为此言，便定有所受，而非自利耳。"因对若霞道："烦你多多致意二小姐，说我双星向日慕大小姐，而愿秣马袜驹，此二小姐所知也。空求尚如此，安有既托丝萝而反不愿者？若说春秋两闱侥幸而变心，则屠婚可就，而海外之风波可免矣；若说无情无义，则今日天台不重访矣；若说苦苦辞续盟之婚,此非忘大小姐之盟,而别订他盟,正痛惜大小姐之死于盟,而不忍负大小姐之盟也。若果大小姐有书可读,读而是真非伪,则书中之命,当一一遵行,必不敢稍违其半字。若鸾笺乌有,滴泪非真,则我双不夜宁可违生者于人间,决不负死者于地下。万望二小姐略去要挟之心,有则确示其有,以便恳岳父母相率匐伏楼下,九叩以求赐览。"

若霞只得又领了双状元之言,又入去了。不一时又出来说道:"二小姐已捧书恭候,请老爷夫人同状元速入。"江阁老因说道:"好,好,好!大家同进去看一看,也见一个明白。"遂起身同行。正是:

柳丝惯会藏鹦鹉,雪色专能隐鹭鸶。

不是一函亲见了,情深情浅有谁知?

双星随着岳父母二人,走至拂云楼下,早见彩云巧梳云鬓,薄着罗衣,与蕊珠小姐一样装束,手捧着一个小小的锦袱,立于楼厅之右,也不趋迎,也不退避。双星见了,便举手要请她相见。彩云早朗朗的说道:"相见当以礼,今尚不知宜用何礼,暂屈状元少缓,且请状元先看了先小姐之手书,再定名份相见何如?"

因将所捧的小锦袱放在当中一张桌上,打开了,取出蕊珠小姐的手札来,叫一个侍妾送与双星。彩云乃说道:"是假是真,状元请看。"双星接在手中,还有三分疑惑,及定睛一看,早看见书面上写着"薄命落难妾江蕊珠谨致书寄上双不夜殿元亲启密览"二十二个小楷,美如簪花,认得是小姐的亲笔,方敛容滴泪道:"原来蕊珠小姐,当此倥偬之际,果相念不忘,尚留香翰以致殷勤,此何等之恩,何等之情,义当拜受。"因将书仍放在桌上,跪下去再拜。江阁老看见,忙搀住道:"这也不消了。"双星拜完起来,见书面上有"密览"二字,遂将书轻轻拆开,走出楼外阶下去细看。只见上写道:

妾闻婚姻之礼,一醮终身。今既遭殃,死生已判。若论妾为郎而死,死更何言!一念及生者之恩,死难瞑目。想郎失妾而生,生应多恨;若不幸死者之托,生又何惭!忆自郎吞声别去,满望吐气锦归,不道谗入九重,祸从天降。自应形消一旦,恨入地中,此皆郎之缘悭,妾之命薄。今生已矣,再结他生,夫复谁尤?但恐妾之一死,漠漠无知,窃恐双郎多情多义,怜妾之受无幸,痛妾之遭荼毒,甘守孤单,则妾泉下之魂,岂能安乎?再三苦思,万不得已,而恳父母,收彩云为义女,欲以代妾而奉箕帚。有如双郎,情不耐长,义难经久,以玉堂金马,而别牵绣幕红丝,则彩云易散,原不相妨。倘双郎情深义重,生死不移,始终若一,则妾一线未了之盟,愿托彩云而再续。若肯怜贱妾之死骨而推恩,则望勿以彩云之下体而见弃。代桃以李,是妾痴肠;落月存星,望郎刮目。不识双郎能如妾愿否?倘肯念旧日之鸠鹊巢,仍肯坦别来之金紫腹,则老父老母之半子,有所托矣。老父老母之半子既有托,则贱妾之衔结,定当有日。哀苦咽心,言不尽意,乞双郎垂谅,不宣。

双星读了一遍,早泪流满面。及再读一回,忽不禁哀哀而哭道:"小姐呀,小姐呀! 你不忍弃我双星之盟,甘心一死,则孤贞苦节,已自不磨。怎又看破我终身不娶,则知己之感,更自难忘。这还说是人情,怎么又虑及我之宗嗣危亡,怎么又请人代替,使我义不能辞! 小姐呀,小姐呀! 你之心胆,亦已倾吐尽矣!"

因执书沉想道:"我若全拒而不从,则负小姐之美意;我若一一而顺从,则我双星假公济私,将何以报答小姐?"又思量了半晌,忽自说道:"我如今有主意了。"遂将书笼入袖中,竟走至楼下。此时彩云,见双星持书痛哭,知双星已领会小姐之意,不怕她不来求我,便先上楼去了。

江阁老见双星看完书入来,因问道:"贤婿看小女这封书,果是真么?"双星道:"小姐这封书,言言皆洒泪,字字有血痕。不独是真,而一片曲曲苦心,尽皆呕出矣。有谁能假?"江阁老道:"既是这等,则小女续盟之议,不知状元以为何如?"双星道:"蕊珠小姐既拼一死矣,身死则节著而名香矣,她何心虑? 然犹千思百虑,念我双星如此,则言言金玉也。双星人非土木,焉敢不从?"

江阁老道:"状元既已俯从,便当选个黄道吉日,要请明结花烛矣。"双星道:"明结花烛,乃令爱小姐之命,当敬从之,以尽小姐念我之心。然花烛之后,尚有从而未必尽从之微意,聊以表我双垦不忘小姐之私,亦须请出二小姐来,细细面言明方好。"

江阁老听了,因又着若霞去请。若霞请了,又来回复道:"二小姐说,状元若不以大小姐之言为重,不愿结花烛则已;既不忘大小姐,而许结花烛,且请结过花烛以完大小姐之情案。若花烛之后,而状元别有所言,则其事不在大小姐,而在二小姐矣。可从则从,何必今日繁琐?"双星听了,点头道是,遂不敢复请矣。江阁老与夫人见婚盟已定,满心欢喜。遂同双

星出到后厅,忙忙吩咐家人去打点结花烛之事。正是:

　　妙算已争先一着,巧谋偏占后三分。
　　其中默默机锋对,说与旁人都不闻。

　　江阁老见双星允从花烛,便着人选吉日,并打点诸事俱已齐备,只少一个贵重媒人。恰恰的礼部尚书林乔,是他同年好友,从京中出来拜他。前日报双状元封王之信也就是他。江阁老见他来拜,不胜欢喜,就与他说知双状元封王已归,今欲结亲之事,就留他为媒,林乔无不依允。

　　双星到了正日,暗自想道:"彩云婢作夫人,若坐在她家,草草成婚,岂不道我轻薄?轻薄她不打紧,若论到轻薄她,即是轻薄了小姐,则此罪我双星当不起了。"因带了长班,急急走还大座船上,因将海上珍奇异宝,检选了数种,叫人先鼓乐喧天的送到江阁老府,以为聘礼。然后自穿了钦赐的一品服色,坐了显轿,衙役排列着银瓜状元的执事,一路灯火,吹吹打打而来,人人皆知是双状元到江太师府中去就亲,好不高兴。

　　到了府门,早有媒人礼部尚书林乔代迎入去。到了厅上,江太师与江夫人,早已立在大厅上,铺毡结彩的等候。见双状元到了,忙叫众侍妾簇拥出二小姐来,同拜天地,同拜父母,又夫妻交拜。拜毕,然后拥入拂云楼上去,同饮合卺之卮。外面江太师自与林尚书同饮喜酒不提。

　　且说双星与彩云二人到了楼上,此时彩云已揭去盖头,四目相视,双星忙上前,又是一揖道:"我双星向日为小姐抱病时,多蒙贤卿委曲周旋,得见小姐,以活余生,到今衔感,未敢去心。不料别来遭变,月缺花残,只道今生已矣,不意又蒙小姐苦心,巧借贤卿以续前盟。真可谓恩外之恩,爱中之爱矣。今又蒙不幸小姐之托,而殷勤作天台之待,双星虽草木,亦感春恩。但在此花烛洞房,而小姐芳魂,不知何处,生死关心,早已死灰槁木。若欲吹灯含笑,云雨交欢,实有所不忍,欲求贤卿相谅。"说罢,凄凄咽咽,苦不胜情。

　　彩云自受了小姐之托,虽说为公,而一片私心,则未尝不想着偎偎倚倚,而窃双状元之恩爱。今情牵义绊,事已到手,忽见双状元此话,渐渐远了,未免惊疑。因笑嘻嘻答道:"状元此话,就说差了。花是花,叶是叶,原要看得分明。事是事,心是心,不可认做一样。贱妾今日之事,虽是续先姐之盟,然先姐自是一人,贱妾又是一人。状元既不忘先姐,却也当思量怎生发付贱妾。不忍是心,花烛是事。状元昔日之心,既不忍负,则今日之花烛，又可虚度耶？状元风流人也，对妾纵不生怜，难道身坐此香温玉软中，竟忍心而不一相慰藉耶？"

双星道："贤卿美情，固难发付，花烛良宵，固难虚度，但恨我双星一片欢情，已被小姐之冤恨沉沉销磨尽矣，岂复知人间还有风流乐事！芳卿纵是春风，恐亦不能活予枯木。"彩云复笑道："阳台云雨，一笑自生，但患襄王不入梦耳。状元岂能倦而不寝那？且请少尽一卮，以速睡魔，周旋合卺。"因命侍儿捧觞以进。

双星接卮在手，才吃得一口，忽突睁两眼，看看彩云，大声叹息道："天地耶？鬼神耶？何人欲之溺人如此耶？我双星之慕小姐，几不能生；小姐为我双星，已甘一死。恩如此，爱如此，自应生生世世为交颈鸳鸯，为连理树。奈何遗骨未埋，啼痕尚在，早坐此花烛之下，而对芳卿之欢容笑口，饮合卺卮耶？使狗彘有知，岂食吾余？双星，双星，何不速傍烟销，早随灯灭，也免得出名教之丑，而辱我蕊珠小姐也！"哀声未绝，早涕泗滂沱，而东顾西盼，欲寻死路。

彩云见双星情义激烈，因暗忖道："此事只宜缓图，不可急取。急则有变，缓则终须到手。"因急上前再三宽慰道："状元不必认真，适才之言，乃贱妾以试状元之心耳。状元以千秋才子，而独定情于先姐，先姐以绝代佳人，而一心誓守状元，此贱妾之深知也。贱妾何人，岂不自揣，焉敢昧心蒙面，而横据鹊巢，妄冀状元之分爱？不过奉先姐之遗命，欲以窃状元半子之名份，以奉两亲耳。今名份既已正矣，先姐之苦心，亦已遂矣。至于贱妾，娇非金屋，未免有玷玉堂，吐之弃之，悉听状元，贱妾何敢要求？"

双星听了，方才破涕说道："贤卿若能怜念我双星至此，则贤卿不独是双星之知己，竟是保全我双星名节之恩人矣。愿借此花烛之光，请与贤卿重订一盟，从此以至终身，但愿做堂上夫妻，闺中朋友，则情义两全矣。"彩云道："此非状元之创论，'琴瑟友之'，古人已先见之于诗矣。"双星听了，不觉失笑。二人说得投机，因再烧银烛，重饮合欢，直尽醉方止。彩云因命侍妾另设一榻，请状元对寝。正是：

> 情不贪淫何损义，义能婉转岂伤情。
>
> 漫言世事难周到，情义相安名教成。

到了次日，二人起来，双星梳洗，彩云整妆，说说笑笑，宛然与夫妻无疑。因三朝不出房，双星与彩云相对无事，因细问小姐且别来行径。彩云说到小姐别后题诗相忆，双星看了，又感叹一回。彩云说到赫公子求亲，被袁空骗了，及打猎败露之事，双星听见，又笑了一回。及彩云说到姚太监挟圣旨威逼之事，双星又恼怒了一回。彩云再说到小姐知事不免，情愿拼一死，又不欲父母闻知，日间不敢高声，只到深夜方哀哀痛哭之事，双星听了，早已柔肠寸断。彩云再说出小姐苦苦求父母收贱妾为女，再三结贱妾为姊妹，欲以续状元之盟，又恐状元不允，挑灯滴泪写书之事，双星听不完，早已呜呜咽咽，又下哀猿之泪矣。

哭罢，因又对彩云说道："贤卿之意，我岂不知？芳卿之美，我岂不爱？无奈一片痴情，已定于蕊珠小姐，欲遣去而别自寻欢，实所不能，亦所不忍！望贤卿鉴察此衷，百凡宽恕。"彩云道："望沾雨露，实草木之私情；要做梅花，只得耐雪霜之寒冷。小姐只念一盟，并无交接，尚赴义如饴，何况贱妾，明承花烛，已接宠光，纵枕席无缘，而朝朝暮暮之恩爱有加，胜于小姐多矣，安敢更怀不足！状元但请敦伦，勿以贱妾介意。"双星听了大喜道："得贤卿如此体谅，衔感不尽。"因欢欢喜喜过了三朝，同出来拜见父母。

江阁老与夫人，只认做他二人成了鸾交凤友，满心欢喜。双星因说道："小婿蒙岳父、岳母生死成全，感激无已。不独半子承欢，而膝下之礼，誓当毕尽！但恨王命在身，离京日久，不敢再留，只得拜别尊颜，进京复命。稍有次第，即当请告归养，以报大恩，万望俯从。"

江阁老道："别事可以强屈，朝廷之事，焉敢苦羁，一听荣行。但二小女与状元新婚燕尔，岂可速别？事在倥偬，又不敢久留，莫若携之以奉衾被，庶几两便。"双星道："小婿勉从花烛者，只不过欲借二小姐之半子，以尽大小姐之孝，而破二大人之寂寞，非小婿之贪欢也。若携之而去，殊失本旨。况小婿复命之后，亦欲请旨省亲，奔波道路，更觉不宜。只合留之妆阁，俟小婿请告归来，再偕奉二大人为妙。"江阁老道："状元处之甚当。"遂设酒送行。又款留了一日，双星竟开船复命去了。正是：

　　　　来是念私情，去因复王命。

　　　　去来甜苦心，谁说又谁听。

双星进京复命，且按下不提。

却说江夫人闲中，偶问及彩云，双星结亲情义何如，彩云方将双星苦守小姐之义，万万不肯交欢之事，细细说了一遍。夫人听了，虽感激其不忘小姐,却恐怕彩云之婚,又做了空帐,只得又细细与江阁老商量。

江阁老听了,因惊怪道:"此事甚是不妥,彩云既不曾与他粘体,他这一去,又不知何时重来。两头俱虚,实实没些把臂。他若推辞,反掌之事。"夫人道:"若是如此,却将奈何?"江阁老道:"我如今有个主意了。"夫人道:"你有什么主意?"江阁老道:"我想鸠鹊争巢,利于先入。双婿既与彩云明偕花烛,名份已正,其余闺阁之私,不必管他。我总闲在此,何不拼些工夫,竟将彩云送至蜀中,交付双亲母做媳妇。既做了媳妇,双婿归来,纵不欢喜,却也不能又生别议。况双婿守义,谅不别娶。归来与二女朝朝暮暮,雨待云停,或者一时高兴,也不可知。若到此时,大女所托之事,岂不借此完了!"

夫人听了,方大喜道:"如此其妙。但只愁你年老,恐辛苦去不得。"江阁老道:"水有舟,旱有车马,或亦不妨。"夫人道:"既如此,事不宜迟,须作速行之。"江阁老因吩咐家人,打点入蜀。只因这一入蜀,有分教:

> 才突尔惊生,又不禁喜死。

不知后事如何,且听下回分解。

第 十 六 回

节孝难忘半就半推愁忤逆　死生说破大惊大喜快团圆

词云：

> 眼耳虽然称的当。若尽凭他，半是糊涂账。花事喧传风雨葬，谁知原在枝头放。死去人儿何敢望。花烛之前，忽见他相傍。这喜陡从天上降，早惊破现团圆相。

——右调《蝶恋花》

话说江阁老算计定，要送二小姐入蜀，因命家人打点行装备具舟楫，择日长行。彩云与夫人作别而去，且按下不题。

却说双星进京复命，一路府县官知他是钦差，又是少年状元，无不加礼迎送，甚是风骚。双状元却一概辞免。一日行到了天津卫地方，双状元因念小姐死节于此，遂吩咐住船，叫手下在河边宽阔处，搭起一座篷厂来，请了十二个高僧，做佛事超荐江蕊珠小姐。道场完满，又亲制祭文，身穿素服，着人摆设祭礼，自到河边再三哭奠。因命礼生读祭文道：

唯某年某月某日，新科状元赐一品服奉使海外封王孝夫双星，谨以香烛庶馐之仪，致祭于大节烈受聘未婚双夫人江小姐之灵曰：呜呼！夫人何生之不辰那？何有缘而又无缘耶？夫人钟山川之秀气，生台阁之名门，珠玉结胎，冰霜赋骨，闺才倾绝代，懿美冠当时。使皇天有知，后土不昧，先播淑风，早承圣命，则今日友配青宫，异日母仪天下，安可量那？奈何父兮母兮误许书生，又恨贫兮贱兮未迎之子，适圣世之流彩无方，忽一旦而宠诏自天，乃贞女之讲求有素，不终日而含笑入地。呜呼，痛哉！何能已也，不知其可也！夫人未尝蹈其辙，是谁之过欤？双星安敢辞其辜！至今夫人游魂已散，而姓字生香；双星热面虽存，而衣冠抱愧。百身莫赎，徒哀哀而问诸水滨；一死未偿，实难容于世上。呜呼！问盟则言犹在耳，问事则物是人非，问婚姻则水流花谢矣。有缘耶？无缘耶？夫人何生之不辰耶？呜呼哀哉！伏唯尚飨。

祭文读罢，双星涕泗交流，痛哭不已，见者无不垂泪。祭毕，双星随即起早进京复命。

到了京中,次早五更入朝,进上各国表章,又将各国贡献的奇珍异宝,一同进上。天子亲自临轩,先看了双星的奏疏,知海外百余国,尽皆宾服,又各有进奉,龙颜大悦。因宣双星上殿,亲赐天语道:"遐方恃远,久不来王。今日一旦输诚纳款,献宝称臣,实古所稀有。此皆尔才能应变之所致也,其功不小。"

双星忙俯伏奏道:"皇恩浩荡,圣德汪洋,四海皆望风而向化,微臣何功之有!"天子闻奏愈喜,因又说道:"尔不辱君命,又有跋涉之劳,其功不可不赏。特赐尔为太子太傅,黼黼皇猷,佐朕之不逮。"双星连忙谢恩,谢毕,因又奏道:"臣草莽蒙恩,叨居鼎甲,虽披沥肝胆,亦不能报皇恩于万一。但出使经年,寡母在堂,未免倚闾望切,乞陛下赐臣归里,少效乌鸟三年,再展终身之犬马,则感圣恩无尽矣。"天子听了大喜道:"不尽孝焉能尽忠,准尔所奏。三年之后,速来就职可也。"赐黄金百镒,美锦百端。双星谢恩退出。百官闻知,尽来恭贺。

双星恐怕在京耽延,又生别议,遂连夜收拾,次早即辞朝出京,及屠驸马闻知,再打点同公主入朝恳天子赐婚状元,而状元已离京远矣。无可奈何,只得罢了。正是:

　　夜静休将香饵投,鳌鱼早已脱金钩。

　　洋洋围围知何处,明月空叫载满舟。

双星请告出京,且按下不提。

却说江阁老同了彩云小姐并侍从,望四川而来,喜得一路平平安安,不日到了双流县,寻了寓处住下,随命家人到双家去报知。家人寻到了,因对门上人说道:"我是浙江江阁老老爷家的家人,有事要禀见太夫人。"门上人见说是江小姐家里人,便不敢停留,即同他到厅来见夫人。

江家人见了夫人,忙磕头禀道:"小人是浙江江太师老爷家家人,双状元与家老爷是翁婿。前日双状元已在本府,与小夫人结过亲了。今状元爷进京复命,故家老爷亲送小夫人到此,拜见老夫人。今已到在寓处,故差小人来报知。"

双夫人听了这番言语,竟不知这小夫人,又是谁人,心中疑惑,一时不好回言,只得起身入内,与小姐说知。小姐听了,又惊又喜又狐疑,想道:"终不成我父亲直送彩云到此。"因对双夫人说道:"婆婆可叫来人见我。"

双夫人忙着人去叫。江家人见叫他入内,只得低着头走进,到了内厅前檐下。小姐早远远看见是江安,忙叫一声:"江安,你可知我小姐在此么?"

那江安忽听见有人叫他名字,不知是谁,忙抬头往厅上一看,忽见蕊珠小姐,坐在双夫人旁边,再看是真,直吓得魂魄俱无。不禁大叫一声道:"不好了!"就往外飞跑去了。小姐忙叫家人去赶转。家人因赶上扯住他道:"小夫人叫你说话,为何乱跑?"

江安见有人扯他,忽得只是乱推乱挣道:"爷爷饶了我罢! 我一向听得人说,四川相近酆都城,有鬼,今果然有在你家。吓杀人也! 吓杀人也!"双家人笑道:"老兄不要慌,鬼在哪里?"江安道:"里面坐的小姐,岂不是鬼?"双家人道:"老哥不要做梦了,小姐虽传说投河死了,却喜得救活在此,你不要着惊。"

江安听了,又惊又喜道:"果是真么? 你不要哄我。"双家人道:"我哄你做甚,快去见小姐!"江安方定了神,又跑进来,看着小姐,连连磕头道:"原来小姐果然重生了,这喜是哪里说起?"小姐道:"且问你,老爷为何到此,夫人在家好么?"

江安道:"老爷与夫人身体虽喜康健,只因闻了小姐的死信,也哭坏了许多。老爷此来,是为二小姐与双状元已结过亲,因双状元进京,故送二小姐来侍奉老夫人。谁知无意中遇着小姐,真是喜耶! 待小人快去报知老爷与二小姐,也使他们欢喜欢喜。"

小姐听了,也不胜欢喜。因吩咐江安道:"你先去报知也好,我这里随后就有轿马来接。"江安急急去了。小姐就与双夫人说明,忙差青云、野鹤,领着轿马人夫去迎请。

江阁老已有江安报知,喜个不了,巴不得立刻就来相见。及轿马到了,一刻也不停留,就同彩云上轿而来。小姐听见父亲到了,忙亲自走到仪门口,接了进来。到得厅上,先父女抱头大哭一场,又与彩云执手悲伤了一遍,然后欢欢喜喜说道:"今生只道命苦,永无相见之期,谁知皇天垂佑,又得在此相逢,真人生侥幸也。"

小姐先拜了父亲,就与彩云交拜。拜毕,方请双夫人带着双辰出来相见。相见过,彼此称谢。蕊珠小姐又与双夫人说明彩云小姐续盟之事,又叫彩云拜了婆婆。双夫人不胜之喜,因命备酒,与亲家洗尘,全家欢喜不过。正是：

> 当年拆散愁无奈，今日相逢喜可知。
>
> 好向灯前重细看，莫非还是梦中时。

大家吃完团圆喜酒，就请江阁老到东边厅里住下。彩云小姐遂请入后房，与蕊珠小姐同居，二人久不会面，今宵乍见，欢喜不过，就絮絮聒聒，说了一夜。说来说去，总说的是双状元有情有义，不忘小姐之事。蕊珠小姐听了，不胜感激。因暗暗想道："当日一见，就知双郎是个至诚君子，故赋诗寓意，而愿托终身。今果能死生不变，我蕊珠亦可谓之识人矣。但既见了我的书，肯与彩云续盟，为何又坐怀不乱？只这一句话，尚有三分可疑。"也不说破，故大家在闺中作乐，以待状元归来，再作道理。

过了月余，江阁老就要辞归，蕊珠小姐苦苦留住，哪里肯放。又恐母亲在家悬望，遂打发野鹤，先去报喜。江阁老只得住下。又过不得月余，忽有报到，报双状元加了太子太傅之衔，钦赐荣归养亲，大家愈加欢喜。

江小姐闻知，因暗暗对双夫人说道："状元归时，望婆婆且莫说出媳妇在此，须这般这般，试他一试，方见他一片真心。"双夫人听了道："有理，有理，我依你行。"遂一吩咐了家下人。

又过不得些时，果然状元奉旨驰驿而还。一路上好不高兴，十分荣耀。到了成都府，早有府官迎接。到了双流县，早有县官迎接。双夫人着双辰直迎至县城门外。双星迎接到家，先拜了祖先，然后拜见母亲道："孩儿只为贪名，冬温夏凉之礼，与晨昏定省之仪皆失，望母亲恕孩儿之罪。"双夫人道："出身事主，光宗耀祖，此大孝也，何在朝夕。"兄弟双辰，又请哥哥对拜。拜毕，双夫人因又说道："浙江江亲家，远远送了媳妇来，实是一团美意。现住在东厅，你可快去拜见谢他。"双星道："江岳父待孩儿之心，实是天高地厚。但不该送此媳归来，这媳妇之事，却非孩儿所愿，却怎生区处？"双夫人道："既来之，则安之，有话且拜见过再说。"

双星遂到东厅，来拜见江阁老道："小婿因归省心急，有失趋侍，少答劬劳，即当晨昏子舍，怎反劳岳父大人跋涉远道，叫小婿于心何安？"江阁老道："儿女情深，不来则事不了，故劳而不倦，状元宜念之。"说不完，彩云早也出来见了。见毕，双星因说道："事有根因，我双星与贤卿所续之盟，是为江非为双也。贤卿为何远迢迢到此？"彩云因答道："事难逆料，状元与贱妾所守之戒，是言死而非言生也，贱妾是以急忙忙而来。"

　　双星听了，一时摸不着头路。因是初见面，不好十分抢先，只得隐忍出来，又见母亲。双夫人因责备他道："你当先初出门时，你原说要寻一个媳妇，归来侍奉我。后秋试来家，你又说寻着了江家小姐，幸不辱命。今你又侥幸中了状元，江阁老又亲送女儿来与你做媳妇，自是一件完完全全的美事，为何你反不悦？莫非你道我做母亲的福薄，受不起你夫妻之拜么？"双星道："母亲不要错怪了孩儿，孩儿所说寻着了江家小姐，是大女蕊珠小姐，非二女彩云小姐也。"

　　双夫人道："既是大小姐，为何江亲家又送二小姐来？"双星道："有个缘故，大小姐不幸遭变，为守孩儿之节死了，故岳父不欲寒此盟，又苦苦送二小姐来相续。"双夫人道："续盟之意，江亲家可曾与你说过？"双星道："已说过了。"双夫人道："你可曾应承？"双星道："孩儿原不欲应承，只因大小姐有遗书再三嘱托，孩儿不敢负她之情，故勉强应承了。"双夫人道："应承后可曾结亲？"双星道："亲虽权宜结了，孩儿因忘不得大小姐之义，却实实不曾同床。"

　　双夫人道："你这就大差了。你虽属意大小姐，大小姐虽为你尽节，然今亦已死矣。你纵义不可忘，只合不忘于心，再没个身为朝廷臣子，而守匹夫不娶小节之理。江亲家以二小姐续盟，自是一团美意。你若必欲守义，就不该应承，就不该结亲；既已结亲，而又不与同床，你不负心固是矣，而此女则何辜？殊觉不情。况你在壮年，不遂家室，将何以报母命？大差，大差！快从母命，待我与你再结花烛。"双星道："母亲之命，焉敢有违。但不必同床，却是孩儿报答蕊珠小姐之一点痴念，万万不可回也。"

　　双夫人笑一笑道："我儿莫要说嘴，倘到其间，这点痴念，只怕又要回了，却将如何？"双星说到伤心，不觉凄然欲哭道："母亲，母亲，若要孩儿这点痴回时，除非蕊珠小姐再世重生，方才可也。"双夫人听了，又笑一笑道："若是这等说，我要回你的痴念头便容易了。"双星也只说母亲取笑，也不放在心上。

　　双夫人果然叫人拣了一个黄道吉日；满厅结彩铺毡，又命乐人鼓乐喧天，又命家人披红挂彩，又命礼生往来赞襄，十分丰盛热闹。到了黄昏，满厅上点得灯烛辉煌。礼生喝礼，先请了状元新郎出来，然后一阵侍妾簇拥着珠冠霞披阁老小姐出来，同拜天地，又同拜母亲双夫人，又同拜泰山江阁老。拜毕，然后笙箫鼓乐，迎入洞房。正是：

白面乌纱正少年，琼姿玉貌果天然。

若非种下风流福，安得牵成萝菟缘！

状元与小姐到了房中，虽是对面而坐，同饮合欢，却面前摆着两席酒，相隔甚远。席上的锭盛糖果，又高高堆起，遮得严严，新人虽揭去盖头，却璎珞垂垂，挂了一面，哪里看得分明。况双星心下已明知是彩云小姐，又低着头不甚去看，哪里知道是谁。左右侍妾，送上合卺酒来，默饮了数杯，俱不说话。

又坐了半晌，将有请入鸳帏之意，双星方开口对着新人说道："良宵花烛，前已结矣。合卺之卮，前已饮矣。今夕复举者，不过奉家慈之命，以尽贤卿远来之意。至于我双星感念令先姐之恩义，死生不变，此贤卿所深知，不待今日言矣。分榻而寝，前已有定例，不待今日又讲矣。夜漏已下，请贤卿自便，我双星要与令先姐结梦中之花烛矣。疏冷之罪，统容荆请。"

说罢就要急走出房去，只见新人将双手分开面上的珠络，高声叫道："双郎，双郎，你看我是哪个！你果真为我蕊珠多情如此耶？你果真为我蕊珠守盟如此耶？我江蕊珠获此义夫，好侥幸耶！"

双星突然听见蕊珠小姐说话，吃了一惊，再定睛一看，认得果是蕊珠小姐。这一喜非常，便不问是生是死，是真是假，忙走上前，一把抱定不放。道："小姐呀，小姐呀！你撇得我双星好狠耶！你想得双星好苦耶！你今日在此，难道不曾死耶！你难道重生耶？莫非还是梦耶？快说个明白。"小姐道："状元不须惊疑，妻已死矣，幸得有救，重生在此。"双星道："果是真么？"小姐道："若不是真，小妹缘何在此？"

双星方大喜道："贤妹果重生，只怕我双星又要喜死耶！贤妹呀，贤妹呀！且莫说你为我双星投河而死之大节，即遗书托令妹续盟这一段委曲深情，也感激不尽！"小姐道："状元为我辞婚屠府，而甘受海上风涛之险，这且慢论，只舍妹续盟一段，而状元既念妻之情而不忍违，又守妾之义而断不染，真古今钟情人所未有，叫我小妹如何不私心喜而生敬！"

双星道："此一举，在贤妹可以表情，在愚兄可以明心，俱得矣。只可怜令妹，碌碌为人，而徒享虚名，毫无实际。她一副娇羞热面，也不知受了我双星多少抢白；她一片恳款真心，我双星竟不曾领受她半分。今日得与夫人相见，而再一回思，殊觉不情，不能无罪。明日还求贤妹，率我去负荆以请。"蕊珠小姐道："这也不消了。舍妹前边的苦尽，后面自然甘来，何须性急。可趁此花烛，着人请来，当面讲明，使大家欢喜。"

侍妾才打帐去请，原来彩云此时正悄悄伏在房门外，听他二人说话，听到二人说她许多好处，再听见叫侍妾请她，不待请竟揭开房帏，笑嘻嘻走了入来。说道："二新人幸喜相逢，我小妹也只得要三曹对案了。状元疑小姐的手书是假，今请问小姐是假不是假？姐姐疑状元与妹子之花烛，未必无染，今请问状元是有染是无染？"

双星与蕊珠小姐一起笑说道："手书固然是真，而续盟亦未尝假。从前虽说无染，而向后请将颜色染深些，以补不足，亦未为不可。二小姐何必这等着急？"彩云听了，也忍不住笑将起来。双星因命撤去套筵，重取芳樽美味，三人促膝而饮。细说从前许多情义，彼此快心。直饮到醉乡深处，方议定今宵巫峡行云，明夕阳台行雨，先送彩云到高唐等梦，然后双星携蕊珠小姐，同入温柔，以完满昔日之愿。正是：

> 人心乐处花疑笑，好事成时烛有光。
>
> 不识今宵鸳帐里，痴魂消出许多香。

到了次夜，蕊珠小姐了无妒意，立逼双郎与彩云践约。正是：

> 记得闻香甘咽唾，常羞对美苦流涎。
>
> 今宵得做鸳鸯梦，这段风流岂羡仙。

双星闺中快乐，过了三朝，然后重率大小两个媳妇，拜见婆婆。双夫人见他一夫二妇，美美满满，如鱼水和谐，怎么不喜。又同拜见岳丈，江阁老更是欣然。大家欢欢喜喜，倏忽过了半年。

江阁老见住久，忽思量要回去。双星因与母亲商量道："两个媳妇，本该留在家中，侍奉母亲。但岳父母老年无子，叫他独自回去，却于心不安。"双夫人道："江亲家将两个女儿嫁你，原图你作半子之靠，著一旦留下两个媳妇，岂不失他之望！况你自幼原过继与他为子，就不赘你为婿，也不该忘恩负义。何况招赘之后，又有许多恩义，怎生丢得下。你自同两个媳妇，去完你之事，不须虑我，我自有双辰侍奉。况双辰已列青衿，又定了亲事，自能料理家事。"

双星听了，一时主张不定。转是两个媳妇不肯。道："岂有媳妇不事婆婆之理！既是叔叔料理得家事，何不连婆婆也接了同去，只当随子赴任，庶几两便。"双夫人却不得媳妇之情，只得矣了。便急急替双辰完了亲事,然后一同往浙,到了江府。

　　江夫人久已有野鹤报知,今日母子重逢,其乐非常。又见双星同双夫人俱来,知是长久之计,更加欢喜。从此两家合作一家,骨肉团圆,快乐无穷。后来双星的官,也做到侍郎,无忝父亲书香一脉。又勉励兄弟双辰,也成了进士。蕊珠与彩云各生一子,俱登科甲。江阁老夫妻,俱是双星做了半子送终。又以一子,继了江姓。双星恩义无亏,故至今相传,以为佳话。有诗为证:

　　　　眼昏好色见时亲,意乱贪花处处春。

　　　　唯有认真终不变,故今传作定情人。